Pfeifen im Wald

Ich stehe vor dieser Tür und weiß nicht, was ich tun soll. Einfach aufschließen und die seit Jahren verlassene Wohnung betreten? Meine Hände spielen mit dem kühlen Stück Metall, befühlen die Zacken und Kanten des Schlüsselblattes. Oder einfach gehen, die Tür und was auch immer hinter dieser Tür ist, in Frieden lassen? Mir ist kalt, ich drücke die Arme an den Körper. Plötzlich eine Stimme in meinem Kopf: Hab keine Angst, Lena. Da ist nichts, wovor du dich fürchten müsstest. Schließe die Tür auf und schau dir diese Wohnung an! Hab keine Angst, es ist heller Tag!

Der Schlüssel nähert sich schon dem Schloss, als ich es begreife: Es war keineswegs die Vernunft, die da gerade in mir gesprochen hat. Gesprochen hat das Mädchen, das sich im Wald verlaufen hat und nun laut pfeift, damit die Wölfe nicht kommen. Ist das, was ich deutlich vor mir gesehen habe, plötzlich nicht mehr real, wenn ich mir einrede, dass es nicht real ist, dass es nicht real sein kann, weil es nach den Gesetzen der Vernunft nicht real sein kann? Nein, das gerade eben war nicht mein Verstand, das war nur das verängstigte Kind, das sich trotzig Mut zu machen versucht. Ich ziehe den Schlüssel zurück, wieder spielen meine blassen Hände mit dem gezackten Metall.

Einleitung

Das Buch, das Sie gerade lesen, hat eine Vorgeschichte. Bevor es losgeht, möchte ich Ihnen diese erzählen. Falls Sie keine Vorgeschichten mögen, dann lesen Sie doch einfach beim Kapitel „Nachtwache“ weiter.

Noch da? Okay, dann los. Vor rund einem Jahr – der Tag, an dem ich diese Einleitung in meinen alten IBM tippe, ist der 19. Oktober 2013 – erschien mein erstes Buch: „S3, Spuk in der Bibliothek“. S3 war kein Roman, sondern eine Dokumentation unerklärlicher Phänomene in einem bestimmten Trakt der Universitätsbibliothek, in der ich 2006 bis 2008 an meiner Doktorarbeit schrieb. Ich unterhielt mich mit mehreren Studenten sowie mit Mitarbeitern der Bibliothek, erfragte deren Erlebnisse im S3-Trakt. Und dann – die Sache ließ mich nicht mehr los – verbrachte ich selbst einige Nächte auf S3. Was mir in der letzten Nacht auf S3 passierte, das kann ich bis heute nicht erklären.

Eigentlich wollte ich die S3-Sache auf sich beruhen lassen, alles in irgendeine Schublade packen, unter Papier vergraben und vergessen. Aber bei ein paar abendlichen Bier erzählte ich einer Bekannten von S3 und sie war der Ansicht, ich solle meine Aufzeichnungen und Gesprächsprotokolle zu einem Buch zusammenfassen und veröffentlichen. Ich zögerte, wollte nicht so recht. Aber meine Bekannte ließ nicht locker und ich gehorchte. Oktober 2012 erschien S3 als Taschenbuch und als eBook.

Ich erwartete damals nicht, dass sich jemand für mein kleines Büchlein – ich untertreibe, das Ding hat immerhin über 200 Seiten – interessieren würde. Umso erfreuter war ich, als S3 gekauft wurde und die ersten Rückmeldungen kamen. Diese lassen sich grob in vier Kategorien teilen:

1. Überschwängliches Lob: Wow, das ist das Gruseligste, das ich je gelesen habe … Ich habe das Buch an einem Stück durchgelesen … das war so unheimlich, dass ich nachts nicht mehr aufs Klo konnte … echt gut geschrieben, Sie sollten noch viele weitere Bücher schreiben.

2. Abgeschwächtes Lob und konstruktive Kritik: Hat mir gefallen, aber Sie hätten sich wirklich mehr Gedanken über die Ursachen der Phänomene auf S3 machen müssen … spannend aber die „ähms" in den Interviews nerven … gutes Buch, aber auf Seite soundso habe ich folgenden Rechtschreibfehler gefunden: …

3. Verrisse und Beschimpfungen: Das ist der größte Scheißdreck, den ich je gelesen habe … was soll denn das bitte sein? … ich bin fast gestorben vor Langeweile, meine Frau musste den Rettungswagen rufen … hören Sie sofort mit dem Schreiben auf! Ich warne Sie! Ich weiß, wo Ihr Auto steht …

Zum Glück überwogen die Rückmeldungen der ersten und zweiten Kategorie deutlich, sonst hätte ich das mit dem Schreiben wohl wirklich gelassen.

Mai 2013 erschien mein zweites Buch, ein Roman namens „Die Knochenfrau", der zwar auf einer Schwarzwälder Sage beruht, im Gegensatz zu S3 aber Fiktion ist, Produkt meiner manchmal recht lebhaften Phantasie. Ich hatte diese Sage von einem kleine Kinder mordenden Wesen als Jugendlicher gehört und sie ist mir im Gedächtnis geblieben.

Zwar verkaufte sich „Die Knochenfrau“ sehr ordentlich, schaffte es sogar bis auf Platz 3 der Amazon-Horror-Charts, S3 aber löste mehr Leserreaktionen aus. „Die Knochenfrau“ wurde einfach als Unterhaltung gelesen, S3 aber beschäftigte diejenigen, die sich auf das Buch einließen und die darin geschilderten Vorfälle nicht einfach als Blödsinn abtaten.

Die Aufmerksamen unter den Lesern haben es bestimmt gemerkt: Weiter oben habe ich vier Kategorien versprochen, aber nur drei genannt. Auf die vierte Kategorie muss ich ein wenig genauer und ernsthafter eingehen, schließlich entstand das Buch, das Sie gerade lesen, aus solch einer Rückmeldung.

Nicht wenige, die S3 lasen, fühlten sich in gewisser Weise „verstanden“. Viele, die mir schrieben, hatten im Laufe ihres Lebens selbst unheimliche bzw. unerklärliche Erlebnisse. Einige waren glücklich darüber, in mir einen „Leidensgenossen“ gefunden zu haben und berichteten mir mehr oder weniger ausführlich von ihren eigenen Erfahrungen. Ein Bekannter, dem ich davon erzählte, reagierte mit: „Das sind doch alles Spinner. Am besten ignorieren.“

Ich empfinde diese Haltung – obwohl ich diesen Bekannten ansonsten sehr schätze – als arrogant und außerdem furchtbar langweilig. Natürlich bekam ich es mit Spinnern zu tun, mit Leuten, die in ihrer Sprache, ihrem Gebaren und in dem, was sie sagten, extrem verschroben wirkten. Erst vor wenigen Wochen rief mich ein Mann an, der S3 gelesen hatte.

Ich habe keine Ahnung, wo er meine Telefonnummer her hatte. Dieser Mann lobte mein Buch (das freute mich), dann berichtete er von einem eigenen unheimlichen Erlebnis in seinem Elternhaus (das interessierte mich), und dann leitete er wieselflink zu dem Thema über, das ihm tatsächlich am Herzen lag: Nazi-Ufos.

Zu meinem Erstaunen erfuhr ich, dass das Dritte Reich keineswegs untergegangen sei, dass die Nazi-Größen vielmehr (das irritierte mich) mit Ufos die Welt kontrollierten.

Nicht gewillt, mich näher mit nationalsozialistischen Untertassen zu befassen, beendete ich das Gespräch – freundlich aber bestimmt.

Auch andere Merkwürdigkeiten begegneten mir. Eine ältere Dame zeigte mir Familienfotos, auf denen eine Geistererscheinung zu sehen sein sollte. Tatsächlich war auf jedem der sieben Bilder ein blasser, verschwommener Fleck zu erkennen, etwa in der Form eines aufrecht stehenden Menschen. Da ich mich mit Fotografie auskenne, interpretierte ich den Fleck nicht als Familiengespenst, sondern schlicht als Lichteinfall. Die Bilder waren mit einer Minolta aufgenommen worden, die nicht nur vierzig Jahre alt, sondern auch furchtbar verbeult war. Die Rückwand der Kamera lag nicht mehr richtig an, Licht fiel auf den Film und erzeugte diese weißen Flecken.

Als ich der Dame meine These unterbreitete und ihr an der alten Kamera den Grund für die weißen Flecken aufzuzeigen versuchte, da wurde sie bockig. Die schnöde Realität war nicht gefragt, die Temperatur fiel unter den Gefrierpunkt und bald verabschiedete ich mich.

Noch ein anderes Erlebnis möchte ich erzählen. Vor etwa einem halben Jahr schrieb mich eine junge Frau an. Thema der Mail: Das Wohnzimmer-Aquarium. Wenn man sich vor den Kasten setze, durch das Aquarium hindurch schaue und ganz still sei, dann sehe man nach wenigen Minuten zwei traurige Gesichter. Es handle sich dabei um einen Mann und eine Frau, die vor Jahrzehnten in der Wohnung lebten – beide mittlerweile verstorben.

Ich erzählte meiner Freundin von den Gesichtern hinter dem Aquarium und sie reagierte mit: „Das ist so abgedreht, das kann man sich nicht ausdenken. Fahr da doch mal hin."

Ich fuhr die 140 Kilometer und mich begrüßte eine junge Frau mit popolangen, orange gefärbten Haaren. Sie kam schnell zur Sache, rollte einen Schreibtischstuhl ins Wohnzimmer und platzierte mich vor dem etwa einen Meter langen Glaskasten. Schweigend und regungslos starrte ich ins Aquarium und durch das Aquarium hindurch. Ich sah: Fische und Schnecken, grün-gelbes Pflanzenzeug, einen Miniatur-Unterwasser-Tempel und den Dreck auf den Scheiben. Das wars. Keine Gesichter. Keine toten Menschen. Nach fünf Minuten kam ich mir idiotisch vor, nach zehn Minuten gab ich es auf. Die Orangefarbene erklärte mir, dass es eben nicht immer klappe, dass ich wohl einfach Pech gehabt habe.

Vielleicht lag der Misserfolg auch daran, dass während meines Starrens ins Aquarium der Lebensgefährte der Gefärbten – ein ebenso verschwenderisch wie geschmacklos tätowierter Zweimeter-Hooligan – nur einen großen Schritt von mir entfernt stand und wiederum mich (böse) anstarrte. Was zum

Teufel dachte der? Dass ich über seine Liebste herfalle, sobald er mich zwei Sekunden aus den Augen lässt?

Als ich wieder im Auto saß und die Auffahrt zur A45 suchte, da schwor ich mir, nie mehr auf Verdacht über hundert Kilometer zu fahren. Zumindest nicht, um Fische, verdrecktes Glas und blöde Unterwasser-Tempel anzustarren.

Es soll nicht der Eindruck entstehen, dass ich es im Anschluss an die Veröffentlichung von S3 mit Hunderten von Spinnern und Wichtigtuern zu tun bekam. Die Meisten, die sich mit eigenen Erlebnissen bei mir meldeten, zeigten sich als angenehme, intelligente und durchaus selbstkritische Menschen. Viele ihrer Berichte erscheinen mir glaubwürdig, einige waren extrem unheimlich. Und aus einem dieser Berichte, den ich als ebenso glaubwürdig wie unheimlich empfand, entstand das, was Sie gerade lesen.

Es war Januar 2013, als sich die junge Frau bei mir meldete, aus deren Perspektive ich dieses Buch geschrieben habe. Ich nenne sie Lena, doch das ist nicht ihr richtiger Name. Lena befindet sich im letzten Drittel ihres Medizinstudiums, sie will nicht, dass ihr echter Name in diesem Buch auftaucht, sie will nicht das Risiko eingehen, von ihren Kollegen als „Spinnerin" abgestempelt zu werden. Auch alle anderen Namen, die in diesem Buch auftauchen, sind frei erfunden, Übereinstimmungen mit existierenden Personen sind rein zufällig.

Lena schrieb mir eine kurze Mail: Sie habe S3 gelesen und einiges davon habe sie an ein eigenes Erlebnis erinnert. Nur, dass ihr Erlebnis noch etwas heftiger gewesen sei. Wenn ich mich noch für „übernatürliche" (Lena selbst setzte dieses Wort in Anführungszeichen) Dinge interessiere, dann könnten wir ja mal telefonieren.

Ja, ich interessierte mich noch fürs Übernatürliche. Allerdings wollte ich nicht gleich mit Lena telefonieren, ich bin in solchen Dingen eher zurückhaltend. Deshalb bat ich sie, mir zunächst kurz schriftlich von ihrem Erlebnis zu berichten.

Zwei Tage später erreichte mich eine Mail, in der Lena eben dies tat, allerdings nicht kurz. Ich erschrak, als ich diese mehrere Bildschirme füllende Mail öffnete. Als sich mein Schreck gelegt hatte, da druckte ich sie aus und las sie.

Es fällt mir schwer, zu beschreiben, welche Wirkung Lenas Bericht auf mich hatte. Der Schreibstil war nüchtern, technisch, ähnlich dem Stil vieler der wissenschaftlichen Aufsätze, die ich während meines Soziologiestudiums gelesen habe.

Später erfuhr ich, dass der staubtrockene Stil Absicht war. Lena wollte nicht, dass ich sie als „Bekloppte" (ihr eigener Ausdruck) abstempelte. Daher hatte sie ihren Bericht betont sachlich verfasst, fast schon unterkühlt.

Was mir Lena schrieb, das möchte ich an dieser Stelle noch verschweigen, schließlich handelt dieses Buch davon. Nur so viel: Was mir Lena schrieb, das wirkte auf mich ungemein glaubwürdig. Ich hatte zu keinem Moment – auch später nicht, als wir uns gegenüber saßen – den Eindruck, sie denke sich etwas aus, belüge mich.

Auf die erste Mail folgten zwei weitere, in denen Lena einige meiner Fragen beantwortete, die ich ihr im Anschluss an den ersten Bericht stellte. In der vierten Mail schrieb sie mir dann ihre Telefonnummer und ich sah, dass es eine Freiburger Nummer war.

Ich komme aus Süddeutschland, habe in einem Kleinstadtkrankenhaus etwas nördlich von Freiburg das Licht der Welt erblickt. Zwar lebe ich seit einigen Jahren nicht mehr im Süden, bin aber immer wieder einmal in der Gegend, Familie und Freunde besuchen, die Stille der Provinz genießen.

So bot sich mir die Gelegenheit, Lena persönlich zu treffen, ohne extra mehrere hundert Kilometer fahren zu müssen. Anfang Februar verabredeten wir uns in einer kleinen Freiburger Kneipe, die ich noch aus meiner Schüler- und Studentenzeit kenne. Wir saßen uns an einem biergetränkten Holztisch gegenüber, zwei Meter neben uns tutete und blinkte ein steinalter Flipperautomat und Lena berichtete mir fast drei Stunden lang von ihrer Begegnung mit dem Unerklärlichen. Dabei zeigte sie sich als genaue, lebhafte und manchmal ironische Erzählerin. Sie wirkte überhaupt nicht unterkühlt, weder zu Beginn unseres Gespräches noch gegen Ende, mit drei Bier intus. Obwohl Lena sich um Sachlichkeit bemühte, kamen immer wieder die Emotionen hoch. Einige Male spürte ich ganz deutlich, dass meiner Gegenüber noch immer die Angst in den Knochen steckte. Mehrmals hatte Lena Tränen in den Augen.

Es folgten fünf weitere Treffen, alle zwischen Februar und Juli 2013, außerdem mehrere Telefonate. Schon bei unserem ersten Treffen hatte mir Lena ihre Geschichte in Grundzügen erzählt, bei den weiteren Treffen und Telefonaten wurden dann offene Fragen geklärt und Details beleuchtet. Ich stellte Fragen wie „Aus welchem Material war der Schreibtisch in Herrn Strauss Büro?", „Hatte dieser Blutfleck eine Form, die an irgendwas erinnert hat?" oder „Was hast du da gesehen, als du aus dem Fenster geschaut hast?". Lena beantwortete meine Fragen mit schier übermenschlicher Geduld, selbst dann, wenn sie im engeren Sinne nichts mit ihrer Begegnung mit dem Übernatürlichen zu tun hatten. Im Laufe unserer Gespräche hatte ich zunehmend den Eindruck, Lenas Geschichte nicht nur zu kennen, sondern mit ihr vertraut zu sein. Ich begann, mich in der Geschichte dieser jungen Frau zu Hause zu fühlen.

Schon früh – wenn ich mich recht erinnere, dann war es bei unserem zweiten Treffen – fragte ich Lena, ob ich das, was sie mir da Stück für Stück anvertraute, aufschreiben und als Buch herausbringen dürfe. Sie erbat sich eine Woche Bedenkzeit, stimmte dann zu. Nur müssten alle Namen geändert werden, sowohl die Namen von Menschen als auch von Orten. Das habe ich selbstverständlich getan. Wie erwähnt heißt auch Lena selbst nicht Lena. Ich habe ihr diesen Namen gegeben, weil ich erstens kurze Namen mag, und weil ich zweitens denke, dass der Name gut zu ihr passt … sogar besser als ihr richtiger Name.

Ich hoffe, dass es mir gelungen ist, Lenas Begegnung mit dem Übernatürlichen eine angemessene literarische Form zu geben. Ich habe diese Geschichte in der Ich-Perspektive geschrieben, also aus der Sicht der Person, die sie mir berichtet hat. Im Grunde habe ich sie so geschrieben, wie Lena sie mir erzählt hat. Sie berichtete nicht nur aus der Ich-

Perspektive, sie bevorzugte interessanterweise auch das Präsens: „Und dann komm ich also in das Zimmer und sehe, dass Paula mit dem Rücken zur Wand liegt und ich denke noch, die nimmt schon wieder das ganze Bett ins Anspruch. Und dann versuch ich sie eben ein bisschen zur Seite zu schieben und …"

Eine gewisse schriftstellerische Freiheit habe ich mir beim Verfassen dieses Buches herausgenommen, inhaltlich aber bleibe ich ganz nah an dem, was Lena mir bei unseren Treffen und Telefonaten anvertraute. Längere Gespräche, die im Buch vorkommen, beruhen zum Teil auf stichwortartigen Gesprächsprotokollen, die Lena mir bei unseren Treffen aushändigte. Entgegen ihrer Befürchtungen konnte ich alles entziffern.

Schon bei unserem ersten Treffen gab mir Lena übrigens einige Infos zu ihrer Person, die ich auch dem Leser nicht vorenthalten möchte. Er (oder sie) sollte doch wissen, mit wem er (oder sie) es auf den nächsten rund vierhundert Seiten zu tun bekommt:

Lena ist Mitte zwanzig und angehende Ärztin. Zum Zeitpunkt der Ereignisse, von denen dieses Buch handelt, stand Lena am Beginn ihres Medizinstudiums und jobbte im Schlaflabor des Krankenhauses, in dem diese Geschichte beginnt. Einen kleinen Moment noch, es geht gleich los.

Zunächst noch eine Warnung: Wer dieses Buch in der Horror-Abteilung aufgestöbert hat und sich nun spritzendes Blut und hervorquellendes Gedärm, explizite Sexszenen, serienmordende Psychopathen, Fleischerhaken und Kettensägen erhofft, der sollte es weglegen bzw. von seinem Reader löschen. Freunde blutigen Horrors werden mit Lenas Geschichte ebenso wenig glücklich wie diejenigen, die es nicht leiden können, wenn am Ende eines Buches Fragen offen bleiben. Dieses Buch beruht auf realen Ereignissen und in der Realität bleiben immer Fragen offen. Man sollte Unklarheiten nicht als Ärgernis betrachten, sondern als Einladung, selbst zu denken.

Oliver Susami, Oktober 2013

PS.: Ich habe vorhin die Stadt Freiburg erwähnt, Lenas Geschichte spielt allerdings nicht in Freiburg.

Nachtwache

Alex nimmt die Tasse vom Mund und macht ein Geräusch, das wie ein Seufzer klingen soll, jedoch nur die lasche Imitation eines echten Seufzers ist. Ich sehe es nicht, weiß aber, dass er das Gesicht zu einer Grimasse verzieht.

„Der schmeckt wie Spülwasser. Dünner Kaffee schmeckt immer wie Spülwasser."

Er schaut mich von der Seite an und wartet auf meine Zustimmung … da kann er lange warten. Ich nippe an meinem dampfenden Kaffee und er schmeckt überhaupt nicht nach Spülwasser … er schmeckt schlicht und einfach nach Kaffee. Ich stelle die Tasse ab und starre wieder auf die Monitore. Sieben schlafende Menschen, zwei auf dem Rücken, drei auf dem Bauch und zwei auf der Seite, alle verkabelt.

Eigentlich ist Alex ja ein netter Kerl. Wenn er sich nur nicht ständig wiederholen würde! Das mit dem Spülwasser habe ich bestimmt schon zwanzigmal gehört, seit ich vor sechs Wochen hier angefangen habe. Andere typische Alex-Sätze: „Frauen und Technik, das funktioniert einfach nicht." (wenn etwas schief geht und eine Frau beteiligt ist. Manchmal reicht es auch, wenn eine Frau nur in der Nähe ist.), „Ich krieg hier noch nen Herzinfarkt." (wenn Alex zu viel Arbeit hat bzw. der Ansicht ist, zu viel Arbeit zu haben) und „Der Teufel scheißt immer auf den größten Haufen." (wenn zur Arbeit auch noch unvorhergesehene Probleme dazukommen).

Alex stellt seine Tasse lauter als nötig ab und gähnt übertrieben. Einer dieser Gähner, die man hören soll. Es ist jetzt kurz nach drei Uhr morgens. Ganz offensichtlich sucht Alex meine Aufmerksamkeit, vielleicht sollte ich ihm mal sagen, dass ich vergeben bin. Ich sage nichts und starre weiter auf die Monitore, einer der Rückenlieger dreht sich auf die Seite, ein anderer kratzt sich erst am Kopf und dann, ganz langsam, am Hals. Es sieht aus, als versuche er, sich mit seinen Fingernägeln zu rasieren.

„Ich geh mal aufs Klo."

Er klingt ein bisschen beleidigt. Vielleicht sollte ich doch netter zu Alex sein. Wenn er nur nicht immer die gleichen Sprüche bringen würde.

„Okay, ich halte die Stellung." Auch so ein blöder Spruch, diesmal von mir. Und der Kaffee schmeckt tatsächlich so, wie Spülwasser riecht ... zumindest ein bisschen. Ich mache immer zu starken oder zu schwachen Kaffee, ich kriege es nicht hin, die richtige Menge Pulver zu nehmen. Zu Hause haben wir so ein Ding mit Pads ... teuer und umweltschädlich, dafür idiotensicher.

Es ist erstaunlich, was Leute im Schlaf alles anstellen. Schon wieder kratzt sich einer am Kopf. Und die Frau in Zimmer drei fährt mit Daumen und Zeigefinger immer wieder eines der Kabel entlang, die sie mit den Aufzeichnungsgeräten verbinden. Auf dem grieseligen Schwarzweißbild kann ich die Farbe des Kabels nicht erkennen. Ich glaube, es ist das für die Hirnströme. Hoffentlich zieht sie nicht daran.

Ich habe schon beobachtet, dass Leute sich im Bett

aufgesetzt haben und aufgestanden sind. Einer hat mal nachts angefangen, Gymnastik zu machen, sogar Kniebeugen. Am nächsten Tag wusste er nichts mehr davon. Kein Wunder, dass sich so jemand am nächsten Morgen nicht ausgeruht fühlt. Eine Kollegin hat mir mal erzählt, dass einer nachts aufgestanden ist, seinen Schwanz herausgeholt und in den Mülleimer gepinkelt hat. Als er sein kleines Geschäft erledigt hatte, ist er einfach wieder ins Bett.

Ich nehme einen Schluck Kaffee und gähne.

***

Jetzt ist es halb vier. Scheiß Nachtschicht, mir tun die Augen und der Hintern weh. Vielleicht sollte ich mehr essen, meine Popobacken aufpolstern. Und wo zum Teufel bleibt Alex? Ist er beim Kacken eingeschlafen? Rutscht er gerade schnarchend von der Schüssel? Mir ist ein bisschen unheimlich zumute, so ganz alleine vor den Monitoren. Um diese Zeit ist es ja völlig still in dieser Abteilung, auch auf den Fluren ist niemand. Ich dachte, das wäre interessanter, hier im Schlaflabor. Aber die meiste Zeit sitzt man nur da, schaut sich schlafende Leute an und darf selbst nicht schlafen.

Ich ziehe mein Handy aus der Tasche. Vielleicht hat mir ja Paula geschrieben. Mal sehen … nichts. Die schläft und sabbert das Kopfkissen voll … das macht sie immer. Manchmal sabbert sie so stark, dass sie davon aufwacht, meine Süße.

Wieder der Blick auf die Monitore, was auch sonst. Der Rückenlieger, der sich vor einigen Minuten auf die Seite gedreht hatte, liegt mittlerweile auf dem

Bauch. Hoffentlich reißt er nicht irgendwelche Kabel ab. Manche Leute wickeln sich regelrecht ein in die Kabel, drehen sich um 360 Grad.

Als ich das letzte Mal die Nachtwache hatte – das ist jetzt fast zwei Wochen her – da passierte etwas ziemlich Unheimliches:

Also, es ist kurz nach fünf, da steht einer der Patienten auf und bleibt neben dem Bett stehen. Das ist nichts Ungewöhnliches, das passiert. Aber dann geht er auf die Kamera zu, bleibt vor der Kamera stehen und schaut direkt hinein. Ich habe also nur noch sein Gesicht auf dem Schirm, die Augen hat er halb geöffnet. Etwa eine Minute schaut er in die Kamera, dann senkt er ganz langsam den Kopf. Ich erinnere mich, dass der Mann eine kahle Stelle mitten auf dem Schädel hatte, etwa so groß wie eine Zweieuromünze. Eine Minute steht der Mann so da … als ob er den Boden anschaut, dann hebt er den Kopf und schaut wieder mit halb geöffneten Augen in die Kamera. Puh, mir lief es kalt den Rücken herunter. Ich dachte wirklich, der schaut mich an … was natürlich nicht sein kann. Nach einigen Minuten geht er zurück zum Bett, legt sich hinein und schläft einfach weiter. Und am nächsten Morgen: „Nee, davon weiß ich nichts. Also da würde ich mich doch erinnern, wenn ich aufgestanden wäre. Habe ich echt in die Kamera geschaut?"

Alex kommt zurück. Ich höre müde Schritte auf dem Flur, dann die Türklinke und das Schleifgeräusch der zu niedrig eingehängten Tür auf dem Linoleum.

„Und? Was Spannendes passiert? Irgendwelche Schlafwandler?"

„Nö, alles wie gehabt. Immer das gleiche Programm." Ich zeige auf einen der Monitore. „Der da hat sich gerade umgedreht."

„Aha", sagt Alex. Er schlurft zu seiner Kaffeetasse und schiebt seinen Hintern auf die Arbeitsplatte der kleinen Kochzeile. Dieser Winzling von Küche beansprucht etwa ein Viertel des acht Quadratmeter kleinen Raumes.

„Wieso müssen wir eigentlich zu zweit hier sein?", frage ich Alex. Er gähnt, bevor er antwortet. Würde ich für jeden seiner Gähner zwei Euro bekommen, dann würde sich das hier richtig lohnen.

„Das hat glaub ich rechtliche Gründe. Du bist ja noch Studentin. Und wenn was passiert, dann muss jemand mit ner abgeschlossenen Ausbildung da sein …" Er nimmt einen Schluck Kaffee. „… ab und zu haben wir hier ja auch Leute mit ziemlich heftigen Atemaussetzern. Wenn einer mal blau anläuft oder einem das Herz stehen bleibt, dann ist man wahrscheinlich heilfroh, wenn man nicht alleine ist."

„Hast du das mal erlebt?"

„Hier im Schlaflabor bisher zweimal. Ist aber noch keiner gestorben in meiner Schicht … Glück gehabt."

„Wie lange arbeitest du schon hier?"

„In der Klinik zehn Jahre, hier seit drei Jahren. Wenn man sich an die Nachtschichten gewöhnt hat, ist es ganz in Ordnung, man kriegt ja auch Zulage. Wie lange bist du eigentlich noch hier?"

„Noch vier Wochen wahrscheinlich. Also solange noch Semesterferien sind."

„Ach so, dann ist das so ne Art Ferienjob. Ich dachte, das gehört bei dir zum Medizinstudium."

„Nee, nicht direkt. Eher Ferienjob."

„In welchem Semester bist du eigentlich?"

„Ganz am Anfang. Ich komme jetzt ins dritte."

„Okay, also noch vorklinischer Teil. Und, machts Spaß?"

„Manchmal", sage ich und nehme einen Schluck Kaffee. Alex ist okay, ich sollte ihn besser behandeln. Vielleicht sollte ich ihm auch sagen, dass ich erstens auf Frauen stehe und zweitens in festen Händen bin, nicht dass er sich Hoffnungen macht … er ist ja nicht so viel älter als ich, Anfang dreißig. Hat Alex eigentlich ne Freundin? Ist er verheiratet?

„Was macht denn der da?" Alex zeigt auf einen der Monitore. „Kann wohl nicht schlafen."

Einer der Patienten sitzt regungslos auf der Kante des Krankenhausbettes. Er trägt eine gestreifte Schlafanzughose, sein Oberkörper ist nackt und sein weißer Bauch quillt über den Hosenbund.

„Ich könnte auch nicht schlafen mit dem ganzen Kabelzeug am Körper", antworte ich. Alex sagt nichts, ich höre ihn hinter mir atmen. Der Mann auf dem grieseligen Schwarzweißschirm sitzt noch immer auf der Bettkante. Nach etwa einer Minute sagt Alex doch etwas:

„Schlechter heißt der, Georg Schlechter. Ist seit zwei Tagen hier zur Beobachtung. Eigentlich ganz angenehmer Typ … aber immer, wenn ich mit dem gesprochen habe, hatte ich den Eindruck: Mit dem stimmt irgendwas nicht."

„Sieht doch ganz entspannt aus, wie der da so sitzt." In demselben Moment, als ich es sage, kommt mir das Gesagte saublöd vor. Dieser Mann sieht nicht im Geringsten entspannt aus. Er sitzt auf der Bettkante wie eine Wachsfigur, die man hier hingesetzt hat und die gleich vornüber kippt … völlig erstarrt. Nicht einmal sein Brustkorb bewegt sich. Atmet der überhaupt noch?

„Irgendwie komisch", murmelt Alex. „Kennst du das? Du weißt, dass mit jemandem was nicht in Ordnung ist, aber du hast keine Ahnung, was es sein könnte. Du weißt nicht einmal, ob es demjenigen gut oder schlecht geht. Das ist, als ob man in ein Zimmer kommt und irgendwas hat sich verändert. Man weiß nicht was, aber es stört einen, irgendwas stimmt nicht. Und man kann einfach nicht sagen, was es ist."

Ich mache mhm und schaue weiter den grauen Mann an. Wenn sich wenigstens sein Brustkorb heben und senken würde.

„Wieso ist der eigentlich hier?", frage ich Alex.

„Müsste ich in der Akte nachschauen … irgendwas mit Alpträumen glaub ich. Wir sollten den mal im Auge behalten, nicht dass der aufsteht und sich die Kabel abreißt."

Einige Minuten vergehen, ich starre auf den Monitor … mein linkes Bein ist eingeschlafen.

„Kannst du kurz übernehmen, ich muss mal ein paar Schritte laufen."

„Kein Problem, mach nen Spaziergang."

Ich stehe auf und reibe meine brennenden Augen. Alex setzt sich auf den angewärmten Stuhl, merkt, dass er seinen Kaffee vergessen hat, steht wieder auf und holt ihn. Ich gehe hinaus auf den Flur, schüttle mein linkes Bein, strecke die Arme, reibe gähnend die Augen und merke, dass Gähnen und Augenreiben gleichzeitig schlecht geht. Beim Gähnen zieht sich die Haut um die Augen zusammen … zumindest bei mir.

Herrje, ich bin einfach nicht gemacht für Nachtschichten, andere verkraften das viel besser. Auch Alex macht es weniger aus … okay, der ist es ja auch gewohnt, arbeitet ja schon über zehn Jahre als Pfleger.

Durch den stillen Krankenhausflur – diese Flure sehen für mich immer irgendwie nach Horrorfilm aus, ich denke immer, dass gleich eine Tür auffliegt und etwas Monströses auf mich zustürmt – gehe ich an den Beobachtungszimmern vorbei Richtung Toilette. Dort merke ich, dass ich gar nicht muss, außerdem sind Krankenhausklos nachts noch unheimlicher als Krankenhausflure. Ich gehe ins Treppenhaus und öffne eines der großen, schweren Fenster. Ich lehne mich nach draußen, höre entferntes Katzengeschrei und ziehe die kalte, klare Luft ein. Ich mache die Augen zu.

Einige Minuten stehe ich so da, der Wind weht mir das Haar in die Stirn. Ich stelle mir vor, dass ein großer, schwarzer Vogel kommt, mich an den Schultern packt, mich davonträgt und zu Hause absetzt, direkt in mein Bett … die Decke ist zurückgeschlagen, das Kissen aufgeschüttelt, alles bereit für mich. Als kein Vogel kommt, da ziehe ich das Handy aus der Tasche meiner Jeans: Keine E-Mail, keine SMS, kein Garnichts. Vielleicht sollte ich mir doch mal was zum Lesen mitbringen. Auch morgen und übermorgen habe ich diese blöde Nachtwache. Hoffentlich ist Alex auch da, hoffentlich bin ich nicht alleine … ich werde ihn mal fragen. Ist das wirklich rechtlich so, dass ich nachts hier nicht alleine sein darf?

Langsam aber sicher wird es unbequem am Fenster. Mit meinen 1,63 muss ich mich auf die Zehenspitzen stellen, um meine Arme auf den hohen Sims zu legen. Ich mache das Fenster zu und mich auf den Rückweg. Als ich eine der schweren Glastüren öffne, höre ich ein langgezogenes Stöhnen aus einem der Krankenzimmer. Ich stelle mich an die Tür, lege mein Ohr an das kühle, stumpfe Plastik und lausche. Jemand hustet, stöhnt noch einmal, und sagt etwas, das wie „Herrjemine" klingt. Ich klopfe an und frage, ob alles okay ist. Ja, es ist alles okay. So sagt es mir der Mann in dem Zimmer. Aber er sieht überhaupt nicht okay aus … er sieht aus, als hätte er nicht mehr viel Zeit.

„Soll ich jemanden rufen?"

„Nein, junge Frau. Geht schon wieder."

Ich lächle dem alten Mann zu und wünsche ihm eine gute Nacht. Dann verlasse ich das Zimmer und gehe Richtung Schlaflabor … durch den menschenleeren Flur, vorbei an den vielen Zimmern mit den mehr oder weniger kranken, mehr oder weniger sterbenden Menschen.

***

Alex liegt fast auf dem Drehstuhl, wenn er nicht aufpasst, dann rutscht er unter den Tisch. Er starrt auf die Monitore, dreht sich nicht zu mir um.

„Was ist mit dem Typ, der auf der Bettkante gesessen hat?", frage ich ihn.

„Hat sich wieder hingelegt."

„Soll ich übernehmen?"

„Ja, gerne. Ich hab sowieso noch Papierkram "

Alex rollt mit dem kleinen Drehstuhl in die Mitte des Raumes, steht auf und schiebt mir das Ding hin. Dazu macht er eine angedeutete Verbeugung, die ein bisschen linkisch aussieht, irgendwie verkrampft. Er hat schon wieder diese dicken, neongelben Turnschuhe an. Bestimmt ärgert er sich, dass ich sie noch nicht bemerkt/kommentiert/gelobt habe.

„Nette Schuhe übrigens."

Ich setze mich.

„Danke. Sind ganz neu."

Manchmal klingt er fast schwul. Ich drehe mich Richtung Monitore und Alex schiebt mich hin. Ja, Georg Schlechter hat sich wieder hingelegt. Es kommt mir vor, als hätte er die Augen geöffnet, aber das ist auf dem kleinen Röhrenmonitor nicht richtig zu erkennen. Von wann sind diese Bildschirme? Aus den Achtzigern?

„Kann man da irgendwie ran zoomen?", frage ich Alex, der hinter mir mit Papier raschelt.

„Nee, das geht nicht. Das würde ja Lärm machen."

„Wieso würde das Lärm machen?"

„Na weil die Linsen in dem Objektiv sich dann bewegen und das gibt so ein surrendes Geräusch."

„Es gibt bestimmt auch leise Linsen", sage ich, und schaue weiter Herrn Schlechter an. Ich bin mir fast sicher, dass er die Augen offen hat.

Alex stöhnt leise auf. Er stöhnt auf, weil er denkt, ich hätte keine Ahnung von Objektiven und den Geräuschen, die Objektive beim Zoomen so machen. Gleich kommt sein Spruch … er holt schon Luft.

„Sag jetzt bitte nichts von wegen Frauen und Technik … und dass das nicht zusammenpasst. Wenn ich das noch einmal höre, dann gehe ich hier raus und fahr nach Hause."

Alex hält die Klappe und ich habe ein ganz klein wenig ein schlechtes Gewissen … es ist auszuhalten. Wie ein bitterer Geschmack im Mund, von dem man weiß, dass er nicht lange anhält.

„Ist eben nicht jeder so originell wie du", sagt Alex nach einigen Sekunden. Ist er beleidigt? Ich antworte nicht, schaue auf die Monitore.

„Du musst übrigens nicht dauernd auf diese Bildschirme starren. Die Patienten sind alle verkabelt. Wenn mit einem was nichts stimmt, wenn einer nicht mehr atmet, dann geht sowieso der Alarm los."

Ich gähne und starre weiter auf die Bildschirme. Was soll ich denn sonst machen? Hinter mir raschelt Alex mit Papier. Dann höre ich das Geräusch einer Kugelschreiberkugel auf Papier. Alex schreibt schnell, schwungvoll. Es hört sich an, als ob jemand leise aber schnell ra-ra-ra-ra-ra sagt.

Jetzt ist es kurz nach vier und ich trinke meinen dritten Kaffee. Langsam muss ich aufhören, sonst kann ich nicht schlafen, wenn ich in zweieinhalb Stunden zu Hause bin. Meine Augen wandern über die Monitor-Menschen, live, klein und ganz ohne Farbe. Nichts Ungewöhnliches, eine Frau ist wach und leckt sich die Lippen, ein älterer Mann fasst sich im Halbschlaf an die Nase. Es sieht aus, als wolle er sie festhalten und würde dabei immer wieder abrutschen … irgendwie süß.

Mir fallen die Augen zu. Ich könnte meinen Kopf auf den Tisch legen und wegdösen. Vielleicht hilft Frischluft.

„Ich mach noch nen kleinen Spaziergang."

„Viel Spaß“, antwortet Alex ohne aufzusehen.

Wieder gehe ich zu dem großen Fenster im Treppenhaus. Wieder kommt kein schwarzer Vogel und trägt mich in mein Bett. Als ich zurück bin, sitzt Alex vor den Monitoren.

„Schau mal, der Schlechter hat sich wieder hingesetzt.“

Ich stelle mich hinter Alex, schaue ihm über die Schulter. Ja, Herr Schlechter sitzt wieder auf dem Rand des Bettes … völlig starr, genau wie vorhin. Plötzlich kommt Bewegung in die Szene.

„Was macht er denn jetzt?“, fragt Alex.

„Sieht so aus, als ob er aufstehen will. Vielleicht muss er aufs Klo.“

Georg Schlechter wippt mit dem Oberkörper vor und zurück, als wolle er Schwung holen. Aber immer, wenn sein Körper vorne ist, wenn er sein Gewicht auf die Beine verlagern könnte, schwingt er wieder zurück. Er erinnert mich an verhaltensgestörte Zootiere in zu kleinen Käfigen, die machen auch solche Bewegungen. Als Kind haben mich meine Eltern oft in den Zoo mitgenommen. Schon als kleines Mädchen hatte ich Mitleid mit den eingesperrten Tieren.

Plötzlich steht er auf, der graue Mann auf dem grauen Bildschirm. Er macht zwei Schritte vom Bett weg und bleibt dann stehen. Vorsichtig entfernt er die Kabel von seinem Körper.

„Glaubst du, der ist wach?“, frage ich Alex.

„Wirkt auf jeden Fall sicher auf den Beinen.“

Der Mann auf dem Bildschirm schaut sich im Zimmer um. Diese Zimmer sind nicht komplett abgedunkelt, man kann sich orientieren.

„Soll ich mal zu ihm gehen … ihn fragen, ob alles in Ordnung ist?"

Alex lässt sich Zeit mit der Antwort.

„Nee, lass mal. Vielleicht geht der wirklich nur aufs Klo."

„Ich dachte nur … wegen der Kabel."

„Nee, warte mal."

Herr Schlechter geht nicht aufs Klo, er geht langsam um das Bett herum und stellt sich in eine Ecke des Zimmers, mit dem Gesicht zur Wand. Wir sehen nur noch seinen Rücken.

„Was zum Teufel gibt das?", flüstert Alex.

Herr Schlechter steht da wie ein Schüler, den der Lehrer zur Strafe in die Ecke gestellt hat. Die Hände scheint er vor dem Körper verschränkt zu haben, wir sehen nur die Ellenbogen.

„Vielleicht sollte ich doch mal zu ihm gehen", sage ich. Alex antwortet nicht. Er hat die Stirn in Falten gelegt und kneift die Augen zusammen.

Wir sehen es im gleichen Moment. Die Schlafanzughose des grauen Mannes auf dem Monitor färbt sich dunkel. Ein großer Fleck breitet sich darauf aus.

„Hat der sich gerade in die Hose gemacht?", frage ich Alex. Er antwortet nicht, starrt angestrengt auf den kleinen, grauen Bildschirm und reibt sich das schlecht rasierte Kinn.

Plötzlich knallt Alex die Hände auf den Tisch. Ich erschrecke und zucke vor ihm zurück. Er stößt sich ab, springt vom Stuhl auf und rennt zur Tür. Was verdammt ist los? Schon ist Alex draußen, harte Schritte auf dem Flur. Ich schaue auf den Monitor. Herr Schlechter steht in seiner Ecke, der Fleck wird immer größer. Das ist kein Urin, das ist etwas Dichteres, etwas Dunkleres, etwas … oh Gott! Ich sehe noch, wie Alex ins Zimmer stürmt.

Herr Schlechter sackt in sich zusammen, bevor der Pfleger bei ihm ist.

***

Kein Schwarzweiß mehr, alles in Farbe. Alex hat auf den Lichtschalter geschlagen, alles liegt bunt und ekelhaft vor mir. Ich stehe in der Tür und Herr Schlechter liegt in seinem Blut. Alex beugt sich über ihn und versucht, die Bauchwunde zusammenzupressen. Das Messer steckt noch, man darf es nicht herausziehen, daran erinnere ich mich, die Wunde kann sich noch weiter öffnen, Blutgefäße, die durch das Messer-

„LENA! HOL HILFE! MACH SCHON!"

Ich stehe da wie erstarrt, glotze idiotisch auf das verschmierte Metall, das in Herrn Schlechter steckt. Mein Körper will in unterschiedliche Richtungen davon und das blockiert mich. Ich sehe, dass das Messer einen mattschwarzen Kunststoffgriff hat. Ich habe selbst so eines zu Hause, ich nehme es zum Zwiebelschneiden.

„JETZT MACH ENDLICH!"

Ein Ruck geht durch meinen Kopf … als würde mir jemand Stromkabel an die Schläfen halten. Ich renne los, zurück in das Zimmer mit den Monitoren. Scheiße! Scheiße! Scheiße! Wo ist das verdammte Telefon? … da ist es! Ich wähle die Nummer für die Notfälle und schreie in den Apparat, dass wir Hilfe brauchen. Schwere Bauchwunde, starker Blutverlust.

Macht schnell, verdammt noch mal! Beeilt euch! Wer ich bin? Lena heiß ich … Studentin, Schlaflabor. Pfleger Alex? Der versucht zu verhindern, dass der blutende Mann in zwei Teile auseinanderreißt. Jetzt helft uns endlich!

Weniger als eine Minute später stehe ich auf dem Gang, das Zimmer von Herrn Schlechter ist voller Leute, die sich um sein Leben bemühen. Meine Aufgabe ist es, den Patienten, die aufgeschreckt vom Gebrülle und Gerenne aus ihren Zimmern kommen, zu sagen, dass sie sich wieder hinlegen sollen. Ich komme mir vor wie ein Polizist in einem amerikanischen Krimi: Hier gibt es nichts zu sehen, Leute! Geht wieder schlafen und träumt was Schönes! Und macht keinen Scheiß mit irgendwelchen Messern!

Natürlich sage ich es nicht so. Ich sage den Leuten einfach, dass sie sich wieder hinlegen sollen, dass wir einen Notfall haben und dass gleich wieder Ruhe herrschen wird. Die meisten Patienten hören auf mich, gehen wieder ins Bett. Nur wenige bleiben stur stehen. Sie sind froh, dass mal was passiert, dass Lärm und Tod die Krankenhauslangeweile durchbrechen.

Doch Herr Schlechter ist nicht tot. Auf einer blutbesudelten Liege wird er Richtung Intensivstation geschoben. Sie machen schnell, dürfen keine Zeit verlieren. Zwei Ärzte und zwei Schwestern sind um ihn herum, kümmern sich um den Verletzten. Wo zum Teufel ist Alex? Er muss noch im Zimmer sein … und ja, da ist er. Ganz langsam habe ich die Tür aufgeschoben, der Boden voller Blut … darin Abdrücke von Schuhsohlen, von Händen und Knien.

Ein Fenster steht offen und auf dem Krankenhausbett liegen aufgerissene Plastikpackungen.

Alex sitzt am Fußende des Bettes, aus dem vor wenigen Minuten Herr Schlechter gestiegen ist. Neben ihm eine junge Ärztin. Sie hält seine Hand. Als Alex mich sieht, da schaut er mir direkt in die Augen. Ich will ihm sagen, dass es mir so leid tut. Vielleicht ist es ja diese eine Sekunde, die ich gezögert habe, die Herrn Schlechter das Leben kostet. Wenn ich doch nur …

Alex sagt etwas, bevor ich etwas sagen kann. Er klingt nicht wütend, nur erschöpft.

„Hast du gesehen, dass der ein Messer hatte?"

Nein, sage ich. Ich habe es wirklich nicht gesehen. Wenn ich es gesehen hätte, dann hätte ich doch nicht …

„Der muss das so gehalten haben, dass es immer von seinem Körper verdeckt war. Ich hab das einfach nicht gesehen."

Ich wiederhole, dass ich es auch nicht gesehen habe. An so etwas denkt man ja nicht. Das hier ist die Abteilung für Leute mit Schlafstörungen, nicht die geschlossene Psychiatrie.

„Ich habe das einfach nicht gesehen", wiederholt Alex. Er schaut auf den Boden, zwei Meter vor ihm trocknet das Blut. Ich bilde mir ein, dass man es riecht, ich will raus hier, das Zimmer sieht aus, als wäre darin ein großes Tier geschlachtet worden.

„Mit so etwas rechnet man ja nicht", sage ich. Etwas Besseres fällt mir nicht ein aber ich ertrage die Stille nicht. Sie hat etwas Bedrohliches, es muss doch weitergehen. Alex schaut immer noch auf den Boden. Er wirkt auf mich, als würde er angestrengt nachdenken: Wo hatte der das Messer? Wieso haben wir das nicht gesehen, dieses Messer? Ich suche den Blick der jungen Ärztin, schaue sie bittend an und mache eine Kopfbewegung Richtung Tür. Sie versteht.

„Okay, wir müssen jetzt langsam hier raus. Komm Alex, deine Schicht ist sowieso gleich zu Ende. Geh nach Hause und leg dich hin. Ich ruf dich später mal an. Und Sie … wie war Ihr Name?"

„Lena, Lena Pander."

„Sie sind Studentin, oder?"

„Ja, zweites Semester."

„War das Ihr erster Notfall?"

„Ja … also zumindest in dieser Form."

„Geht es Ihnen gut?"

„Ja, alles okay. War nur ein ziemlicher Schreck."

„Gut, Frau Pander. Sie sollten auch nach Hause gehen. Wenn etwas ist, dann können Sie bei uns anrufen … und jetzt mal raus hier."

Als ich in der fast leeren Straßenbahn sitze, da kommt alles wieder. Ich glaube sogar, metallisch-süßlichen Blutgeruch in der Nase zu haben. Noch in der Klinik habe ich heiß geduscht und mich umgezogen. Es war das erste Mal, dass ich so etwas erlebt habe, dass ich so viel Blut gesehen habe. Wo verdammt hatte der das Messer her? In Gedanken gehe ich alles wieder und wieder durch. Als er auf der Bettkante saß, da hatte er die Hände im Schoß, kein Messer. Oder hat man das auf diesem beschissen kleinen Monitor bloß nicht gesehen?

Die Gedanken laufen im Kreis, ich finde nicht den Haken, an dem ich sie festmachen kann, um ihnen eine Richtung zu geben. Vielleicht hatte er das

Messer in der Hose … aber dann hätte man doch den Griff … vielleicht hätte ich gleich sehen müssen, dass das nicht Urin sondern …

Einige Meter von mir entfernt sitzt eine alte Nonne. Sie hat einen mächtigen Schädel und Hände, die nach lebenslanger körperlicher Arbeit aussehen. Neben ihr steht ein großer Korb voller Brötchen. Verteilt sie die an Obdachlose? Um diese Zeit?

Völlig abstruse Gedanken kommen mir, während ich durch die nur widerwillig erwachende Stadt meinem Bett entgegen rattere. Vielleicht ist das mit Herrn Schlechter ja nur passiert, weil ich mir am Fenster im Treppenhaus diesen großen, schwarzen Vogel gewünscht habe. Der Vogel ist auch gekommen, ist durchs Fenster geschlüpft, als ich es zugemacht habe. Und dann hat er nicht mich, sondern Herrn Schlechter geholt. Aber Moment … ich weiß ja überhaupt nicht, ob er tot ist. Sie haben ihn auf die Intensivstation gebracht, sie haben sich beeilt … vielleicht ist diese Nonne mit den Brötchen der große schwarze Vogel … Scheiße Lena! Hör auf mit dem Quatsch! Du musst ganz dringend ins Bett. Deine Gedanken laufen Amok. Als ich die Wohnungstür aufschließe, da höre ich Paulas leises Schnarchen. Sofort fühle ich mich besser.

Unsere Wohnung besteht nur aus einem großen Zimmer und einem Bad, das so klein ist, dass ich mit ausgestreckten Armen die gegenüberliegenden Wände berühren kann. Wenn wir es machen, dann habe ich Angst, dass man uns im Treppenhaus hört. Wissen die Nachbarn überhaupt, dass wir ein Paar sind?

Ich gehe zu Paula, ziehe mich aus und versuche,

meine Liebste ein bisschen zur Seite zu schieben. Wenn sie alleine schläft, dann nimmt sie sich immer das ganze Bett. Dass sich ein Mensch so ausbreiten kann …

Von meinem Geschiebe wacht Paula auf, macht Platz und fragt mich, wie meine Schicht war.

„Ein Patient hat versucht, sich umzubringen", antworte ich.

„Schön … das kannst du mir ja alles morgen erzählen."

Sie hat überhaupt nicht gehört, was ich gesagt habe. Sie ist überhaupt nicht richtig wach. Ich lege mich hin, knipse das Licht aus und schaue ins Halbdunkel des kleinen Zimmers. Ich habe Angst, ganz viel Blut zu sehen, wenn ich die Augen schließe … einen großen, schmierigen Fleck, darin die Spuren von Füßen, Knien und Händen. Als ich mich endlich traue ist da nur gnädiges Schwarz. Goodbye cruel world. Neben mir das gleichmäßige Atmen meiner Liebsten.

Kapern

Herr Schlechter lebt. Zwei Tage kritischer Zustand, dann konnten sie ihn stabilisieren. Sie mussten ihm wohl ein größeres Stück Darm entfernen. So weit ich weiß, ist er mittlerweile wieder ansprechbar. Gott sei Dank.

Einige Mal habe ich mich mit Alex über das unterhalten, was vor einer Woche passiert ist. Er scheint die Sache gut wegzustecken, ist wohl auch stolz darauf, dass er dem alten Mann das Leben gerettet hat … Alpträume hat er keine, ebenso wenig wie ich. Keine schwarze Vögel, die alte Männer wegtragen. Keine Blutlachen, in denen plötzlich Fußabdrücke erscheinen.

Eigentlich hat die ganze Sache ja auch etwas Gutes: Wenn man in einem Krankenhaus arbeitet, dann muss man sich im Klaren darüber sein, dass Extremsituationen auftreten können. Irgendwann gerät jede Schwester und jeder Krankenpfleger in solch eine Lage, ebenso jeder Arzt und jede Ärztin. Ich war einfach etwas früher dran, ich habe das erste Mal schon hinter mir. Und dafür, dass ich so etwas noch nie erlebt hatte, habe ich mich gut gehalten … sagt zumindest Alex.

„Aber was ich nicht verstehe: Wie kann sich jemand den Bauch aufschlitzen und dabei einfach stehen bleiben. Du hast das ja auch gesehen, Lena … also auf den Monitor. Es gehört sowieso eine unmenschliche Überwindung dazu, sich ein Messer in den Bauch zu stecken … und dann noch hochzuziehen. Und der bleibt einfach stehen, knickt nicht mal zusammen. Erst nach mehreren Sekunden ist der ja umgefallen. So was habe ich echt noch nicht erlebt."

Als Alex diesen Satz sagt, da sitzen wir im Zimmer von Herrn Strauss, dem Leiter des Schlaflabors. Strauss ist Neurologe und Psychotherapeut, hat mehrere Doktortitel, einen kleinen, runden Bauch, sehr viel Arbeit und deshalb nie Zeit.

Seltsamerweise hat er nach Herrn Schlechters Selbstmordversuch sehr viel Zeit. Offensichtlich interessiert ihn die Angelegenheit. Schon viermal saßen ich und Alex seitdem in Strauss Büro, jetzt ist es das fünfte Mal und eigentlich ist ja schon alles gesagt.

Aber Strauss will mehr. Er fragt uns regelrecht aus, jedes Detail will er wissen: Wie sich Georg Schlechter am Abend zuvor verhalten hat. Ob er irgendetwas gesagt hat, bevor er ins Bett ging. Wie sein Gesichtsausdruck war. Wie lange genau er auf der Bettkante saß, bevor er aufstand und in die Zimmerecke ging … Ich und Alex beantworten die Fragen so gut, wie es eben geht. Wir haben uns nichts vorzuwerfen, wir haben keine Fehler gemacht …

„Der ist einfach nicht umgefallen", sagt Alex und schüttelt ganz leicht nur den Kopf.

„Ja, das ist wirklich sehr merkwürdig", antwortet Strauss. „Die Wunde war ja sehr groß … ist er ganz aufrecht stehen geblieben?"

„Ja", sagt Alex, „mehrere Sekunden lang."

„Und Sie haben das auch gesehen?", wendet sich

Strauss an mich.

„Ja … er ist aufrecht gestanden. Erst als Herr Pfahl (so heißt Alex mit Nachnamen) schon ins Zimmer gerannt ist, ist er umgekippt."

Strauss krault sich den Siebentagebart (grobe Schätzung) und lehnt sich im Stuhl zurück.

„Manchmal entwickeln Menschen in Extremsituationen ungeahnte Fähigkeiten, also zum Beispiel in Situationen enormer psychischer Angespanntheit … oder in Gefahrsituationen. Haben Sie das mit dem Traktor gelesen?"

Alex sagt nein. Ich schüttle den Kopf und mache ein Geräusch, das ebenfalls nein heißen soll.

„Das war vor einigen Wochen in den Medien. Da ist ein Vater mit seinem Sohn Traktor gefahren und an einem Hang ist das Fahrzeug umgekippt. Der Sohn war unter dem Traktor eingeklemmt und der Vater hat die eine Seite des Traktors angehoben, damit der Junge sich befreien konnte. Damit Sie mich nicht falsch verstehen, dieser Mann war nicht Gewichtheber, das war ein ganz durchschnittlicher Mann Mitte vierzig. Aber in Extremsituationen entwickeln Menschen manchmal ungeahnte Fähigkeiten, ob dies nun eine enorme Körperkraft ist oder die Fähigkeit Schmerzen zu ertragen und trotz einer schweren Verletzung regungslos zu verharren."

Strauss streicht sich immer noch durch den Bart. Er scheint nachzudenken. Auch die Geschichte mit dem Traktor hörte sich ein wenig so an, als hätte sie der Neurologe sich selbst erzählt um seine eigenen Gedanken in Bewegung zu versetzen. Langsam fühle ich mich unwohl. Was soll ich noch hier? Wir haben doch schon alles durch. Was will Strauss noch von uns? Wir haben doch alles richtig gemacht.

„Ich glaube, wir sollten wieder an die Arbeit gehen“, sagt Alex. „Sonst sind die Kollegen sauer.“

Strauss reagiert mit Verzögerung. Nur widerwillig kehrt er aus seiner Gedankenwelt zu uns zurück. Er nimmt seine Hand vom Kinn und trommelt mit den Fingern auf dem beigefarbenen Plastikschreibtisch.

„Gut … ähm, wir sind auch so weit fertig. Falls Ihnen noch irgendwas einfällt, dann melden Sie sich doch bitte bei mir.“

„Natürlich“, sagt Alex.

Wir gehen zur Tür und verabschieden uns. Strauss antwortet nicht. Er ist wieder bei seinen Gedanken, die Hände hat er vor der Brust gefaltet … sieht fast aus, als würde der Neurologe beten.

***

„Was will der eigentlich von uns? Wir haben dem jetzt schon viermal die gleiche Geschichte erzählt.“

Alex und ich sind einige Meter den Flur runter. Ich bin mir sicher, dass Strauss uns nicht mehr hören kann.

„Immerhin war Herr Schlechter sein Patient“, antwortet Alex. „Wahrscheinlich macht Strauss sich Vorwürfe, weil er nicht gemerkt hat, dass der selbstmordgefährdet ist.“

„Du hattest doch an dem Abend noch mit dem gesprochen. Du hast doch auch nichts gemerkt, oder?“

„Nein, eigentlich nicht. Hat im Grunde einen normalen Eindruck gemacht. Vielleicht ein bisschen grüblerisch … aber jetzt nicht direkt depressiv. Ich hatte zwar irgendwie ein komisches Gefühl bei dem, aber auf keinen Fall so, dass man denkt: Der will heute Schluss machen."

„Weiß man eigentlich, wo er das Messer her hatte?"

„So weit ich weiß von zu Hause, war jedenfalls kein Krankenhausmesser … ein ganz normales Küchenmesser. Wir können die Leute ja nicht kontrollieren, ob sie Messer dabei haben."

„Nee, natürlich nicht."

Alex zuckt mit den Schultern.

„So etwas passiert einfach, das kann man wahrscheinlich nicht verhindern. Wir beide haben einfach nur Pech gehabt, dass es in unserer Schicht passiert ist. Na ja, wie auch immer … ich muss hier lang, man sieht sich."

Er biegt links ab, ich gehe weiter geradeaus … Richtung Schlaflabor. Es ist kurz nach acht, in zwei Stunden ist meine Schicht zu Ende. Noch ein bisschen Papierkram erledigen, zwei Patientengespräche und dann nach Hause. Paula hat gesagt, dass sie heute etwas kocht. Sie ist eine mutige, allerdings keine besonders gute Köchin. Mal sehen, was es gibt … und ob es noch zu retten ist.

***

„Wir müssen uns echt mal eine größere Wohnung zulegen."

Paula verdreht die Augen, als ich das sage. Sie stochert in ihren Spaghetti, schiebt zwei Kapern Richtung Tellerrand.

„Und wie sollen wir die bezahlen? Du bist

Studentin und ich bin in der Ausbildung."

Die Kapern wandern noch ein wenig weiter Richtung Abgrund, gleich fallen die matschigen Knospen auf den Tisch. Wieso macht Paula die Dinger eigentlich in die Soße, wenn sie sie später wieder aussortiert? Mir zuliebe? Hab ich mal gesagt, dass ich Kapern liebe?

„Komm schon Paula, lass uns zumindest darüber reden. Die Wohnung hier ist auch nicht billig, eigentlich zahlen wir sogar zu viel für die 35 Quadratmeter. Ich glaube, dass wir für das gleiche Geld was Größeres bekommen, vielleicht was mit zwei Zimmern und Balkon."

„Aber nicht in dieser Gegend", antwortet Paula.

„Okay, vielleicht nicht in dieser Gegend. Aber mir wäre eine größere Wohnung wichtiger als die Gegend. Dann können wir uns auch mal aus dem Weg gehen."

Paula grinst mich an.

„Geh ich dir auf die Nerven, meine Süße?"

Ich grinse zurück. Eigentlich mag ich es ja nicht, wenn sie mich „Süße" nennt, das klingt so tussig.

„Wenn man in einem Zimmer zusammenhockt, dann geht man sich zwangsläufig auf die Nerven … früher oder später. Man muss sich auch mal aus dem Weg gehen können."

Paula hat zwei weitere Kapern gefunden und schiebt sie an den Tellerrand. Am liebsten würde ich sie fragen, warum sie diese Dinger ins Essen macht, wenn sie sie nicht mag. Aber aus der festen Überzeugung heraus, dass man in einer Partnerschaft auch mal die Klappe halten muss, halte ich ebendiese und trinke einen Schluck Rotwein.

„Wahrscheinlich hast du Recht“, sagt Paula. „Vielleicht sollten wir uns wirklich nach einer größeren Wohnung umsehen. Dann hast du vielleicht auch weniger Schiss, dass uns jemand beim Sex zuhört.“

Darauf antworte ich nicht. Paula mag meine Angst albern finden ... aber sie ist nun einmal da, diese Angst. Und was heißt überhaupt „Angst“, ich WILL schlicht und einfach nicht, dass uns die Nachbarn dabei zuhören. Bin ich jetzt verklemmt? Bin ich jetzt spießig? Mir doch egal!

„Habs nicht so gemeint ... sorry.“

„Schon okay.“

Ich lege die Gabel weg und strecke die Hand über den Tisch. Sie nimmt sie, drückt sie kurz, streichelt dann die Oberseite meiner Finger. Es kitzelt ... allerdings nicht so stark, dass ich meine Hand wegziehen muss.

„Wie geht es dir überhaupt?“, fragt sie mich. „Denkst du noch oft an die Sache mit dem Typen, der sich umbringen wollte?“

„Nein, nicht so oft. Ich hatte ja Angst, dass ich Alpträume oder Schlafstörungen oder so was bekomme. Aber bisher war nichts.“

Paula lächelt mich an. Sie sieht gut aus mit ihren kurzen, platinblond gefärbten Haaren ... allerdings auch ein bisschen hart.

„Hätte mich auch gewundert, wenn du Alpträume bekommst. Du hast schon immer geschlafen wie ein Stein. Du rollst dich sogar zusammen und siehst dann aus wie ein Stein.“

„Red kein Blödsinn, iss lieber deinen Teller leer, damit ich abwaschen kann.“

„Ja, Mama, ich ess meinen Teller leer." Sie verstellt ihre Stimme, ahmt ein kleines Kind nach. Dann lässt sie meine Hand los und isst brav ihren Teller leer. Nur die dunkelgrünen Knospen lässt sie übrig.

***

Fünf Minuten später stehe ich an der Spüle – so machen wir das immer, eine kocht, die andere spült – und Paula sucht im Netz nach Wohnungsanzeigen.

„Also irgendwie ist das alles nichts."

„Was?"

„Das ist alles nichts."

„Du suchst ja auch erst seit fünf Minuten."

„Trotzdem. Entweder zu teuer oder blöde Gegend."

Ich antworte nicht, stelle meinen Teller auf dieses Holzgerippe, das wir bei IKEA gekauft haben, und wische mir die Hände an einem Geschirrtuch ab, das ein klein wenig nach Knoblauch stinkt. Irgendwie ist alles zu eng hier. Eine größere Wohnung wäre bestimmt auch sauberer ... zumindest würde sie sauberer aussehen. Paula meldet sich.

„Das ist alles Scheiße hier. Vielleicht sollten wir erst mal einfach rumfragen, also bei der Arbeit ... oder irgendwelche Bekannte. Die guten Wohnungen kriegst du eh nur, wenn du jemanden kennst, das ist leider so."

Langsam werde ich sauer.

„Du hast gerade mal fünf Minuten geschaut und schon gibst du auf. Und dann bleibt wieder alles an mir hängen."

„Hör mal, lass uns doch einfach im Bekanntenkreis

und unter den Kollegen fragen. Oft ergibt sich da was. Und falls nicht, dann können wir immer noch im Internet und in den Zeitungen schauen. Okay?"

„Okay", sage ich und mache den Fernseher an. Vielleicht hat sie ja Recht.

Paula fährt den Computer runter, kommt zu mir, legt ihren Arm um mich und küsst mich auf die Stirn. Mein Bruder hat mal zu mir gesagt, Paula wäre mein Mann. Er hat sich nur versprochen, hat sich sogar entschuldigt. Aber irgendwie kann ich es verstehen, wenn Leute mich als die Frau und Paula als den Mann betrachten. Es sind nicht nur die Gesten. Paula hat kurzes, ich langes Haar. Sie ist auch größer und kräftiger als ich. Und auch bei handwerklichen Sachen ist sie besser.

Schluss mit diesem Männer-Frauen-Scheiß. Ich bin einfach froh, Paula zu haben. Wir sind zwei Jahre zusammen und ich liebe sie immer noch. Es wäre furchtbar für mich, würde ihr etwas passieren.

Ein Angebot

Ein Tag auf Station, einer wie die ganzen anderen auch. Das mit Herrn Schlechter ist jetzt zwei Wochen her, er ist aus der Intensivstation raus und keiner redet mehr über die Angelegenheit. Auch Strauss hat aufgehört, mich und Alex auszufragen. Fast eine Woche war ich nicht mehr bei ihm im Zimmer.

Ab und zu habe ich das Gefühl, ich sollte zu Herrn Schlechter gehen, einfach Hallo sagen und fragen, wie es geht. Schließlich war ich dabei, als sich der Mann das Leben nehmen wollte. Ich habe mich schon erkundigt, auf welcher Station er liegt. Andererseits ... er kennt mich nicht, hat mich nie gesehen. An dem Abend, bevor er sich das Messer in den Bauch rammte, war Alex bei ihm, nicht ich. Was sollte ich Herrn Schlechter sagen? Etwa „Hallo, Sie kennen mich zwar nicht, aber ich weiß, wie es aussieht, wenn Sie am Verbluten sind"? Nein, ich werde nicht zu ihm gehen. Was sollte ich dort? Ich hol mir lieber einen Kaffee.

Als ich die kleine Kaffeeküche betrete, ist sie schon voll mit Schwester Anne. Diese Frau ist ungefähr zwei Meter groß und einen Meter breit. Okay, ich übertreibe ... sie ist etwa 1,80. Trotzdem eine imposante Erscheinung. Sie sieht aus wie eine russische Gewichtheberin.

„Hallo Frau Pander, wie gehts?"

Meine Antwort wartet sie nicht ab.

„Sagen Sie mal, Sie haben doch letztlich gemeint,

dass Sie und ihr Freund eine Wohnung suchen. Ein Bekannter von mir hätte da vielleicht was für Sie und Ihren Liebsten."

Ich überlege, ob ich ihr sagen soll, dass mein Liebster eine Liebste ist, entscheide mich aber dagegen. Man weiß nicht, wie die Leute reagieren.

„Ähm ... was wäre das denn?"

„Das weiß ich auch nicht so genau. Aber Sie können ja mal bei dem anrufen und nachfragen."

Schwester Anne zieht ein zweifach gefaltetes Stück Papier aus ihrer Hosentasche. Sie faltet es auf, hält es am ausgestreckten Arm von sich weg (ist sie weitsichtig?) und liest den Namen vor: Egner ... Andreas Egner. Dann schaut sie mich an und ich weiß nicht, wie ich reagieren soll. Sollte ich diesen Herrn Egner kennen?

„Ich geb Ihnen mal den Zettel, Frau Pander. Dann rufen Sie da an und klären alles Weitere."

„Danke", sage ich etwas verdutzt. Ihr letzter Satz klang fast wie ein Befehl. Allerdings klingen viele der Sätze, die dieses Monstrum von Krankenschwester im Laufe einer Schicht sagt, wie Befehle. Diese Stimme passt zum Körper, in dem sie wohnt.

„So, dann mal weiter."

Schwester Anne stellt ihre Tasse in die Spüle und schiebt sich an mir vorbei aus der engen Kaffeeküche. Ich stehe da mit dem Zettel in der Hand. Fast habe ich den Eindruck, als habe die Krankenschwester gerade irgendeine Pflicht erfüllt: Auftrag ausgeführt und nun zurück zum Arbeitsalltag. Ach, ich denke einfach zu viel nach. Sagt Paula auch immer.

Als ich den Zettel anschaue, den mir Schwester

Anne in die Hand gedrückt hat, da habe ich schon wieder das Gefühl, dass etwas nicht stimmt. Ich halte ein mit Zahlen und Buchstaben beschriebenes Stückchen Papier in der Hand und habe ein komisches Gefühl dabei. Scheiße! Was zum Teufel ist los mit mir? Geht mir diese Sache mit Herrn Schlechter doch noch nach? Bin ich plötzlich hypersensibel? Ich stecke den Zettel ein und gehe zurück an meine Arbeit. Die Ablenkung tut mir gut.

***

Heute hat Paula nicht gekocht. Sie hat Nudeln vom Chinesen geholt, die wir vor dem Fernseher essen. Die hohen Pappschachteln sind bis zum oberen Rand gefüllt. Es sieht aus, als hätte der Koch die Nudeln mit Gewalt in die Schachteln gepresst. Man könnte die Nudelblöcke trocknen lassen und daraus eine Mauer bauen.

„Und? Wie wars bei der Arbeit", fragt Paula mit vollem Mund. Ihre Lippen glänzen vom Fett und von der Sojasoße.

„Och, ganz okay. Mich hat ne Krankenschwester angesprochen. Ein Bekannter von ihr hat anscheinend eine Wohnung zu vermieten."

Ich esse weiter. Aus dem Augenwinkel sehe ich, dass Paula ihre Stäbchen in die Nudeln gesteckt hat und mich anschaut.

„Ja und? Was ist das für eine Wohnung?"

„Keine Ahnung. Die hat mir nur einen Zettel mit einer Telefonnummer in die Hand gedrückt und mir gesagt, dass ich da mal anrufen soll."

„Hast du schon angerufen?"

„Nein, hab ich nicht."

„Und? Rufst du noch an?"

„Ich denke schon."

„Du bist ja gesprächig heute. Macht echt Spaß mit dir."

„Tut mir leid, Schatz. War ein langer Tag ... außerdem kommt mir die Sache mit dem Bekannten von der Schwester komisch vor."

„Wieso komisch?"

Ich denke nach, komme aber zu keiner Antwort. Ich merke nur, dass meine Nudeln kalt werden, dass ich nicht mehr esse, sondern das Zeug in der Pappschachtel von einer Seite auf die andere schiebe. Dabei schmeckt es mir.

„Krieg ich vielleicht ne Antwort?"

Jetzt klingt Paula gereizt.

„Ich habe keine Antwort. Ich weiß auch nicht, warum mir die Sache komisch vorkommt. Ich glaube, es liegt an der Art, wie sie mir den Zettel gegeben hat ... und wie sie mit mir gesprochen hat. Das war so, als würde sie eine Pflicht erledigen. Die hat sich auch gleich verabschiedet, als ich den Zettel hatte."

„Vielleicht ist das einfach ihre Art."

„Ja, kann sein. Ich weiß auch nicht. Ist ja auch egal, ich ruf morgen mal da an, vielleicht ist das ja was für uns. Hast du eigentlich auch mal bei deinen Kollegen gefragt?"

„Ja, hab ich. Hat aber keiner was gewusst", antwortet Paula und schiebt sich einen Klumpen in den Mund, aus dem eine einzelne Nudel hängt. Mit vollem Mund spricht sie weiter. „Ruf doch erst einmal bei der Nummer an, die du heute bekommen hast. Vielleicht ist das ja wirklich was."

„Okay, mach ich. Lass uns über was anderes sprechen … oder einfach fernsehen. War echt ein langer Tag."

„Ja, bei mir auch. Arbeit nervt."

Mir fällt der Song von Deichkind ein. Ihr auch. Paula grinst mich an und singt YeahYeahYeahYeah-YeahYeah. Dann beugt sie sich zu mir herüber und gibt mir einen Kuss. Ihre Lippen schmecken nach Sojasoße.

***

Heute Morgen bin ich mit Bauchschmerzen aufgewacht. Vielleicht das chinesische Essen. Als die Krämpfe endlich nachließen, da wurde mir übel. Fast eine Viertelstunde hing ich über der Kloschüssel, der kalte Schweiß stand mir auf der Stirn, aber es kam nichts. Paula war so lieb zu mir. Sie hat im Krankenhaus angerufen und gesagt, dass ich heute nicht komme. Sie hat mich sogar gefragt, ob sie bei mir bleiben soll, ob sie sich auch krankmelden soll. Das fand ich dann doch übertrieben … außerdem bin ich ganz gerne alleine, wenn ich krank bin. Ich komme mir dann so hässlich vor. Und ja, ich weiß, dass es albern ist.

Es ist kurz nach zehn. Ich sitze an unserem Küchentisch, vor mir dampft der Kamillentee und mein Blick wandert durch die kleine Wohnung und dann zum Fenster hinaus. Zwei Müllmänner schieben einen großen, grünen Papiercontainer zu einem großen, grauen Müllauto. Die Vorrichtung am Heck des Wagens greift den Container und kippt seinen Inhalt in den Lastwagen. Einer der Müllmänner hat seinen rechten Handschuh ausgezogen und kratzt sich am Auge. Als der Container wieder auf der Straße steht, da greift ihn sich der größere der beiden Männer und gibt dem Ding einen kräftigen Stoß. Der Container poltert über die Bordsteinkante, rollt einige Meter und bleibt dann stehen. Die Müllmänner sind schon aufgesprungen und das große Auto fährt weiter. Und dann … ganz langsam … setzt sich der Container in Bewegung und rollt Richtung Straße. Der Bürgersteig ist abschüssig, der Container wird schneller. Er poltert die Bordsteinkante herunter und bleibt mitten auf der Straße stehen. Die Fahrerin eines lila Twingo bremst ab, weicht auf die Gegenfahrbahn aus und umfährt das grüne Plastikding. Mir fällt auf, dass der Müllcontainer und der Twingo ungefähr die gleiche Größe haben. Soll ich nach draußen gehen und den Container von der Straße schieben? Nicht, dass jemand mit dem Plastikkasten zusammenstößt. Andererseits … das Ding ist auffällig genug, da fährt keiner gegen. Außerdem bin ich krank.

Statt die Müllfrau zu spielen, suche ich den Zettel, den mir Schwester Anne gegeben hat. Ich finde ihn in meiner Jeans, gehe zurück zum Küchentisch und wähle die Nummer. Die Vorwahl unterscheidet sich nur in einer Ziffer von unserer.

„Hier Maria Reichel, Sekretariat von Herrn Egner."

„Guten Tag, mein Name ist Lena Pander. Könnte ich den Herrn Egner sprechen?"

„Worum geht es denn?"

„Ähm, ich habe von einer Arbeitskollegin diese

Nummer bekommen. Wir sind auf der Suche nach einer Wohnung und diese Kollegin meinte, ich soll mal mit Herrn Egner sprechen."

„Moment, ich verbinde Sie."

Warteschleifenmusik, leichte Klassik. Ich schaue einem älteren Herrn dabei zu, wie er den verirrten Müllcontainer von der Straße zieht. Seinen kleinen grauen Hund hat er an einem Gartenzaun angebunden. Als der Container sicher steht, wischt sich der Mann die Hände an der Hose ab, macht den Hund los und läuft weiter.

„Hallo, hier Egner."

Eine tiefe, stabile Stimme.

„Guten Tag, mein Name ist Lena Pander. Ich habe Ihre Nummer von einer Kollegin, von Schwester Anne … ich weiß leider den Nachnamen nicht."

„Schwester wer? … ach so, Sie arbeiten im Klinikum. Sie rufen wegen der Wohnung an."

„Genau, wegen der Wohnung. Ich wollte mal fragen, um was es sich dabei handelt."

„Ja ähm … warten Sie mal einen Moment."

Ich höre das Rascheln von Papier und deutlich die Atemgeräusche Herrn Egners. Anscheinend benutzt er ein Headset.

„Okay, also die Wohnung ist in der Georgstraße … Pander war Ihr Name?"

„Ja, Lena Pander."

„Kennen Sie diese runden Hochhäuser, Frau Pander? Die sind architektonisch sehr interessant, wurden in den Zwanzigern gebaut."

Ich weiß, wo die Georgstraße ist, liegt ein bisschen außerhalb. Die runden Hochhäuser allerdings kenne ich nicht.

„Macht ja nichts. Jedenfalls haben wir diese Häuser gekauft und überlegen gerade, was wir damit machen. Und ähm … also diese Wohnung, die Sie mieten könnten, die hätte 65 Quadratmeter, Badewanne und Balkon sind vorhanden. Die Miete läge bei 200 Euro warm."

Hab ich mich gerade verhört? 200 Euro warm? Ich frage nach und Herr Egner bestätigt mir diese unglaublich niedrige Zahl.

„Genau, 200 Euro warm. Wir rechnen für die Hauswache einen Stundenlohn von zwölf Euro, allerdings haben Sie erfahrungsgemäß nicht mehr als eine Stunde Arbeit am Tag, das hält sich wirklich in Grenzen."

Ich verstehe nicht. Von was redet der?

„Was meinen Sie mit Hauswache?"

„Ja die Hauswache eben."

„Ich verstehe nicht ganz."

„Ach so … dann hat man Ihnen das nicht gesagt. Das Haus steht fast komplett leer, da wohnen momentan nur zwei Parteien drin. Ihre Aufgabe wäre es, täglich einen Rundgang durch das Gebäude zu machen und nach dem Rechten zu sehen. Sind Sie handwerklich begabt?"

„Ähm …"

„Müssen Sie auch nicht. Es kommt wirklich nur darauf an, dass Sie Ihre Rundgänge machen und nachsehen, ob alles in Ordnung ist. Und dafür verlangen wir eben nur 200 Euro Miete. Würden Sie alleine dort einziehen?"

„Nein, zusammen mit meiner Lebensgefährtin."

„Mit Ihrer Lebensgefährtin … ach so. Wir nehmen ja ganz gerne Frauen für solche Aufgaben. Unserer

Erfahrung nach sind Frauen zuverlässiger als Männer. Aber jetzt sagen Sie doch mal, können Sie sich das überhaupt vorstellen?"

„Was genau wären denn meine Aufgaben. Also nur diese Rundgänge oder ..."

„Ja, zum einen diese Rundgänge, dabei immer schauen, ob alle Türen zu sind ... und ab und zu mal eine kleine handwerkliche Sache, also vielleicht mal eine Glühbirne wechseln. Das ist wirklich nicht viel Arbeit. Wenn Sie Interesse haben, dann gebe ich Ihnen die Nummer vom Herrn Brandt, momentan kümmert er sich um das Haus. Der kann Ihnen da genaueres sagen."

„Ähm ... dann wohnt dieser Herr Brandt momentan in diesem Haus? Also macht der im Moment diese Hauswache?"

„Nein-nein, der wohnt nicht dort. Der fährt nur regelmäßig da hin und sieht nach dem Rechten. Der ist von einer Hausmeister-Firma, mit der wir seit einiger Zeit zusammenarbeiten. Sekunde mal, ich suche Ihnen die Nummer raus."

Ich lasse mir die Nummer geben und wir verabschieden uns. Was ist dieser Egner überhaupt? Bauunternehmer? Anwalt? Hörte sich irgendwie nach Anwalt an, sehr selbstsicher. Kann mir gut vorstellen wie er vor Gericht irgendwelche Leute über den Haufen quatscht.

Mein Kamillentee ist nur noch lauwarm und ich weiß nicht, was ich von der Sache halten soll. Wäre ich da so eine Art Hausmeister? Ich habe so etwas noch nie gemacht. Okay, wir würden eine Menge Geld sparen. 200 warm für 65 Quadratmeter, das kriegt man sonst nur in Ostdeutschland auf dem flachen Land. Eine Stunde zusätzliche Arbeit am Tag, das sind dreißig Stunden im Monat. Die Arbeit würde ich mir mit Paula teilen, also für jede 15 Stunden, eigentlich ein sehr gutes Angebot.

Ich rufe Paula an.

„Hallo Schatz, hast du einen Moment Zeit?"

„Sogar zwei Momente. Geht es dir besser?"

„Ja, geht einigermaßen. Hab mir nur den Magen verdorben. Vielleicht die Nudeln gestern."

„Also ich hab nichts", antwortet Paula.

„Ist ja auch egal. Ähm … hör mal, ich hab gerade mit diesem Typen gesprochen, wegen der Wohnung. Die hat 65 Quadratmeter und kostet 200 warm."

Ich warte. Null Reaktion.

„Und? Keine Begeisterungsstürme?"

„Da ist doch garantiert irgendein Haken dran."

„Okay, also der Haken ist, dass wir in dem Haus nach dem Rechten sehen müssen. Wir müssen jeden Tag einen Rundgang machen und schauen ob alle Türen zu sind."

„Hä?"

„Das nennt man wohl Hauswache … also so hat zumindest der Vermieter gesagt. Wir wohnen dort und zahlen weniger Miete, weil wir uns um das Haus kümmern. Kennst du diese runden Hochhäuser in der Georgstraße?"

„Welche runden Häuser denn?"

„Ich kenne die auch nicht, aber die sind noch aus den Zwanzigern und er meinte auch, dass die architektonisch sehr interessant sind. Vielleicht wäre das ja was für uns."

„Hm … vielleicht. Lass uns da mal drüber sprechen, wenn ich zu Hause bin."

Paula klingt wenig begeistert.

„Also ich glaube, das ist ein wirklich interessantes Angebot. Wir hätten sogar einen Balkon und eine Badewanne."

„Lena, lass uns da nachher drüber reden. Du kannst ja mal schauen, wo das überhaupt liegt. Die Georgstraße ist ja ziemlich lang."

„Okay, mach ich."

„Bis nachher."

„Ja, bis nachher."

Was ist denn jetzt wieder los? Manchmal versteh ich Paula einfach nicht. Das ist wirklich ein interessantes Angebot. 65 Quadratmeter plus Balkon und Badewanne für – tata! – 200 Euro. Sie könnte ruhig mal ein bisschen Begeisterung zeigen. Was will sie denn noch? Einen Pool mit Wasserrutsche? Eine eigene Straßenbahnhaltestelle?

Ich schlurfe in meiner zu weiten Jogginghose zum Computer, drücke auf On und warte die halbe Minute, die das Ding zum Hochfahren braucht. Dann suche ich nach runden Häusern in der Georgstraße. Okay, kaum gesucht und schon gefunden. Nur dass sie nicht rund sind, sondern achteckig … gebaut in den zwanziger Jahren vom bekannten niederländischen Architekten … eines der Häuser aufgrund von Kriegsschäden abgerissen im Jahr … momentan größtenteils leerstehend wegen …

Irgendwie kommen mir diese Häuser bekannt vor. Wahrscheinlich habe ich sie doch schon einmal gesehen. Ich öffne Google Maps und schaue mir an, wo genau diese Häuser liegen. Okay, ein bisschen außerhalb, viel Grün drum herum. Aber mit dem Fahrrad müsste man in fünf Minuten an der nächsten

Straßenbahnhaltestelle sein … alles kein Problem. Ich überlege, ob ich Paula noch mal anrufen soll, lasse es dann aber sein. Ich will ihr nicht auf die Nerven gehen.

Sechs Kreise

Herr Brandt spricht einen Dialekt, den ich nicht einordnen kann. Vielleicht was Rheinländisches. Er macht einen ausgesprochen gutgelaunten Eindruck auf mich, Typ rheinische Frohnatur. Ein bisschen hört er sich an, als hätte er schon ein paar Bier intus.

„Also wenn Sie Zeit haben, junge Frau, dann können Sie heute noch vorbeikommen. Ich bin heut Abend so ab sieben sowieso da. Ich mach sowieso noch meinen kleinen Rundgang."

„Ähm ... also wir würden ja zu zweit in die Wohnung ziehen. Ich müsste erst nachfragen, ob meine Freundin heute Abend Zeit hat."

„Ja gut, dann machen Sie das mal. Meine Nummer haben Sie ja. Also wie gesagt, ich bin heute Abend sowieso da. Sie können auch erst alleine vorbeikommen und dann noch mal zu zweit. Macht mir keine Umstände, hab ich ein bisschen Abwechslung."

„Gut, ich melde mich gleich noch mal."

„Jo, bis dann junge Frau. Tschööö."

Ich lege auf und bin mir fast sicher, dass dieser Herr Brandt was getrunken hat. Ich stelle mir vor, wie er angesäuselt, mit einer Bierflasche in der Hand und einem Karnevalsschlager auf den Lippen, durch die Flure des Hauses torkelt, auf das er aufpassen soll. Grinsend rufe ich Paula an.

„Schatz, ich bin es. Wir könnten uns heute Abend schon diese Wohnung in der Georgstraße anschauen. Hab gerade mit dem Typen gesprochen, der im

Moment noch auf das Haus aufpasst. Macht nen lustigen Eindruck."

„Ich dachte, du bist krank."

„Nö, geht schon wieder. Fühl mich schon besser."

Drei Sekunden Stille.

„Scheiße Lena! Du weißt doch, dass ich heute Abend ins Fitnessstudio wollte. Hab ich doch gestern schon gesagt."

Stimmt, das hat sie gestern schon gesagt. Aber mir gefällt ihre Tonlage nicht und meine Antwort kommt aggressiver als beabsichtigt.

„Du kannst an jedem verdammten Tag in dieses blöde Studio. Das muss doch echt nicht heute sein."

„Du weißt genau, dass ich meinen Rhythmus habe. Und eigentlich wollte ich schon gestern. Ich gehe auf jeden Fall heute Abend ins Studio. Wann soll die denn sein, diese komische Besichtigung?"

„Der Mann, mit dem ich telefoniert habe, ist ab sieben da."

„Sorry, das wird mir alles zu stressig."

„Scheiße Paula, dann geh ich eben alleine."

„Dann geh eben alleine."

„Mach ich auch! Tschüss!"

Ich lege auf, bevor sie noch etwas sagen kann. Dann rufe ich Herrn Brandt an. Schon beim zweiten Klingeln nimmt er ab.

„Brandt hier am Apparat! Also nicht, dass Sie meinen, der Apparat brennt. Mein Name ist Brandt."

„Hallo Herr Brandt, hier Lena Pander. Wir haben gerade telefoniert."

„Ja-ja, ich erinnere mich dunkel. So schlecht ist mein Gedächtnis noch nicht."

Ich muss lachen. Es tut mir gut, nach dem

Gespräch mit Paula einen gutgelaunten Menschen am Telefon zu haben.

„Also ich könnte um sieben vorbeikommen."

„Ja gerne, ich bin da."

Herr Brandt fragt mich, aus welcher Richtung ich komme und beschreibt mir umständlich den Weg. Ich lasse ihn seine Beschreibung zu Ende bringen, obwohl ich schon nicht mehr zuhöre. Nachher werde ich einfach die Adresse ins Navi eingeben.

„Ja dann bis später, junge Frau. Um sieben draußen vor dem Eingang. Meine Nummer ham Sie ja, also falls wir uns nicht finden."

„Ja, dann bis später. Tschüss."

„Tschüssikowalski."

(Das sagt er tatsächlich.)

Als ich gerade aufgelegt habe, klingelt mein Telefon. Paula ist dran.

„Gehst du jetzt alleine da hin?"

„Ja, um sieben."

„Und du triffst dich mit diesem Hausmeister?"

„Ja genau."

„Ist der Typ okay? Also hast du einen guten Eindruck von dem?"

Ich grinse in mich hinein. Sie macht sich Sorgen um mich.

„Ja-ja, mach dir mal keine Gedanken. Der Typ ist harmlos. Ich erzähl dir dann alles."

„Aber wenn du das Gefühl hast, mit dem Typ stimmt was nicht, dann haust du ab. Okay?"

„Keine Sorge, ich lasse mich nicht vergewaltigen. Viel Spaß beim Training!"

„Werd ich haben ... dann bis später, mein Schatz."

„Bis später, Sweetie."

Kurz vor sieben biege ich mit meinem kleinen roten Citroen in die Georgstraße. Paula sagt, wenn man bei Wikipedia den Begriff „Frauenauto" eingibt, dann kommt ein Bild von mir in meinem Auto. Soll sie doch lästern.

Die Gegend, durch die ich gerade fahre, ist weniger schick als das Viertel, in dem ich und Paula momentan wohnen. Aber das ist kein Problem, sowieso nerven mich diese ganzen rausgeputzten Leute immer mehr. Ich habe den Eindruck, dass alles, was diese Menschen tun, auf Selbstinszenierung rausläuft. Als würden sie sich ständig selbst beobachten. Sogar die kleinen Nachlässigkeiten und Stilbrüche sind ganz genau durchdacht. Puh, wird vielleicht echt Zeit für eine neue Gegend. Vielleicht liegt meine Abneigung auch nur daran, dass ich den Eindruck habe, mit den schicken Leuten nicht mithalten zu können. Scheiße! Ich studiere und arbeite nebenher, da habe ich keine Zeit, dauernd mein Aussehen zu optimieren. Es gibt echt wichtigere Dinge.

Ich fahre mit meinem kleinen, roten Frauenauto die Georgstraße entlang. Die Wohnhäuser werden weniger, ich komme an Tankstellen vorbei, an einem Baumarkt und mehreren am Straßenrand abgestellten Imbisswägen. Ich halte so angestrengt Ausschau nach Hausnummern, dass ich beinahe einem Lastwagen hinten rein fahre. Es müsste doch verdammt noch mal möglich sein, diese Hausnummern etwas besser sichtbar anzubringen. Ich hab keine Ahnung, wo ich bin. Plötzlich ein Monstrum von Hausnummer, golden glänzend und so groß wie ein durchschnittliches Klofenster. Na also, geht doch.

Okay … hier irgendwo müsste es sein. Und ja, da ist was ich suche. Sie stehen ein ganzes Stück von der Straße weg, diese runden Häuser … eigentlich ja achteckigen Häuser. Und sie sehen aus, als würden sie nicht dazugehören, als hätten sie sich in diese Gegend verirrt und nicht wieder nach Hause gefunden. Ich schalte das Radio aus und biege in eine verdreckte Auffahrt. Die beiden Häuser – ein drittes wurde abgerissen, man erkennt deutlich die Lücke, die es hinterlassen hat – sind grau und verdreckt. Die Balkone sind versetzt angeordnet und geben den Gebäuden etwas Verzerrtes, Unordentliches. Sie sehen aus wie verdrehte Rubikwürfel. Die Bezeichnung „Hochhäuser", die Herr Egner gebrauchte, ist übrigens leicht übertrieben. Besonders hoch sind die Gebäude nicht, ich zähle sechs Stockwerke. Keine Ahnung, welches das Haus ist, an dem ich mit Herrn Brandt verabredet bin.

Ich biege auf einen großen Parkplatz zwischen den beiden großen Rubikwürfeln. Der Boden ist uneben, die Federung quietscht. Und zwischen den Knochensteinen (die heißen wirklich so, ich habe mal jemandem beim Pflastern einer Auffahrt geholfen) sprießt das Unkraut. Vor einem der beiden Häuser steht ein silberfarbener Passat, vor dem anderen ein alter Mercedes-Kombi und ein Polo mit einem großen roten Kreuz und einer Telefonnummer auf der Seite. Ich parke zwischen Polo und Mercedes. Der Kombi sieht aus, als könne er einem Hausmeister gehören. Und siehe da, hier ist er schon, eindeutig Herr Brandt. Er steht am Eingang des verdrehten Hauses, trägt blaue Latzhose, grauen Pferdeschwanz und rotes Karohemd, raucht eine

Zigarette und winkt weit ausholend in meine Richtung. Ich schließe ab und gehe zu dem winkenden Mann.

„Herr Brandt?“

„Höchstpersönlich. Und Sie sind die Frau Pander. Das hat ja wunderbar geklappt. Lassen Sie mich noch zu Ende rauchen? Die Dinger sind ja so teuer geworden.“

„Klar, kein Problem.“

Herr Brandt nimmt einen tiefen Zug, lehnt sich dabei zurück und streckt die Brust raus. Erstaunlicherweise ist noch etwas übrig von der Zigarette, als er sie aus dem Mund nimmt.

„Sie rauchen nicht?“, fragt mich Herr Brandt.

„Nein … habe gehört, dass es ungesund ist.“

Er grinst mich an.

„Dat halt ich für ein Gerücht. Na ja, ich sag Ihnen schon mal was zu dem Haus. Also … Sie sehen ja, dass der Zustand nicht der allerbeste ist. Dat Ding is ja schon bald hundert Jahre alt und vor zwei Jahren hats auch noch gebrannt da drin.“

Herr Brandt zeigt nach oben. An zwei Fenstern fehlt das Glas, sie sind mit blauer, straff gespannter Plastikfolie verklebt. Schwarze Rußzungen über den Fensteröffnungen.

„Da is einer mit Zigarette eingeschlafen. Hats nicht überlebt.“

Der Hausmeister saugt sich das restliche Gift in die Lungen und schnippt den Stummel weg.

„Aber die Wohnung, die Sie haben können, die ist in Ordnung, da riecht auch nichts nach Rauch. Ich war gestern Vormittag noch drin. Funktioniert alles: Wasser, Strom, Heizung. Der Balkon hat nen kleinen

Riss. Aber wenn der mich aushält, dann hält der auch Sie aus. Sollen wir mal reingehen?"

„Ja, gerne."

Brandt schließt die Tür auf: Eine große, dunkle Metalltür mir Glaseinsätzen. Er hält sie mir auf und ich trete in eine Art Empfangshalle. Wer immer das hier entworfen hat, er hatte einen wagemutigen Geschmack. Der Boden ist von beigefarbenen Fliesen bedeckt, an den rot gestrichenen Wänden laufen goldene Handläufe, die Briefkästen sind verschnörkelte, kleine Kunstwerke. Ich hatte mir das Haus nicht so groß vorgestellt.

„Nicht schlecht, was?", meldet sich Herr Brandt. „Müsste nur mal richtig aufpoliert werden. Wäre jedenfalls schade, wenn das alles abgerissen wird."

„Allerdings", antworte ich. Die Eingangshalle erinnert mich an einen alten Kinosaal. Fehlen nur die roten Plüschsessel. Als ich nach rechts schaue, trübt sich meine Begeisterung. Eine der roten Wände hat eine etwa vier Quadratmeter große, graubraune Wunde. Hier fehlt etwas, etwas wurde aus der Wand gerissen. Mein Blick verharrt auf diesem Fleck und Herr Brandt bemerkt es.

„Das ist natürlich eine Schande, dass das entfernt wurde. Da war früher ein großes Mosaik, eine wirklich sehr schöne Arbeit. Das war eine Herbstszene, mit bunten Blättern und allem. Wurde vor ein paar Jahren entfernt, weil das wohl recht wertvoll war. Ist jetzt irgendwo im Museum. Wegen dieser Herbstszene wurde das Haus hier auch immer Herbsthaus genannt."

Brandt macht eine Pause und zieht den Rotz hoch.

„Das anderer Haus, also das wo noch steht, das

war das Leguanhaus. Dort war ein Mosaik mit einer Dschungelszene und einem großen Leguan. Und das hier war eben das Herbsthaus."

„Ist dieses Dschungelmosaik auch im Museum?"

„Dat weiß ich nicht, junge Frau. Da bin ich jetzt überfragt. Aber das Herbstbild auf jeden Fall. Ich hab ja mitbekommen, wie die das von der Wand gepult haben. Da waren drei Leute fast ne Woche beschäftigt. Die mussten das ganz vorsichtig machen, damit da nichts kaputt geht. Dieses Dschungelmosaik, das wurde schon früher entfernt, da war ich hier noch gar nicht zuständig. Aber ob das jetzt auch im Museum ist ... keine Ahnung. Vielleicht hat sich das auch einer im Wohnzimmer an die Wand geklebt."

„Sind Sie für beide Häuser zuständig. Als auch für dieses Dschungelhaus?"

„Meinen Sie das Leguanhaus?"

„Ja, genau. Das Leguanhaus."

„Nee, nicht mehr. Da ham die schon jemand für die Hauswache."

„Und Sie wohnen auch nicht hier?"

Nee-nee, ich wohn außerhalb. Ich bin nicht so für die Stadt, ich brauch Platz um mich rum. Sollen wir mal nach oben gehen?"

„Ja gerne."

„Dann mal los."

Herr Brandt hustet und setzt sich ein wenig schwerfällig in Bewegung. In der Mitte der großen Eingangshalle befindet sich ein kleiner, runder Innenhof.

„Dat is alles hinüber." Herr Brandt zeigt auf das schon halb verweste Gestrüpp, das den Innenhof verunziert. „Schade, dass das alles so heruntergekommen ist. Hier wohnt ja auch keiner mehr, nur noch eine Familie und oben ne steinalte Frau. Alle anderen sind raus."

„Wieso vermietet der Herr Egner die Wohnungen nicht neu?"

„Dem Egner gehört das Haus erst seit einem halben Jahr und der überlegt, was er damit machen soll. Entweder komplett sanieren oder abreißen. Davor hat das so einem Verein gehört, der alte Häuser gekauft hat … irgendwas mit Denkmalpflege und so. Aber der ganze Verein war ein absoluter Schwindel, die haben das alles verkommen lassen. Die haben auch nicht neu vermietet, wenn jemand raus ist. Und spätestens als es dann gebrannt hat und alles hier nach Rauch gestunken hat, sind auch die letzten weg. Das is echt den Bach runtergegangen. Und der Egner ist momentan ganz froh, wenn er keine neuen Mieter hat. Der überlegt ja, was er mit den Häusern machen soll, vielleicht kommen die ja ganz weg und hier wird was Neues gebaut. Ach ja, falls Sie hier einziehen: Nicht den Aufzug benutzen, dem Ding ist nicht zu trauen."

„Okay", sage ich. Herr Brandt holt erst einmal Luft.

Wir betreten einen etwa zwei Meter breiten Korridor. Er liegt dem Hauseingang exakt gegenüber. Rechts der Aufzug, dem nicht zu trauen ist. Ein dunkler Schacht hinter verschnörkelten, schmiedeeisernen Türen. Die Kabine ist gerade auf einer anderen Etage. Herr Brandt öffnet eine Metalltür und hält sie mir auf.

„So, jetzt ist Treppensteigen angesagt. Ich hoffe,

Sie sind sportlich."

Jedenfalls sportlicher als du, denke ich.

„Geht so", sage ich.

„Ihre Wohnung wäre im vierten Stock. Auf dieser Etage wohnt noch eine ältere Dame, die allerdings nicht mehr oft raus kommt. Und im zweiten Stock ist noch eine Familie ... die sind ein bisschen komisch, um die müssen Sie sich nicht kümmern. Insgesamt hat das Haus dreißig Wohnungen auf sechs Stockwerken."

Ich mache ein Geräusch, das nach Zustimmung klingt. Hinter mir das Schnaufen des schweren Mannes in Latzhose. Ich vermute stark, dass er mir trotz der Anstrengung, die ihm das Treppensteigen bereitet, auf den Arsch glotzt.

„So, vierter Stock. Hier wäre die Wohnung."

Ich ziehe die Metalltür auf, Herr Brandt geht vor. Sein Atem rasselt und ihm steht der Schweiß auf der Stirn. Mir fällt spontan mein Erste-Hilfe-Kurs ein. Wenn er umkippt, dann weiß ich, was zu tun ist.

Wir laufen einen Korridor entlang, kommen an dem Aufzugschacht vorbei (auch hier ist die Kabine nicht, auch hier nur Dunkelheit) und betreten einen kreisrunden Flur, von dem mehrere Türen abgehen. In der Mitte der Schacht des kleinen Innenhofes, von oben betrachtet müsste dieses Haus aussehen, wie ein achteckiger Donut aus Beton ... also mit Loch in der Mitte.

„Herrje, wieso passt das jetzt nicht?"

Herr Brandt macht sich an einer der Türen zu schaffen. Er probiert mehrere Schlüssel aus, schließlich hat er den richtigen. Er öffnet die Tür und sagt oh!. Ich sehe in einen Flur, in dem dunkle

Holzmöbel stehen. An den Wänden hängen Bilder irgendwelcher Menschen, die meisten schwarzweiß.

„Dat is die falsche Wohnung", flüstert mir Herr Brandt zu. „Dat is von der Frau Diehl."

Er will die Tür zuziehen, aber da kommt aus der Wohnung eine Stimme, die Stimme einer alten Frau.

„Hallo? Ist da jemand?"

Sie klingt zugleich ängstlich und bestimmt. Wie jemand, der sich zusammenreißt, der eben nicht ängstlich klingen will.

„Frau Diehl, ich bin es nur … Brandt. Ich hab mich in der Tür geirrt, tut mir leid. Ich will nicht stören."

„Wer ist da?"

„BRANDT. ICH HABE MICH IN DER TÜR GEIRRT. ENTSCHULDIGUNG."

„Ach so. Herr Brandt. Was möchten Sie denn?"

Die Stimme klingt nun überhaupt nicht mehr ängstlich.

„NICHTS! ICH HABE MICH IN DER TÜR GEIRRT."

„Sie haben sich in der Tür geirrt? Na dann wünsche ich Ihnen viel Glück, dass Sie mal die richtige Tür finden."

Ich muss lachen, versuche noch, es zu unterdrücken, schaffe es aber nicht. Herr Brandt dreht sich zu mir um.

„Die ist über neunzig, die Frau Diehl", flüstert er. „Aber geistig ganz klar. Hört bloß nicht mehr gut und ist auch nicht mehr gut zu Fuß."

Dann wieder laut:

„WIEDERSEHEN FRAU DIEHL!"

„Ja-ja, wiedersehen", kommt es von irgendwo aus den Tiefen der Wohnung. Der Mann mit der

Latzhose und dem grauen Pferdeschwanz zieht schwungvoll die Tür ins Schloss.

„Wenn die nicht mehr gut zu Fuß ist, wie kommt die dann ohne Aufzug nach unten?", frage ich.

„Gar nicht, die geht nicht mehr raus. Zu der kommt zweimal am Tag jemand vom Roten Kreuz, die machen auch die Einkäufe für die."

„Ach so … deshalb das Auto unten."

„Genau."

Mich überfällt der Gedanke, dass es doch unheimlich beschissen ist, alt zu werden. Ein Dozent hat uns mal erklärt, man müsse den Alterungsprozess als eine Art Stoffwechselstörung betrachten, als eine Krankheit, die es zu bekämpfen und langfristig auszurotten gelte. Ich weiß, dass er mit seiner Ansicht ziemlich alleine dasteht, aber manchmal frage ich mich, ob nicht etwas dran ist an dieser Alter-ist-Krankheit-Sache. Nur weil etwas schon immer so war, heißt das doch nicht, dass man es einfach hinnehmen muss. Vielleicht ist das Altern des Körpers in hundert Jahren ja besiegt, vielleicht gibt es in einigen Jahrzehnten ja Medikamente dagegen. Nur wohin dann mit den ganzen Menschen? Und was werden diejenigen tun, die sich die Medikamente gegen das Altern nicht leisten können?

Jetzt sind wir zwei Türen weiter. Die Wohnungen sind nicht durchnummeriert und die Eingänge sehen alle gleich aus. Man kann sich eigentlich nur an dem Gang orientieren, der zum Aufzug und zum Treppenhaus führt.

„Na also, wer sagt es denn."

Herr Brandt hat die richtige Wohnung gefunden

und wir treten in ein großes, lichtdurchflutetes Zimmer. Der Raum hat bestimmt 40 Quadratmeter.

„Nicht schlecht, oder?"

Stimmt, das ist wirklich nicht schlecht. Okay, man könnte mal frisch streichen. Aber sonst …

„Die Wohnungen sind alle unterschiedlich geschnitten. Die von der Frau Diehl zum Beispiel ist viel verwinkelter. Sie hätten hier dieses große Zimmer, dann links vorne ein kleines Schlafzimmer und eine Abstellkammer. Die Küche ist in dem großen Raum hier integriert. Das Badezimmer hat leider kein Fenster, das hängt mit der Form vom Haus zusammen."

Herr Brandt stapft durch den großen Raum Richtung Balkon, sein Pferdeschwanz steht ein wenig schief ab. Ist der gerade verrutscht? Wandert der ihm über den Hinterkopf?

„Funktioniert alles", sagt Herr Brandt und macht mit dem rechten Arm eine Bewegung, als würde er die Wohnung segnen. „Gestern alles noch mal nachgeschaut."

Ich gehe durch die Zimmer und trotz der vielen offensichtlichen Mängel – im Bad sind mehrere Fliesen gesprungen, das Linoleum hat Brandflecke, einige der Tapetenbahnen lösen sich ab, die Küchenzeile sieht aus, als könnte sie jeden Moment kollabieren – hält meine Begeisterung an. Wir hätten so viel Platz hier. Man könnte Autoscooter fahren in diesem großen Zimmer. Und endlich auch ein abgetrenntes Schlafzimmer, nicht nur eine Bettnische mit akustischem Anschluss ans Treppenhaus.

„Na junge Frau, was sagen Sie?" Brandt hat die Balkontür geöffnet, steht halb draußen und halb drinnen und zündet sich eine filterlose Zigarette an. Hatte er vorhin nicht noch welche mit Filter?

„Gefällt mir gut", sage ich. „Ich müsste aber noch meine Freundin fragen."

„Ach ja, Sie machen WG."

„Ja, gewissermaßen."

Während Brandt seine Zigarette raucht, gehe ich ein weiteres Mal durch die Zimmer. Ich mache Fotos mit meinem Smartphone, für Paula. In dem grün gefliesten Badezimmer liegen noch ein paar Sachen des Vormieters: ein von getrocknetem Rasierschaum und Bartstoppeln verklebter Rasierer von Gillette, eine alte elektrische Zahnbürste und eine ungeöffnete Packung wasserfeste Heftpflaster. Ich strecke den Kopf aus dem Badezimmer.

„Wer hat eigentlich vorher hier gewohnt?"

Herr Brandt nimmt hustend seine Zigarette aus dem Mund. Fast lässt er sie fallen.

„Ein älterer Herr. Der ist vor ein paar Wochen hier raus, hat alles da gelassen. Ein Kollege von mir hat so nen Laden, wo er alte Sachen verkauft. Der hat das mit mir zusammen ausgeräumt. Wenn Sie noch was finden, dann können Sie das gerne behalten."

Wasserfeste Heftpflaster gratis. Jippi!

Ich verlasse das Bad und gehe Richtung Balkontür. Ich spüre den Luftzug. Brandt wirft seinen Zigarettenstummel auf den Betonboden des kleinen Balkons und tritt ihn aus. Ein bisschen nehme ich ihm das übel, anscheinend betrachte ich diese Wohnung schon als meine Wohnung. Der Hausmeister bemerkt meinen Blick und hebt den Stummel auf.

„Tschuldigung, junge Frau. Dat is Gewohnheit."

Er schnippt den Stummel vom Balkon und hustet seinen Raucherhusten. Es hört sich an, als stecke etwas in ihm fest.

„Jetzt würd ich Sie noch rumführen und Ihnen das Haus zeigen. Dann kann ich Ihnen auch sagen, was so Ihre Aufgaben wären."

Wir verlassen die Wohnung und Herr Brandt schließt ab. Der runde Flur ist mit orangebraunem Teppich ausgelegt, er sieht alt und verbraucht aus. Neben einer der Türen ist eine Delle in der Wand. Sieht aus, als wäre jemand mit dem Kopf dagegen gerannt. An den Wänden hängen mehrere Strohbilder: Landleben, Bauernfamilien bei der Feldarbeit. Auf den einzelnen Strohhalmen liegt feiner grauer Staub.

„Also … dat Haus hat ja sechs Stockwerke und dreißig Wohnungen. Sie müssen einmal täglich durch jedes Stockwerk." Ich laufe hinter Herrn Brandt Richtung Treppenhaus „… und einfach schauen, ob alles normal aussieht … also ob die Türen alle zu sind und nicht irgendwelche Flaschen oder so rumliegen. Sie kriegen auch ne gute Taschenlampe von mir, falls Sie abends unterwegs sind. Leider hatten wir das schon, dass Jugendliche eingebrochen sind und hier gefeiert haben." Ich steige hinter Herrn Brandt die Treppen hinunter. Sein Pferdeschwanz hat immer noch Schräglage. Am liebsten würde ich ihn packen und gerade rücken. „Wenn Sie mitbekommen, dass Leute im Haus sind, dann rufen Sie direkt die Polizei, Sie müssen gar nicht mit denen reden. Sie rufen einfach die Polizei."

„Muss man da wirklich gleich die Polizei …"

„Ja, natürlich", unterbricht mich Herr Brandt. Er

wirkt ein wenig empört. „Das ist immerhin Einbruch. Und außerdem wissen Sie ja nicht, wie die reagieren. Sie wissen ja nicht, was das für Leute sind. Wir hatten das auch schon, dass sich hier Penner einquartieren wollten. Apropos: Sie müssen immer darauf achten, dass unten der Eingang abgeschlossen ist. Also wenn Sie unten aus dem Haus gehen, dann schließen sie zweimal ab, nicht einfach nur die Tür zuziehen."

„Okay … ähm, wie ist das eigentlich mit der Frau Diehl, braucht die irgendwie Hilfe?"

„Also da müssen Sie sich nicht kümmern. Da kommt ja der Pflegedienst. Aber sie können die alte Dame vielleicht mal besuchen, dass die n bisschen Abwechslung hat."

Herr Brandt drückt eine Tür auf und wir betreten den dritten Stock. Am leeren Aufzugschacht, einem Feuerlöscher und einem Graffiti (Tobi lutscht Schwäntze) vorbei, gehen wir Richtung Flur. Es riecht ganz leicht nach Rauch.

„Merken Sie das? Vor zwei Jahren hat es hier gebrannt und man riecht das immer noch."

Ja, ich merke es, der Geruch ist unangenehm. Das ist kein reiner Brandgeruch, darin liegt etwas Muffiges, etwas Feuchtes. Sicher war hier alles nass vom Löschwasser und dann hat sich Schimmel ausgebreitet. Die Stimme des Hausmeisters unterbricht meine Gedanken:

„Nach dem Feuer hat ja das ganze Haus gestunken, der Geruch ist durch die Decken und Wände durchgewandert. Aber jetzt hat sich das größtenteils verzogen … also bis eben auf diesem Stockwerk hier."

Wir betreten den kreisrunden Flur, an dem die Wohnungstüren liegen. Er sieht genauso aus wie der Flur im vierten Stock. In der Mitte der Schacht zum Innenhof. Eine der Türen ist ausgebeult und der Lack hat Blasen geworfen. Um die Tür herum ist die Wand geschwärzt. Was für eine Scheiße … bei lebendigem Leib zu verbrennen. Der Hausmeister deutet in Richtung der verbeulten Tür.

„Das is die Wohnung von dem Herrn, der mit der Zigarette eingeschlafen ist. Der ist wahrscheinlich schon durch den Rauch tot gewesen, der hat das dann nicht mehr mitbekommen, wie er gebrannt hat."

Kann der Typ Gedanken lesen? Ist dieser graue Pferdeschwanz eine Art Antenne?

„Die Feuerlöscher sind übrigens gefüllt und kontrolliert. Aber wenn es hier mal richtig brennen sollte, dann nichts wie raus und die Feuerwehr rufen. Sie müssen nicht den Helden spielen und versuchen, das selbst zu löschen … also außer wenn das nur ganz klein ist."

„Keine Sorge, ich spiele nicht den Helden."

„Und wie gesagt, wenn Leute im Haus sind, die nicht hierher gehören, dann direkt die Polizei rufen. Nicht den Helden spielen."

„Klar, nicht den Helden spielen. Hab schon verstanden."

Herr Brandt kramt in seiner Latzhose und zieht ein zerknittertes Päckchen heraus. Aus dem Päckchen schüttelt er sich ein Häufchen dunkelbrauner Brösel auf den Rücken seiner linken Hand. Was ist das? Schnupftabak?

„Wollen Sie?"

Er hält mir seine große, von dicken Adern überzogene Hand hin. Darauf der Bröselhaufen.

„Ähm … nee, danke."

Was zum Teufel denkt der sich? Dass ich ihm das Zeug von der Hand schnupfe? Was kommt als nächstes? Bietet er mir gleich ne Crack-Pfeife an?

Herr Brandt zieht sich das Zeug lautstark durchs rechte Nasenloch, macht eine Grimasse, verdreht die rot geäderten Augäpfel nach oben und schüttelt sich. Irgendwie faszinierend, der gesamte Mann ist in Bewegung.

„Ha! Es gibt nichts Besseres", ruft er laut aus. Und dann:

„Ich muss jetzt mal aufs Klo."

Während ich noch überlege, ob zwischen dem Schnupftabak und dem Drang zum Klo irgendein Zusammenhang besteht, macht sich Herr Brandt schon an einer der Türen zu schaffen. Es ist nicht die mit den Brandblasen. Er verschwindet in der Wohnung und ich stehe alleine da. Der hat doch nicht wirklich gedacht, dass ich ihm dieses Bröselzeug vom Handrücken schnupfe. Sollte das gerade so eine Art Annäherungsversuch werden?

Ich höre seine Schritte und dann einen Knall … Klodeckel gegen Spülkasten. Brandt hat die Wohnungstür einen Spalt offen stehen lassen. Okay, jetzt müssten gleich Pinkelgeräusche kommen. Es dauert zwei Sekunden, drei Sekunden … hat er Probleme mit der Prostata? Während ich so dastehe und auf das Plätschern hausmeisterlichen Urins warte, komme ich mir plötzlich ein wenig abartig vor. Das muss nun wirklich nicht sein. Ich schüttle den Kopf und mache eine Runde durch den Flur, gehe einmal im Kreis und komme an einer braungrauen, völlig verschrumpelten Topfpflanze vorbei. Langsam wird es dunkel, ist hier irgendwo ein Lichtschalter? Und ähm … wieso steht die Tür nicht mehr offen, als ich wieder an ihr vorbeikomme? Hat Herr Brandt sie doch noch zugemacht? Kann er nicht pinkeln, wenn er sich belauscht glaubt? Oder war das überhaupt nicht diese Tür?

Es ist völlig still auf diesem Stockwerk und noch etwas stimmt nicht, ich komme nicht drauf. Ich gehe ein paar Schritte und eigentlich müsste doch jetzt wieder dieser Flur kommen, der zum Treppenhaus führt. Und was ist mit der Wohnungstür, hinter der es gebrannt hat? Die habe ich doch gerade eben noch gesehen? Die war doch ganz verbeult und … Bin ich jetzt komplett bescheuert? Ich drehe um, laufe in die andere Richtung. Jetzt müsste er kommen, der Flur zum Treppenhaus. Aber da sind nur Türen, alle gleich, alle geschlossen. Wo zum Teufel ist Herr Brandt? Und dann … wie aus einem verfickten, schmutzigen Hinterhalt, springt mich diese völlig irre Gewissheit an: Der Flur ist weg, der verdammte scheiß Flur, der zum Treppenhaus und zum Fahrstuhl und aus diesem Haus raus führt. Hier sind nur noch Türen und Wände und … oh Gott! Dreh ich jetzt durch? Ich bin mir völlig sicher, dass der Flur weg ist. Aber wie komme ich dann wieder hier raus? Ich drehe um, gehe in die andere Richtung. Es kann doch nicht sein, dass hier nur Türen sind. Ich muss einfach immer weitergehen, einfach immer weiter um diesen Schacht zum Innenhof herum, ich darf mich auf keinen Fall wieder umdrehen. Aber was, wenn der Flur einfach nicht kommt? Was, wenn ich eine Stunde laufe und nur Türen Türen Türen kommen? Plötzlich Geräusche, schwere, sich von hinten nähernde Schritte auf dem alten Teppichboden. Ich zucke zusammen und atme ruckartig ein, mein Nacken verhärtet sich. Dann eine Stimme, die ich kenne.

„Wo verstecken Sie sich denn?"

Ich drehe mich um und hinter mir steht Herr Brandt. Am liebsten würde ich ihm um dem Hals fallen.

„Die Tür war plötzlich zu. Ich wusste nicht mehr, in welcher Wohnung Sie sind."

Der Mann in der Latzhose kratzt sich am Kopf.

„Na da drüben, auf der anderen Seite, Kommen Sie mit."

Wir gehen ein paar Schritte und da ist sie, die offene Tür, direkt neben der ausgebrannten Wohnung. Und nur einige Meter weiter ist der Flur, der zum Treppenhaus führt. Alles an Ort und Stelle, alles wie es war und wie es sein muss. Was stimmt mit mir nicht? Oder stimmt jetzt wieder alles?

„Geht es Ihnen gut, junge Frau?"

„Ja, ich war nur gerade ein bisschen verwirrt."

„Ich dachte schon, Sie sind abgehauen. Ich dachte schon, Sie sind zurück ins Treppenhaus."

„Nein … ich bin hier einmal herum gelaufen und dann war ich auf der anderen Seite und dann … puh … dann habe ich irgendwie gedacht, dass der Flur weg ist und habe umgedreht. Und dann kam wieder nichts und ich habe noch mal umgedreht und … keine Ahnung, was da gerade los war."

„Sie hätten nur einmal rundherum laufen müssen."

„Ja, ich weiß … ich war wohl nicht ganz bei mir. Aber jetzt geht es wieder. Dass ich mich auf nem kreisrunden Flur verlaufe, das hätte ich auch nicht gedacht."

„Dann sind Sie also die ganze Zeit hier hin und her gelaufen und ich hab Sie auf der anderen Seite gesucht. Dat is ja wie im Zeichentrickfilm."

Herr Brandt grinst mich an und erst jetzt sehe ich, dass er zwei Goldzähne hat. Hatte er die vorhin schon? Die hätte ich doch sehen müssen.

„Alles okay bei Ihnen?"

„Ich müsste mal raus an die frische Luft. Mir ist gerade ein bisschen komisch."

„Ja gut … ähm, Sie sehen auch sehr käsig aus."

Als wir die Treppe hinunter gehen, habe ich Angst, dass meine Beine versagen. Ich kralle mich an das Geländer, plane jeden einzelnen Schritt. Einige Male sieht sich Herr Brandt zu mir um und fragt mich, ob ich Hilfe brauche. „Es geht schon", antworte ich und versuche, möglichst normal auszusehen. Wir durchqueren die Eingangshalle, kommen an den Metallbriefkästen und an der Wunde vorbei, die die Entfernung des Mosaiks hinterlassen hat. Gott sei Dank, wir sind draußen.

„Jetzt holen Sie erst einmal tief Luft, junge Frau. Meine Gabi hats auch mit m Kreislauf. Wenn die zu schnell vom Sessel aufsteht, dann plumpst die gleich wieder rein. Dat ham ja viele Leute."

Ich lehne mich an die kühle Hauswand, spüre an meinem Hinterkopf die kleinen Rauputz-Spitzen. Ich werde verdammt noch mal nicht umkippen. ES IST ALLES WIEDER IN ORDNUNG! Herr Brandt schaut mich mit großen Augen an, ich muss etwas sagen.

„Geht schon wieder. Ist schon wieder viel besser.“

Meine Stimme klingt sicher, jetzt müssen mich nur noch meine Beine sicher tragen.

„Vielleicht ham Sie zu wenig Zucker. Soll ich Ihnen was von der Tankstelle holen? Ne Cola vielleicht?“

„Nein danke, geht gleich wieder.“

Immer noch diese großen Augen und der besorgte Gesichtsausdruck. Lass mich jetzt bitte in Ruhe. Lass mich bitte nur eine verdammte Minute in Ruhe. Halt nur zehn Sekunden lang deine Klappe, damit ich wieder zu mir kommen kann. Ich muss meine Kräfte sammeln, ich bin dabei, mich selbst aus dem Sumpf zu ziehen … und jedes Wort drückt mich ein Stück zurück, in diese weiche, schwammige Masse.

„Jetzt hab ich Ihnen gar nicht alles gesagt, also was Sie machen müssten.“

„Geben Sie mir einen Moment. Es geht gleich wieder. Einen Moment bitte.“

Die Sätze kommen schärfer als beabsichtigt. Brandt hebt die Augenbrauen, geht drei Schritte von mir weg, dreht mir den Rücken zu und zündet sich eine Zigarette an. Ich drücke meine Handflächen in die raue Oberfläche der alten, grauen Hauswand. Der Schmerz tut mir gut, mein Stand wird fester, die Benommenheit vergeht. Einmal tief Luft geholt und den Kopf geschüttelt. Was immer gerade mit mir los war, es ist vorbei. Ich habe mich wieder im Griff. Auf zwei jungen Beinen, die nun wieder mir gehören, gehe ich rüber zu Brandt.

„Tut mir leid, dass ich Sie so angefahren habe. Ich musste mich nur kurz sammeln.“

Er schaut mich an, sagt aber nichts. Ist er beleidigt?

Dann sagt er doch etwas. Es kommt ein wenig zögerlich.

„Ja gut ähm … wollen Sie noch irgendwas wissen? Oder müssen Sie jetzt gleich los?"

„Ich muss dann. Danke, dass Sie mir alles gezeigt haben. Ich melde mich."

„Ja gerne. Gute Besserung, junge Frau. Können Sie denn fahren?"

„Ja, das geht schon."

Brandt betrachtet mit gesenktem Kopf das, was von seiner Zigarette übrig ist. Jetzt hat er wieder eine mit Filter. Die Goldzähne sind noch da.

„Manchmal ist es ein bisschen unheimlich, da auf den Fluren. Haben Sie Angst gehabt da oben?"

Dieser große, breite Mann kommt mir plötzlich vor wie ein verschüchtertes Kind. Die Frage kam leise und zögerlich, als hätte er sich nicht so recht getraut.

„Nein, keine Angst. Mir war nur komisch. Ich hatte heute Morgen so eine Art Magenverstimmung und anscheinend ist das noch nicht ganz ausgestanden."

„Ach so", murmelt er und steckt sich den Zigarettenrest in den Mund.

Ich verabschiede mich, lasse den Hausmeister stehen und gehe zu meinem Auto. Ich glaube, ich kann fahren. Als ich über das unregelmäßige Pflaster des Parkplatzes poltere, sehe ich noch einmal in den Rückspiegel. Herr Brandt steht ruhig da, hat die Arme vor der Brust verschränkt und schaut mir nach. Hoffentlich denkt der jetzt nicht, dass ich einen an der Klatsche habe. Hoffentlich erzählt er diesem Typen … wie hieß er gleich? Ach ja, Egner …

hoffentlich erzählt er diesem Egner nicht, dass ich die Falsche bin. Die Wohnung war ja echt gut, wir hätten so viel mehr Platz. Ich biege auf die Georgstraße, sehe mich nach Polizeiautos um, ziehe mein Handy aus der Hosentasche und rufe Paula an.

Von meiner vorübergehenden Verwirrtheit werde ich ihr nicht erzählen. Sie denkt sowieso, dass ich zu empfindlich bin.

Ein wenig schäme ich mich vor mir selbst. Ich habe es gerade tatsächlich geschafft, mich auf einem runden Flur zu verirren.

Ein neues Zuhause

Noch am selben Abend habe ich Paula die Fotos gezeigt und ihr das Haus beschrieben. Ich habe ihr ausgemalt, wie viel Platz wir hätten. Ich habe ihr von der Eingangshalle mit dem Charme der ersten Hälfte des zwanzigsten Jahrhunderts erzählt und Vorschläge zur Verwendung des Geldes gemacht, das wir übrig hätten. 200 Euro Miete, das ist so gut wie nichts! Ich habe so dick aufgetragen, dass Paula die Wohnung gar nicht mehr sehen wollte: „Ich vertrau dir, Schatz. Lass uns das machen." Genau so hat sie es gesagt.

Und dann habe ich Herrn Brandt angerufen und ihm gesagt, dass wir die Wohnung nehmen. Er hat mich gefragt, ob es mir besser geht und ich habe ihm noch einmal das mit der Magenverstimmung erklärt ... obwohl ich mir nicht sicher war, dass meine vorübergehende Verwirrtheit tatsächlich damit zu tun hatte. Egal. Abgehakt und weiter.

Herr Brandt hat mit Herrn Egner gesprochen, ich habe auch noch einmal mit Herrn Egner gesprochen und – voilà! – wir haben die Wohnung. In den 200 Euro ist sogar der Strom mit drin ... und nicht einmal Kaution müssen wir zahlen! Dafür latsche ich gerne durchs Haus und schaue, ob alle Türen zu sind. Dafür würde ich sogar die Fenster putzen ... na ja, das vielleicht doch nicht.

„Scheiße, Lena. Da stehen drei Kartons ohne Beschriftung."

Bis vor drei Stunden wusste ich nicht, dass Paula einen Beschriftungszwang hat. Sie besteht darauf, dass auf jeden gepackten Karton eine Nummer kommt, mit der man den Inhalt der Pappkartons ermitteln kann. Ich finde die Sache mit den Nummern reichlich überflüssig, habe es bisher aber geschafft, meine Klappe zu halten.

„Ich hab dich vorhin extra gebeten, die fertigen Kartons zu beschriften und zu notieren, was drin ist. Warum zum Teufel machst du das nicht?"

„Weil es kompletter Blödsinn ist."

„Wie war das?" Sie dreht sich zu mir um und ihre Augen funkeln. Den Kopf hat sie leicht gesenkt: Angriffshaltung.

„Hör mal, Paula. Wir haben doch gar nicht so viel Zeug. Okay, wenn wir jetzt dreißig Kartons hätten, dann wäre das sinnvoll ... aber bei zehn behalten wir auch so den Überblick. Und außerdem merkt man ja auch am Gewicht, ob da Bücher oder Klamotten oder sonst was drin ist. Das müssen wir doch nicht alles aufschreiben."

Paula hat ihre Angriffshaltung aufgegeben. Jetzt sieht sie eher enttäuscht aus.

„Okay, vielleicht ist es Blödsinn. Aber du hast mir versprochen, dass du mitmachst. Mir ist es nun einmal wichtig, dass ich den Überblick behalte."

Sie hat Recht, ich habe es versprochen. Ich gehe zu ihr und streiche ihr durchs Haar.

„Tut mir leid. Hast du mich trotzdem noch lieb?"

Sie muss lachen.

„Mal einfach die blöden Zahlen auf die Kartons."

Wir umarmen uns und machen weiter. Okay, dann eben mit Zahlen. Als es an der Tür klingelt, ist alles gepackt. Paulas Vater ist da. Er hat einen großen Volvo-Kombi, da passt schon fast die Hälfte von unserem Zeug rein. Die Matratzen können wir aufs Dach binden, wir müssen nicht einmal einen Wagen mieten.

Ätzend ist nur das Hochtragen. Vierter Stock und ein Aufzug, dem nicht zu trauen ist. Aber wir sind zu fünft und so geht es doch recht schnell. Paulas Vater hilft mit und ein Bekannter von der Uni. Auch Herr Brandt ist zur Stelle und schleppt keuchend Kisten, Regalbretter und Blumentöpfe. Fast habe ich ein schlechtes Gewissen, ihm steht der Schweiß auf der Stirn und sein Schnaufen hört sich nicht gesund an. Zwischendurch muss er immer wieder Pause machen. Er setzt sich dann in seinen alten Mercedes-Kombi, macht das Radio an und raucht eine seiner Zigaretten. Einmal sehe ich zu ihm hinüber und er schraubt gerade einen mit rotbraunem Leder überzogenen Flachmann zu. Als er mich bemerkt, lässt er das Ding auffällig unauffällig in seinem Auto verschwinden. Schnupftabak bietet er mir diesmal nicht an. Ob er gemerkt hat, dass Paula und ich ein Paar sind? Gerade trage ich eine Kiste mit Klamotten Richtung Eingang, als er nach mir ruft. Er sitzt wieder in seinem Auto.

„Fräulein Pander … hallo, Fräulein Pander, ich muss mit Ihnen und Ihrer Mitbewohnerin dann noch alles durchgehen … also wegen den Kontrollgängen und den Formularen."

„Ich komm sofort zu Ihnen. Ich trag nur noch schnell die Kiste hier hoch."

„Soll ich noch was helfen?"

„Nein danke, Sie haben uns schon sehr viel

geholfen."

Er protestiert nicht. Er ist froh, dass er auf seinem Hintern sitzen kann. Und ich bin ganz froh, dass er in seinem Auto bleibt. Der gute Mann sah gerade überhaupt nicht gut aus, wie kurz vor dem Herzinfarkt. Typisch Kerle: Machen lieber weiter und riskieren ihre Gesundheit, anstatt mal zuzugeben, dass sie nicht mehr können.

Als ich mit meiner Klamottenkiste in die Eingangshalle trete, kommt mir Paulas Vater entgegen.

„Kannst du das mal nehmen?", frage ich ihn, „Ich muss noch was mit dem Hausmeister besprechen."

„Klar, kein Problem."

„Und kannst du bitte Paula runter schicken? Es geht um diese Rundgänge, die wir beide machen müssen."

„Ich sag der Kleinen Bescheid."

„Danke dir."

Ich bin die Kiste los und gehe zu Herrn Brandt. Er hat einen Fuß auf die Straße gestellt und wischt sich mit einem roten Taschentuch die Stirn.

„Alles okay bei Ihnen?"

„Ja-ja, alles okay. Ich bin eben auch nicht mehr der Frischeste."

„Jedenfalls vielen Dank für die Hilfe."

„Kein Thema, junge Frau. Kommt Ihre Mitbewohnerin auch?"

„Die müsste gleich da sein."

„Ja gut äh … dann geb ich Ihnen schon mal die Blätter. Sie können sich auch rein setzen, da müssen Sie nicht stehen."

Ich gehe um das Auto herum, Herr Brandt beugt

sich rechts rüber und macht mir die Tür auf. Der Sitz, in den ich mich fallen lasse, ist so durchgesessen, dass ich die Federn nicht nur höre, sondern auch spüre. Der alte Wagen wirkt ungemein speckig.

„Schaun Sie mal ins Handschuhfach. Da sind die Blätter drin."

Herr Brandt hustet in seine Faust, ich öffne das Handschuhfach. Der Wagen fühlt sich auch speckig an. Alt, glatt, abgegriffen. In dem Fach steckt ein Stapel Blätter, ich ziehe ihn heraus.

„Das sind die Formulare, die Sie ausfüllen müssen. Oben tragen Sie Ihren Namen und das Datum ein … also den Namen von der Person, die den Rundgang macht. Dann kommen sechs Spalten für die sechs Stockwerke. Wie gesagt: Sie schauen nach, ob alle Türen geschlossen sind und achten darauf, ob Sie irgendwas hören oder ob was beschädigt ist. Und wenn alles okay ist, dann machen sie immer hier ein Häkchen."

Herrn Brandts große Finger wandern über das Papier, sein Zeigefinger tippt auf eines der vielen kleinen Kästchen, die auf Kreuze warten.

„Und dann gibt es noch eine siebte Spalte. Sie müssen täglich einmal ums Haus herum und nachschauen, ob die Fenster alle in Ordnung sind. Wir haben das hier leider schon gehabt, dass Jugendliche zum Spaß die Scheiben eingeworfen haben. Um das Grünzeug müssen Sie sich nicht kümmern, da kommt alle paar Wochen ein Gärtner, der macht das. Ach ja, was noch wichtig ist: Schauen Sie immer, dass vorne der Eingang abgeschlossen ist. Die vom Roten Kreuz … also die, wo zu der Frau Diehl kommen, die haben ihren eigenen Schlüssel. Und die

Familie, die unten im Haus wohnt, die auch. Manchmal vergessen die, unten abzuschließen. Vielleicht könnten Sie das ja öfter als einmal am Tag kontrollieren und dann auch immer eintragen."

„Okay … und die Zeilen da unten?"

„Da können Sie notieren, wenn was Besonderes ist. Also wenn zum Beispiel was kaputt ist. Ich geb Ihnen auch noch nen Zettel mit den Telefonnummern, die Sie brauchen. Da ist also meine Nummer und die vom Herrn Egner, aber auch Feuerwehr und Polizei und Notarzt."

Brandt hustet sich in die Hand und klopft sich gegen die Brust.

„Wie lange haben Sie das eigentlich gemacht, also mit den Rundgängen?"

„Puh, dat is jetzt ungefähr ein Jahr. Also seit der Egner das gekauft hat."

„Und Sie wollten jetzt aufhören, oder-"

„Also ich wollte ja nicht", unterbricht mich Herr Brandt. „Ich würde ja weitermachen. Aber für den Egner ist das natürlich viel günstiger, wenn das ein Bewohner macht. Ich fahr ja immer extra hier raus. Wollte der Egner eigentlich so ein Führungszeugnis von Ihnen … also von der Polizei?"

„Nein, da hat er nichts von gesagt."

„Komisch, also normalerweise-"

Neben mir klopft es an die Scheibe. Paula ist da. Ich mache ihr die Tür auf, sie lehnt sich ins Auto und sagt hallo.

„Setzen Sie sich doch nach hinten, junge Frau. Sie müssen doch nicht stehen." Manchmal klingt er richtig charmant, der Herr Brandt. Gut vorstellbar, dass er früher einigen Erfolg beim anderen

Geschlecht hatte. Paula schließt die Beifahrertür, macht hinten auf und setzt sich rein.

„Wir haben gerade schon besprochen, was Sie alles machen müssen und wie Sie das dann dokumentieren. Das kann Ihnen die Frau Pander nachher erklären. Hier sind die Schlüssel."

Herr Brandt zieht einen Schlüsselbund aus seiner Latzhose. Er ist kleiner, als ich erwartet hatte.

„Der Große hier, das ist der Generalschlüssel. Da kommen Sie eigentlich überall mit rein. Die beiden kleineren Schlüssel, die sind für Ihre Wohnung … und die runden Schlüssel da, die sind für den Hauseingang. Der neben diesem Runden, da kommen Sie in den Keller mit … und ähm, der da, der ist für die Sicherungskästen, aber da haben Sie eigentlich nichts mit zu tun. Also außer natürlich, wenn mal ne Sicherung raus fliegt. Strom ist aber sowieso nur im Treppenhaus, unten beim Eingang und auf den Etagen, wo jemand wohnt … also so weit ich weiß nur auf zwei Etagen und – ach ja – teils noch im Keller."

„Dann müssen wir unsere Rundgänge bei Tageslicht machen?", fragt Paula von der Rückbank.

„Oder mit Taschenlampe. Die liegt im Handschuhfach, die ist für Sie."

Ich beuge mich vor und ziehe einen schwarz glänzenden Stab aus dem Fach. Ein massives Modell von Mag-Lite. Das Ding ist länger als mein Unterarm, damit könnte man eine Kuh erschlagen.

„Batterien sind drin."

Ja, das spüre ich. Das Ding ist nicht nur länger, es ist bestimmt auch schwerer als mein Unterarm.

„Also wie gesagt, das mit den Rundgängen, da

sind Sie nicht länger als eine Stunde am Tag beschäftigt, hab das ja selber lange gemacht. Und wenn sie was Verdächtiges bemerken, also Stimmen oder so … oder dass eine Tür aufgebrochen ist oder Flaschen herumliegen, dann spielen Sie nicht den Helden sondern rufen Sie die Polizei."

„Alles klar, kein Heldentum", kommt es vom Rücksitz. Herr Brandt schaut mich an. Er wartet auf eine ernsthafte Antwort.

„Keine Sorge, wir bringen uns schon nicht in Gefahr", sage ich und versuche, nicht zu lachen. Das mit dem Nicht-den-Helden-spielen hat er schon mindestens fünfmal gesagt. Herr Brandt zeigt aus dem Fenster Richtung Eingang.

„Unten im Haus gab es früher ein kleines Restaurant. Da stehen noch alle möglichen Sachen rum, also auch Dosen mit Obst und so … wenn da noch was gut von ist, dann können Sie sich das gerne nehmen. Aber vorher aufs Haltbarkeitsdatum schauen."

„Jawoll, immer aufs Haltbarkeitsdatum schauen", kommt es vom Rücksitz. Langsam aber sicher wird Paula patzig. Und verdammt, sie hat ja Recht. Wir sind keine kleinen Kinder, denen man sagen muss, sie sollen keine verdorbenen Konserven essen. Hoffentlich ist Brandt bald fertig, meine Aufmerksamkeit lässt nach.

„Gut, das wars dann eigentlich. Ich muss auch langsam los."

Artig bedanken wir uns für Hilfe und Anweisungen. Und dann: Nichts wie raus hier. Autotüren zu und ab zum Haus. Herr Brandt hat das Fenster runter gekurbelt und ruft meinen

Nachnamen. Ich drehe mich zu ihm um, Paula auch.

„Eine Sache noch: Im Keller steht eine Waschmaschine, die noch Wasser und Strom hat. Es gibt auch einen Trockenraum, den Sie benutzen können. Da hängen so diese äh … diese Stricke an der Decke."

„Was für Stricke denn?", fragt Paula und grinst mich an.

„Also diese Wäscheleinen."

„Ach so. Alles klar."

Herr Brandt fährt quietschend und polternd vom Parkplatz und Paula zwickt mich in den Arsch. Hoffentlich hat er das nicht gesehen … andererseits, was solls.

Unser Zeug ist schon komplett oben, wir können heute Abend noch damit anfangen, unsere neue Wohnung einzurichten. Ein bisschen Kraft hab ich noch.

***

Oder auch nicht. Es ist kurz nach zehn Uhr abends, die Kartons sind noch unausgepackt, unsere Umzugshelfer sind längst zu Hause vor dem Fernseher, im Bett, oder wo auch immer. Paula staunt darüber, wie ruhig es hier ist.

„Man hört wirklich überhaupt nichts. Ganz anders als in unserer alten Wohnung."

„Hier wohnt ja auch keiner außer uns", antworte ich. „Nur zwei Wohnungen weiter die Frau Diehl und unten ne Familie. Die hab ich noch gar nicht gesehen."

Paula stemmt sich mit den Ellenbogen von der

großen Matratze hoch, die wir gerade ins Schlafzimmer geschleift haben. Das Bett wollen wir morgen aufbauen, eine Nacht können wir ausnahmsweise auf dem Boden schlafen.

„Sollen wir noch runter gehen, uns vorstellen?"

„Nee, ist doch schon nach zehn."

Paula gähnt lautstark, es klingt wie wha-wha-wha-wha-wha, und lässt ihren Oberkörper auf die Matratze fallen. Sie ist zwölf Kilogramm schwerer als ich, ihre Erschütterungen sind stärker als meine, manchmal wache ich auf, wenn sie sich im Schlaf umdreht.

„Musst du eigentlich heute schon diese Runde durchs Haus machen?", fragt mich Paula.

„Wer sagt denn, dass ich sie machen muss?"

„Vielleicht müssen wir heute ja noch nicht. Hat der irgendwas gesagt, dieser Hausmeister?"

„Der hat ne ganze Menge gesagt", antworte ich. „Allerdings habe ich die Hälfte schon wieder vergessen."

„Und ich habe gar nicht zugehört", lacht Paula.

Einige Minuten liegen wir nur da. Es ist völlig still. Nicht einmal die Straße hört man. Mein rechter Arm hängt von der Matratze und meine Hand spielt mit etwas, was sich wie ein kleines, vertrocknetes Stück Brot anfühlt … nur weicher, poröser. Ich nehme das Ding zwischen Daumen und Zeigefinger und halte es hoch. Eine tote Schmeißfliege, ihr großer Hinterleib ist von einem gelblichen Pelz überzogen, der Pilz hat sie von innen aufgefressen und umgebracht. Ich lasse das tote Insekt auf den Boden fallen und betrachte meine Finger. Sie sehen sauber aus, trotzdem wische ich mir die Hand am Bettlaken ab. Wir müssen unbedingt saugen, am besten noch heute Abend. Plötzlich Paula:

„Ich finde, wir sollten noch die Runde machen."

„Na gut … gehen wir zusammen?"

„Hast du Schiss allein?"

„Ich hab dich nur gerne an meiner Seite."

Paula klatscht sich auf die Oberschenkel.

„Guad, aufi goats." Ein missglückter Versuch, einen bayerischen Dialekt nachzuahmen. Sie hat nicht den geringsten Funken Talent für so etwas … ich übrigens auch nicht.

Schon sind wir in der Vertikalen, schon sind wir zur Tür heraus. Ich habe die Schlüssel und den Protokollzettel, Paula die fette schwarze Stablampe. Das Ding steht ihr gut und wahrscheinlich weiß sie es. Es ist die Art, wie sie es hält.

„Müssen wir eigentlich jede Tür einzeln ausprobieren, oder nur schauen, ob die zu sind?"

„Ich glaube kaum, dass wir jede Türklinke drücken müssen", antworte ich, „da wären wir ja ewig unterwegs. Das hat er auch nichts gesagt von, der gute Herr Brandt. Ach übrigens: Hast du gesehen, wie fertig der war? Ich dachte, der kriegt gleich nen Herzinfarkt."

„Kein Wunder, der raucht ja alle zehn Minuten ne Zigarette. Hast du schon mal einen gesehen, der so viel raucht?"

„Ich glaube, der schluckt auch ganz gerne", antworte ich.

Kurz vor elf sind wir fast durch. Wir sind einmal draußen ums Haus gelaufen und Paula hat den Strahl der Lampe auf die Fenster gerichtet. Zumindest so lange, bis ihr einfiel, dass wir nicht alleine in dem Haus wohnen und dass es unhöflich ist, nachts in fremde Fenster zu leuchten. Wir sind von unten nach oben durch jedes Stockwerk gegangen, Paula hat den Knopf für den Aufzug gedrückt und er kam auch. Hinein getraut aber haben wir uns nicht, in dieses mit rotem Samt gepolsterte Maul, das uns da angähnte. Wie sagte Herr Brandt: Dem Ding ist nicht zu trauen.

Nun sind wir ganz oben, sechster Stock. Ein runder Flur wie die anderen auch … einer von denen ohne Strom, ohne Beleuchtung. Fünf seit kurzem oder seit längerem verlassene Wohnungen … und wir haben den Generalschlüssel.

„Gib mal her“, sagt Paula und greift nach dem Schlüsselbund. Ich zögere einen Moment, dann gebe ich ihn ihr. Sie schaut sich mit gerecktem Kinn um … als würde sie das Angebot abschätzen. Dann geht sie zu einer der Türen.

„Musst du aufs Klo oder was?“

„Nö.“

Paula schließt die Tür auf und leuchtet mit der Taschenlampe in den Raum dahinter. Ich stehe im Halbdunkel und mir ist kalt.

„Scheiße. Leer.“

„Was hast du erwartet? Kaltes Buffet?“

„Keine Ahnung, irgendwas interessantes.“ Sie schließt die Tür ab und geht zur nächsten. Ich weiß nicht, was ich von der Sache halten soll. Manchmal ist sie wie ein neugieriges Kind.

„Was hoffst du zu finden, meine Süße?“
„Eine Schatztruhe“, antwortet sie.
Paula dreht den Schlüssel im Schloss.
„Oder ne Pornoheft-Sammlung.“
Sie öffnet die Tür.
„Nicht dass irgendwas aus der Wohnung springt und dich beißt“, sage ich.
Paula leuchtet in den dunklen Raum.
„Hier ist was. Komm mal her!“
Sie schlüpft in die verlassene Wohnung und ich stehe alleine auf dem nur noch vom Mondlicht erhellten Flur. Mir kommt der Gedanke, dass ich einen ziemlichen Schreck kriegen würde, würde sich jetzt aus dem Dunkel hinter mir eine Hand auf meine Schulter legen, eine kleine, kalte Kinderhand … oder eine Große mit scharfen Krallen. Aber es gibt keine Geisterhände, die sich einem im Dunkeln auf die Schulter legen, die einem nachts über den Kopf streicheln oder die plötzlich unter dem Bett hervorkommen und einen an den Knöcheln packen, wenn man die Füße auf den Boden stellt. Ich habe überhaupt keinen Grund, mich zu beeilen. Nur ein klein wenig schneller als normal folge ich Paula in die fremde Wohnung. Durch die halb geöffnete Tür schlüpfte ich ins Helle.
„Schau dir das mal an!“
Paula hat die Taschenlampe auf den Boden gestellt, sie leuchtet Richtung Decke und die weiße Decke reflektiert das Licht. Es wirkt seltsam kalt, es erinnert mich an die Nachtbeleuchtung in einigen der langen Krankenhausflure. Noch drei Wochen werde ich im Schlaflabor arbeiten, in vier Wochen fängt dann das nächste Semester an.

Paula hält in beiden Händen einen flachen Holzkasten. Die Vorderseite besteht aus einer Glasscheibe und in dem Kasten ist etwas Glän-zendes, aus der Entfernung erkenne ich es nicht. Ich gehe näher heran und sehe, dass der Kasten voller aufgespießter Insekten ist. Große, grünlich schill-ernde Käfer mit langen Fühlern, die wie kleine braune Äste aussehen. Einigen der Käfer wurden die Flügel gespreizt und mit Stecknadeln fixiert. Ich wende halb den Kopf ab und ziehe die Augenbrauen hoch.

„Was ist?"

„Ich finde das eklig", antworte ich. „Die ganzen toten Viecher."

Paula dreht den Kasten um, sieht sich die Käfer an.

„Ist doch irgendwie auch hübsch … schau mal die Farben, die sind noch total kräftig. Als ob die noch leben würden."

Sie hält sich die Kadaversammlung direkt vors Gesicht.

„Mal dran riechen."

„Durch das Glas riechst du bestimmt nichts."

„Stimmt." Sie macht ein enttäuschtes Gesicht und hält das Ding wieder von sich weg. Hoffentlich kommt sie nicht auf die Idee, den Kasten mitzunehmen und übers Bett zu hängen.

„Vielleicht sind die Viecher was wert. Vielleicht können wir das Ding bei eBay verticken. Da hinten hängt übrigens noch so ein Kasten."

„Wenn das teuer wäre, dann hätte man es nicht hier gelassen … wahrscheinlich dürften wir gar nicht in der Wohnung sein."

„Jetzt stellt dich nicht so an. Wozu haben wir den Generalschlüssel?"

Paula sitzt ganz starr da, nur ihre Augen bewegen sich, ihr Blick wandert über die toten Käfer, über Beine, Fühler, Augen, Fresswerkzeuge, Flügel und Chitinpanzer.

„Weißt du, was echt heftig wäre? Wenn die jetzt anfangen würden, sich zu bewegen. Wenn die alle gleichzeitig mit ihren kleinen, dünnen Beinchen strampeln würden."

„Du hast zu viele Gruselfilme gesehen."

Paula starrt immer noch in diesen Kasten. Sie ist schnell fasziniert von solchen Dingen. Als ich sie kennen lernte, da hatte sie auf ihrem Schreibtisch ein plastiniertes Schweineherz liegen. Keine Ahnung, wo das hässliche Ding abgeblieben ist.

„Ich glaube, wenn man die ganz konzentriert anschaut und fest daran denkt, dass sich die Beine bewegen, dann sieht man tatsächlich, dass die sich bewegen. Lass mal ausprobieren!"

Ich bewege mich keinen Zentimeter. Eigentlich will ich nur raus hier.

„Jetzt komm schon, sei nicht so scheiß vernünftig."

Ich gehe zu Paula, bleibe neben ihr stehen.

„Jetzt setz dich hin."

„Der ist bestimmt total dreckig, der Fußboden."

„Ach Quatsch, stell dich nicht so an."

Sie legt den Kasten auf den Boden und beugt sich über die Insekten. Ich setze mich neben sie und beuge mich ebenfalls nach vorne, will nicht der Spielverderber sein. Wir hocken in einer verlassenen Wohnung auf dem Boden und glotzen tote Insekten an. Also gut, ich versuche mir einzubilden, dass sich die Beine bewegen … ganz fest … noch fester … und dann: nichts. Nur große, tote Käfer mit dünnen, toten

Beinen. Ich denke an etwas anderes, daran, wie wir unsere neue Wohnung einrichten wollen. Vor meinem inneren Auge wogt ein Meer aus Gardinenstoff.

Nach etwa einer halben Minute wird auch Paula die Sache zu blöd, sie stemmt sich mit den Armen vom Boden hoch.

„Da bewegt sich überhaupt nichts. Ich geh mal aufs Klo."

„Hier?", frage ich.

„Klar, wieso denn nicht?"

„Aber schau vorher, ob die Spülung geht. Ich weiß nicht, wo überall das Wasser abgestellt ist. Und wahrscheinlich ist überhaupt kein Klopapier da."

„Ich schau mal."

Paula geht ins Badezimmer, zieht die Tür zu und macht eine Probespülung. Die Lampe hat sie mir dagelassen, über der Badezimmertür ist ein kleines Fenster, durch das etwas Licht kommt. Schranktüren werden geöffnet und wieder zugeschlagen. Dann ihre Stimme:

„Ha! Klopapier!"

„Gratuliere", antworte ich. „Und danke für die Mitteilung."

Ich höre, wie sie mehrere Streifen Klopapier abreißt. Bei manchen Sachen ist sie eigen. Wenn sie sich auf fremde Klobrillen setzen muss, dann legt sie die vorher mit Klopapier aus. Immer noch starre ich die aufgespießten Insekten an. Sie sehen wirklich aus wie lebendig, nicht einmal Staub ist in dem Kasten. Als würden sie gleich die Beine bewegen … aber sie tun es nicht.

Vor vielen Jahren, wir waren sieben und neun, da saßen ich und mein älterer Bruder einmal nachts vor dem Fernseher. Er hatte mir erzählt, man könne nach Sendeschluss, wenn nur noch Schneegestöber auf dem Schirm war, tote Menschen sehen. Ganz plötzlich würden ihre Gesichter aus dem Gestöber auftauchen, man müsse nur lange genug hinsehen. Bestimmt eine halbe Stunde sahen wir damals in das graue Gegriesel, meine Augen brannten. Ganz plötzlich glaubte ich, tatsächlich ein ganz trauriges Männergesicht zu sehen. Ich schrie auf, rannte ins Kinderzimmer und verkroch mich heulend unter meine Bettdecke. Mein Bruder blieb sitzen und lachte mich aus.

Das war damals nur Einbildung, natürlich war es nur Einbildung. Wenn man fest genug an etwas denkt, dann erscheint es einem … na ja, zumindest manchmal. Was man sieht, das entsteht im Gehirn, nicht in den Augen. Jeder sieht mal etwas, das nicht da ist.

Das Rauschen der Spülung, Paula ist fertig. Ich höre die Tür und ihre Schritte, drehe mich aber nicht um, lasse sie von hinten an mich herankommen. Sie wird mir über den Kopf streicheln. Das macht sie immer, wenn sie von hinten an mich herantritt. Und … ja, sie tut es. Zärtlich. Ich bin froh, sie gefunden zu haben. Sie ist der erste Mensch, mit dem ich mir vorstellen kann, alt zu werden. Zwei alte Schachteln im Seniorenheim, einmal die Woche kommen uns die adoptierten Kinder besuchen.

Ich stehe auf, sie setzt sich hin. Wir schauen uns an und müssen lachen. Gerade haben wir die gleiche Bewegung gemacht, nur umgekehrt.

„Ich muss auch mal", sage ich. „Du kannst ja noch ein bisschen die Insekten anschauen … haben sich übrigens immer noch nicht bewegt."

Ich gehe ins Badezimmer und schließe die Tür. Es ist dunkel hier drin … zu dunkel. Also schalte ich die Taschenlampen-Funktion meines Handys ein und lege das Ding auf den Waschbeckenrand. Okay, so ist es besser. Ich setze mich aufs Klo und schaue mich um. Zwischen Tür und Waschbecken hängt ein kleines, sauber gerahmtes Stück Papier. Darauf ein eher ungewöhnlicher Klospruch:

Ich hab mein Sach auf Nichts gestellt
Drum ist so wohl mir in der Welt

Über dem gerahmten Stück Papier hängt ein weiterer großer Schaukasten. Es schüttelt mich, als ich sehe, was darin aufgespießt ist: Eine silbern schimmernde Eidechse, umgeben von vier großen, haarigen Vogelspinnen. Es sieht aus, als würden die Spinnen von vier Seiten auf die Echse zu krabbeln, als hätten sie das Tier eingekreist. Wer zum Teufel hängt sich so einen Mist aufs Klo? Es sind nicht die Tiere selbst, die mich abstoßen, es ist die Tatsache, dass diese Tiere tot sind, dass sie sich in einem, wenn auch langsamen, Verwesungsprozess befinden. Am ehesten sieht man es noch an der Eidechse. Ihre Haut ist stumpf und faltig, einzelne Schuppen blättern ab. Das Tier sieht aus, als könne jede Erschütterung des Kastens ein Loch in seinem Körper hinterlassen. Mit einem Finger könnte man dieses Ding zu kleinen Bröseln zerdrücken, man müsste nicht einmal Kraft aufwenden. Hoffentlich kommt Paula nicht wirklich auf die Idee, so einen Kasten mit in unsere …

Plötzlich ein Knall und ein spitzer Schrei. Schnell wische ich mich ab, ziehe mir Slip und Jeans hoch. Was ist denn jetzt passiert?

Paula sitzt auf dem Boden, vor ihr der Schaukasten. Das Glas ist gesplittert, die Scherben liegen auf und zwischen den großen Käfern.

„Scheiße! Scheiße! Scheiße!“

Ich gehe zu ihr.

„Zeig mal her.“

Sie hat einen Schnitt am Daumen der rechten Hand. Das Blut läuft ihr in die Höhlung der Handfläche.

„Das scheiß Glas ist einfach geplatzt, das ist mir richtig entgegengekommen.“

„Da war bestimmt irgendwie Spannung in dem Rahmen. Jetzt halt doch mal still.“

Ich schaue mir ihre Hand an. Der Schnitt ist etwa einen Zentimeter lang, geht quer über die Unterseite ihres Daumens und scheint tief zu sein.

„Boah, ist das ein Mist! Das klappt ja richtig auf, das geht bestimmt bis auf den Knochen!“

„Jetzt übertreib mal nicht. Wir gehen runter und dann mach ich dir ein Pflaster drauf.“

Paula schaut mich ungläubig an. Dann starrt sie wieder auf ihren blutenden Finger.

„Ich brauche kein Pflaster, ich brauche eine verdammte Bluttransfusion. Wahrscheinlich muss das genäht werden.“

„Manchmal bis du wirklich ne Memme“, antworte ich und helfe ihr hoch. „Komm jetzt!“

Wir gehen nach unten, ich finde meinen kleinen, grünen Verbandskasten und verarzte meine

Freundin. Fünf Minuten später wälzen wir uns nackt auf unserem Matratzenlager. Während wir es machen, durchweicht Paulas Blut das Pflaster. Erst färben sich nur die runden, wattigen Stellen, dann kommt es auch durch das Braune.

Heimisch werden

Verdammt, ist das ruhig hier, ein gewaltiger Unterschied zu unserer alten Wohnung. Okay, wenn man das Fenster aufmacht, dann hört man das Rauschen der entfernten Straße, man könnte es aber auch für das gedämpfte Geräusch eines Wasserfalls halten. Aus dem Haus hört man nichts, überhaupt nichts. Regelmäßig kommt der Pflegedienst zu Frau Diehl, das bekommen wir mit. Aber sonst: Totenstille, Grabesstille … wieso haben alle Begriffe, die völlige Stille bezeichnen, eigentlich mit dem Tod zu tun? Ist die Abwesenheit von Geräuschen etwas so Bedrohliches?

Ich schiebe die dünne Klinge aus dem blauen Kunststoffgehäuse des Teppichmessers und öffne einen der Kartons. Nicht zu tief, nichts kaputt machen. Wir sind jetzt drei Tage hier und haben immer noch nicht alles ausgepackt. Nicht einmal das Bett haben wir aufgebaut, es steht in seinen Einzelteilen an die Wand neben der Wohnungstür gelehnt. Paula scheint es zu gefallen, auf dem Boden zu schlafen. Eigentlich ist sie diejenige, die sich den handwerklichen Kram – Betten und Regale aufbauen, Möbel neu lackieren, Dübel in die Wände schieben und Schrauben reindrehen – unter den Nagel reißt, sie mag das einfach. Ich schaue dann, ob die Bilder gerade hängen und die Regale an der richtigen Stelle stehen.

Bei Frau Diehl haben wir uns vorgestern kurz vorgestellt, ihr ging es nicht besonders, sie bat uns nicht herein. Scheint eine wache, durchaus streitbare Person zu sein, diese Frau Diehl. Sie hat graue, kurz geschorene Haare, Arme, an denen die Haut herunterhängt und ein Gesicht, das aussieht wie ein verschrumpelter Pfirsich, in dem aber doch noch etwas Saft steckt. Für ihre 92 Jahre, „Als ich in Ihrem Alter war, da hätte ich nie gedacht, dass ich mal 92 werde", hat sie sich gut gehalten. Frau Diehl läuft wacklig, aber sie läuft ... in viel zu großen, rosafarbenen Hausschuhen. An ihren dürren, wie zwei lange Zahnstocher unter dem Morgenmantel hervorstehenden Beinen, sehen die Dinger aus wie Schneeschuhe.

Die Familie, die unten im Haus wohnt, ein Elternpaar mit zwei Kindern, ist komplett unsympathisch, jeder einzelne von ihnen. Wir haben angeklopft, wollten uns vorstellen, und wurden behandelt wie lästiges Ungeziefer. Schon die Begrüßung durch den Vater war ein abgehacktes und hingeworfenes „Ja?". Als ob wir ihm irgendeinen Scheiß andrehen wollten. Dann kam die Mutter dazu und die war dann noch unangenehmer. Wir haben beschlossen, diesen Leuten aus dem Weg zu gehen, den Kontakt auf das Nötigste zu beschränken. Aus der Wohnung roch es übrigens penetrant nach Kohl und die beiden Kinder, ein etwa achtjähriger Junge und ein kleines Mädchen, dessen Alter ich nicht schätzen kann, wirkten schon genauso verstockt wie die Eltern. „Nachwuchs-Arschlöcher", sagte Paula.

Jetzt ist es kurz nach zehn, Paula ist schon zwei Stunden weg. Ich habe heute Spätschicht, also von 14 bis 22 Uhr. Und außerdem habe ich versprochen, noch ein paar der Kartons auszupacken, bevor ich gehe. Muss das Zeug nur ausräumen, Paula wird später alles sortieren. Der Zettel, auf dem wir den Inhalt jeder der Kisten notiert haben, ist längst verloren gegangen, die Zahlen auf den Kartons geben nur noch Auskunft über die Reihenfolge, in der die Kartons gepackt wurden. Gut möglich, dass der Zettel selbst in einer der Kisten steckt.

Okay, hier sind die DVDs und der Player. Wir schauen uns seit etwa einem Jahr ganze Fernsehserien auf DVD an, „Six feet under“, „Die Sopranos“ und solche Sachen, fast nur amerikanische Produktionen. Ich stelle alles auf den Boden und falte den Karton zusammen, für den nächsten Umzug. Eine halbe Stunde später sind drei weitere Kartons ausgepackt und flach zusammengefaltet. Wir haben doch mehr Kram, als ich dachte.

Nachdem ich die Pflanzen gegossen und einen muffig schmeckenden, allerdings noch nicht abgelaufenen, Müsliriegel gegessen habe, sauge ich das Schlafzimmer. Wir haben ein kleines Fliegenproblem … eigentlich ein großes. Dauernd liegen tote Fliegen im Schlafzimmer, fette schwarze oder grün schillernde Dinger. Ich habe den Eindruck, sie kommen extra zu uns ins Schlafzimmer, um hier den Löffel abzugeben, ins Gras zu beißen, wie auch immer. Ich habe mal gehört, dass es Elefantenfriedhöfe gibt, Orte, an die alte Elefanten zum Sterben gehen. Aber Fliegen?

Nachdem ich die vielen kleinen Leichen weggesaugt habe, weiß ich nicht so recht, was ich mit meiner Zeit anfangen soll. Natürlich gäbe es genug zu tun, aber mir fehlt die Lust, noch rund drei Stunden habe ich totzuschlagen, bis ich los muss. Okay, mach ich eben die Runde durchs Haus. Eigentlich wäre heute ja Paula dran ... aber was solls. So genau müssen wir das nicht nehmen. Ich werde ihr nachher einen Zettel hinlegen, damit wir die Runde nicht doppelt machen.

Den Schlüsselbund finde ich im Badezimmer, auf dem Schränkchen unter dem Waschbecken, keine Ahnung, wie er da hin kommt. Ich schnappe mir noch einen Stift und einen der Protokollzettel, und schon bin ich aus der Tür heraus. Die Taschenlampe brauche ich um diese Zeit nicht. Sowieso will ich mir angewöhnen, meine Rundgänge immer bei Tageslicht zu machen. Spät abends und nachts ist mir die Sache dann doch zu unheimlich, so ganz alleine auf diesen runden, leeren Fluren. Mir geht das Erlebnis nicht aus dem Kopf, das ich hatte, als ich das erste Mal mit Herrn Brandt unterwegs war. Ich dachte wirklich, die Tür wäre zu. Ich dachte wirklich, der Gang Richtung Treppenhaus wäre plötzlich verschwunden. Puh, was man sich alles einbildet, wenn man nicht bei Kräften ist.

Okay ... von unten nach oben, wie beim letzten Mal. Ich gehe einmal ums Haus und trage ein, dass alle Fenster in Ordnung sind. Dann laufe ich durch die Eingangshalle, drücke im Vorübergehen den Knopf für den Aufzug – Wieder kommt er, ich traue mich aber nicht hinein. Vielleicht wartet er ja nur darauf, dass ich mich in seine Kabine traue – und gehe dann nacheinander alle Stockwerke durch. Kacke, ich hätte doch die Taschenlampe mitnehmen sollen. Auf vier der sechs Stockwerke ist der Strom abgestellt und das Licht, das durch den Schacht fällt, der zum Innenhof mit den kaputten Pflanzen führt, erhellt die Flure nur gerade so, schwarze Schatten säumen meinen Weg.

Egal, es ist halb elf Uhr vormittags. Was soll hier schon passieren. Es wird keine Tür auffliegen und kein Monster herausstürmen. Es wird sich auch keine Hand von hinten auf meine Schulter legen … nicht um elf Uhr vormittags, das ist so ziemlich die am wenigsten unheimlichste Zeit des Tages.

Okay, Pflicht erfüllt, alle Häkchen gemacht, keine besonderen Vorkommnisse, die ich eintragen müsste. Mich reizt es, mit dem Aufzug zu fahren, aber ich lasse es. Ich muss nicht gleich in den ersten Tagen Mist bauen.

Als ich wieder auf der vierten Etage und auf dem Weg zu unserer Wohnung bin, höre ich etwas. Es kommt aus der Wohnung von Frau Diehl, ein kurzes, hart heraus gestoßenes „Ah“, ein Schmerzenslaut. Ist gerade der Pflegedienst bei ihr? Machen die irgendwas mit ihr, das ihr wehtut? Krankengymnastik vielleicht? Dehnübungen? Zäpfchen in den Po?

Ich stelle mich an die Tür und lege mein Ohr an das Holz. Nicht, dass irgendwas passiert ist. Als ich nichts mehr höre, da klopfe ich an. Was solls. Wenn mir irgendeine Pflegerin aufmacht, dann kann ich mich auch gleich vorstellen.

Aber niemand macht mir auch. Stattdessen die Rufe der alten Frau: Hilfe, Hilfe, Hiiilfeee. Es klingt nicht panisch, nicht nach Todesangst. Die Rufe kommen in gleichmäßigem Abstand und sind alle etwa gleich laut. Frau Diehl braucht einfach jemanden, der ihr hilft, sie hofft, dass jemand ihre Rufe hört. Mit dem Generalschlüssel öffne ich die Tür und betrete den dunklen Flur. Ich folge den Rufen ins Wohnzimmer.

„Ah, junge Frau. Gut dass sie da sind, helfen sie mir mal!"

Frau Diehl kniet in ihrem Bademantel auf dem Wohnzimmerboden. Sie hat beide Hände an der Kante einer Kommode und versucht, sich nach oben zu ziehen. Aber es geht nicht.

„Die verflixten Beine wollen nicht mehr."

Bevor ich bei ihr bin, versucht sie es noch einmal alleine. Es geht nicht, sie hat nicht genug Kraft. Ihre zerfurchte Stirn ist ganz rot, der Gesichtsausdruck verbissen.

„JETZT HELFEN SIE MIR DOCH!", fährt sie mich an. „SIE SEHEN DOCH, DASS ICH ALLEINE NICHT KANN!"

Ich gehe zu ihr, fasse sie unter den Armen und helfe ihr hoch. Ihr schmaler, ausgemergelter Körper fühlt sich erstaunlich schwer an. Frau Diehl riecht nach Eau de Cologne und ein wenig nach Urin.

Wortlos, ohne mir ins Gesicht zu blicken, geht die alte Dame zu ihrer Wohnzimmergarnitur, lässt sich langsam und steif in den Sessel sinken und macht den Fernseher an. Ich stehe da und habe keine Ahnung, was ich machen soll. Einfach gehen? Einfach raus hier und hoffen, dass so bald keine Hilferufe mehr aus der Wohnung kommen? Als ich schon fast bei der Tür bin, höre ich die Stimme von Frau Diehl, etwas gepresst, etwas zögerlich.

„Junge Frau … jetzt bleiben Sie doch."

Ich gehe zurück ins Wohnzimmer. Sie hat den

Fernseher ausgeschaltet und schaut auf die Fläche des gekachelten Wohnzimmertisches. Plötzlich tut mir die 92-jährige leid. Es war ihr peinlich, so gesehen zu werden. Es war ihr peinlich, nicht mehr alleine vom Boden hochzukommen, Hilfe annehmen zu müssen. Das Alter ist eine verdammte Sauerei.

„Bitte entschuldigen Sie meine Unfreundlichkeit", sagt Frau Diehl und sieht dabei aus, als würde sie mit dem Tisch sprechen. „Kann ich Ihnen etwas anbieten?"

„Nein danke", sage ich. „Ich muss auch bald zur Arbeit."

Sie richtet den Kopf auf und schaut mich direkt an.

„Danke für Ihre Hilfe. Trinken Sie einen Kaffee?"

Ihre Stimme ist wieder fest, so fest, wie sie mit 92 eben sein kann. Die Frau hat sich im Griff. Aber hinter jedem einzelnen Wort lauert eine Wut, deren Größe ich nicht einschätzen kann. Frau Diehl hasst ihre Hilflosigkeit.

„Nein danke, ich muss wirklich gleich los."

„Ich habe Kuchen da. Einen Moment bitte."

Sie drückt einen Knopf an ihrem Fernsehsessel und das Ding macht ein summendes Geräusch. Die Sitzfläche hebt sich, neigt sich dann nach vorne. Frau Diehl schaut starr geradeaus, während ihr elektrischer Sessel sie in eine Position bringt, die ihr das selbstständige Aufstehen ermöglicht. Ihr ernster Gesichtsausdruck gibt der vom albernen Summen der Elektromotoren begleiteten Prozedur eine gewisse Würde. Halb steht sie auf, halb wird sie aufgerichtet, dann tappt sie in ihren zu großen Hausschuhen Richtung Küche.

„Milch oder Zucker in den Kaffee?"

Hat sie mich gerade nicht gehört. Ich sagte doch, dass ich gleich los muss … was allerdings gelogen war. Ich habe noch rund zwei Stunden.

„Milch."

„Milch?"

„JA, MILCH."

Ich höre das Geklapper von Geschirr und eine Minute später steht dampfender Kaffee vor mir. Daneben ein Stück Himbeerkuchen auf einem Teller mit Blütenrand. Frau Diehl hat die Kuchengabel vergessen, auch der Kaffeelöffel fehlt.

„Dankeschön. Trinken Sie keinen Kaffee?"

Ich achte darauf, laut zu reden.

„Nein, jetzt nicht. Wie gefällt Ihnen die Wohnung?"

Ich antworte nicht gleich. Meint sie unsere oder ihre eigene?

„Gefällt mir gut. Ist ja auch sehr geräumig."

Okay, diese Antwort passt auf jeden Fall. Mir kommt der Gedanke, den Kuchen einfach mit den Händen zu essen.

„Haben Sie sich denn schon eingerichtet?"

„Noch nicht komplett. Wir sind gerade dabei. Ähm … ich gehe kurz in die Küche, ich hol mir noch eine Gabel."

„Bleiben Sie mal brav sitzen, Sie sind zu Gast."

Frau Diehl drückt den Knopf an ihrem electric Fernsehsessel, die Elektromotoren singen ihr Lied und zwei Minuten später habe ich meine Gabel. Der Himbeerkuchen schmeckt deutlich gemüsig. Er stand im Kühlschrank und hat den Geschmack von etwas angenommen, das in der Nähe stand. Was kann das sein? Kohlrabi? Während ich brav meinen Himbeer-

Gemüse-Kuchen esse, spüre ich Frau Diehls Blicke. Trotz ihres Alters trägt sie keine Brille.

„Und? Fühlen Sie sich wohl in Ihrer neuen Wohnung?“

„Ähm ja, durchaus.“

Und als von ihr nichts kommt:

„Wie lange leben Sie eigentlich schon hier?“

„Seit den späten Vierzigern. Wir sind drei Jahre nach dem Krieg hier eingezogen, meine Mutter, meine Schwester … und meine Wenigkeit. Das war damals eine durchaus ansehnliche Gegend hier. Nicht so verkommen wie heute.“

„Dann wohnen Sie schon über sechzig Jahre hier?“

„Ja. Und wenn man mich lässt, dann werde ich auch die nächsten sechzig Jahre hier wohnen.“

War das ein Witz? Sie rechnet doch wohl kaum damit, 152 zu werden. Aber sie hat das mit den nächsten sechzig Jahren ganz ernst gesagt. Ich weiß nicht, was ich sagen soll und nehme einen Schluck Kaffee, wie erhofft neutralisiert die Brühe das Gemüsige des Kuchens. Als ich zu Frau Diehl aufschaue, da sieht sie mich an als erwarte sie eine Antwort. Mir fällt nur eine Frage ein.

„Und Ihre Schwester wohnt nicht mehr hier?“

Ein Lächeln huscht über das zerfurchte Gesicht.

„Doch-doch, meine Schwester wohnt immer noch hier. Sie ist allerdings vor rund dreißig Jahren verstorben.“

Ich verstehe nicht, was sie meint. Und ich merke, dass ich mir überlege, wie ich hier endlich verschwinden kann. 2/3 des ebenso widerlichen wie geschmacklich interessanten Kuchens habe ich schon geschafft.

„Sie fragen sich sicher, was ich damit sagen will. Nun ja, Menschen gehen nie ganz, etwas bleibt von ihnen … und wenn es nur Bilder und Erinnerungen sind. Sehen Sie diese beiden jungen Frauen dort?"

Frau Diehl zeigt auf ein großes, gerahmtes Bild, das schräg über einem alten Röhrenfernseher hängt. Die Schwarzweißaufnahme zeigt zwei junge Frauen in knielangen Faltenröcken, Ringelshirts und mit hochgesteckten Haaren. Eine deutet eine Verbeugung an, ihr Gesicht liegt halb im Schatten. Die andere schaut herrisch in die Kamera, hat die Arme in die Seiten gestemmt.

„Darf ich vorstellen, ich und meine Schwester. Damals waren wir so alt wie Sie jetzt. Wir sind zusammen aufgetreten, Gesang, Tanz und Schauspiel. Die Diehl-Zwillinge haben sie uns genannt. Und dabei sind wir nicht einmal Zwillinge, meine Schwester ist ein Jahr älter als ich."

„Das ist eine sehr schöne Aufnahme."

„Wir waren auch sehr schön damals. Was denken Sie, wie die Männer hinter uns her waren?"

Ich überlege, welche der beiden Frauen mir gerade um siebzig Jahre gealtert gegenüber sitzt. Ich tippe auf die Herrische, die Selbstsichere. Die Glasscheibe vor der Fotografie hat einen großen, das Bild von links unten nach rechts oben durchquerenden Sprung. Der einen Frau durchschneidet der Sprung die Beine, der anderen den schlanken Hals und einen Teil der rechten Schulter. Rechts oben hat der große Sprung viele kleine Abzweigungen. Die Stelle sieht aus wie die Luftaufnahme eines Flussdeltas.

„Ich bin das Mädchen rechts", bestätigt Frau Diehl meine Vermutung. „Meine Schwester ist etwas größer als ich. Sie war schon bei ihrer Geburt ein sehr großes Kind, es gab Komplikationen."

„Oh."

„Man sagt, ich sei die Schönere gewesen. Kleinere Frauen sind oft schöner, das hängt mit den Proportionen zusammen, mit der Verteilung."

Was soll ich darauf antworten? Für mich sehen die beiden Frauen ziemlich gleich aus. Ich bemerke, dass sich meine rechte Hand in meine Hosentasche geschoben hat. Sie tastet am Schlüsselbund nach unserem Wohnungsschlüssel. Er ist kleiner als die anderen.

„Ich muss dann langsam los. Vielen Dank für den Kuchen. Ich muss heute Nachmittag arbeiten."

„Wo arbeiten Sie denn?"

„Im Krankenhaus."

„Sind Sie Ärztin?"

„Nein, noch nicht. Ich studiere Medizin."

„Aha", sagt Frau Diehl. Sie sieht mich direkt an mit ihren kleinen, alten Augen. Ich habe das Gefühl, dass etwas nicht stimmt, dass irgendetwas unausgesprochen geblieben ist. Ich stehe auf und gehe zu Frau Diehl. Sie greift nach meiner Hand und ihr Händedruck ist erstaunlich fest. Als ihre schmalen, knochigen Finger zudrücken, da denke ich an eine Roboterhand, eine von Drähten und Scharnieren zusammengehaltene Metallkralle … zur Tarnung mit dünnem, fleckigem Pergament über-zogen.

Wir verabschieden uns und ich gehe Richtung Wohnungstür. Mir ist aufgefallen, dass im Wohnzimmer, gleich neben der Balkontüre, ein schmales Bett und ein kleiner Nachtschrank mit Leselampe stehen. Hat diese Wohnung kein Schlafzimmer?

„Sag bloß, du hast dich mit einer 92-jährigen gestritten?“

Es ist kurz vor 23 Uhr und meine Schicht ist vorbei. Paula und ich sitzen auf der Wohnzimmercouch, essen leicht labberige Salzstangen und sehen uns eine Folge der Sopranos an. Eigentlich schauen wir gar nicht richtig hin. Ich bin mir nicht einmal sicher, ob wir diese Folge nicht schon gesehen haben.

„Quatsch, wir haben uns nicht gestritten. Es war nur irgendwie so eine komische Atmosphäre … so eine Spannung in der Luft. Ach, keine Ahnung. Vielleicht mag die mich einfach nicht.“

Paula nimmt einen Schluck aus ihrer Dr. Pepper-Dose. Seit sie vor ein paar Jahren in den Staaten war, kauft sie sich dieses pappsüße Zeug.

„Wie kann man dich denn nicht mögen?“

„Verarschen kann ich mich selbst“, antworte ich.

„Nur am Arsch lecken nicht“, fügt Paula hinzu.

„Hä?“

„Das hat mein alter Biolehrer immer gesagt: Verarschen kann ich mich selbst, nur am Arsch lecken nicht.“

„Ach so … wie auch immer. Jedenfalls hatte ich ein ganz komisches Gefühl bei der, als ob es mit der noch irgendwelchen Ärger gibt.“

Paula schüttelt sich den letzten Rest der Dr. Pepper-Brühe in den weit geöffneten Mund. Ich mag schon den Geruch nicht.

„Was soll es mit der denn für Ärger geben? Die ist 92, die schafft es wahrscheinlich nicht mal bis rüber zu unserer Wohnung. Und wenn sie mit dem Besenstiel gegen die Wand haut, dann hören wir das eh nicht, ist ja noch eine Wohnung dazwischen.“

„Ich sag ja nur dass ich irgendwie ein komisches Gefühl bei der Frau hatte. Als ob etwas nicht stimmt, als ob man in ein Zimmer kommt und merkt, dass irgendwas anders ist. Man kann aber nicht genau sagen, was es ist."

Auf einmal kommt mir das, was ich gerade gesagt habe, unheimlich bekannt vor. Habe ich das früher schon einmal gesagt? Oder schon einmal gehört? Ach ja, ich erinnere mich. Das war an dem Abend, als sich dieser alte Mann ... dieser Herr Schlechter, als der sich das Messer in den Bauch rammte. Auch Alex meinte ja, dass er bei dem Mann ein ganz komisches Gefühl gehabt habe ... und er drückte das so ähnlich aus wie ich gerade. Vielleicht kommen sie ja noch, die Alpträume. Entschuldigen Sie die Verspätung Frau Pander, aber jetzt sind wir ja da. Viel Vergnügen! Ich muss mal fragen, wie es Herrn Schlechter geht. Es hieß ja, dass er in stabilem Zustand ist. Hoffentlich hat er keinen weiteren Versuch unternommen, sich das ...

Paulas Stimme durchbricht den Strom meiner Gedanken.

„Wahrscheinlich habt ihr euch nur auf dem falschen Fuß erwischt. Vielleicht ist die nur misstrauisch ... oder sie hat sich einfach geärgert, dass du sie in dieser hilflosen Situation gesehen hast."

„Nein, das was irgendwas anderes."

„Lass uns mal in ein paar Tagen zusammen hingehen, ich will ja auch wissen, wie dieser Brokkoli-Kuchen schmeckt."

„Kohlrabi-Kuchen", korrigiere ich.

„Noch besser."

Paula steht auf, streichelt mir über den Kopf und latscht Richtung Badezimmer.

„Ich geh mal Zähneputzen, bin müde wie Sau."

„Okay … wenn du müde wie Sau bist, dann solltest du besser Zähne putzen. Ich schau noch ein bisschen Fernsehen."

„Hast du eigentlich unten abgeschlossen? Also die Eingangstür?"

„Oh Scheiße … keine Ahnung ob die zu ist."

„Kein Problem, ich geh schon."

Paula schnappt sich den Schlüsselbund und schon ist sie zur Tür hinaus. Hatte sie nicht gerade noch gemeint, sie wäre müde? Es vergeht kaum eine Minute und sie ist schon wieder da. Ich höre hinter mir die Wohnungstür und das Rasseln der Schlüssel.

„Alles dicht!"

„Bist du gerannt? Du warst total schnell."

„Ich hab den Aufzug ausprobiert."

„Mensch Paula, muss denn das sein? Der Herr Brandt hat doch extra gesagt, dass wir den nicht benutzen sollen. Wahrscheinlich ist das alte Ding seit Jahren nicht gewartet worden. Du hattest nicht mal dein Handy dabei. Du hättest mich nicht mal anrufen können, wenn das Ding gestreikt hätte."

„Jetzt stell dich nicht so an, ist ja nichts passiert. Sei nicht so verdammt langweilig."

Darauf sage ich nichts. Sie soll merken, dass sie zu weit gegangen ist.

„Tut mir leid, dass ich das gesagt habe, war nicht so gemeint. Kommst du mit ins Bett?"

„Nee, ich schau noch ein bisschen."

„Bist du jetzt sauer?"

„Nein, bin ich nicht. Ich komm gleich nach."

Natürlich bin ich sauer. Und natürlich hat sie es an meinem Tonfall bemerkt. Aber ich habe keine Lust, die Sache auszudiskutieren. Ich will nur vor dem blöden Fernseher sitzen und meine blöde Ruhe haben. Machen wir also morgen weiter.

Als ich eine halbe Stunde später Paulas leises Schnarchen höre, da öffne ich die Balkontüre, gehe hinaus in die Dunkelheit und ziehe kühle, klare Luft ein. Manchmal ist es verdammt schwer, den Menschen zu mögen, den man liebt.

Zeit vergeht

Zehn Tage seit unserem Einzug. Die Wohnung ist eingerichtet, die Rundgänge durch das fast leere Haus sind Routine geworden, und von dem Geld, das wir bei der Miete sparen, werden wir in einigen Monaten nen richtig fetten Urlaub machen: Drei Wochen USA, im Mietwagen von New York runter nach Miami und dann weiter nach New Orleans. Jede Nacht in einem anderen Motel.

Die Familie, die bei unserem Einzug unten im Haus gewohnt hat, ist mittlerweile ausgezogen. Sie haben uns nicht Bescheid gesagt, wir haben es durch einen Anruf Herrn Egners erfahren. Hätte der sich nicht gemeldet, hätten wir wahrscheinlich überhaupt nicht gemerkt, dass die Idioten weg sind. Nun wohnen nur noch wir und die alte Frau Diehl in dem großen, verdrehten Haus. Zweimal täglich kommt der Pflegedienst zu ihr, aber davon bekommen wir nicht viel mit. Die haben ihren eigenen Schlüssel und schließen wieder ab, wenn sie gehen.

Vor drei Tagen waren ich und Paula zusammen bei Frau Diehl, bei unserer einzigen Nachbarin. Die alte Frau bemühte sich, freundlich zu sein, tischte uns Kaffee und, diesmal kein Kohlrabi-Himbeer-Kuchen, Plätzchen auf. Wir waren fast eine Stunde bei ihr, so schwerhörig ist sie überhaupt nicht. Wenn sie etwas verstehen will, dann versteht sie das auch. Und wenn nicht, dann eben nicht. Der Besuch war nicht unangenehm, überhaupt nicht. Aber ich hatte die ganze Zeit über den Eindruck, dass hinter ihrer Freundlichkeit noch etwas anderes steckt, etwas Bitteres, Dunkles, ich kann es nicht besser ausdrücken, eine Art Ekel. Vielleicht hat sie chronische Schmerzen, vielleicht leidet sie, wie übrigens viele alte Menschen, an einer Depression. Glücklich jedenfalls ist diese Frau nicht, da bin ich mir sicher.

Im Schlaflabor habe ich nur noch wenige Tage, bald fangen wieder die Vorlesungen an. Komischerweise zeigt Dr. Strauss, der Leiter des Labors – mir kommt die Bezeichnung immer noch komisch vor, bei „Labor“ denke ich gleich an Reagenzgläser, in denen bunte Flüssigkeiten blubbern – wieder ein reges Interesse an mir. In den letzten drei Tagen saß ich dreimal in seinem Büro, jeweils etwa eine halbe Stunde. Jedes Treffen fing damit an, dass er einige Fragen zu der Sache mit Herrn Schlechter stellte. Dann leitete er über zu mir, zu meinem eigenen Befinden. Er fragte mich, ob ich Alpträume oder Angstzustände habe, einmal wollte er sogar wissen, ob ich unter Halluzinationen leide. Nein, nein und noch mal nein, nichts von alldem.

Dr. Strauss versteht es, seine Fragen geschickt und auf sehr sympathische Art zu stellen. Trotzdem kommt mir das alles merkwürdig vor. Was zum Teufel will der von mir? Wieso macht der sich solche Sorgen um mich? Hat er ein schlechtes Gewissen, weil er die Absicht seines Patienten – Herr Schlechter war bei Dr. Strauss in psychiatrischer Behandlung – nicht vorhersehen konnte? Denkt der, dass mir diese Sache mit Herrn Schlechters Suizidversuch einen fetten Knacks fürs Leben verpasst hat?

Während ich mir diese Fragen stelle, bin ich schon

wieder auf dem Weg zu ihm, schon wieder steuere ich auf das Büro am Ende des Flurs zu, schon wieder hat er mich durch eine Schwester rufen lassen. Wie soll ich so meine Arbeit schaffen? Obwohl die Tür offen steht, klopfte ich an. Strauss blickt von seinem Schreibtisch auf.

„Ach hallo Frau Pander. Kommen Sie doch rein! Wie geht es Ihnen?“

Er stemmt sich hoch, kommt um den Schreibtisch herum und streckt mir seine Hand entgegen. Ich sehe, dass er irgendwas am Ärmel hat. Ist das Marmelade? Trägt er seinen Arztkittel schon zum Frühstück? Schläft er darin?

„Hallo Herr Strauss. Mir geht es so weit ganz gut, keine Halluzinationen, keine Angstzustände.“

Der Mann in dem größtenteils weißen Kittel setzt sich hin, schiebt einen Stapel Papier zur Seite und schaut mich auf eine besondere Art an. Ironie und Schuldbewusstsein mischen sich in seinem Blick … es ist noch etwas anderes darin, das ich nicht benennen kann. Ich bleibe stehen, vielleicht können wir es heute ja kurz machen.

„Ich gehe Ihnen auf die Nerven, stimmts?“

„Nein, es ist nur …“

Strauss zieht nur ein wenig die linke Augenbraue hoch und sofort fühle ich mich durchschaut. Ja, er geht mir auf die Nerven. Und ja, er weiß es. Ich kann diesem Mann nichts vormachen. Was ist der alles? Psychiater, Psychotherapeut und Neurologe? Wahrscheinlich auch noch Ethnologe, Paläontologe, Astrologe und Was-weiss-ichologe … der Typ hat so viele Doktortitel wie andere Leute Hemden im Schrank.

„Jetzt stehen Sie doch nicht so herum! Nehmen Sie Platz!"

Lächelnd deutet er auf den Stuhl vor seinem Schreibtisch. Ich setze mich.

„Sie sind ja nicht mehr ganz so lange bei uns, Frau Pander. Wie hat es Ihnen denn gefallen?"

„Ganz gut, es war auf jeden Fall interessant, auch mal ein Schlaflabor kennen zu lernen. Die Nachtschichten waren ein bisschen anstrengend, aber-"

„Das ist Gewöhnungssache", unterbricht mich Strauss. Auf einmal macht er einen ungeduldigen Eindruck, die Finger seiner rechten Hand bewegen sich auf der Tischplatte als wollten sie davon krabbeln. Aber sie kommen nicht voran, an ihnen hängt ein ausgewachsener menschlicher Körper.

„Brauchen Sie eigentlich noch eine Bescheinigung von mir? Also für Ihr Medizinstudium. Oder war das hier einfach nur ein Ferienjob?"

„Also eigentlich nur ein Ferienjob. Aber vielleicht könnten Sie mir einfach eine Beurteilung schreiben und eine Bestätigung der Arbeit, die ich hier gemacht habe."

Herr Strauss hat die Fluchtversuche seiner Finger bemerkt, zieht die Hand zurück und lässt sie hinter dem Schreibtisch verschwinden.

„Kein Problem, ich schreibe Ihnen eine schöne Empfehlung, Sie haben sehr gut hier mitgearbeitet." Er zögert, schaut mir in die Augen. „Ich möchte noch einmal auf diese Sache mit Herrn Schlechters Selbstmordversuch zu sprechen kommen. Ich weiß, dass ich Ihnen damit lästig werde, aber mich beschäftigt die Angelegenheit und es tut mir leid, dass Sie in die Sache verwickelt wurden."

„Ich habe eigentlich nur Hilfe gerufen. Der Herr Pfahl hat sich ja gleich um den Herrn Schlechter gekümmert, der hat dem ja praktisch das Leben gerettet."

„Mit dem Herrn Pfahl habe ich gesprochen, der steckt das gut weg. Er arbeitet schon zehn Jahre als Krankenpfleger und war schon mehrmals in solch kritische Situationen involviert. Für Sie allerdings war es gewissermaßen das erste Mal."

„Also es geht mir wirklich gut, ich denke da eigentlich auch nicht mehr oft dran."

Strauss lehnt sich in seinem Stuhl zurück, reibt sich das Kinn und schaut mir in die Augen. Ich weiß nicht, wie ich seinen Gesichtsausdruck deuten soll. Glaubt er mir nicht? Denkt er, ich habe irgendwelche psychischen Probleme und will es nur nicht zugeben? Mache ich einen labilen Eindruck?

„Gut, Frau Pander. Aber Sie müssen mir versprechen, dass Sie sich sofort bei mir melden, falls Sie sich unwohl fühlen, falls Sie Alpträume oder Angstzustände haben … oder sonst irgendwelche Veränderungen bemerken. Ich fühle mich verantwortlich für die Situation, in die Sie geraten sind. Sie wissen ja, dass Herr Schlechter mein Patient war. Wir suchen übrigens momentan nach einem Platz im betreuten Wohnen für ihn. Es geht ihm, den Umständen entsprechend, gut."

Ich verspreche Herrn Strauss, dass ich mich gegebenenfalls bei ihm melden werde, und komme mir dabei vor wie im falschen Film. Was soll das alles? Was denn für Veränderungen? Fast habe ich den Eindruck, der wartet nur darauf, dass ich Probleme bekomme. Nichts wie raus hier.

Zurück im Stationszimmer treffe ich auf Schwester Anne. Sie beugt ihre 1,80 über irgendwelche Unterlagen. Ich habe sie länger nicht gesehen, sie war im Urlaub.

„Hallo Schwester Anne. Ich wollte mich noch dafür bedanken, dass Sie mir den Tipp mit der Wohnung gegeben haben. Das hat übrigens geklappt."

Sie schaut mich an, als hätte ich gerade Mandarin mit ihr gesprochen.

„Sie haben mir doch den Zettel mit der Telefonnummer von Herrn Egner gegeben. Wir sind vor zehn Tagen eingezogen."

Immer noch Chinesisch? Nein, da tut sich etwas in dem großen Gesicht. Der Groschen wandert, macht eine Kurve, dann noch eine, gerät auf Abwege, findet wieder seinen Weg … und dann fällt er. Der Ausdruck völliger Ratlosigkeit ist aus Schwester Annes Gesicht verschwunden und Zufriedenheit macht sich breit. Sie weiß jetzt, wovon ich rede.

„Ach so, die Wohnung. Das freut mich, dass Sie da fündig geworden sind. Gefällt es Ihnen denn?"

„Ja, wir haben viel mehr Platz als vorher. Und das Gebäude ist auch sehr interessant. Waren Sie mal dort?"

„Nein-nein, ich kenne das überhaupt nicht. Na ich mach dann mal weiter, bin ein bisschen unter Zeitdruck. Haben Sie mal auf den Plan geschaut? Wissen Sie, wer heute Nacht Dienst hat?"

„Ich glaube, der Alex."

„Ach so, ja."

Ich bin schon fast wieder aus dem Zimmer heraus, da fällt mir noch etwas ein.

„Wie war eigentlich Ihr Urlaub?“

Ein Strahlen erscheint auf Schwester Annes Gesicht, die Sonne geht auf. Und dann erzählt sie mir lang und breit und hoch und tief von ihrem Urlaub. Eine Woche Island: traumhaft, traumhaft, traumhaft. So drückend ist der Zeitdruck nun auch wieder nicht. Sie zeigt mir sogar Fotos auf ihrem Smartphone: Geysire beim Ausbruch, stämmige, langmähnige Pferde, sattgrüne Wiesen und pummelige, steinerne Kirchen. Die Aufnahmen sind gut, man merkt, dass sich jemand etwas beim Fotografieren gedacht hat. Ich frage Schwester Anne, ob sie die Bilder gemacht hat.

„Nein-nein, das war mein Manfred. Der will immer die Fotos machen. Ich könnte das wahrscheinlich genauso gut, aber ich lasse ihm halt seine Freude.“

Sie drückt die Tastensperre und steckt ihr klobiges Smartphone weg. Ein großes Telefon für eine große Frau.

„So, ich muss jetzt wirklich mal weitermachen. Hilft ja alles nichts.“

***

Es ist Samstagvormittag und meine Zeit im Schlaflabor ist seit exakt zwölf Stunden und 16 Minuten vorbei. Bald fangen meine Vorlesungen wieder an und eigentlich müsste ich mich vorbereiten.

Paula ist beim Sport, ich esse ein Honigbrötchen und lese dabei eine Frauenzeitschrift, die mir vor einigen Tagen beim Einkaufen als Gratisexemplar in die Hand gedrückt wurde. Ab und zu finde ich solchen Kram ganz entspannend. In der Mitte des Hefts klebt eine flache Plastikpackung mit der Probe einer Gesichtscreme. Als ich mein Brötchen gegessen habe, löse ich vorsichtig die Packung heraus, öffne sie und schmiere mir Stirn, Wangen und Kinn ein. Riecht nach Pfirsich und Vanille, eigentlich ganz angenehm. Die noch halbvolle Packung lasse ich auf dem Küchentisch liegen, das Geschirr räume ich in die Spüle und lasse Wasser drüberlaufen. Paula hasst mich dafür, dass ich immer nur „einweiche" und nicht richtig abwasche. Also gut, wasch ich eben ab. Wir müssen uns echt mal einen Geschirrspüler anschaffen, kostet auch nicht mehr die Welt.

Nachdem ich Geschirr und Besteck abgetrocknet und weggeräumt habe, setzte ich mich an den Computer und schaue mir in irgendwelchen Internetshops verschiedene Geschirrspüler an. Was man eben so macht, wenn man eigentlich nichts zu tun hat. Als ich von Geschirrspülern genug habe, schnappe ich mir Schlüsselbund, Taschenlampe, Stift und Protokollblatt. Mach ich eben die Runde durchs Haus, dann habe ich das hinter mir.

An der Tür von Frau Diehl vorbei – Stille, diesmal keine Hilferufe – gehe ich Richtung Korridor, dann am Feuerlöscher vorbei zum Treppenhaus. In den alten Aufzug traue ich mich nicht. Vorletzte Nacht, es war kurz nach halb eins und ich konnte nicht einschlafen, hörte ich Geräusche, die verdächtig nach den Geräuschen des Aufzugs klangen. Als ich mit der Taschenlampe bewaffnet nachschauen ging, da war alles wieder ruhig, auch die Kabine war noch an Ort und Stelle, also auf unserem Stockwerk.

Trotzdem: Ich bin mir zu 99 Prozent sicher, dass sich vorletzte Nacht der Aufzug bewegt hat. Und wenn das alte Ding schon von alleine losfährt, dann stimmt damit definitiv etwas nicht. Am nächsten Morgen musste mir Paula hoch und heilig versprechen, den Aufzug nicht mehr zu benutzen. Hoffentlich hält sie sich dran.

Nachdem ich die Runde um das Haus gemacht habe, nehme ich mir die einzelnen Stockwerke vor. Keine Auffälligkeiten, alles wie immer. Kein Müll, der herumliegt, keine aufgebrochenen Türen, keine eingeworfenen Fenster, keine neuen Graffitis und keine fremden Stimmen im Haus. Ich habe meine Kreuzchen gemacht, das Datum, meinen Namen und „Keine besonderen Vorkommnisse“ auf das Blatt gekritzelt, und bin auf dem Weg zurück zu unserer Wohnung. Die ausgefüllten Blätter legen wir auf die Kommode neben der Eingangstür. Noch ist der Stapel klein, aber er wächst. Keine Ahnung, wann wir die unserem Vermieter vorlegen müssen.

Ich habe schon den Wohnungsschlüssel in der Hand, als ich es mir anders überlege. Erstens ist mir langweilig und zweitens bin ich neugierig. Ich werde mir dieses Restaurant ansehen, von dem Herr Brandt gesprochen hat. Unten im Haus ist eine mit Zeitungspapier verklebte Doppelglastür, das müsste es sein. Der Hausmeister meinte ja, dort würden noch irgendwelche ungeöffneten Konservendosen herumstehen.

Ich falte das Protokoll und stecke es mir in die Tasche. Wenige Minuten später stehe ich vor der großen Glastür. Auf der großen Türklinke liegt eine Schicht aus braunem Staub, diese Klinke wurde seit

Jahren nicht mehr angefasst. Der Schlüssel hakt ein wenig, dann kriege ich die Tür auf.

Ich betrete einen etwa dreißig Quadratmeter großen Raum, der früher mal der Gastraum war. Tische und Stühle sind noch da, wurden nur gestapelt und an eine Wand des Raumes geschoben. Auch eine alte Holztheke mit Zapfhähnen steht noch herum. Angeschlossen ist da nichts mehr, die Leitungen liegen seit Ewigkeiten trocken. Es wundert mich, dass dieses ganze Zeug nicht verkauft wurde, so schäbig sieht das überhaupt nicht aus. Durch ein Fenster und eine Glastür sieht man hinaus auf eine betonierte Fläche, auf der noch große rote Schirmständer stehen … solche Dinger, die mit Sand gefüllt werden, für große Sonnenschirme mit irgendwelcher Werbung drauf. Man konnte also auch draußen sitzen.

Ich durchquere den verlassenen Gastraum und stehe nun vor der Tür, die zur Küche führen muss. In der Mitte hat diese Tür ein kleines, quadratisches Drahtglasfenster, das so trüb ist, dass man kaum hindurchsehen kann. Ich erkenne nur, dass dahinter ein Raum mit einem Fenster ist.

Als ich die Klinke drücken will, da merke ich, dass die Tür keine Klinke hat. Ich stehe vor einer dieser Schwingtüren, wie sie in Restaurants üblich sind. Ich drücke sie auf, betrete die Küche und bleibe wie angewurzelt stehen. Scheiße! Im Gegensatz zum Gastraum wirkt die Küche ganz und gar nicht verlassen. In einem der Regale stehen ordentlich aufgereiht mehrere geöffnete Konservendosen. Es riecht leicht nach Obst, nach Pfirsich und Ananas, allzu lange sind diese Dosen noch nicht offen. Unter dem Herd liegen drei zerdrückte Bierdosen und in der Spüle befindet sich eine schwarze, glänzende Masse, ich erkenne nicht gleich, was es ist. Vorsichtig, ganz langsam, lasse ich die Schwingtür hinter mir zufallen und gehe näher heran. Okay, bei der schwarzen Masse in der Spüle handelt es sich um einen Klumpen eingeweichte Wäsche, ich erkenne eine Jeans mit Löchern, Wollsocken und mehrere dunkle T-Shirts. Jetzt sehe ich auch die beiden zusammengerollten Schlafsäcke im untersten Fach des großen Stahlregals, in dem auch die geöffneten Konservendosen stehen. In diesem Haus wohnen mehr Leute, als ich dachte. Den Schlafsäcken nach zu urteilen sind wir insgesamt zu fünft.

Aber wie verdammt kommen die hier rein und wieder raus? Durch die mit Zeitungsseiten verklebte Glastür sicher nicht. Die Klinke war verdreckt, die wurde ewig nicht mehr benutzt. Außerdem schließen wir ja immer den Hauseingang ab.

Ich brauche einige Sekunden, um das blaue Gummiseil am Küchenfenster zu bemerken. Es stammt von einem Expander, mein Vater hatte früher einen, dessen Seile ganz genauso aussahen. Man konnte sie einzeln aushängen, um die Schwierigkeit zu variieren. Mein Vater zerrte an vier, meine Mutter an zwei Seilen. Als kleines Mädchen versuchte ich es mit einem Seil.

An den Bierdosen und Schlafsäcken vorbei, gehe ich zum Fenster und sehe mir die Sache an. Das etwa dreißig Zentimeter lange Seil läuft durch einen Metallhaken, den jemand neben dem Fenster in die Wand gedreht hat, das eine Ende des Seils ist an den Fenstergriff geknotet, das andere Ende an das schwere Küchenregal neben dem Fenster. Obwohl der Griff nach unten zeigt, kann ich das Fenster mit etwas Kraft aufziehen, anscheinend ist der Schließmechanismus defekt. Als ich den Griff loslasse, schließt sich das Fenster durch den Zug des Gummiseils. Eine verdammt clevere Konstruktion. Man drückt mit einer Hand von außen das Fenster auf, fasst mit der anderen Hand durch den Spalt, zieht das Gummiseil vom Fenstergriff ab und schon kann man das Fenster ganz öffnen und einsteigen.

Was verdammt soll ich jetzt machen? Die Polizei rufen? Herrn Brandt oder Herrn Egner Bescheid sagen? Das Seil entfernen und versuchen, irgendwie das Fenster zu schließen? Oder einfach so tun, als wäre ich nie hier gewesen? Eigentlich kann es mir ja egal sein, dass hier Leute übernachten … scheinen ja sogar recht ordentliche Leute zu sein. Immerhin waschen sie ihre Wäsche und rollen ihre Schlafsäcke zusammen. Sie haben auch nichts kaputt gemacht, die Küche sieht okay aus, ebenso der ehemalige Gastraum. Und in den Rest des Hauses kommen sie ja nicht. Die Tür zur Eingangshalle war verschlossen, die hat jahrelang niemand mehr geöffnet. Wieso also sollte ich diesen armen Schweinen ihren Unterschlupf wegnehmen? Ich beschließe, erst einmal nichts zu tun und die Sache mit Paula zu besprechen. Nachdem ich mich vergewissert habe, keine Spuren hinterlassen zu haben, verlasse ich das ehemalige Restaurant und schließe die Tür ab. Mir ist kalt, ich hätte eine Jacke anziehen sollen.

Kurz darauf kommt Paula zurück, ich sitze schon wieder am Computer und bin bei den Geschirrspülern … Korb oder Schublade, das ist hier die

Frage. Erst das Schlagen der Tür, dann ihre Schritte und dann ihre Stimme:

„Hallo Schatz, was treibst du?“

„Och, nichts besonders. Schau mir nur Kram im Internet an?“

„Nackte Frauen oder was?“

Sie zieht ihre Schuhe aus, stellt sie neben die Tür.

„Nein, keine nackten Frauen. Viel interessanter: Geschirrspülmaschinen.“

Ich höre, wie sie sich auszieht, wie sie ihre verschwitzten Sachen auf den Boden fallen lässt. Dann die Badezimmertür und das Rascheln des Duschvorhangs.

„Na wenn du meinst“, kommt es aus dem Badezimmer. „Jedem das Seine.“

„Ich glaube, das ist ein Nazispruch“, antworte ich.

„Was?“

„Jedem das Seine, ich glaub das ist ein Nazispruch … das stand am Eingang von irgendwelchen Konzentrationslagern.“

„Ach so, wusste ich nicht. Dachte, das ist viel älter als die Nazis.“

„Kann auch sein … keine Ahnung.“

Ich höre, wie Paula in die Wanne steigt und dann das Prasseln des Wassers. Ich gehe ins Badezimmer, klappe den Klodeckel runter und setze mich. Ich kenne ihre Duschgewohnheiten. Gleich wird sie das Wasser abstellen und sich einseifen. Dann duscht sie sich ab, lässt eine handbreit Wasser in die Wanne laufen, setzt sich hin und rasiert sich die Beine. Das macht sie so, seit wir uns kennen. Etwa zwei Minuten sitze ich da, dann hört das Prasseln auf.

„Du Paula, ich muss was mit dir bereden.“

„Hab gar nicht gemerkt, dass du reingekommen bist. Was gibt es denn?“

„Ich war vorhin unten in diesem ehemaligen Restaurant … also im Erdgeschoss. Und dort in der Küche haben sich irgendwelche Leute eingenistet.“

„Was für Leute denn?“

„Wahrscheinlich Obdachlose. Da lagen zwei Schlafsäcke.“

„Hast du mit denen gesprochen?“

„Mit den Schlafsäcken?“

Paula seufzt. Meine Witze waren auch schon besser.

„Mit den Obdachlosen, Scherzkeks.“

„Nö, war gerade keiner da. Jedenfalls haben die so ein Seil ans Fenster gemacht, damit sie rein und raus können. Im Haus selbst waren sie nicht, nur in der Küche.“

„Hast du Herrn Brandt Bescheid gesagt? Oder unserem Vermieter … wie heißt der noch mal?“

„Egner.“

„Genau, Egner. Hast du den angerufen?“

„Deshalb wollte ich ja mit dir sprechen. Ich dachte, wir könnten die doch einfach in Ruhe lassen, die stören ja keinen. Sieht auch ganz ordentlich aus, da unten. Die waschen sogar ihre Klamotten in der Spüle.“

„Und wenn die hier ins Haus kommen?“

„Die kommen nicht ins Haus. Die haben ja keinen Schlüssel … und außerdem wollen die ja nicht entdeckt werden. Die brauchen wahrscheinlich einfach einen Platz, an dem sie schlafen können.“

Paula antwortet nicht. Ich rieche ihr Duschgel.

„Was sagst du dazu? Ich finde ja, wir sollten die

einfach in Ruhe lassen. Muss ja keiner wissen, dass ich überhaupt da drin war … also in dem Restaurant."

„Du hast ja so n gutes Herz. Du könntest echt zur Heilsarmee gehen."

Was soll denn das jetzt? Noch so ein dummer Spruch und sie kann den Rest des Tages alleine verbringen.

„Was bitte ist falsch daran, wenn man versucht, ab und zu mal kein Arschloch zu sein? Ich finde, die können da unten wohnen. Sowieso ist es bescheuert, so ein großes Haus leerstehen zu lassen, während Leute auf der Straße schlafen."

„Okay-okay, von mir aus. Ich hab kein Problem damit, so lange die uns in Ruhe lassen."

„Die lassen uns in Ruhe, die können ja nicht mal ins Haus."

Ich stehe auf und gehe raus. Okay, das wäre geklärt, soll sie sich in Ruhe ihre hübschen langen Beine rasieren.

Auf unserem kleinen Balkon stehen zwei Campingstühle und ein alter brauner Plastiktisch Ich setze mich und spüre die Sonnenstrahlen auf meiner Haut. Von hier oben habe ich einen guten Blick über den Parkplatz, ich sehe mein kleines Auto und fünfzig Meter weiter ragt der Zwilling unseres Hauses in den Himmel. Wie hieß das gleich? Dschungel- … nein, Leguanhaus. Unser Haus ist das Herbsthaus, das da drüben ist das Leguanhaus. Wie hieß eigentlich das dritte Haus, das abgerissen wurde?

Ich stehe auf und lehne mich über die Brüstung. Von hier oben müsste man eigentlich sehen, wenn unten jemand durch das Küchenfenster einsteigt. Soll ich mich auf die Lauer legen? Interessieren würde es mich ja, wer sich da unten eingerichtet hat, zwischen Töpfen, Pfannen und dicken Konservendosen.

Ach, was solls. So neugierig bin ich nicht. Lieber lasse ich mich in einen der Campingstühle fallen und genieße die Sonnenstrahlen. Ich höre Blätterrauschen, Vogelgezwitscher und den gedämpften, fast nicht wahrnehmbaren Lärm der Stadt. Ein bisschen habe ich immer noch Angst, dass der Balkon runterkracht. Aus dem langen Riss unter mir wächst sogar Moos. Aber Herr Brandt, ich habe ihn vor einigen Tagen extra deswegen angerufen, meinte, das keine Gefahr bestehe. In dem Beton seien, so erklärte er mir mit seiner schönsten rheinländischen Erklärstimme, „haufenweise" Stahlstangen, und die würden das Ding zusammenhalten: „Wenn Sie da keine Zementsäcke aufschichten oder ne Kuh draufstellen, dann passiert da auch nichts." Hoffentlich hat er Recht, der Herr Brandt.

***

Es ist kurz nach elf. Wir haben uns in der Stadt mit zwei Freunden getroffen, haben in einem kleinen Programmkino einen echt guten Film namens „Young@Heart" gesehen, haben günstige aber gute Tapas gegessen, dazu Rotwein getrunken, und mussten uns dafür rechtfertigen, dass wir keine Housewarming-Party machen wollen, jetzt wo wir so eine große Wohnung in einem so interessanten Haus haben. Paula hat uns damit herausgeredet, dass der Vermieter keine Partys zulasse, dass unsere

Wohnsituation ja sowieso eine Art Wachdienst sei. War natürlich gelogen, Herr Egner hat nichts davon gesagt, dass Partys verboten sind, und auch im Vertrag steht nichts davon. Wessen Ruhe sollten wir auch stören?

„Vielleicht könnten wir doch so eine kleine Einweihungsparty machen … zumindest für unsere besten Freunde und die Leute, die uns beim Umzug geholfen haben." Wir sind auf dem Nachhauseweg und Paula ändert gerade ihre Meinung zum Thema Housewarming.

„Dann müssten wir aber auch diesen Herrn Brandt einladen", antworte ich.

Paula grinst mich an. Wir sitzen uns in der Straßenbahn gegenüber, zwischen uns liegt eine leere, mit Mayonnaise verschmierte Burger-Schachtel von McDonalds.

„Klar, den laden wir auch ein. Wir geben dem was zu trinken und schauen, was er anstellt."

Ich bin wenig begeistert von der Idee … obwohl ich den Alkohol spüre. Noch habe ich die Kontrolle.

„Der räuchert uns die ganze Wohnung ein. Der hält es doch keine zehn Minuten ohne Zigarette aus. Ich hab sogar gesehen, wie er sich die neue Zigarette an der alten angesteckt hat."

Paula muss lachen.

„Dann stellen wir ihn eben auf den Balkon."

„Und wenn der runterbricht, der Balkon?"

„Wir können den Herrn Brandt ja irgendwie festbinden, an der Balkontür oder so."

Wir sitzen uns gegenüber, schauen uns in die Augen und grinsen uns an. Mein Grinsen geht in einen kleinen Lachanfall über. Als unsere Haltestelle kommt, da springt Paula auf, kickt die Burger-Schachtel weg und drückt den Knopf, der höchstwahrscheinlich „Türöffnungsknopf" heißt. Ich finde öffentliche Knöpfe immer ein bisschen eklig … wer da alles dran fasst. Da kleben bestimmt auch Leute Popel dran.

Die Nachtluft ist angenehm. Wir schließen unsere Fahrräder auf und fahren die Georgstraße entlang. Weil ihr Rücklicht kaputt ist, fahre ich hinter Paula.

Kurz vor halb zwölf sind wir in unserer Wohnung und Paula geht direkt ins Bett. Ich setze mich vor den Fernseher und sehe mir auf einem der hinteren Sender eine dieser fiesen Zeichentrickserien für Erwachsene an. Als Werbung kommt, schalte ich aus, latsche ins Bad, putze meine Zähne und gehe zu Paula. Ich lege mich neben sie, küsse den Flaum in ihrem Nacken und wickle mich in meine Decke. Der Schlaf kann kommen … und kommt doch nicht. Stattdessen werde ich unruhig, nervös. Ich merke, dass ich mit dem rechten Fuß wippe, meine linke Hand macht Bewegungen, als würde sie Teig kneten. Der Nachteil dieser fast gespenstischen Ruhe ist, dass einzelne Geräusche nicht im Hintergrundrauschen untergehen. Spitz und plötzlich sind diese Geräusche, jedes Knacken in den Wänden versetzt meinem Herzschlag einen Arschtritt, jedes Summen irgendeines verdammten Insekts bringt mich zur Weißglut. Vielleicht sollte ich mich wieder vor den Fernseher setzen und versuchen, mich ein bisschen zu langweilen. Ich drehe mich auf den Bauch, umarme mein Kissen, halte die Hand ruhig und denke nach.

Wahrscheinlich liegt meine Nervosität einfach an den drei Gläsern Rotwein, die ich getrunken habe. Vom Alkohol werde ich immer erst müde und dann aufgedreht. Das war schon so, als ich mit 15 oder 16 meinen ersten Rausch hatte. Auch jetzt bin ich ein kleines bisschen betrunken, nur eine Ini-Mini-Winzigkeit. Vorhin in der Straßenbahn, da habe ich es deutlicher gemerkt, da habe ich mir ganz dringend gewünscht, es würde weniger schaukeln … und zugleich wusste ich, dass dieses Schaukeln nicht nur von der Straßenbahn kam.

Während ich über den Energiegehalt von Alkohol nachdenke, werde ich ruhiger, liege ganz still und höre das langsame, gleichmäßige Atmen der Frau an meiner Seite. Müde bin ich, geh zur Ruh, schließe meine Augen zu … wo kommt denn plötzlich das Kindergebet her, das unsere Eltern immer mit mir und meinem Bruder gesprochen haben? … Vater lass die Augen dein … über … mei … nem … Bettchen . . . . sein.

Dass ich eingeschlafen bin, das merke ich daran, dass die Digitalanzeige des Radioweckers 2:37 zeigt. Zeit ist vergangen, ohne dass ich es gemerkt hätte. Ich dachte, der wäre kaputt, dieser Wecker mit den großen, eckigen Ziffern, die das ganze Zimmer rot färben. Ich dachte, wir hätten den überhaupt nicht mehr.

Ich stehe auf, trete auf eine dieser grotesk großen Fliegen, die sich in unserem Schlafzimmer verabreden, um hier ihre kleinen Löffel abzugeben, und schlurfe mit halb geschlossenen Augen und hängendem Kopf Richtung Klo. Ich bin noch gar nicht richtig da, mir ist, als würde ich über Pudding laufen, über diese Haut, die sich auf dem Pudding bildet, wenn man ihn kalt werden lässt. Aber es geht, irgendwie geht alles. Als ich fertig bin, als ich mir unter einem viel zu kalten und viel zu harten Strahl (sind da kleine Eissplitter drin?) die Hände wasche, da höre ich wieder etwas, ganz leise nur, ein entferntes Poltern und Schlagen. Stahlseile, die über Rollen laufen, Metall auf Metall. Der verdammte Aufzug bewegt sich, das Ding läuft von alleine. Nachts, wenn keiner aufpasst, dann macht er, was er will, dann fährt dieses weit geöffnete Maul von Etage zu Etage, rauf und runter, rauf und runter. Was sucht das Maul? Worauf wartet es? Worauf hofft es? Will es mir Hallo sagen? … weil ich doch neu hier bin und weil es nur nachts mit den Menschen sprechen kann. Ein paar Schritte nur, drei winzig kleine Meter … und schon bin ich an der Wohnungstür … und schon sehe ich den hübschen kleinen Schlüssel in meiner Hand. Ich bin doch verantwortlich, ich muss doch nachsehen, was da los ist. Das geht doch nicht, dass dieser Aufzug die ganze Nacht tut, was er will. Das ist doch so nicht in Ordnung.

Jetzt bin ich auf dem runden Flur, das ging ganz schnell. Ich finde den Lichtschalter, drücke ihn aber nicht. Ich will nicht, dass die Lampen schreien, das wäre zu viel für mich. Und dann fällt mir ein, dass die Lampen ja nicht schreien können, sie machen nur Licht … aber auch das wäre zu viel. Langsam, ganz vorsichtig – DIESE VERDAMMTE PUDDINGHAUT! WIE KOMMT DIESE VERDAMMTE PUDDINGHAUT UNTER DEN TEPPICH? – gehe ich zum Aufzug, an der Tür von Frau Diehl vorbei. Kommt die gleich raus, diese alte Tarantel mit ihrem blöden Kuchen und ihren blöden 92 Jahren?

Schon bin ich heraus aus dem Runden, schon bin ich auf dem kleinen, pfeilgeraden Flur, der zum Aufzug und zum Treppenhaus führt. Links von mir hängt der Feuerlöscher und der Feuerlöscher will mir ganz offensichtlich etwas sagen. Er ruft „Hallo! Hierher!“ und ich sehe zu ihm und dann sagt er etwas und das bekomme ich dann schon nicht mehr mit, weil ich wieder nach vorne schaue, ich muss doch darauf achten, was der Aufzug macht … nicht dass der wieder durchs ganze Haus fährt. Der Feuerlöscher ist beleidigt, er sagt nichts mehr, er spricht nicht mehr mit mir. Ich bin mir nicht einmal sicher, ob es wirklich der Feuerlöscher war. Vielleicht kam die Stimme auch einfach aus der Wand.

Ich schließe die Augen, ganz kurz nur, nur ein, zwei Sekunden, und als ich sie wieder öffne, da liegt vor mir auf dem Boden ein altmodisches gelbes Kleid. Es liegt ausgebreitet auf dem Flur, es hat Rüschen und einen weißen Kragen mit blauen

Knöpfen. Obwohl es so dunkel ist, kann ich die Farben genau erkennen. Und plötzlich sind da noch mehr Kleider: Lange und kurze, schwarze, weiße, grüne und gelbe. Sind die für mich? Wem gehören die? Wer hat die hier hingelegt? Soll ich sie mitnehmen und Paula zeigen? Ich merke, dass mir schlecht wird, dass meine Beine schwach werden. Die sind alle kaputt, die Kleider! Von Motten zerfressen, fadenscheinig, ausgeblichen, fleckig, verdreckt. Was von ihnen übrig ist, das ist von Ungeziefer bevölkert, schimmlig und tot und ekelhaft.

Und dann sehe ich das große, schwarze Tier. Aufrecht wie ein Mensch steht es im Halbdunkel des Flurs, ganz am Ende … zwischen Wand und Fenster. Es ist zottig, am ganzen Körper schwarz behaart, glänzende Augen und weiße Fangzähne. Es ist ganz sicher ein Tier, obwohl es auf zwei Beinen steht. Ganz ruhig steht es da und doch weiß ich, dass es mich anspringen und packen wird, es ist ja viel stärker als ich.

Ich muss zurück in die Wohnung, zurück zu meiner großen, starken Paula. Oder, die Idee kommt ganz plötzlich, auf ein anderes Stockwerk, am besten ganz nach oben. Ich kann mich in der Wohnung mit den Insekten vor dem Tier verstecken. Dort oben ist alles in Ordnung, dort ist alles, wie es zu sein hat … nicht ein einziges Mal haben sie die dürren Beinchen bewegt! Ich muss in die Wohnung mit den toten Käfern! Aber ich kann doch nicht! Wie soll ich denn bis ins Treppenhaus kommen? Dort steht doch das große schwarze Tier! Und den verrückten Aufzug kann ich auch nicht nehmen. Was, wenn das Tier zu mir in die Kabine kommt? Vielleicht, wenn ich schnell mache. Vielleicht kann ich an ihm vorbeihuschen. Und wenn es mir nachkommt? Was mache ich dann? Wenn es mich einholt, bevor ich in der Wohnung bin …

Plötzlich ein harter Griff. Etwas hat mich gepackt! Etwas schüttelt mich!

„Lena! Lena! Wach auf! Komm zu dir!"

Ich verstehe nicht. Wo kommt Paula her? Wieso spricht sie so laut? Und wo bin ich hier? Immer noch schüttelt sie mich. Ich versuche, mich umzusehen. Wieso ist hier ein Waschbecken?

„Jetzt komm endlich zu dir! Hast du irgendwelche scheiß Drogen genommen oder was?"

„Nein", stammle ich, „… keine Drogen … ich wollte doch nur zu den Insekten."

Paula zieht mich hoch und setzt mich auf den Badewannenrand. Ich protestiere, die Fliesen sind ja so schön kühl und diese blöde Badewanne ist aus irgendeinem stumpfen Plastik und Plastik ist nicht kühl. Aber Paula lässt mich einfach nicht zurück auf den Badezimmerboden, wird sogar wütend, schimpft mit mir wie mit einem kleinen Kind. ABER ICH BIN KEIN KLEINES KIND! Ich schließe ganz fest die Augen, wenn ich sie nicht sehe, dann ist sie nicht mehr da. ABER SIE SOLL DOCH DA SEIN! SOLANGE SIE DA IST, KOMMT DAS GROSSE SCHWARZE TIER NICHT INS BADEZIMMER!

Das Rauschen von Wasser, eine Hand, die mich an der Schulter hält. Dann spüre ich etwas Schweres, Nasses auf meiner Stirn, mein Kopf geht nach hinten. Ich könnte die Augen ja wieder aufmachen … aber was würde ich dann sehen?

„Verdammt Lena, was ist los mit dir?“, fragt Paulas Stimme. Sie ist noch da. Es ist ihre Hand, die mich aufrecht hält. Oder ist Paulas Stimme nur ein Trick und das schwarze Tier beugt sich über mich?

***

Das Schöne an diesem Fernsehsessel, es ist ein altes, schon ein wenig verbrauchtes Möbelstück, darin saß schon mein Großvater, das Schöne an dem Sessel ist, dass er einen umschließt wie eine Hand. Man kann nicht herausfallen aus diesem gepolsterten Kerker, selbst dann nicht, wenn man null Körperspannung hat. Nicht einmal nach vorne kann man kippen, dazu ist die Lehne nicht steil genug. Ich stecke in staubiger Weichheit, auf meiner Stirn ein feuchter Waschlappen und vor mir die Frau, die mich hierher brachte und hier hinein setzte. Plötzlich kommt mir die Frage in den Sinn, ob ich in diesem Sessel wohl einen Sturz vom Dach des Hauses überleben würde. Ganz ernsthaft denke ich über diese Frage nach, bevor sie mir, so plötzlich wie sie kam, grotesk und gefährlich erscheint. Ich schiebe sie weg und achte auf meine Atmung. Fast bin ich wieder klar … und ein bisschen schäme ich mich.

„Was war denn das gerade?“ Paula hat einen der Küchenstühle herangezogen, sitzt nur einen Meter von mir entfernt und schaut mich an.

„Ich habe keine Ahnung“, antworte ich. Es ist wahr, ich habe wirklich keine Ahnung, was eben mit mir los war. „Lass mich nur klar werden, einen kleinen Moment bitte.“

Ich spanne meine Muskeln, atme bewusst ein und

wieder aus. Ich merke, dass ich Durst habe … meine Zunge fühlt sich so seltsam klein und hart an, ganz verloren in meinem Mund. Bin ich wirklich schon ganz da?

„Kannst du mir ein Glas Wasser bringen?"

„Okay … aber bleib bitte sitzen."

Paula steht auf und holt mir ein Glas. Ich bleibe sitzen. Sie gibt es mir und es fühlt sich unheimlich schwer an. Ist alles schwerer geworden? Hat die Schwerkraft einen Gang zugelegt?

„Kannst du mir sagen, was das eben sollte?"

„Ich habe keine Ahnung", wiederhole ich. „War ich draußen im Flur?"

Paula lehnt sich nach vorne, nimmt mir den Waschlappen von der Stirn und dreht ihn um. Die Kühle hilft mir, mich zu spüren, bei mir zu bleiben.

„Quatsch, du bist ins Bad gegangen und ich hab mich irgendwann gewundert, wo du bleibst. Und als ich dann was höre und nachsehen gehe, da liegst du auf dem Boden vor dem Klo und trampelst wie bescheuert gegen die Badewanne."

„Habe ich geschlafen?"

„Keine Ahnung, was du da gemacht hast. Du hattest jedenfalls die Augen zu. Hattest du einen Alptraum?"

Ich antworte nicht gleich, muss erst überlegen. Ich weiß nicht, ob es ein Alptraum war. Und wenn, dann war es ein Alptraum, wie ich nie zuvor einen hatte, nicht einmal als Kind.

„Bist du sicher, dass ich nicht draußen im Flur war?"

„Das hätte ich doch gehört. Du bist ins Bad, hast dich dort auf den Boden gelegt und gegen die

Badewanne getreten. Du warst mit Sicherheit nicht draußen … das hätte ich auf alle Fälle mitbekommen.“ Paula nimmt meine Hand. „Ich habe mir echt Sorgen um dich gemacht. Ich dachte schon, du hast einen epileptischen Anfall oder so was in der Art.“

Ich versuche ein Lächeln. Anscheinend klappt es, Paula lächelt zurück. Vielleicht reagiert sie auch nur auf meinen unbeholfenen Versuch.

„Quatsch … das war nur ein total komischer Alptraum. Ich dachte echt, ich wäre draußen auf dem Flur, ich hab das wirklich für real gehalten. Normalerweise, wenn ich Alpträume habe, dann weiß ich eigentlich, dass ich träume.“

„Also ich weiß das nicht“, sagt Paula.

„Ach, keine Ahnung. War jedenfalls total merkwürdig.“

„Was hast du geträumt? Erzähl mal.“

Ich zögere, ich weiß nicht, ob ich ihr davon erzählen will. Aber okay, wieso eigentlich nicht. Der Traum wird nicht wiederkommen, nur weil ich ihn in Worte fasse.

„Du hast irgendwas von Insekten gesagt … also vorhin im Badezimmer.“

„Ja … die Insekten … also ich weiß noch, dass ich ins Bad bin und dann, dann muss ich wohl irgendwie eingeschlafen sein, und dann dachte ich …“

Ich erzähle Paula meinen Traum. Ich erzähle ihr von den metallisch mahlenden Geräuschen des Aufzugs, von dem Feuerlöscher, der mit mir sprechen wollte, von den alten Kleidern, die auf dem Boden lagen, und von dem großen Tier, das am Ende des Flurs stand. Ich erzähle ihr, dass ich nicht wusste, wo ich hin sollte, dass ich erst zu ihr wollte und dann in die Wohnung mit den aufgespießten Insekten. Und bevor ich etwas unternehmen konnte, bevor ich versuchen konnte, an dem großen Tier vorbeizuhuschen, war der Traum zu Ende.

„Das ist echt abgedreht. Das solltest du aufschreiben, sonst vergisst du das wieder."

Ich sitze in diesem großen Sessel und komme mir vor wie eine alte Frau. Auf einmal stört das Plüschige um mich herum, es ist weich und mürbe, man wird aufgefressen von dem Ding. Aber ich will Klarheit, frische Luft, keine klebrige Gemütlichkeit. Ich möchte mit nacktem Hintern auf einem Eisblock sitzen, der mitten im Meer treibt.

„Vielleicht mache ich das nachher. Ich geh jetzt jedenfalls wieder ins Bett und ich hab absolut keine Lust, mich weiter über den Scheiß zu unterhalten. Hier ist übrigens total schlechte Luft drin, ich mach mal das Fenster auf."

Ich stehe mit einem Ruck auf und drücke mich an Paula vorbei. Sie schaut erstaunt zu mir auf, sagt aber nichts.

„Kommst du?", frage ich.

„Äh … ja klar."

Zurück im Schlafzimmer. Ich öffne das Fenster, lege mich hin. Es hat etwas Militärisches, dieses mein Zu-Bett-Gehen, es ist das Gegengewicht zu dem Chaos, aus dem mich Paula gerade herausgerüttelt hat. Hinlegen! Zudecken! Kopf mittig auf das Kissen! Augen geradeaus und schließen! Schlafen! Kleine, ungefährliche Träume träumen! Ordnung muss herrschen in Hypnos Reich!

Nach einer halben Stunde bin ich wieder auf.

„Alles okay?“ Paula klingt verschlafen, gleich ist sie wieder weg, bei ihren eigenen Traumgestalten.

„Alles okay“, antworte ich. „Mach dir keine Sorgen.“

Ich verlasse unser kleines Schlafzimmer, setzte mich an den Küchentisch, suche mir Stift und Papier. Es ist völlig still um mich herum. Nur das leise Schnarchen Paulas, ich habe die Tür aufgelassen.

Eine halbe Stunde später habe ich meinen Traum in Worte gefasst ... so gut es eben ging. Eine Sache ist mir nicht klar: Wann begann dieser Traum? Als ich mich, davon habe ich ja überhaupt nichts mitbekommen, im Badezimmer hingelegt habe? Oder schon als ich ins Badezimmer gelaufen bin? Habe ich also geträumt, dass ich ins Badezimmer laufe, während ich ins Badezimmer schlafgewandelt bin?

Mir fällt etwas ein: Als ich aufgestanden bin, da habe ich auf den Radiowecker geschaut. Es war unser alter Radiowecker, der mit den großen roten Digitalziffern. Aber den haben wir doch längst weggeschmissen, der war viel zu hell, hat immer das ganze Zimmer rot ausgeleuchtet. Ich habe folglich geträumt, dass ich aufstehe, und dabei bin ich aufgestanden. Ich bin also tatsächlich schlafgewandelt, ich bin ins Bad gegangen, habe mich auf den Boden gelegt und gegen die Badewanne getreten. Bei dieser Erkenntnis läuft es mir kalt den Rücken herunter ... eher noch fühlt es sich an, als zöge jemand einen mit Eiswasser getränkten Waschlappen unter meiner Haut entlang. Was, wenn ich auf den Balkon gegangen und über das Geländer geklettert wäre? Was, wenn ich mit einem der großen

Küchenmesser gespielt hätte? Und was, wenn ich draußen auf dem dunklen Flur aufgewacht wäre?

Mein Blick wandert zur Wohnungstür, mein Körper spannt sich. Und dann greift der Verstand ein: Reiß dich zusammen, Lena! Da draußen ist kein großes, schwarzes Tier! Hör auf, dir diesen Mist einzubilden!

Rüschen

Eine Woche ist vergangen, sieben Nächte ohne Alpträume und ohne Schlafwandlerei (soweit ich weiß), dazu sieben Tage ohne etwas, von dem ich berichten müsste.

Am Morgen nach meinem Traum überlegte ich, mich bei Dr. Strauss zu melden. Er hatte mich ja ungefähr tausendmal gefragt, ob ich Alpträume habe, Halluzinationen oder Angstzustände. Ich habe überlegt und es dann gelassen. Ich glaube einfach nicht, dass zwischen meinem nächtlichen Abenteuer und dem Selbstmordversuch, den ich auf dem kleinen grauen Monitor im Schlaflabor mit ansah, ein Zusammenhang besteht. So zart besaitet bin ich nicht, außerdem ist das mit Herrn Schlechter schon mehrere Wochen her.

Eher habe ich die drei Gläser Wein im Verdacht, die ich an dem Abend getrunken habe. Vielleicht vertrage ich keinen Alkohol mehr, vielleicht bin ich aus der Übung. Oder war irgendwas mit diesen Tapas, die wir gegessen haben? Mir war ja auch ein bisschen schlecht, ich hatte ja so ein komisches Gefühl im Magen. Paula meinte schon, wir sollten das Restaurant verklagen. Aber die anderen haben das Gleiche gegessen und die hatten nichts … die sind nicht nachts aufgestanden, sind nicht ins Bad gegangen, um schlafend gegen die Badewanne zu treten. Ach, es bringt nichts, sich Gedanken zu machen. Ich habe die letzten sieben Nächte gut geschlafen und an meine Träume konnte ich mich nicht erinnern. Warum also grübeln?

Seit ein paar Tagen gehe ich wieder zur Uni, ich besuche Vorlesungen und sitze in der Bibliothek über den Büchern. Medizin zu studieren, das bedeutet nicht zuletzt stumpfes, hartnäckiges Auswendiglernen. Damit hatte ich schon in der Schule Probleme, aber irgendwie geht es doch. Man darf seine Abneigungen nicht zu ernst nehmen und sie dadurch festigen.

Jeden Tag macht eine von uns die Runde durch das große Haus, kontrolliert Türen und Fenster und malt mehr oder weniger gleichmäßige Kreuze in die Kästchen. Unten, in dem ehemaligen Restaurant, bin ich nicht mehr gewesen. Ich sehe nur immer nach, ob die Tür zu ist. Sollen sie doch in der Küche übernachten, ist mir egal. Ab und zu schaue ich oben vom Balkon runter und komme mir vor wie ein Jäger auf seinem Hochsitz. Gesehen habe ich aber nie, wie jemand in das Küchenfenster einsteigt. Vielleicht kommen die ja nicht jeden Tag zum Übernachten … oder sie schleichen sich ganz dicht an der Hauswand entlang.

Paula und ich, wir verstehen uns gut. Ich wünschte mir nur, wir würden mehr zusammen unternehmen. Wenn ich von der Uni komme und Paula von der Ausbildung, dann kochen wir was und setzen uns vor den Fernseher. Für Anstrengenderes (z. B. Sex) sind wir zu müde. Manchmal komme ich mir vor wie die Hälfte eines alten Ehepaares:

„Wie war dein Tag, Schatz?“

„Gut, was kommt denn im Fernsehen?“

„Moment, ich schau mal."

„Okay, ich mach das Essen von gestern warm."

Solche Begrüßungsgespräche haben wir tatsächlich schon geführt … und dann darüber gelacht. Immerhin.

Ach ja: Die Wohnung ist fix und fertig eingerichtet, es stehen keine blöden Pappkartons mehr herum. Mir gefällt es gut, unser neues Heim, nur im Schlafzimmer fühle ich mich unwohl. Vielleicht liegt es an den toten Fliegen, das verdammte Zimmer ist der reinste Fliegenfriedhof, jeden Tag sammeln wir sechs, sieben Tiere ein und werfen sie zum Fenster hinaus. Manche sind so dick, dass man ihr Fallen bis nach ganz unten verfolgen kann. Ich habe keine Ahnung, was die Viecher anlockt und wieso sie ausgerechnet bei uns im Schlafzimmer verrecken. Weder stinkt es bei uns, noch liegt irgendwelcher Müll herum. Was für eine blöde Scheiße! Ich muss mal so ein Fliegengitter besorgen, dass man mit Klettverschluss am Fensterrahmen festmacht.

***

Heute war ich bis kurz nach 17 Uhr in der Bibliothek, dann ließ die Konzentration nach. Gerade verlasse ich den Baumarkt und in meiner Umhängetasche trage ich eine federleichte Packung Fliegenschutz für 19,99 Euro, das Luxusmodell. Ich habe mich beraten lassen und die Verkäuferin riet mir dringend zu dem Markenprodukt, das ich jetzt nach Hause trage. Mit Ekel im Blick zeigte die solariengebräunte Dame in der Baumarkt-Uniform auf das deutlich günstigere

Konkurrenzprodukt. In ihrer von tausend Zigaretten geschwärzten Stimme lag gallige Verachtung:

„Das taugt überhaupt nichts, das ist Mist. Wenn da mal ein bisschen Wind ist, dann fliegt Ihnen das weg. Wenn Sie da sparen, dann tun Sie sich keinen Gefallen. Glauben Sie mir, das taugt nichts."

Okay, habe ich eben einen Zehner mehr ausgegeben, was solls.

Ich steige aus der Straßenbahn, schließe mein Fahrrad auf und fahre nach Hause. Am Herbsthaus angekommen schiebe ich mein altes Damenrad in den verbogenen Ständer und schaue an der mit Rissen übersäten Fassade nach oben. Unsere Balkontür steht offen, Paula ist schon da.

Ich betrete die Eingangshalle, schließe hinter mir ab und gehe am aufgegebenen Restaurant und dem kleinen, kreisrunden Innenhof vorbei Richtung Treppenhaus. Als ich am Aufzug ankomme, da gehe ich etwas schneller, das Ding macht mir Angst. Vielleicht hat es ja doch so etwas wie ein Eigenleben, vielleicht fährt es doch rauf und runter … nachts, wenn alle schlafen … alle außer mir. Schluss damit! Selbst wenn er sich ab und zu in Bewegung setzt … dann hat das rationale, technisch nachvollziehbare Gründe. Irgendein Fehler in der Elektronik, eine durchgebrannte Sicherung, verdreckte Schaltkreise … ach, was weiß ich denn.

Als ich schon im Treppenhaus bin, da höre ich etwas … hinter mir. Ich kenne das Geräusch, natürlich kenne ich es. Wie festgenagelt bleibe ich stehen. Die Kabine kommt, der Aufzug arbeitet, das verdammte Ding fährt. Kaum denkt man darüber nach, schon fährt er. Hat er gemerkt, dass ich da bin?

Weiß er, dass ich an ihn gedacht habe?

Ich warte einige Sekunden, dann zwinge ich mich dazu, ich zwinge mich zurückzugehen, zurück in diesen verdammten Flur. Rationale, technisch nachvollziehbare Gründe, Lena. Rational! Technisch! Und verdammt noch mal nachvollziehbar! Und dass er gerade jetzt kommt, das ist nichts weiter als ein bescheuerter Zufall.

Das Geräusch wird lauter, gleich ist sie da, diese Kabine, die aussieht wie ein großes, rotes Maul, dem alle Zähne fehlen. Wollen doch mal sehen, wer oder was da angefahren kommt. Oder fährt er doch alleine, der alte Kasten?

Ich bin da, bin ihm gegenübergetreten. Das Metallgitter öffnet sich und vor mir steht eine sehr junge Frau in einem weißen Kittel. Über die Schulter hat sie einen rosafarbenen Rucksack geworfen.

„Hallo“, sagt das Mädchen und schaut mich mit großen wasserblauen Augen an. Ich stehe ihr im Weg, sie wartet, dass ich zur Seite gehe. Sie kennt mich nicht und ich kenne sie nicht.

„Hallo“, stammle ich. „Ähm … waren Sie bei der Frau Diehl? Sind Sie ähm … sind Sie vom … „

„Ja genau, ich bin vom Roten Kreuz.“

Sie streckt mir ihre Hand entgegen und ich nehme sie. Sie sagt mir ihren Namen aber ich merke ihn mir nicht. Marie oder Maria, vielleicht auch Marianne. Irgendwas mit Ma- am Anfang. Auch ich stelle mich vor.

„Ich heiße Lena. Lena Pander. Ich bin hier für das Haus verantwortlich. Ich wollte dich bitten, nicht den Aufzug zu benutzen. Der wird nicht mehr gewartet und es kann passieren, dass der stecken bleibt.

Könntest du das auch deinen Kollegen sagen?"

„Ja natürlich", antwortet das Mädchen. „Das wusste ich nicht, ich war heute das erste Mal hier. Tut mir echt leid."

„Kein Problem, ich wollte das nur sagen … nicht dass da jemandem was passiert."

Sie schiebt sich an mir vorbei und verabschiedet sich. Ich komme mir ein bisschen blöd, aber auch ein bisschen wichtig vor. Vielleicht fühlt man sich ja so, als Hausmeister. Ein letzter Blick auf den Aufzug und dann ab ins Treppenhaus, ein bisschen Sport machen.

Gerade drehe ich den Schlüssel im Schloss, als ich Paulas Stimme höre.

„Moment. Nicht reinkommen!"

„Wieso nicht?", frage ich durch die geschlossene Tür.

„Kleinen Moment."

Ich höre ihre Schritte. Sie nähern sich der Wohnungstür. Die Tür öffnet sich einen Spalt und ich sehe in Paulas bis über beide Ohren grinsendes Gesicht. Ganz automatisch grinse auch ich.

„Hallo meine Süße", flötet Paula. „Mach mal die Augen zu."

Ich frage sie, warum ich die Augen schließen soll.

„Jetzt mach schon", sagt Paula. „Und wehe du spickst."

Ich schließe die Augen und denke darüber nach, wann ich zuletzt das Wort „Spicken" gehört habe. Muss noch in der Schule gewesen sein. Paula nimmt mich an die Hand und zieht mich in die Wohnung.

„Wehe du schaust."

„Ja-ja, ich schau nicht."

Wir gehen ein paar Meter, dann lässt sie meine Hand los. Durch meine Augenlider hindurch nehme ich das Licht wahr, das durch das große Fenster fällt.

„Okay, bleib hier stehen. Ich sag dir, wenn du die Augen aufmachen kannst."

Ein leises Rascheln, dann räuspert sich Paula. Was will sie mir zeigen?

„Okay, jetzt kannst du schauen."

Ich öffne die Augen und sehe Paulas Gesicht. Ich schaue an ihr herunter und kann es nicht fassen. Alles geht plötzlich durcheinander, die Gedanken finden ihre Richtung nicht, laufen im Kreis und blockieren sich gegenseitig. Ich bringe kein Wort heraus, starre nur irritiert auf das, was da vor mir steht.

„Na, was sagst du? Hat es dir die Sprache verschlagen?"

Ja verdammt, das hat es. In meiner Körpermitte sitzt ein fetter Knoten, ein Gewirr aus Stricken, das mich zusammenschnürt. Als eines der Seile reißt, als ich wieder Luft bekomme und anfange zu sprechen, da bin ich selbst überrascht über die Eiseskälte meiner Stimme.

„Zieh dieses Kleid aus."

„Was?"

„ZIEH DIESES VERDAMMTE KLEID AUS!"

Paula ist erschrocken, tritt einen Schritt zurück und nimmt die Hände vor den Körper. Nur langsam verschwindet das Lächeln aus ihrem Gesicht. Sie versteht nicht, warum ich sie anschreie. Sie hat es doch nur gut gemeint.

„WO HAST DU DAS VERDAMMTE DING HER?"

Sie schaut mich mit großen Augen an. In ihrem

Blick nichts als Unverständnis.

„Lena, jetzt komm mal wieder runter. Was ist los mit dir?"

„Zieh bitte dieses Kleid aus", presse ich hervor. Plötzlich ist der Knoten wieder da. Aber Paula hat mich verstanden.

„Okay okay, ich dachte nur-"

„Zieh bitte das Ding aus, zieh bitte sofort das Ding aus."

„Ja klar … natürlich." Paula knöpft das gelbe Kleid auf, das gelbe Kleid mit den Rüschen, das Kleid mit dem Kragen und mit den altmodischen, sehr großen Knöpfen. Schon steht sie in Unterwäsche vor mir und das Ding ist nur noch ein Haufen zerknitterter Stoff auf dem Fußboden.

Paula hat die Arme vor dem Körper … als müsste sie vor mir ihre Nacktheit verbergen.

***

„Was zum Teufel ist los mir dir? Ich dachte, ich mach dir eine Freude damit. Das ist doch nur ein altes Kleid."

Wir sitzen nebeneinander auf dem Sofa. Paula hat sich ihren Bademantel angezogen, ich starre auf den Stoffhaufen zwei Meter vor mir.

„Tut mir leid, dass ich so reagiert habe. Aber wo hast du das her? Wo hast du dieses Kleid her?"

Paula zögert, sie erwartet eine Erklärung von mir und hat stattdessen eine Frage bekommen. Dann antwortet sie doch.

„Von unten … aus dem Keller. Ich hab die Wäsche gemacht und da war mir langweilig. Ich hab mir die

Kellerabteile angeschaut und da ist noch alles mögliche Zeugs. Und in so einem alten Abteil hab ich dieses Kleid gefunden. Hätte ich gewusst, dass du so reagierst, hätte ich das doch niemals angezogen. Ich hab echt gedacht, ich mach dir ne Freude damit … ich hab echt gedacht, du findest das sexy. Und jetzt erklär mir gefälligst, warum du mich gerade so angebrüllt hast!"

Ich lege meinen Kopf an Paulas Schulter und flüstere eine Entschuldigung. Ich wollte sie doch gar nicht anbrüllen, es kam einfach so raus. Ich war einfach so erschrocken, als ich das Kleid sah … als ich es wiedersah.

„Du erinnerst dich doch, dass ich vor einer Woche diesen Alptraum hatte … als ich nachts ins Bad gegangen bin und an die Wanne getreten habe. Ich hab doch geträumt, dass ich raus auf den Flur gegangen bin. Und dort, wo es zum Aufzug und zum Treppenhaus geht, da lagen irgendwelche alten Kleider auf dem Boden. Das war bevor ich dieses große schwarze Tier gesehen hab."

„Scheiße", sagt Paula und streicht mir über den Kopf. Sie weiß schon, was jetzt kommt.

„Und dieses Kleid da", ich zeige auf den Haufen Stoff, „als ich das gerade gesehen habe, da war ich mir sicher, dass es eines der Kleider aus meinem Traum war. Ich bin mir auch jetzt noch sicher … das ist eines von denen."

Etwa eine Minute sitzen wir nur da, keine von uns sagt etwas. Die Stille wird nur durch das Gluckern des Kühlschrankes gestört. Er klingt als ob er sich verschluckt hätte.

„Das kann doch einfach Zufall sein … also dass

dieses Kleid eben so ähnlich aussieht wie das Kleid in deinem Traum."

Ich sage Paula, dass dies ein extrem unwahrscheinlicher Zufall wäre. Und es sieht auch nicht nur „so ähnlich" aus.

„Oder du warst selbst mal im Keller und hast das Kleid dort gesehen."

Nein, ich war nicht im Keller, mit Sicherheit nicht. Ich sage es ihr. Paula streckt sich und küsst meine Stirn.

„Es ist doch nur ein altes Kleid, ich bringe es auch gleich wieder runter."

Als ich nicht antworte, da steht Paula auf, zieht sich T-Shirt und Jeans an und verlässt mit dem alten Fetzen die Wohnung. Dreh ich jetzt durch? Sollte ich mich bei Dr. Strauss melden und ihm erzählen, was mir passiert ist? Einige Minuten sitze ich schweigend da, doch plötzlich habe ich furchtbare Angst um Paula. Sie soll nicht alleine im Haus herumlaufen. Ich springe auf, öffne die Wohnungstür und betrete den Flur.

Erst höre ich nur ganz leise den Fernseher von Frau Diehl, dann höre ich eine Tür und Schritte. Ich gehe Paula entgegen und wir umarmen uns wortlos. Ich würde gerne weinen, kann aber nicht. Ich weiß, dass etwas nicht stimmt ... und ich habe Angst, dass ich es bin, dass mit mir etwas nicht stimmt. Am liebsten würde ich wieder ausziehen.

Es ist kurz vor halb elf, als Paula es sagt. Wir sitzen vor dem Fernseher und schauen die Nachrichten.

„Vielleicht solltest du doch mal mit diesem Arzt sprechen."

Ich weiß sofort, wen sie meint, frage aber trotzdem.

„Na mit dem vom Schlaflabor, der so oft wissen wollte, wie es dir geht. Der ist doch Psychologe, oder?"

„Der ist alles Mögliche. Psychiater und Neurologe und noch irgendwas."

„Willst du nicht mal zu dem gehen? Der hat dir das doch angeboten."

Ich antworte nicht, spiele mit der Fernbedienung. Der Daumen meiner rechten Hand gleitet über die kleinen, wabbeligen Gummiknöpfe. Die Fernbedienung ist alt, ein mattschwarzer Plastikklotz mit Batteriefach. Man kann an ihr erkennen, welche Sender wir bevorzugen. Die Taste für die 1 ist abgenutzt, die Zahl kaum mehr zu erkennen. Auch die 7 sieht schon sehr blass aus, Schweiß und Reibung haben der Farbe zugesetzt. Die 6 hingegen sieht aus wie neu. Anscheinend haben wir in den letzten Jahren wenig RTL2 geschaut … spricht ja eigentlich für uns.

„Hallo! Lena! Hörst du mir zu?"

„Ja klar. Was hast du gerade gesagt?"

„Ich hab dich gefragt, ob du nicht mal zu diesem Psychiater gehen möchtest. Vielleicht hat dir das mit dem Selbstmordversuch doch mehr zugesetzt, als wir gedacht haben."

Ich lege die Fernbedienung weg. Dann nehme ich sie wieder und schalte den Ton aus. Auf dem Schirm lodern Flammen, Terroranschlag, Zugunglück, brennende Ölraffinerie … irgendwas in der Art.

„Das mit Herrn Schlechter ist doch schon ewig her“, sage ich.

„Gerade mal zwei Wochen“, antwortet Paula.

„Das sind mehr als zwei Wochen.“

„Okay, dann sind es eben mehr als zwei Wochen. Trotzdem war das eine ziemlich heftige Erfahrung.“

„Wenn ich mit so was nicht klarkomme, dann sollte ich nicht Medizin studieren. Das gehört dazu, solche Situationen hat man jeden Tag im Krankenhaus.“

Paula atmet hörbar aus. Es klingt genervt.

„Ich glaube kaum, dass sich da jeden Tag jemand ein Messer in den Bauch rammt.“

„Okay, das vielleicht nicht, aber-“

„Jetzt warte bitte mal“, unterbricht mich Paula. „Alles was ich sagen will ist: Vielleicht solltest du einfach mal mit diesem Psychologen sprechen.“

Sie lässt einfach nicht locker.

„Warum denkt eigentlich jeder, dass ich jetzt irgendwie psychische Probleme haben muss. Wenn die Sache für jemanden heftig war, dann für den Typ, der dem das Leben gerettet hat. Der hat dem seine scheiß Wunde mit den Händen zugehalten, der war von oben bis unten voll mit Blut.“

„Ist ja okay, ich meine ja nur.“

„Oder denkst du, dass ich so ein zartes Pflänzchen bin, dass ich gleich Probleme bekomme, wenn ich mal Blut und Wunden sehe. Ich bin sogar nachher in das Zimmer und hab mit Alex gesprochen. Der war übrigens ziemlich fertig nach dem, was da passiert ist. Um den müsste man sich viel eher Sorgen machen."

Ich mache eine Pause, auch Paula sagt nichts. Ich höre das leise Ticken unserer Wanduhr. Zehnmal tickt sie, bevor ich weiterspreche.

„Vielleicht stimmt ja auch mit diesem komischen Haus was nicht. Vielleicht bin ich ja völlig in Ordnung und mit diesem Haus ist irgendwas komisch. Hast du dir das mal überlegt?"

„Ähm ... nee", sagt Paula. Sie sagt es in diesem ironisch-abschätzigen Ton, den ich so hasse. Aber ich rede weiter, soll sie doch von mir denken, was sie will. Dann bin ich eben das kleine Mädchen, das an Gespenster glaubt. Ist mir scheißegal. Einfach weiter!

„Ich hab schon ein paar Mal gedacht, dass hier was nicht stimmt. Schon als ich das erste Mal mit Herrn Brandt hier war, kam mir was komisch vor. Und mit dieser Frau Diehl stimmt auch irgendwas nicht."

„Wie kommst du denn jetzt auf die Frau Diehl?"

„Jetzt frag nicht so blöd! Du hast doch auch gemerkt, dass eine ganz komische Atmosphäre war, wenn wir bei der waren. Ich hab ständig gedacht: Da ist was faul."

„Können wir das Thema wechseln? Mir wird das gerade etwas zu strange hier."

„Nein, wir wechseln nicht das Thema. Hier ist eine ganz komische Atmosphäre, ich hab ganz oft das Gefühl, dass irgendwas nicht stimmt. Und das mit dem Kleid vorhin war keine Einbildung. Das war eines von den Kleidern, von denen ich geträumt habe. Das kann einfach kein Zufall sein."

Paula stöhnt und reibt sich das Kinn. Ich hasse diese Geste.

„Hör mal, Lena. Gestern hast du noch gesagt, wie toll das hier ist, wie schön groß die Wohnung ist und wie viel Geld wir sparen. Und jetzt erzählst du mir plötzlich, dass du dich nicht wohlfühlst. Was soll ich jetzt bitte glauben?“

„Jetzt mach nicht so blöd! Ich sage dir nur, wie es mir geht. Und ich habe in diesem Haus schon ein paar Mal das Gefühl gehabt, dass irgendwas nicht richtig ist.“

„Du und deine Gefühle.“

„Ach leck mich doch am Arsch.“

Ich stehe auf, gehe ins Schlafzimmer, werfe die Tür zu und lege mich aufs Bett. Als ich mich zur Wand drehe, da sehe ich, dass neben mir auf der Matratze eine große, tote Fliege liegt, ihre gekrümmten Beine zeigen nach oben. Ich packe Kissen und Decke und gehe ins Wohnzimmer.

„Was soll denn das jetzt?“, fragt Paula.

„Ich schlafe im Wohnzimmer.“

„Wegen diesem kleinen Streit? Jetzt übertreib mal nicht!“

„Wegen dem Streit und weil in diesem scheiß Schlafzimmer überall tote Fliegen herumliegen. Ich glaube, die kommen extra zu uns ins Schlafzimmer, um hier zu verrecken.“

Paula antwortet nicht. Ich werfe mein Bettzeug auf das Sofa und setze mich neben sie. Einige Minuten später sagt sie doch etwas:

„Lena, bitte sprich mit diesem Psychiater. Ich mache mir wirklich Sorgen um dich.“

Ich habe weder mit Herrn Strauss noch mit irgendeinem anderen Seelenklempner gesprochen. Ich habe verdammt nochmal keine psychischen Probleme. Ich weiß, dass dieses Kleid, die Sache ist jetzt mehrere Tage her, dass dieses Kleid eines der Kleider war, das ich in meinem Traum gesehen habe. Ich bilde mir das nicht ein, ich weiß es.

Paula hat mir angeboten, die Rundgänge durch das Haus zu übernehmen. Sie denkt, dass ich Schiss habe, alleine durch die Etagen des Herbsthauses zu gehen. Aber nein, nein und noch mal nein. Stur mache ich meine Kontrollgänge. Ich will auch nicht, dass sie mich begleitet.

Immer wieder sage ich mir, dass es hier nichts gibt, was ich fürchten müsste, weder einen eigensinnigen Aufzug, noch irgendein großes, schwarzes Tier, das aus irgendeiner Tür springt. Natürlich kommen die Gedanken, natürlich denke ich manchmal, da liegt jetzt gleich dieses Kleid auf dem Boden, wenn ich um die Ecke in einen düsteren Flur biege. Aber das passiert nicht, das sind nur Gedanken, Spiele meines Verstandes, Spekulationen. Das Kleid ist unten im Keller, Paula hat es dorthin zurückgebracht, wo sie es gefunden hat. Oh Gott! Es ist wirklich lächerlich, ich habe Angst vor einem alten, mottenzerfressenen Kleidungsstück. Das kann doch einfach nicht wahr sein!

Vielleicht war das alles ja wirklich nur Zufall? Dass etwas unwahrscheinlich ist, heißt nicht, dass es nicht doch passieren kann. Vielleicht sah dieses Kleid, das nun wieder bei seinen Artgenossen im Keller verrottet, ja wirklich nur zufällig so aus wie … ach Mist! Ich weiß einfach nicht, was ich von der

Sache halten soll.

…

Und dann passiert es. Als ich gerade wieder Vertrauen in die Verlässlichkeit meiner Sinne und meines Verstandes gefasst habe, als ich gerade wieder anfange, mich als Teil einer berechenbaren und festen Regeln gehorchenden Welt zu fühlen, da passiert es einfach.

Es ist die Nacht von Mittwoch auf Donnerstag, kurz vor drei. Der Mond scheint durch die Jalousien auf Paulas nackte rechte Schulter. Sie liegt auf dem Bauch und ist wunderbar warm, ihr Atem geht langsam und gleichmäßig. Manchmal, wenn ich nicht schlafen kann, dann achte ich auf Paulas Atem, achte darauf, ob er aussetzt. Wahrscheinlich ist es normal, dass ich mich als angehende Ärztin so verhalte. Solange ich nicht irgendwelche Urinproben von ihr haben will …

Warum ich aufgewacht bin, das weiß ich nicht. Ich stütze mich vorsichtig mit dem Ellenbogen auf der Matratze ab und betrachte meine Gefährtin, sehe, dass sich ihre Augen hinter den Lidern bewegen … anscheinend träumt sie. Einige Minuten sehe ich sie an und längst haben sich meine Augen an die Dunkelheit gewöhnt. Natürlich ist alles grau, bei so wenig Licht funktionieren nur die Stäbchen, man nimmt nur Grautöne wahr. Die Umrisse aber, die Ecken des Zimmers und die Kanten der Möbel, die sehe ich klar und deutlich.

Warum bin ich aufgewacht? Habe ich etwas gehört? Mein Blick wandert von Paulas Gesicht über ihre nackte Schulter … bis hinunter zu ihrem rechten Fuß, der nicht zugedeckt ist, der daliegt, als würde er gleich von der Matratze rutschen. Ein weißes Stück Mensch in der Dunkelheit.

Ganz langsam beuge ich mich zu Paula und küsse sie auf die Schulter. Manchmal lächelt sie im Schlaf, wenn ich das tue. Auch diesmal? Nein, sie atmet gleichmäßig weiter, ganz leicht hebt und senkt sich ihr Rücken unter der dünnen Decke. Hat mein Kuss es bis in ihre Träume geschafft? Hat ihr Verstand diese leichte Berührung eingeflochten in das, was sie dort drüben erlebt? Vielleicht war ich plötzlich bei ihr. Vielleicht hat sich ein gelber Traumkanarienvogel auf ihre Stirn gesetzt. Vielleicht ist auch plötzlich ein grasgrünes Kamel mit zwanzig Höckern aufgetaucht und hat ihr seine großen, schwabbeligen Lippen ins Gesicht gedrückt. Könnte sie es mir sagen, wenn ich sie jetzt aufweckte? Am liebsten würde ich es tun, sie an der Schulter rütteln … oder ihr, manchmal bin ich gemein, die Nase zuhalten. Plötzlich wieder dieser Gedanke: Lena, warum bis du aufgewacht? Was hat dich geweckt?

Ich betrachte Paula, betrachte ihr schön geschnittenes, nachtschattengraues Gesicht, betrachte sie eine Minute, zwei Minuten, drei Minuten. An die Stille habe ich mich mittlerweile gewöhnt, sie fällt mir nicht mehr auf, sie ist gewöhnlich geworden. Ich lächle in mich hinein. Jetzt ist mir also gerade aufgefallen, dass mir die Stille nicht mehr auffällt … wirklich interessant. Musste mir nicht erst die Stille auffallen, damit mir auffallen konnte, dass sie mir nicht mehr auffällt? Ich beschließe, dass es der falsche Zeitpunkt für solche Überlegungen ist. Die giftgrüne Anzeige des Radioweckers zeigt ein eckiges 03:00. Was hat mich geweckt?

Noch ein vorsichtiger Kuss für Paula, dann lege ich mich auf den Rücken und schaue die Lampe an, die rund zwei Meter über mir von der Decke baumelt. Mit ihrem schlichten Metallschirm hat sie diesen Lagerhallencharme, den Paula gern mag. Das Ding wird noch über unseren schrumpeligen Köpfen baumeln, wenn wir neunzig Jahre alt sind.

Etwa eine Minute liege ich auf dem Rücken, ich gähne und schlucke Speichel. Müdigkeit und Unruhe, beides in mir drin. Etwas stört mich, da ist irgendetwas, was mich stört. Ganz kurz nur kommt die wieder die Frage, was mich aufgeweckt hat. Dann stülpt sie sich um und wird zu der Gewissheit, dass mich etwas aufgeweckt hat, dass es einen Grund für mein Wachsein geben muss. Plötzlich ist mir, als wäre alles um mich herum mit winzigen spitzen Nadeln besetzt: Das Kissen und die Decke, die Matratze und die Luft, die ich atme. Etwas stört mich hier, etwas stimmt nicht in diesem dunklen Zimmer. Ich atme tief ein, nehme die stachelige Luft in mich auf. Dann drehe ich mich auf die Seite, mache eine dieser Bewegungen, die man Tausende Male macht. Ich hebe ein wenig meinen Kopf, verlagere mein Gewicht nach links, stütze mich mit dem linken Ellenbogen ab und rutsche mit dem Hintern näher an die Wand. Während dieser Bewegungsfolge – es ist keine Absicht, es passiert einfach – wandert mein Blick durch das Schlafzimmer. Erst als ich mit dem Gesicht zu Paula auf der Seite liege, wird mir bewusst, was ich da gerade am anderen Ende des Zimmers gesehen habe, ich stemme meinen Oberkörper hoch und hebe den Kopf

Und da steht es vor mir, das große schwarze Tier. Dreieinhalb Meter vor mir, zwischen Wand und Kleiderschrank …

Die Gewissheit, dass mein Albtraum real geworden ist, kommt langsam und brutal. Einige wenige Sekunden wehrt sich mein Verstand noch, dann bricht er zusammen und mich überkommt kalte Panik. Ich drücke mich an das Vorderteil des Bettes, ziehe die Knie an, will nur weg von diesem Vieh, das da im Halbdunkel lauert. Ich greife nach Paula, greife ihr ins Gesicht, kriege ein Büschel ihrer kurzen Haare zu fassen und zerre daran. Sie muss aufwachen, ich brauche sie jetzt. Sie muss es sehen. Und das Tier steht nur da in seiner Nische zwischen Schrank und Wand, größer als ein Mensch und am ganzen Körper behaart, dunkel glänzende Augen und spitze, weiße Zähne. Das Ding starrt mich an.

Jetzt ist Paula da. Sie sagt etwas, aber ich verstehe nichts. Ich lasse ihre Haare los, spüre ihre Bewegungen auf der Matratze. Ich zeige auf das Tier, zeige Richtung Kleiderschrank. Ich will ihr sagen, dass sie dorthin schauen muss, aber die Worte verklemmen sich. Aus dem Augenwinkel sehe ich, dass sie sich die Augen reibt und an den Kopf fasst. Warum verdammt schaut sie nicht hin? Ihr Blick muss nur meinem ausgestreckten Arm folgen. Dort vorne steht es, das Tier aus meinem Traum.

Und plötzlich … ich weiß nicht, ob ich lachen oder weinen oder schreien soll … plötzlich ist da nichts mehr. Paula und ich sitzen nebeneinander im Bett, zwei kleine Mädchen in der Nacht, eines in kalter Panik, immer noch den blassen Arm in das dunkle Zimmer ausstreckend, das andere verwirrt und ärgerlich. Sie fragt mich, warum ich sie an den Haaren gezogen habe. Sie fragt mich, ob ich nun völlig den Verstand verloren habe. Und als ich ihr von dem großen Tier erzählen will, das ich doch ganz eindeutig gesehen habe, da brüllt sie mich an, dass ich mir endlich Hilfe holen soll, dass ich endlich zu diesem Psychiater gehen soll.

Aber ich bin nicht verrückt, ich weiß, dass es da war. Es stand zwischen Wand und Kleiderschrank und ich konnte seine Zähne sehen. Paula umarmt mich erst, als mir die Tränen runterlaufen. Als sie mich hält, da schaue ich über ihre Schulter zu der Stelle, an der das schwarze Tier stand. Ich habe furchtbare Angst, dass es wiederkommt.

Erklärungen

Ich habe es ihr angesehen, ich habe Paula angesehen, was sie von der Sache hält. Aber sie hat die Klappe gehalten und mir geholfen, die schwere Matratze ins Wohnzimmer zu zerren. Ich habe das Gefühl, dass es hier sicherer ist, dass uns hier nichts passieren wird. Woher dieses Gefühl kommt? Keine Ahnung … aber es ist eben da. Ich werde auf keinen Fall zurück ins Schlafzimmer gehen.

Paula legt sich auf die große Matratze und wickelt sich in ihre Decke. Ich lege mich zitternd neben sie, nur langsam erwärmt sich mein Körper.

„Können wir nicht doch in ein Hotel gehen?"

Das wäre das Sicherste, noch sicherer als das Wohnzimmer. Einfach abhauen, einfach weg von hier.

„Ach Lena, da haben wir doch gerade drüber gesprochen. Lass und jetzt bitte schlafen. Es ist bald vier und ich kann morgen nicht bis zwölf im Bett bleiben."

„Glaubst du mir, dass ich was gesehen habe?"

„Ja, ich glaub dir, dass du was gesehen hast. Aber geh bitte auch zu diesem Psychiater. Okay?"

„Okay", sage ich und will sie küssen. Sie dreht sich weg und macht eines ihrer Geh-mir-nicht-auf-die-Nerven-Geräusche, eine Art Schmatzen mit anschließendem Einatmen.

Gut, dann eben nicht. Ich lege mich auf den Bauch und mache die Augen zu. Seltsamerweise weiß ich, dass das Tier hier in unserem großen Wohnzimmer nicht auftauchen wird. Es ist nur ein Gefühl, allerdings ein starkes, deutliches Gefühl. Besser kann ich es nicht beschreiben. Mein Körper erwärmt sich und ich schlafe ein.

Das Rauschen der Dusche ist das erste, was ich höre. Dann Vogelgezwitscher und einen Hubschrauber, der über das Haus knattert. Ich stehe auf, gehe ins Bad, trinke ein Glas Wasser und putze mir die Zähne.

„Gibst du mir mal das Handtuch?"

Paula dreht das Wasser ab und ihr Arm kommt hinter dem Duschvorhang hervor. Ich reiche ihr das große Badetuch und schrubbe mir den Belag von den Zähnen.

„Konntest du noch ein paar Stunden schlafen?"

Ja, konnte ich. Mit dem Mund voller Zahnpastaschaum murmle ich etwas, das nach Zustimmung klingt. Ich verschlucke mich und huste hellblauen Schaum ins Waschbecken.

„Putz erst mal fertig", sagt Paula. Sie steigt nackt aus der Wanne und im beschlagenen Badezimmerspiegel sieht sie aus wie einem dieser Weichzeichner-Erotikfilme entsprungen, die in den Siebzigern gedreht wurden.

„Nicht, dass du mir hier noch erstickst."

Paula haut mir auf den Hintern und verlässt pfeifend das Badezimmer. Ich putze fertig und steige in die vorgewärmte Wanne. Als wir beim Frühstück sitzen, ist es kurz nach halb zehn.

„Wann musst du eigentlich los?"

„In zwanzig Minuten", antwortet Paula. „Was ist mir dir, gehst du heute zur Uni?"

„Ja, aber erst um zwölf."

Ich trinke von meinem Kaffee und sehe über den Rand der Tasse hinweg, dass Paula mich anschaut. Ihr Gesichtsausdruck ist auf einmal sehr ernst, sie macht sich Sorgen um mich. Kein Wunder nach meinem Verhalten letzte Nacht. Ich kann ihr nicht einmal übel nehmen, dass sie mir nicht glaubt. Als sie gestern Nacht sagte, sie glaube mir, da wollte sie einfach in Ruhe gelassen werden.

„Und rufst du heute bei diesem Psychiater an?"

„Ja, mach ich."

„Versprochen?"

„Ja, versprochen … aber ich bin mir eigentlich sicher, dass ich mir das heute Nacht nicht eingebildet habe. Da war wirklich was in unserem Schlafzimmer. Und auch die Sache mit dem Kleid, auch das war keine Einbildung. Dieses Kleid, das du aus dem Keller geholt hast, das war eines der Kleider, die ich in meinen Traum gesehen habe. Ich bin mir da fast hundert Prozent sicher."

Eine halbe Stunde später: Paula ist gegangen und ich bin allein, allein in der großen Wohnung. Sie hat mir noch einmal das Versprechen abgenommen, bei Dr. Strauss anzurufen. Sie denkt, dass ich nervlich angeschlagen bin … und okay, vielleicht hat sie ja Recht. Ich gehe meine Unterlagen durch, suche nach dem (sehr guten, sehr persönlichen) Zeugnis, das mir Dr. Strauss ausgestellt hat. Da müsste seine Durchwahl draufstehen. Ich finde die beiden Blätter und ja, oben rechts steht in kleiner, leicht geneigten Schrift die Telefonnummer.

„Guten Tag, hier Glaser. Sekretariat von Doktor Strauss."

„Ja ähm … hallo Frau Glaser. Mein Name ist Lena Pander. Ich weiß nicht, ob Sie sich an mich erinnern, ich habe vor einigen Wochen bei Ihnen gearbeitet."

„Ja natürlich, Frau Pander. Was kann ich denn für Sie tun?"

„Ich müsste mit Herrn Strauss sprechen."

„Darf ich fragen, worum es geht?"

„Ähm … ich war vor ein paar Wochen dabei, als es auf der Station diesen Unfall … beziehungsweise diesen Selbstmordversuch gab. Ich habe da schon einige Male mit Herrn Strauss darüber gesprochen … also auch darüber, wie es mir damit geht. Und ähm … also ich müsste ihn eben noch einmal sprechen."

Frau Glaser antwortet nicht. Ist sie unzufrieden mit dem, was ich gesagt habe? Will sie Details? Verdammt noch mal, sie soll mich einfach an Strauss durchstellen. Als sie immer noch nichts sagt, da lege ich nach:

„Herr Strauss meinte, dass ich mich sofort bei ihm melden soll, wenn es noch irgendwas zu der Sache zu sagen gibt."

„Ach so, in Ordnung. Das ist nur momentan etwas schlecht, Herr Strauss ist auf einer Tagung im Ausland. Hier auf Station ist er erst wieder Montag."

Einen Moment flackert in mir der Verdacht auf, dass mir gerade eine Ausrede aufgetischt wird, dass Strauss in seinem unaufgeräumten Büro sitzt und sich von der Sekretärin unerwünschte Personen vom Leib halten lässt. Aber wieso sollte das so sein? Strauss hat mich ja fast angebettelt, mich bei ihm zu melden.

„Und wann ist er wieder da?", frage ich. Noch während ich die Worte ausspreche, fällt mir ein, dass

Frau Glaser gerade schon gesagt hat, wann er wieder da ist. Ich bin echt nicht ganz auf der Höhe.

„Wie gesagt, ab Montag. Ist alles in Ordnung mit Ihnen, Frau Pander?"

„Ja, alles okay. Ich melde mich dann Montag wieder. Schönen Tag noch."

„Danke, Ihnen auch."

Ich lege auf und weiß nicht, ob ich erleichtert sein oder mich ärgern soll. Jedenfalls kann ich Paula jetzt sagen, dass ich versucht habe, Strauss zu erreichen. Und dass er auf einer seiner Tagungen ist, da kann ich doch nichts für.

Ich stelle das Telefon auf die Station und starre in die sonnendurchflutete Wohnung. Die Tür zum Schlafzimmer ist geschlossen und das ist gut so. Selbst jetzt, selbst bei Tageslicht, ist mir unwohl bei dem Gedanken, dieses Zimmer zu betreten … und genau deshalb betrete ich es. Ich lehne es ab, meiner Angst zu gehorchen.

Ich öffne die Tür, ich gehe in das Zimmer, ich stelle mich exakt an die Stelle, an der vor etwas mehr als acht Stunden das große schwarze Tier stand. Obwohl es mir kalt den Rücken hinunterläuft (oder ist es hier tatsächlich kälter als im Rest der Wohnung?), bleibe ich fast eine Minute dort, in dieser nur einen halben Meter breiten Lücke zwischen Wand und Kleiderschrank. Ich bilde mir ein, dass gleich ein schwarz behaarter Arm aus der Wand kommt und mich am Handgelenk packt. Plötzlich habe ich Angst, dass etwas im Kleiderschrank ist … oder dass plötzlich die Schlafzimmertür von alleine zuschlägt. Ich stehe in dieser idiotischen Zimmerecke und durch meinen Schädel rauscht kiloweise Scheiße, die ich in irgendwelchen Horrorfilmen gesehen oder in irgendwelchen Romanen von Stephen King gelesen habe. Das mit der Tür, die von alleine zugeht, das war in Poltergeist … später dann in Paranormal activity … das ist nichts weiter als ein altes, komplett ausgelutschtes Horrorfilm-Motiv. Wie erbärmlich langweilig!

Und dann ändern meine Gedanken ganz plötzlich ihre Richtung und ich begreife, dass es nicht die geringste Rolle spielt, dass das Zuschlagen irgendwelcher Türen schon in einer Million Filme gezeigt wurde. Trotzdem wäre es furchtbar, wenn genau das hier und jetzt passieren würde! Trotzdem würde ich zittern, zur Tür rennen und an der verdammten Klinke rütteln! Und wenn nun tatsächlich ein schwarzer Arm aus der weißen Wand kommt und mich packt? Vielleicht jetzt gleich, noch während ich darüber nachdenke. Vielleicht schieben sich hinter mir schon die Finger aus der Wand.

Wieder läuft es mir kalt den Rücken herunter … eigentlich ist es eher eine Welle, die in mir nach oben steigt und meine Schultern beben lässt. Ich bin lange genug hier gestanden, nichts ist passiert. Und weil nichts passiert ist (oder bevor etwas passiert?) kann ich jetzt nach drüben gehen, zurück in unser Koch- und Wohnzimmer, das seit letzter Nacht auch unser Schlafzimmer ist.

Zuvor aber mache ich mit klopfendem Herzen – jetzt reiß dich zusammen, verdammt noch mal! – den Kleiderschrank auf. Nichts springt heraus, nichts greift nach mir, nichts glotzt mich an. Tür zu und nichts wie raus hier.

Oh Mist! Es ist wirklich hirnverbrannt, was ich hier veranstalte. Um die Sache komplett zu machen könnte ich jetzt noch meine Eltern anrufen: Papa, ich glaube, da ist ein Monster im Schrank. Bitte komm her und schau nach, setz dich jetzt gleich ins Auto. Und wenn du schon einmal da bist, dann kannst du noch unterm Bett nachschauen. Man weiß ja nie, was sich da alles versteckt.

Andererseits: Ich weiß, was ich gesehen habe. Ich weiß, dass ich nicht verrückt bin! Da war dieses schwarz behaarte Tier, exakt das Wesen aus meinem Traum. Es war so real wie das schmutzige Geschirr, an dem ich gerade herumkratze. Aber, natürlich kommt der Gedanke, ganz selbstverständlich nistet er sich in meinem Kopf ein: Auch andere Verrückte sind sich sicher, dass sie nicht verrückt sind, das ist doch der Klassiker. Ich verrückt? Nein, auf keinen Fall! Alle anderen? Aber selbstverständlich!

***

Wir haben vier Nächte im Wohnzimmer geschlafen: Donnerstag auf Freitag, Freitag auf Samstag, Samstag auf Sonntag und Sonntag auf Montag. Paula ist wütend, sie will zurück ins Schlafzimmer. Es stört sie, dass die große Matratze hier auf dem Boden liegt und Platz wegnimmt. Es ist nur eine Frage der Zeit bis zum großen Krach. Kurz nach sieben verlässt Paula die Wohnung, der Abschied ist kühl, ihr Frust begräbt unsere Liebe.

„Dann bis später. Machs gut."

„Ja, du auch."

„Und ruf bei diesem Typen an!"

„Ja, mach ich."

Dann fällt die Tür ins Schloss, ich bin alleine mit der Wohnung und mit meinen Gedanken.

Paula wird nicht locker lassen, sie wird darauf bestehen, dass ich mich bei Strauss melde, dass ich ihm von meinem Alptraum und von meiner „Halluzination" – das ist ihr Begriff für das, was ich vor vier Nächten gesehen habe – erzähle. Okay, ich habe es versprochen und ich werde es tun … später. Der Handywecker ist auf halb acht gestellt, einschlafen kann ich jetzt nicht mehr, aber es tut gut, einfach nur zu liegen … auf der Matratze im hellen Wohnzimmer, auf dem Boden zwischen Küche, Sofa und Sessel. Ich drehe mich zur Seite, ziehe mir die Decke bis unters Kinn und schließe die Augen.

Als ich so da liege, da ist mir, als höre ich Schritte … ganz leise nur, durch Wände hindurch. Ist um diese Zeit schon der Pflegedienst bei Frau Diehl? Ich dachte, die kommen immer erst um acht. Egal, sind sie heute eben früher. Einmal kräftig gegähnt und auf die Uhr geschaut … noch zehn Minuten, noch zehn Minuten liegen bleiben. Ich liebe es ja, auf die Uhr zu sehen und festzustellen, dass ich noch im Bett bleiben kann. Als ich noch zur Schule ging, da habe ich mir immer den Wecker auf 6.20 Uhr gestellt, obwohl ich erst um 6.40 Uhr raus musste. Einfach damit ich mich jeden Morgen darüber freuen konnte, noch im Bett bleiben zu dürfen. Die meisten, denen ich davon erzählt habe, fanden das bescheuert, trotzdem habe ich es bis zum Abitur so gemacht.

Ich schließe die Augen und denke an den USA-Urlaub, den ich und Paula machen werden. Wieder höre ich Schritte, dann ein knarrendes Geräusch, als würde ein Stuhl verrückt … und dann ein einzelnes Klopfen … als würde jemand mit den Knöcheln auf Holz schlagen. Nachts würden mich diese Geräusche wahnsinnig machen, sie hören sich seltsam nah an, überhaupt nicht wie von mehreren Wänden gedämpft.

Ein weiteres Klopfen, Knöchel auf Holz … noch ein wenig näher. Ich öffne die Augen und setze mich auf der Matratze auf, warte auf weitere Geräusche. Als keine kommen, da stehe ich auf und gehe Richtung Badezimmer. Kurz vor der Tür drehe ich um. Diese Geräusche eben hörten sich verdammt nah an. Und weil es heller Tag ist, und weil die Sonne durch die Fenster scheint, und weil es die denkbar ungünstigste Zeit für große, schwarze Nachttiere ist, gehe ich nachsehen. Ich öffne die Tür zum Schlafzimmer und schaue hinein. Dann öffne ich auch die Tür zu der kleinen Rumpelkammer, die neben dem Schlafzimmer liegt. Beide Male nichts. Nichts zu sehen und nichts zu hören. Höchstwahrscheinlich kamen die Geräusche aus der Wohnung von Frau Diehl und durch irgendeine akustisch-architektonische Besonderheit hörten sie sich viel näher an, als sie tatsächlich waren. So etwas gibt es, so etwas habe ich schon erlebt. Vor einigen Jahren hatte ich eine Wohnung, in der man die Gespräche der Mieter nebenan belauschen konnte. Man musste nur in der gefüllten Badewanne liegen und die Ohren unter Wasser haben. Jedes Wort konnte man verstehen. Wie so etwas zustande kommt? Ich habe keine Ahnung.

Zurück im Badezimmer mache ich die Sachen, die man im Bad eben so macht. Schließlich betrachte ich mich in dem rechteckigen Badezimmerspiegel mit den abgesplitterten Kanten. Er ist am unteren Rand angelaufen, gerne würde ich ihn austauschen. Aber Paula hängt an dem Ding, sie hat den Spiegel von ihrer Oma bekommen, kurz bevor der alten Frau das Herz stehen blieb. Seitdem nimmt sie das zunehmend hässliche Ding gut verpackt in jede neue Wohnung mit.

Was ich beim Blick in den Spiegel sehe, das gefällt mir nicht. Was mich da anschaut, das wirkt käsig, schlaff, verquollen. Also an die Arbeit, retten was zu retten ist. Ich spritze mir kaltes Wasser ins Gesicht, rubbel mir mit dem Handtuch die Haut rot, creme mich ein und massiere an meiner Stirn und meinen Schläfen herum. Okay, schon besser. Zumindest sehe ich lebendig aus. Soll ich mich schminken? Ach nein, wozu denn. Erst mal Frühstück.

Zwanzig vor neun bin ich fertig. Ich stelle das mit Marmelade und Brotkrümeln verklebte Geschirr in die Spüle, wasche mir die Hände … dann noch einmal das Gesicht, und dann … es führt kein Weg daran vorbei, ich habe es versprochen und Paula wird mich danach fragen … rufe ich bei Doktor Strauss an. Nach kurzem Smalltalk stellt mich seine Sekretärin zu ihm durch.

„Ach hallo Frau Pander! Nett mal wieder von Ihnen zu hören. Wie geht es Ihnen?"

„Ganz gut so weit. Ich hoffe, Ihnen geht es auch gut."

„Nun ja, sagen wir altersgemäß", antwortet Herr Strauss. Er ist einer der Menschen, deren Alter ich nicht schätzen kann. Doktor Strauss könnte fünfzig sein oder auch siebzig.

„Was denken Sie, wie alt bin ich?“

Manchmal ist mir dieser Mann unheimlich. Kann er Gedanken lesen?

„Ich bin nicht gut bei so was, ich kann eigentlich nie das Alter von jemand einschätzen“, versuche ich mich herauszureden. Mir sind solche Situationen unangenehm. Vor ein paar Monaten habe ich einer Dreißigjährigen zum vierzigsten Geburtstag gratuliert. Sie hat mich angeschaut, als wäre ich das letzte Stück Dreck. Aber ich dachte wirklich, sie wäre vierzig, das war überhaupt nicht böse gemeint.

„Ich bin 65 Jahre alt“, sagt Strauss, nach einer kleinen Pause.

„Ich hätte Sie jünger geschätzt“, antworte ich.

„Danke. In Ihrem Alter konnte ich mir übrigens überhaupt nicht vorstellen, einmal 65 zu sein. Auch heute kann ich es mir eigentlich nicht vorstellen“, lacht Dr. Strauss. „Aber jetzt sagen Sie einmal. Was verschafft mir die Ehre, Ihrer jugendlichen Stimme lauschen zu dürfen?“

Ich brauche ein wenig Anlauf, um zur Sache zu kommen. Aber dann erzähle ich Strauss von meinem Alptraum, von der Sache mit dem Kleid und von dem großen, schwarzen Tier, das mich vor wenigen Nächten aus der Dunkelheit angeglotzt hat. Er hört mir zu, unterbricht mich nicht ein einziges Mal. Nur ab und zu ein leises Mhm oder ein sanftes Ja, nur damit ich weiß, dass er mir folgt.

Als ich meinen Bericht beendet habe, da fragt mich Strauss, ob auch meine Freundin etwas gesehen hat. Das überrascht mich. Glaubt er mir, dass da etwas war? Glaubt er mir, dass tatsächlich ein Wesen zwischen Wand und Kleiderschrank stand, also etwas, das auch jemand anders hätte sehen können? Nein, Paula hat nichts gesehen. Nur das erschrockene, verwirrte Mädchen, mit dem sie seit Jahren zusammen ist, das sie nachts an den Haaren zieht, das Ärztin werden will und das eigentlich vernünftig sein sollte.

„Und haben Sie schon mit jemand anderem über das gesprochen, was Sie gesehen haben?“, fragt mich Strauss.

„Nein, hab ich nicht. Nur mit meiner Freundin eben.“

„Das ist wahrscheinlich ganz gut so. Haben Sie vielleicht heute Nachmittag Zeit? Könnten Sie zu mir kommen?“

Die Frage überrascht mich. Und nein, eigentlich habe ich keine Zeit. Ich frage Strauss, ob es auch morgen gehen würde.

„Ja natürlich, wann immer Sie möchten. Zu welcher Uhrzeit könnten Sie denn vorbeikommen Frau Pander? Oder ist es Ihnen lieber, wenn ich Sie abhole?“

Ich fühle mich gleichzeitig geschmeichelt und verwirrt. Was soll das? Gleich bietet er mir noch an, eine Limousine zu schicken. Was zum Teufel soll das?

„Äh … nein, ich kann schon zu Ihnen kommen. Hätten Sie vielleicht morgen um neun Zeit?“

„Ja natürlich, kommen Sie einfach bei mir vorbei. Sie wissen ja noch, wo mein Büro ist.“

„Ja … natürlich.“

„Dann bis morgen Frau Pander. Ich freue mich auf Ihren Besuch.“

„Ja … danke. Bis morgen. Ich freue mich auch.“

Ich lege das Telefon weg und weiß nicht, was ich von diesem mehr als seltsamen Gespräch halten soll. Etwas ist faul an der Sache … ich weiß bloß nicht, wo sie sich genau befindet, die faulige Stelle. Einige Minuten sitze ich nur da und starre auf einen Punkt irgendwo in diesem großen, hellen, allerdings auch ein wenig schäbigen Zimmer. Eigentlich starre ich eher in mich hinein, starre in meine eigene Tiefe und finde nichts … nichts, woran ich mich festhalten könnte. Zu viele Merkwürdigkeiten haben mich in den letzten Wochen heimgesucht. So fühlt es sich also an, wenn man beginnt, die Welt nicht mehr zu verstehen. Man bekommt Angst … und ein bisschen kitzelt es auch.

Und dann wird alles noch viel merkwürdiger. Etwa eine Stunde nach meinem Gespräch mit Herrn Strauss fahre ich mit der Straßenbahn zur Uni. Meine blöde, eigensinnige Phantasie ist mit dabei, groß und fett und aufdringlich. Sie wittert Morgenluft, sie quetscht sich in die Risse, die mein Realitätssinn bekommen hat, sie ist dabei, meinen Verstand zu sprengen, diesen soliden, grauen Block, der stets in meiner Mitte saß und auf den ich mich doch immer stützen konnte. Und dann, wenn meine Phantasie … oder mein Wahnsinn? … wenn Was auch immer meinen Verstand gesprengt hat (wird es ganz furchtbar knallen? Wird der große Block einfach leise auseinander bröckeln?), dann wird dieses Was-auch-immer die vielen Stücke aufsammeln und daraus etwas bauen, von dem ich nicht weiß, wie grotesk, hässlich und beängstigend es sein wird.

Ich sitze ganz hinten im Hörsaal, vorne spaziert erklärend der Professor und ich denke an meine nächtliche Begegnung. Ich denke sie immer wieder durch, denke sie von vorne nach hinten, von hinten nach vorne, drehe sie vor meinem inneren Auge wie ein kompliziertes, hundertfach verwinkeltes Kunstwerk. Und dann sehe ich die ganzen Studenten vor mir, all die jungen und nicht mehr ganz so jungen Leute mit ihren zu Frisuren geschnittenen Haaren, ihren Jacken und Taschen und glänzenden Telefonen … und ihren Gesprächen und … dann, ganz plötzlich, da denke ich, dass sich all diese Menschen doch auf einmal in schwarze, von Kopf bis Fuß behaarte Tiere verwandeln könnten. Was spräche denn jetzt noch dagegen? Eines dieser Tiere habe ich doch schon gesehen! Ganz deutlich! Plötzlich wäre ich alleine mit einer Horde schwarzer, ekelhafter Tiere. Und dann … was wäre dann? Müsste ich mir dann eingestehen, dass mein Verstand sich nun völlig meiner durchgedrehten Phantasie ergeben hat? Oder würde ich erkennen, dass ich einem Aspekt dieser Welt begegnet bin, der neu für mich ist. Wieso gehe ich eigentlich davon aus, dass nach meinem nächsten Blinzeln, diesem winzigen Moment des Weltverlustes, die Welt, die mich jetzt umgibt, noch dieselbe ist? Vielleicht muss ich nur blinzeln und schon haben sich alle Menschen in Tiere mit schwarzem, strähnigem Fell verwandelt. Vielleicht reicht dieser Bruchteil einer Sekunde. Und dann? Nun ja, dann werden sie mich packen und fressen. So läuft das nun einmal, wieso sollte es auch anders laufen?

Oh Gott, was für eine blöde, verfickte Scheiße! Jetzt reiß dich zusammen Lena! Hör gefälligst auf damit. Du studierst Medizin, du wirst Ärztin, du wirst Leute behandeln und gesund machen … und du wirst auf welche Art auch immer das schwarze Tier loswerden. Da war nichts! Da ist nichts! Da ist ist ist und ist nichts. Und doch war es da … ganz deutlich. Und dann war da noch die Sache mit dem Kleid und … SCHEISSE!

Mehrere Studenten drehen sich zu mir um, ein Mädchen mit roten Haaren und rosa Haut grinst mich an, ein Typ im hellblauen Polohemd zieht die Augenbrauen hoch. Ich habe es laut gesagt, dieses Wort, das ich als Kind nie sagen durfte. Zum Glück habe ich es mehr gezischt als geschrien, der Professor redet einfach weiter, er hat mich nicht gehört … oder er ignoriert mich.

Fünf Minuten später ist die Vorlesung zu Ende. Schnell packe ich meine Sachen zusammen und verlasse als erste den Saal. Keiner hat sich verwandelt, die Menschen sind Menschen geblieben. Auch auf den Gängen: Menschen, die das tun, was Menschen eben tun. Ein junger Mann mit langen Haaren bohrt ganz ungeniert in der Nase, eine Putzfrau putzt, eine junge Frau schiebt einen Kinderwagen und ein Student mit großen, fettig glänzenden Pickeln im Gesicht balanciert einen Stapel Bücher.

Vorsichtshalber drehe ich mich nicht um. Vielleicht folgt mir ja eine Kolonne schwarzer Tiere. Hat nicht gerade dieser Acne vulgaris-Typ komisch geschaut und einen Schritt zur Seite gemacht? Ach komm schon, jetzt nimm dich endlich zusammen! Hör auf, dir irgendeinen Mist einzubilden!

Als ich drei Stunden später in der Straßenbahn sitze und zurück zum Herbsthaus fahre, da fühle ich mich seltsam müde, zugleich ängstlich und unruhig. Ich stehe völlig neben mir, rutsche auf dem dreckigen Plastiksitz hin und her, starre eine fremde Frau an und pule einen zähen, bräunlichen Belag von einem dieser Haltegriffe. Als mit bewusst wird, was ich da gerade ekelhaftes mache, da habe ich das Zeug schon unter den Nägeln und auf den Fingerkuppen. Was ist das? Halb getrockneter Rotz? Ich merke, dass mir schlecht wird. Mit der sauberen Hand ziehe ich eine Packung Taschentücher aus meinem Rucksack und wische das Zeug ab … so gut es eben geht.

Auf dem Weg von der Haltestelle zu dem seltsamen Haus, auf das wir aufpassen müssen, in dem wir wohnen … und in dem vielleicht noch etwas ganz anderes haust, da achte ich darauf, mich nicht mit der Rotze-Hand zu berühren. Ich halte mir die Finger vom Leib wie eklige, beißende Insekten. Endlich oben in der Wohnung gehe ich direkt ins Bad und schrubbe mir die Hände rot. Während ich noch am Waschbecken stehe, da höre ich Geräusche. Es sind vertraute Geräusche, das Klappern einer Tastatur, Paula ist schon da. Warum hat sie nichts gesagt, als ich hereingekommen bin? Ich verlasse das Bad, gehe ins Wohnzimmer und dann Richtung Balkon. Paula sitzt draußen, sie sitzt auf einem dieser alten Plastikstühle und hat ihren Laptop auf den Oberschenkeln. Als sie bemerkt, dass ich zu ihr komme, da klappt sie das Ding zu.

„Hast du was zu verbergen?“

Sie lächelt mich an und dieses Lächeln kommt mir ein wenig traurig vor.

„Klar, was denkst du denn?“

„Wie geht es dir?“, frage ich sie.

„Geht. Und dir?“

„Ganz okay. Ich gehe morgen zu diesem Strauss. Habe heute Vormittag mit ihm telefoniert.“

Paula hält mir ihre Hand hin. Ich nehme sie und sie fühlt sich kühl und weich und stark an.

„Danke Schatz. Danke, dass du dir Hilfe holst.“

Am liebsten würde ich ihr sagen, dass ich keine Hilfe brauche, dass ich mir nichts eingebildet habe, dass ich psychisch völlig in Ordnung bin. Aber mittlerweile bin ich mir selbst nicht mehr ganz sicher. Die Angstphantasien, die mich vorhin in diesem Hörsaal angesprungen haben, die haben mir zu denken gegeben. Diese verdammten Phantasien haben mich umzingelt und mir ein großes Stück meiner Sicherheit geraubt. Mein Verstand hatte keine Chance gegen diese Übermacht.

„Klar … mal sehen, was der zu der Sache zu sagen hat. Ich gehe morgen um neun zu ihm.“

Paula schaut mich nicht an. Sie sieht aus, als überlege sie, als ginge ihr etwas durch den Kopf, mit dem sie nichts Rechtes anzufangen weiß. Vielleicht will dieses Etwas ja hinaus und Paula weiß nicht, ob sie es hinauslassen soll.

„Alles okay?“, frage ich.

„Ja, alles okay. Machst du uns was zu essen? Dann würde ich auch die Runde durchs Haus übernehmen.“

Ich stimme zu, mir ist nicht nach runden Fluren und Türen, hinter denen niemand mehr lebt. Mir ist auch nicht danach, alleine in unserer Wohnung zu bleiben … aber okay, ich bin kein kleines Mädchen, das sich vor Gespenstern fürchtet, ich habe mich im Griff. Und noch während ich mir denke, dass ich kein kleines Mädchen mehr bin, da weiß ich schon, dass mein Argument Mist ist. Kleine Kinder fürchten sich vor Gespenstern, auch wenn sie keine sehen. Ich habe mich nie vor Gespenstern gefürchtet, bis ich dann eines sah. Ich habe im Gegensatz zu all den kleinen Kindern also Grund, mich … Halt! Stopp! Hör endlich auf damit! Jetzt ist Schluss! Hör auf, dir Gedanken zu machen. Mach lieber etwas, mach normale Sachen, die normale Leute eben so machen. Mach Bratkartoffeln!

Zehn Minuten später. Am Herd. Vor mir knistern Fett und Kartoffelscheiben in der schweren, gusseisernen Pfanne, die mir meine Eltern gekauft haben, als ich in meine erste eigene Wohnung zog. Paula hat sich Taschenlampe, Schlüsselbund, Stift und Protokollzettel geschnappt und müsste nun irgendwo auf einem der unteren Stockwerke sein. Genau wie ich fängt sie immer unten an. Ich hoffe nur, sie kommt nicht auf die Idee, mal wieder den Fahrstuhl zu benutzen. Ich habe echt keine Lust, Herrn Brandt zu rufen … oder gleich die Feuerwehr. Ich will nicht, dass dieses große rote Maul sie … Schluss jetzt! Wann verdammt hört das endlich auf?

Eine halbe Stunde später sitzen wir beim Essen: Bratkartoffeln, Spiegeleier und Salat. Nicht originell, nicht gesund … aber lecker. Paula ist nicht im Aufzug steckengeblieben, das samtene Maul hat sie nicht verschluckt. Es ist ihr auch kein großes schwarzes Tier begegnet. Ein wenig hatte ich ja gehofft (ganz verschämt gehofft), sie würde verängstigt und nach Luft schnappend wiederkommen: „Du hast Recht, Lena. Ich habe es auch gesehen. Als ich mich umgedreht habe, da stand es hinter mir, es hat mich angeschaut und da bin ich weggerannt. Es tut mir so leid, dass ich dir nicht geglaubt habe, lass uns von hier wegziehen, gleich heute noch. Vielleicht ist ja unsere alte Wohnung noch frei."

Ja, ich weiß. Es ist gemein, jemandem so etwas zu wünschen. Aber zumindest würde sie mich dann nicht mehr für verrückt halten. Und ja, sie hält mich für verrückt. Ich konnte mir es nicht verkneifen, ihren Laptop aufzuklappen, während sie im Haus unterwegs war. Das Gerät war auf Standby und das Passwort kenne ich sowieso.

Als ich sah, was sie sich zuletzt angesehen hatte, da war mir, als würde ich einen Schlag in den Magen bekommen, während mir gleichzeitig jemand den Hals zudrückt.

Paula war unterwegs in einem Forum für Partner und Angehörige psychisch kranker Menschen. Mit einer wilden Mischung aus Wut, Enttäuschung, Mitleid und Liebe sah ich die Diskussion, in der sie gelesen hatte: Wie gehe ich mit den Wahnvorstellungen meines Partners um? Ruckartig, mit viel mehr Kraft als nötig, als wäre ich gerade auf ein schmutziges, ekelhaftes Geheimnis gestoßen, klappte ich den Laptop zu. Zurück bei den Bratkartoffeln ging dann alles durcheinander. Ich hasste Paula dafür, dass sie mich als verrückt betrachtet, gleichzeitig hatte ich Mitleid mit ihr, dachte daran, dass sie sich Sorgen um mich macht. Ich spürte meine Liebe zu ihr und im nächsten Moment einen fast mordlüsternen Hass, der mich erschrocken das große Küchenmesser weglegen ließ.

Früher, als ich ein Mädchen mit langen Zöpfen und dünnen Beinen war, da gingen meine Eltern mit mir und meinem Bruder einmal im Jahr in einen großen Freizeitpark, dieser alljährliche Ausflug war so eine Art Familienritual. In diesem Freizeitpark gab es eine Pferderennbahn mit mechanischen Pferden, auf denen mechanische Jockeys in bunten Trikots saßen. Man konnte auf eines der Pferde Geld setzen und dann ging es los. Eine Fanfare ertönte, die mechanischen Jockeys wackelten mit den metallenen Hintern und die Pferde ruckelten auf ihren Schienen vorwärts, das Ziel nur zwei Meter entfernt. Einmal war dieses, dann wieder jenes Pferd vorne, sie wechselten sich ständig ab, das machte es spannend. Wenn ein Pferd uneinholbar in Führung schien, dann wurde es plötzlich furchtbar langsam, blieb manchmal fast stehen, und drei andere ruckelten an ihm vorbei. Ständig wechselte die Führung und selbst das Pferd, das nach der Hälfte der Strecke ganz hinten lag, konnte am Ende als Sieger durchs Ziel gehen.

An diese mechanische Rennbahn, an diese mich als Kind seltsam faszinierende Rummelplatz-Attraktion, erinnert mich mein Gefühlsmischmasch. Die Empfindungen wechselten sich ab, alle paar Sekunden übernahm eine andere die Führung. Aber letztlich, und ich bin sehr glücklich darüber, machte eine starke, wenn auch melancholisch gefärbte Zuneigung das Rennen, die zuvor noch abgeschlagen hinter Wut und Enttäuschung zurückgelegen hatte. Erst ganz zum Ende hin schob sie sich nach vorne, ich hatte sie schon fast vergessen.

Als Paula zurückkommt, da nehme ich sie in den Arm und küsse sie auf den Mund. Sie hat viel größere Lippen als ich.

„Wofür war denn das gerade?"

„Einfach so. Mach dir bitte nicht so viele Sorgen um mich."

„Hm … okay", sagt sie und sieht dabei recht zufrieden aus.

Paula fragt nicht nach und ich sage nichts mehr. Es ist mir peinlich, dass ich ihr hinterherspioniert habe. Wir essen unsere Bratkartoffel und versacken vor dem Fernseher, gegen neun fallen Paula die Augen zu. Ihr Kopf liegt an meiner Schulter und das fühlt sich ein bisschen unbequem an. Ich überlege gerade, ein Kissen zwischen meine Schulter und ihren Kopf zu schieben, als sie aufwacht, gähnt und etwas sagt. Die Worte kommen schleppend, schlafgetränkt.

„Da war heute Nachmittag ein komischer Anruf … wegen der Miete."

„Was denn für ein Anruf?", flüstere ich. Ich bin mir nicht sicher, ob sie ganz da ist.

„Die Sekretärin von diesem Egner. Die hat angerufen, weil unsere Miete noch nicht da ist. Die wollen Geld von uns."

Fast muss ich lachen über ihr „Die wollen Geld von uns", das klang fast empört. Aber ich bin auch überrascht. Ich habe die Miete schon vor Tagen überwiesen. Vielleicht habe ich die Kontonummer falsch eingetippt, zwei Zahlen vertauscht oder eine vergessen, das passiert mir manchmal. Ich sage Paula, dass ich nachsehen werde, ob das Geld von meinem Konto abgebucht wurde.

„Das ist total lieb von dir", antwortet sie. Wieder

muss ich fast lachen, sie ist wirklich nicht ganz da. Weiß sie überhaupt, was ich gerade zu ihr gesagt habe?

„Weißt du, was komisch ist?“, flüstert Paula. Nein, das weiß ich nicht. Sie gähnt ausgiebig und ich spüre die Bewegung ihres Kiefers an meiner Schulter. Als Paula nicht weiter spricht, da frage ich sie, was denn komisch ist. Nach einem weiteren Gähner antwortet sie mir.

„Die Sekretärin meinte, das Geld von Herrn Strauss ist aber eingegangen.“

„Wie von Herrn Strauss … was denn für Geld?“

Wieder braucht sie einige Sekunden.

„Keine Ahnung … das Geld von uns ist nicht eingegangen, aber das Geld von Herrn Strauss schon … so hat die das eben gesagt … keine Ahnung.“

Dann Schweigen. Paula ist am Einschlafen, mit dem Kopf macht sie eine Bewegung als wolle sie sich in meine Schulter eingraben.

„Paula, wach bitte auf! Was genau hat die Frau gesagt?“

Keine Reaktion. Ich halte ihr die Nase zu.

„Scheiße, was soll das? Wieso lässt du mich nicht schlafen?“

„Ich lass dich gleich schlafen. Aber sag mir erst, was diese Sekretärin von dem Egner gesagt hat.“

„Nur dass unser Geld nicht eingegangen ist aber das Geld von Herrn Strauss. Ich hab da nicht nachgefragt … ich weiß auch nicht, was die gemeint hat.“

Paula schläft ein und ich verheddere mich in meinen Gedanken. Was für ein Herr Strauss denn? Was hat der mit unserer Miete zu tun. Okay, der

Name Strauss ist nicht selten, einer dieser Allerweltsnamen … aber natürlich denke ich an einen bestimmten Herrn Strauss … an den Mann, mit dem ich heute Vormittag telefoniert habe und bei dem ich morgen einen Termin habe, an den Mann mit den vielen Doktortiteln, der mich so oft gefragt hat, wie es mir geht. Was verdammt ist hier los?

Kurz vor dem Einschlafen kommt ganz plötzlich die Wut wieder. Sie klopft nicht an, sie fragt auch nicht, ob sie hereinkommen darf, sie tritt die Tür ein, macht sich breit und lässt mich innerlich zittern. „Wie gehe ich mit den Wahnvorstellungen meines Partners um?" Wenn sie mich schon für verrückt hält, dann sollte Paula es doch zumindest ein bisschen genauer nehmen. Ich habe verdammt noch mal keine Wahnvorstellungen, ich habe allerhöchstens Halluzinationen. Und auch die habe ich nicht. Ach Mist, wäre ihr doch bei ihrem Rundgang durch dieses seltsame Haus das große schwarze Tier begegnet!

Irgendwann schlafe ich ein und träume etwas mit Pferden. Sie laufen keine Rennen, sie unterhalten sich nur.

Bei Strauss

Fünf nach acht bin ich aus dem fast leeren Haus. Immer, wenn ich mit meinem Fahrrad an der Seite des achteckigen Gebäudes entlang fahre, dann hoffe ich, die Typen zu sehen, die sich unten in der Küche eingenistet haben. Aber auch diesmal: Niemand.

Vierzehn nach acht sitze ich in der Straßenbahn, kaue auf einem chemisch schmeckenden Zahnpflege-Kaugummi herum und denke über das nach, was Paula mir gestern im Halbschlaf erzählt hat. Herr Strauss, Herr Strauss, Herr Strauss … unser Geld ist nicht eingegangen, wohl aber das Geld von Herrn Strauss.

Um 8.32 Uhr steige ich aus der Straßenbahn und nur vier Minuten später betrete ich den vier Jahrzehnte alten Zweckbau, in den Menschen zum Gesundwerden, zum Sterben und zum Arbeiten kommen. Gewohnheitsmäßig desinfiziere ich meine Hände an einem dieser bläulich-halbdurchsichtigen Automaten und um 8.38 Uhr stehe ich in einem der glänzenden Krankenhausaufzüge. Neben mir eine junge, sehr zierliche Schwester, die einen schweren Mann im Rollstuhl zu irgendeiner Untersuchung bringt … vielleicht bringt sie ihn auch zurück in sein Zimmer. Der Mann hat ein sonnenverbranntes, extrem zerfurchtes Gesicht und gewaltige nackte Füße, doppelt so groß wie gesunde Füße. Die Zehen sehen aus wie alte, nicht mehr genießbare Kartoffeln, aufgedunsen und trotzdem schrumpelig. Die völlig vom Pilz zerfressenen Nägel erinnern an die vertrockneten, bröseligen Käsereste, die man ab und zu im Kühlschrank findet. Tatsächlich erinnern mich die Zehennägel an ein altes, weißlich-gelbes Stück Parmesan, das ich vor einigen Tagen in einer roten Tupperdose entdeckt habe.

Die Schwester, der Patient mit den kaputten Füßen und ich steigen in derselben Etage aus. „Nehmen Sie die Füße hoch, Herr Seibel. Nicht einschlafen, nehmen Sie jetzt bitte die Füße hoch“, sagt die junge Frau zu dem völlig erschöpften Mann. Er stöhnt, murmelt etwas Unverständliches und hält die Füße hoch, die Schwester schiebt ihn einige Meter und er nickt ein, der Kopf klappt nach vorne und die nackten Füße schleifen auf dem Boden. „Herr Seibel, nehmen Sie bitte die Füße hoch. Herr Seibel, nicht einschlafen! Wir sind gleich da!“ Sie sagt es ihm direkt ins Ohr, der Mann wacht auf, schaut sich mit kleinen, wässrigen Augen um, nimmt die Füße hoch. Wieder schiebt ihn die Schwester einige Meter, wieder nickt er ein und die geschwollenen Füße schleifen auf dem Fliesenboden. Die Schwester stoppt und ich kann mich nicht mehr beherrschen.

„Entschuldigen Sie“, sage ich zu der jungen Frau. „Sie sollten einen Patienten in so einem Zustand eigentlich nicht ohne Fußstützen fahren.“

Sie schaut mich an, eher resigniert als genervt.

„Ja, ich weiß.“ Und dann wieder zu dem Mann im Rollstuhl: „Herr Seibel, nicht einschlafen! Nehmen Sie bitte die Füße hoch.“

Der Mann hebt stöhnend die Füße und wieder geht es einige Meter voran. Es ist nicht zum Mitansehen.

„Gerade wenn die Füße in solch einem Zustand sind, kann da schnell was passieren“, sage ich zu der Schwester. Sie bleibt stehen und wischt sich mit dem Ärmel die Stirn.

„Was soll ich denn machen? Ich weiß selbst, dass es so nicht korrekt ist. Aber wir haben keine Stützen, die sind alle weg. Und er musste eben zu seiner Untersuchung, sonst bekommen wir Ärger. Bist du hier vom Haus?“

„Ich studiere Medizin“, antworte ich. „Ich habe ein paar Wochen hier gearbeitet.“

„Würdest du mir vielleicht kurz helfen?“

Den Rest des Weges laufe ich in gebückter, schmerzhaft verdrehter Haltung neben dem Rollstuhl und halte die beschissen schweren, mit Flüssigkeit gefüllten Unterschenkel des Mannes hoch. Während ich dies tue, hoffe ich, dass ich mir nicht was einfange, eine Pilzinfektion oder, ja warum denn auch nicht, eine Ladung multiresistenter Krankenhauskeime. Als wir den Mann auf sein Zimmer gebracht und vor seinem Frühstückstablett geparkt haben, da laufe ich zum nächsten Desinfektionsmittelspender und schmiere mir mit dem Zeug, dessen Geruch ich eigentlich nicht mag, Hände und Unterarme ein. Ich warte, bis das Mittel getrocknet ist und wiederhole die Prozedur.

Es ist 8.52 Uhr, ich stinke nach Desinfektionsmittel und überlege ernsthaft, ob ich wirklich im Gesundheitsbereich arbeiten will. Man bekommt so viel Mist mit. Noch könnte ich etwas anderes machen … zum Beispiel Grafikdesign. Ich habe doch früher immer gerne gezeichnet, ich hatte doch immer ne 1 in Kunst. Aber nein, was soll der Quatsch. Natürlich werde ich

Ärztin. Ich musste ackern wie verrückt, um überhaupt einen Studienplatz zu bekommen.

8.55 Uhr: Ich stehe auf dem Flur vor Dr. Strauss Büro und mir ist heiß, ich schwitze unter den Armen. Was soll ich ihm erzählen? Was soll ich ihn fragen? Soll ich ihn fragen, ob ich verrückt bin? Ob ich besser einen Beruf lernen sollte, in dem ich keinen Schaden anrichten kann? Und soll ich ihn zur Rede stellen? Vielleicht hat Egners Sekretärin ja von einem ganz anderer Strauss gesprochen. Aber welchen Sinn würde dies ergeben? Hallo liebe Mieterin, Sie haben Ihre Miete nicht bezahlt. Aber einer unserer anderen Mieter, ein gewisser Herr Strauss, der am anderen Ende der Stadt wohnt und den Sie nicht kennen, der hat seine Miete wie immer pünktlich bezahlt, nehmen Sie sich diesen Herrn bitte zum Vorbild. Von ihm ist Geld eingegangen, von Ihnen nicht. ... Scheiße! Das ergibt keinen Sinn, das ergibt einfach keinen Sinn!

Ich klopfe an, es ist neun Uhr und ausnahmsweise ist Strauss` Tür geschlossen. Ich habe keinen Plan, ich werde einfach hineingehen, mich vor den mit Arbeit zugepackten Schreibtisch setzen und das erwarten, was auf mich zukommt. Ich werde mich überraschen lassen ... auch von dem, was aus mir herauskommt, was ich erzählen werde.

„Guten Morgen, Frau Pander“, begrüßt mich Strauss. Er sieht aus wie immer, ein kleiner, fideler Mann mit Wohlstandsbäuchlein und breitem Lächeln im Gesicht. „Schön, Sie wiederzusehen. Nehmen Sie doch Platz!“

Die Hand, die er mir gibt, fühlt sich warm und trocken an. Ich weiß nicht, was ich von all dieser

Freundlichkeit halten soll. Ich setze mich und wünsche einen guten Morgen. Und dann, als sich mein Hintern gerade erst in die gepolsterte Sitzfläche eingedrückt hat, bevor Strauss noch etwas sagen kann, bevor er weitere Freundlichkeiten in Stellung bringen kann, platzt es aus mit heraus. Die Worte kommen hastig, abgehackt aber bestimmt.

„Herr Strauss. Ich habe zuerst eine Frage ... und ich bitte Sie, mir diese Frage ehrlich zu beantworten. Zahlen Sie einen Teil unserer Miete?"

Während ich die Worte spreche, erwarte ich, dass er mit Unverständnis reagiert, dass er mich gleich anschaut, als würde ich gequirlten Nonsens von mir geben. Aber Strauss Gesichtsausdruck verändert sich nicht.

„Ja."

Und dann, nach einer Pause von vielleicht vier Sekunden:

„Ich bin Ihnen eine Erklärung schuldig."

Jetzt sage ich ja. Dieser Mann ist mir eine Erklärung schuldig ... und möglichst eine gute. Strauss lehnt sich in seinem Sessel zurück und holt tief Luft. Er schaut mir lange in die Augen, bevor er spricht.

„Frau Pander, ich habe Sie während der Zeit auf unserer Station als sehr besonnene und intelligente Frau kennen gelernt. Ich möchte mich zunächst dafür entschuldigen, dass ich unehrlich zu Ihnen gewesen bin und dass ich Sie in eine möglicherweise etwas schwierige Lage gebracht habe."

Strauss macht eine Pause und knetet seine Hände. An den mit kleinen braunen Flecken übersäten Händen, sie wirken älter als sein Gesicht, sieht man, dass Strauss bereits ins siebte Lebensjahrzehnt eingetreten ist. Trotzdem wirkt er fit, ich würde diesem kompakten Mann einen Kopfstand zutrauen.

„Frau Pander, würden Sie einen kleinen Spaziergang mit mir unternehmen? Das Gehen regt meinen Geist an und das Gespräch, das wir beide nun führen müssen, verlangt nach regem Geist."

Wir verlassen das enge Büro, Strauss sagt seiner Sekretärin, dass sie ihn entschuldigen soll, und dass er nicht weiß, wann er zurück sein wird. Sie schaut nur kurz von ihrem Monitor auf und murmelt ihr okay.

Wir laufen durch grün-weiß gestrichene Krankenhausgänge, der Mann neben mir grüßt Patienten und Kollegen, macht kleine, ironische Bemerkungen, kommentiert den Zustand des Krankenhauses – „Das bricht hier demnächst alles auseinander. Gestern wollte ich eine Tür aufmachen und hatte den Griff in der Hand." – und führt mich in einen Teil des großen Gebäudes, den ich nicht kenne. Es ist schön hier, an den Wänden hängen großformatige Landschaftsbilder und sogar die Rollstühle, die auf den Fluren herumstehen, sehen stattlicher und sauberer aus als die Exemplare im Rest des Krankenhauses. Die meisten haben sogar Fußstützen.

Ich begreife: Hier liegen Privatpatienten und Kranke, deren Gebrechen Geld bringen, hier liegen die „Cash cows", also die Leute, mit denen, im Gegensatz zu den „Poor dogs", Gewinn zu machen ist.

Strauss und ich betreten einen kleinen, von Bäumen beschatteten Innenhof. In der Mitte des Hofes ein Brunnen ohne Wasser und rundherum weiß lackierte Metallbänke. Zwei Männer in Bademänteln, einer mit Infusionsständer, der andere mit einem Hut auf dem Kopf, der so überhaupt nicht zum blass-blauen Bademantel passt, spielen schweigend eine Partie Schach. Sie sitzen auf einer der vier Bänke, das Steckschachspiel liegt zwischen ihnen. Strauss und ich setzen uns auf die Bank gegenüber.

„Frau Pander, ich fange einfach an und Sie unterbrechen mich, wenn Sie Fragen haben. Ich möchte mich zunächst noch einmal dafür entschuldigen, dass ich Sie gewissermaßen in die Falle gelockt habe. Wie gesagt, ich zahle einen Teil Ihrer Miete, die Hälfte um genau zu sein … und ich bin auch derjenige, der diese Wohnung für Sie und Ihre Lebensgefährtin organisiert hat. Dürfte ich Sie fragen, wie Sie herausbekommen haben, dass ich etwas zu der Miete zahle?“

„Die Sekretärin von Herrn Egner hat Ihren Namen erwähnt“, antworte ich. Strauss lächelt stumm in sich hinein und ich frage mich, ob ich der Frau gerade Ärger beschert habe. Nicht, dass sie für ihren Fehler-

„Mit der Sekretärin habe ich nicht gerechnet“, unterbricht Strauss meine Gedanken. „Aber es ist gut so. Jetzt können wir offen sprechen.“

„Dann haben Sie auch Schwester Anne beauftragt, mir die Telefonnummer von Herrn Egner zu geben?“, frage ich.

„Ja … es ist wirklich lächerlich, mein kleines Komplott. Nicht wahr?“

Die beiden Herren haben ihr Spiel beendet. Der mit der Hut-Bademantel-Kombination klappt das Schachbrett zusammen und klemmt es sich unter den

Arm. Strauss und ich sehen den beiden Männern nach, während sie durch den Innenhof zu einer der Glastüren gehen. Die Rollen des Infusionsständers rattern über das unebene Pflaster.

„Frau Pander, ich erzähle Ihnen jetzt, was ich weiß. Ich werde versuchen, mich kurz zu fassen."

Strauss faltet seine Hände und holt tief Luft. Was er mir dann erzählt, das wirkt in sich geschlossen, wie schon viele Male durchdacht. Er ist vertraut mit dem, worüber er spricht, kein Überlegen, kein Zögern. Ich lasse den Doktor sprechen, unterbreche ihn nicht.

***

„Ich bin nun seit fast zwei Jahrzehnten hier an dieser Klinik. Als ich in den Neunzigern anfing, da arbeitete ich mit einem alten Psychiater namens Schubert zusammen, er war damals so etwas wie mein Mentor, ein sehr gescheiter wenn auch etwas schroffer Mann. Jemand, der nicht viel um den heißen Brei herumredete, der Patienten auch einmal sagte, sie sollten sich nicht so wichtig nehmen und lieber verdammt noch mal etwas Nützliches tun, anstatt ihm die Ohren voll zu jammern. Obwohl ich viele seiner Ansichten nicht teilte … und auch heute nicht teile, habe ich viel von diesem Mann gelernt und ich denke oft an ihn. Er starb vor vier Jahren, wir hatten bis zuletzt regen freundschaftlichen Kontakt.

Einige Wochen nach Schuberts Tod erhielt ich einen Brief von seiner Witwe … nun ja, eigentlich von ihm, geschrieben in zittriger Schrift, kurz vor dem Ende. Schubert berichtete mir in diesem mehrere Seiten langen Brief unter anderem von einigen Forschungsprojekten, die er nicht mehr zu Ende führen konnte. Mir kamen diese Projekte mehr als obskur vor, Schubert hatte auf seine alten Tage, möglicherweise unter dem Eindruck seines eigenen körperlichen Niederganges, angefangen, sich für Parapsychologie zu interessieren, für Geistererscheinungen, Berichte aus dem Jenseits, Gegenstände, die sich nur durch Gedankenkraft bewegen, solche vermeintlich verrückten Dinge eben ... nichts, mit dem sich Wissenschaftler befassen, denen noch an ihrer Reputation gelegen ist.

Das Meiste von dem, was mir mein Freund Schubert da schrieb, war mir vertraut. Wenn man Jahrzehnte mit psychisch Kranken arbeitet, dann trifft man natürlich auch auf Menschen, die behaupten, von Gespenster verfolgt zu werden, oder die regelmäßig mit verstorbenen Angehörigen sprechen und fest daran glauben, Antworten zu erhalten.

Wie dem auch sei, gegen Ende seines Briefes schilderte Schubert den Fall eines ortsgebundenen paranormalen Phänomens, mit dem er sich schon längere Zeit beschäftigt und zu dem er Recherchen angestellt hatte. Mit diesem Phänomen sind nun auch Sie, Frau Pander, in Berührung gekommen ... nun ja, vielleicht sollte ich besser sagen: Ich habe diese Berührung ohne Ihr Wissen und entgegen meiner eigenen moralischen Grundsätze eingeleitet. Aber lassen Sie mich bitte erzählen, was mein Freund zu diesem Phänomen zusammengetragen hat.

Das Haus, in dem Sie wohnen, wurde in den Zwanzigern gebaut, erste Berichte über paranormale

Phänomene gibt es meines Wissens seit Mitte der achtziger Jahre. Und so weit ich weiß, beschränken sich diese Phänomene auf den vierten Stock, also auf das Stockwerk, in dem Sie mit Ihrer Lebensgefährtin leben.

1986 meldete sich ein fünfzigjähriger Mann bei meinem Freund Schubert, er lebte zusammen mit seiner Frau und seiner fünfzehnjährigen Tochter in der Wohnung, die direkt neben Ihrer liegt und die nun seit einigen Jahren leer steht. Dieser Mann glaubte sich nächtens von einer großen, tierähnlichen Gestalt heimgesucht, die sich zunächst nur stumm in seiner Wohnung bewegte, ihn dann aber ansprach. Daraufhin verließ der Mann zusammen mit seiner Familie fluchtartig das Haus. Da er auch Wochen nach seinem Auszug noch unter Alpträumen und Schlafstörungen litt, suchte er nach psychiatrischer Hilfe. Ich habe die Akten gesehen, die Schubert damals angelegt hat. Der Patient berichtete von einem großen, aufrecht gehenden Wesen, das komplett von schwarzem Fell bedeckt war. Insgesamt sah er dieses Wesen innerhalb von drei Wochen viermal. Während der vierten Begegnung, wenn ich mich recht erinnere, dann fand diese kurz nach 23 Uhr im Flur der Wohnung statt, sagte die Erscheinung Folgendes zu ihm: „Ich weiß, wer du bist. Und weißt du denn, wer ich bin?“ Der Mann antwortete nicht, lief stattdessen zurück ins Schlafzimmer und weckte seine Frau, dann auch seine Tochter. Noch in derselben Nacht verließ die Familie das Haus.

Zwischen 1986 und 1993 lebten meines Wissens sechs Parteien in der Wohnung, in der diesem Mann besagtes Wesen erschienen ist. Aus dieser Zeit liegen mir leider keine Berichte vor. Allerdings könnte die Tatsache, dass niemand länger als zwei Jahre in der Wohnung bleiben wollte, dafür sprechen, dass auch in diesem Zeitraum Bewohner verstörende Erfahrungen machten.

Wie dem auch sei, in Schuberts Akten findet sich ein weiterer Bericht aus dem Jahr 1994. Ein älteres Ehepaar, sie 73 und er 76, lebte zwischen Februar und April in der Wohnung. Nach dem Auszug wendete sich dieses Ehepaar an einen katholischen Geistlichen, der sich allerdings keinen Rat wusste und den Kontakt zu Schubert herstellte. In mehreren getrennten Sitzungen berichteten beide Ehepartner übereinstimmend von Schritten in der Wohnung, von Gegenständen, die über Nacht ihren Ort änderten und von intensiven Gefühlen des Beobachtet-Werdens. Gerade der ältere Herr war nach einigen Wochen in der Wohnung dermaßen verängstigt, dass er nach Einbruch der Dunkelheit nicht mehr das Schlafzimmer verlassen konnte. In seinen Notizen erwähnt Schubert, dass dieser ältere Herr, bis zu seiner Verrentung übrigens Bauingenieur, nachts in eine Glasflasche urinierte, nur um nicht den Weg bis zur Toilette gehen zu müssen. Wie dem auch sei, eines Nachts hatte dieser Mann den starken Eindruck, jemand oder etwas habe ihn am Hals gepackt. Anschließend bestand er darauf, die Wohnung zu verlassen. Seine Ehefrau berichtete nicht von solch körperlichen Erfahrungen.

Zwischen 1994 und 1999 lebten dann drei verschiedene Parteien in der Wohnung, auch hier also sehr viel Wechsel. Ganz offensichtlich hielt es niemand sehr lange in der Wohnung aus.

Im Jahr 2000 zog ein junges Paar mit dem gemeinsamen Sohn in die Wohnung. Sie blieben nur rund einen Monat. Ich weiß nicht genau, wie Schubert mit diesem Paar in Kontakt gekommen ist, jedenfalls führte er mehrere Gespräche mit der Ehefrau, ihr Mann weigerte sich leider, mit einem Psychiater zu sprechen.

Die Frau berichtete, dass ihr Sohn – er war zum Zeitpunkt des Einzugs vier Monate alt – in der Wohnung extrem häufig geschrieen habe. Man habe den Säugling nicht alleine in einem Zimmer lassen können. Auch von einem intensiven Gefühl des Beobachtet-Werdens erzählte diese Frau. Außerdem habe sich ihr Mann psychisch verändert. Er sei reizbar geworden, habe Wutausbrüche gehabt. Sie habe zunehmend Angst vor ihm und seinen Launen bekommen.

Zum Auszug führte letztlich ein nächtliches Erlebnis. Die Frau wachte gegen drei Uhr in der Frühe auf, weil wieder einmal das Kind brüllte. Die Wiege stand im Schlafzimmer, direkt neben dem Bett der Eltern.

Im Halbdunkel sah die Mutter eine Gestalt, die sich über die Wiege zu dem schreienden Kind hinunterbeugte. Die erschrockene Frau sprang aus dem Bett und stürmte zu ihrem Kind, die Erscheinung war da schon verschwunden. Gegenüber Schubert beschrieb die Mutter diese Erscheinung als eine ältere Frau in einem Nachthemd.

Nach dem Auszug des Ehepaares stand die Wohnung etwa ein halbes Jahr leer, dann zog ein alleinstehender Mann Mitte vierzig ein. Dieser Mann nahm sich sieben Monate nach seinem Einzug das Leben, er hängte sich im Keller des Hauses an einem Heizungsrohr auf. Leider sagt Schubert in seinen Notizen nichts über etwaige Gründe für den Selbstmord.

Nach dem Tod dieses Mannes stand die Wohnung wieder einige Monate leer, bis dann Ende 2001 ein älteres Ehepaar einzog. Das Paar verließ das Herbsthaus 2007 und zog in eine Einrichtung für betreutes Wohnen. Der Grund für den Auszug war die zunehmende Gebrechlichkeit der Ehefrau. Schubert sprach Anfang 2009 mit dem Ehepaar. Zwar berichtete keiner der Beiden von irgendwelchen Erscheinungen, wohl aber stimmte das Paar darin überein, dass man sich in der Wohnung des Öfteren unwohl gefühlt und sich beobachtet geglaubt habe.

Wie ich bereits erwähnte, starb mein Freund Schubert im Jahr 2009. Als er dieses Ehepaar besuchte, da war er bereits schwer krank, metastasierender Leberkrebs, nicht mehr therapierbar.

Als ich einige Wochen nach der Beerdigung Schuberts Aufzeichnungen durchsah, da kam mir das, was da auf Papier vor mir lag, recht obskur vor. Ich war versucht, Schuberts Interesse für Paranormales auf seine Krankheit, auf das Bewusstsein des baldigen Endes zu schieben und damit abzutun. Andererseits hatte Schubert ja diese Berichte gesammelt, die hatte er sich schließlich nicht ausgedacht. Obwohl ich aus diesem letzten Brief den Wunsch las, ich möge das Begonnene weiterführen, befasste ich mich nicht weiter mit dem Phänomen, das Schubert so interessierte.

Vor wenigen Wochen aber geschah etwas, das mich umdenken ließ. Sie erinnern sich ja an den älteren Herrn … diesen Herrn, der versuchte, sich im Schlaflabor das Leben zu nehmen. Dieser Mann, Georg Schlechter sein Name, war ebenfalls Mieter in diesem sogenannten Herbsthaus. Er zog 2011 ein und lebte etwa zwei Jahre in der Wohnung, die nun Sie bewohnen und die neben der Wohnung liegt, mit der sich mein Freund Schubert bis zu seinem Tod so ausgiebig befasst hat.

Sie wissen ja, dass Herr Schlechter bei mir in Behandlung war. Vor seinem Suizidversuch berichtete er nur von Alpträumen und Schlaflosigkeit, deshalb war er ja auch zur Überwachung bei uns. Nach dem Selbstmordversuch aber erwähnte er mir gegenüber einige Erlebnisse, die recht deutlich an das erinnern, was Schubert zusammengetragen hat … und ebenso an das, was Sie mir am Telefon erzählt haben.

Ich habe eines der Gespräche mit Herrn Schlechter aufgezeichnet, das Video dauert nur rund dreißig Minuten. Ich kann es verstehen, falls Sie ärgerlich sind. Aber bitte sehen Sie sich mit mir diesen Film an … das ist wirklich hochinteressantes Material."

***

Die Wut kommt ganz plötzlich, sie bricht durch meine Verwirrung und mir ist, als schlinge jemand Seile um meinen Leib. Alles wird eng, ekelhaft eng. Das gibt es doch nicht! Dieses blöde alte Arschloch hat mich mit einem Trick in eine Wohnung gelockt, in der jemand gelebt hat, der sich umbringen wollte!

Der wollte sich wegen der Wohnung umbringen, wegen dem, was ihm in der Wohnung passiert ist. Oder etwa nicht? Das war doch die Wohnung, in der auch dieser Typ lebte, der sich an dem Heizungsrohr im Keller … Nein, Quatsch, ich bringe alles durcheinander. Der Typ, der sich am Rohr erhängt hat, der lebte in der Wohnung nebenan … und … ja, dort lebte auch dieses Ehepaar mit dem schreienden Baby und der Mann, der dieses schwarze Vieh gesehen hat und … ja, es hat sogar mit ihm gesprochen. Zu mir hat es nichts gesagt. Mich hat es nur angeglotzt, stand da zwischen Schrank und Wand und glotzte mich an mit seinen im Mondlicht glänzenden Augen. Als nächstes wird es mich ansprechen und mich fragen ob ich weiß, wer es ist.

Dieses blöde kleine Arschloch von Psychiater! Was fällt dem ein, mich in ein beschissenes Spukhaus zu locken? Soll das eine Art Experiment sein? Bin ich die verdammte Laborratte? Da läuft er neben mir, der alte Mann, Doktor Doktor Doktor Arschloch. Ich sollte wortlos stehen bleiben, abdrehen, abhauen … einfach weggehen. Und doch laufe ich neben ihm her, laufe über Klinikflure, laufe mit ihm zwei Treppen herunter und folge ihm in den Keller des in die Jahre gekommenen Gebäudes. Hier stehen Wäschewagen, defekte Krankenbetten, Container mit schwarzen Müllsäcken.

Strauss marschiert wie aufgezogen, er will mir etwas zeigen, von dem ich nicht sicher bin, ob ich es sehen will. Gleich wird mir der tote Herr Schlechter auf Video begegnen … ach Scheiße! Was rede ich da? Der ist ja überhaupt nicht tot, der hat seinen kleinen Messertrick überlebt und hockt jetzt in irgendeinem

Pflegeheim, in dem es hoffentlich nur stumpfe, vorne abgerundete Blechmesser gibt, solche, mit denen man zwar faseriges Putenschnitzel schneiden, sich aber nicht erstechen kann.

Strauss hält mir eine Tür auf, den Kopf hat er gesenkt. Vielleicht fühlt er sich ja wenigstens schuldig. Ohne es wirklich zu wollen, trete ich in einen kleinen, staubigen Raum, in dem auf einem Metallwagen ein mattschwarzer Klotz von Fernseher steht.

„Nehmen Sie bitte Platz, Frau Pander. Ich schaue mal, ob ich das hier zum Laufen kriege."

Ich setze mich auf einen der braunen Klappstühle und Strauss macht sich an einem ebenfalls klotzigen, allerdings silberfarbenen Videorecorder zu schaffen. Meine Eltern hatten früher auch so ein Ding, Anfang der Neunziger.

„Ich bin ein klein wenig altmodisch", sagt Strauss, während er sich zu dem enormen Gerät beugt. „Ich weiß, dass so etwas mittlerweile digital gemacht wird. Aber hiermit kenne ich mich eben aus."

Doktor Arschloch schiebt eine unbeschriftete Videokassette in das Gerät. Es ist Jahre her, dass ich jemanden eine Videokassette habe abspielen sehen. Er drückt ein paar Knöpfe und auf dem Fernseher erscheint der Oberkörper eines alten Mannes. Der Mann sitzt in einem Rollstuhl, den jemand an einen Tisch geschoben hat. Er schaut nicht direkt in die Kamera, er schaut rechts daran vorbei. Wüsste ich nicht, dass dieser Mann Georg Schlechter ist, ich würde ihn nicht erkennen.

Die Show geht los. Eine ruhige, väterliche Stimme macht den Anfang, es ist die Stimme von Doktor

Strauss. Doktor „Das Arschloch" Strauss. Ich bin immer noch wütend auf den Kerl!

„Würden Sie mir bitte sagen, wann Sie zum ersten Mal eine Begegnung mit diesem Wesen hatten", sagt die Stimme aus dem Fernseher.

Schlechter zögert, sein Blick wandert zwischen Kamera und Tischplatte. Ich habe den Eindruck, dass ihm die Situation unangenehm ist … unangenehm war. Offensichtlich war es ihm nicht geheuer, aufgenommen zu werden. Dann antwortet er doch.

„Einige Wochen nach meinem Einzug in diese Wohnung. Drei Wochen … also zuerst habe ich eben diese große Gestalt gesehen."

„Wie würden Sie diese Gestalt beschreiben?"

„Groß, dunkel. Ein Affe."

„Ein Affe?"

„Ja, ein aufrecht stehender Affe?"

„Könnten Sie bitte die erste Begegnung mit diesem Affen schildern?"

„Ja … also es war gegen acht Uhr Abends, ich sitze beim Abendessen. Und ich habe den Eindruck, dass sich im Flur etwas bewegt. Und da gehe ich nachsehen und gehe bis ganz zum Ende des Flurs, also bis zur Wohnungstür. Und als ich mich umdrehe, weil ich ja zurück zum Tisch in die Küche will, da steht im Türrahmen dieses große Tier, als ob das mir den Weg versperrt. Ich habe eigentlich nur die Umrisse gesehen. Aber im nächsten Moment, da ist es auch schon weg. Ich habe dann gedacht: Jetzt wirst du alt, jetzt geht das Hirn nicht mehr richtig.

„Haben Sie dieses Tier mehrmals gesehen?"

„Ja, mehrmals. Aber immer so, dass ich gedacht habe: Das bildest du dir vielleicht nur ein. Und dann war eben dieses eine Ereignis, von dem ich Ihnen ja schon berichtet habe."

„Könnten Sie das bitte noch einmal für die Aufnahme erzählen?"

„Ja … ähm, also das war dann dieses durchaus unheimliche Ereignis, als ich nachts aufgewacht bin und dieses Tier direkt neben meinem Bett stand, das war nur einen Meter entfernt. Und dann war ich mir auch sicher, dass das ein Affe ist."

„Sie haben dieses Wesen deutlich gesehen?"

„Ja, das war nur etwa einen Meter von mir entfernt. Aber das hat nichts gemacht, das ist nur dagestanden. Und das war auch das letzte Mal, dass ich diesen Affen gesehen habe."

„Und was war danach?"

„Nun … zunächst einmal nichts. Also etwa ein Jahr überhaupt nichts. Aber ich hatte oft den Eindruck, dass jemand in meiner Nähe ist … zum Beispiel, wenn ich meine Modelle gebaut habe."

„Könnten Sie den beschreiben, diesen Eindruck?"

„Ja … ähm, ich hatte einen Schreibtisch, der neben der Balkontür stand. Und daran habe ich meine Modelle gebaut, das ist mein Hobby, da kann ich mich sehr gut entspannen. Und ich saß immer mit dem Rücken zum Zimmer und hatte oft den Eindruck, dass jemand hinter mir ist und mir zusieht … mehr kann ich dazu eigentlich nicht sagen."

„Was denken Sie, wer hat Ihnen zugesehen?"

„Das war sie."

„Wen meinen Sie mit „sie"?"

Plötzlich wandelt sich das Gesicht des Mannes auf dem Monitor. Die Mundwinkel gehen nach oben, Falten verschwinden. Auf einmal besitzt dieser

Mensch eine seltsame Straffheit. Er wirkt um Jahre jünger, als wäre er aus einer Art Lethargie erwacht.

„Meine Geliebte."

„Ihre Geliebte?", fragt Strauss.

Herr Schlechter lächelt. Er sitzt stumm da und lächelt in sich hinein. Wer immer sie auch ist, diese Geliebte, in diesem Moment scheint er bei ihr zu sein. Doch so plötzlich, wie sie gekommen ist, verschwindet die Straffheit. Da sitzt wieder ein ernster, deutlich mitgenommener Mann.

Strauss wiederholt seine Frage.

„Ja … meine Geliebte", sagt Schlechter. Die Worte kommen leise, flach, ohne jede Betonung. Etwa zehn Sekunden vergehen, bevor Strauss nachhakt.

„Wer ist das denn, Ihre Geliebte?"

Schlechter hebt den Kopf und lächelt. Es ist ein böses, ein tückisches Lächeln, ein Lächeln, von dem mir kalt wird. Mit diesem Mann ist etwas ganz und gar falsch. Ein Mann, der so lächelt, ist zu allem fähig.

„Halt dein Maul", zischt Schlechter. Wieder vergehen einige Sekunden, bevor Strauss spricht.

„Wieso wollen Sie, dass ich ruhig bin?"

„Den ersten holen die Wölfe, den zweiten holt der Bär, den dritten holt der Jäger, mit dem Schießgewehr."

„Was hat das zu bedeuten?", fragt Strauss. Schlechter schaut auf den Tisch, antwortet nicht. Einige Sekunden sitzt er völlig starr, dann nimmt er ruckartig die rechte Hand zum Mund. Wie ein kleines Kind kaut er auf seinen Fingernägeln.

„Was haben diese kleinen Gedichte zu bedeuten, die Sie manchmal aufsagen?", fragt Strauss. Und als

Schlechter nicht antwortet: „Sind das Kinderreime?"

Schlechter legt die Hände auf den Tisch, schaut in die Kamera und setzt wieder sein ekelhaft bösartiges Lächeln auf. Ohne es zu wollen, drücke ich meinen Rücken gegen die Stuhllehne, weiche vor ihm zurück, vor diesem Mann auf dem Bildschirm. Mir kommt der Gedanke, dass Alex ihn damals einfach hätte verbluten lassen sollen. Natürlich weiß ich, dass dieser Gedanke furchtbar ist, natürlich weiß ich, dass ich als zukünftige Ärztin so etwas nicht denken darf. Aber es gelingt mir einfach nicht, diesen Gedanken abzutöten … oder ihn zumindest unter anderen Gedanken zu begraben. Langsam schiebt der Mann auf dem Bildschirm sein Hemd nach oben und entblößt den großen, dick gepolsterten Verband, der seine Bauchwunde abdeckt. Er beginnt, mit dem Zeigefinger seiner rechten Hand über den Verband zu streichen, fast zärtlich wirkt sein Betasten. Hoffentlich reißt er sich das Ding nicht gleich ab, ich will auf keinen Fall diese Wunde sehen.

„Was haben diese kleinen Gedichte zu bedeuten, die Sie manchmal aufsagen?", wiederholt Strauss seine Frage. Schlechter lässt von seinem Verband ab, legt die Hände auf den Tisch.

„Das geht dich nichts an, Kerl."

„Wieso geht mich das nichts an?"

„Weil es dich nichts angeht."

„Wie heißt Ihre Geliebte?"

„Ist das von Bedeutung?"

„Ich würde es wirklich gerne wissen. Bitte sagen Sie mir, wie sie heißt."

„EHER FRESS ICH RASIERKLINGEN!", brüllt Schlechter. Dann ganz leise:

„Ich weiß nicht, wie sie heißt."

„Wo sind Sie Ihrer Geliebten denn das erste Mal begegnet?"

„Das habe ich Ihnen bereits erzählt. Sie scheinen ein ganz außergewöhnlich schlechtes Gedächtnis zu haben."

„Ich habe tatsächlich ein schlechtes Gedächtnis", antwortet Strauss. „Würden Sie mir bitte noch einmal erzählen, wo Sie Ihrer Geliebten begegnet sind. Mir liegt wirklich sehr viel daran."

Schweigen. Schlechter richtet den Blick auf die Tischplatte. Als er einige Sekunden später den Kopf hebt, da ist alles Gemeine, alles Aggressive aus seinem Gesicht verschwunden. Da sitzt ein alter Mann mit traurigen Augen.

„Bitte entschuldigen Sie mein Verhalten, Herr Professor. Manchmal bin ich nicht ganz bei mir. Ich habe das Wesen, das ich gerade als meine Geliebte bezeichnete, in meiner Wohnung getroffen. Es war schon lange vor mir da. Ich bin nicht imstande zu sagen, wer oder was sie ist. Aber ich liebe dieses Wesen … und es bringt mich um, dass ich ihm nicht wieder begegnen werde. Aber ich weiß auch, dass dieses Wesen mein Untergang sein wird, falls ich zu ihm zurückkehre. Das Krankenhaus, in das ich mich vor einigen Wochen geflüchtet habe, ist meine Rettung und mein Unglück. Es ist wirklich furchtbar für mich."

„Herr Schlechter, ich würde Ihnen gerne helfen."

„Das weiß ich … und ich bin auch sehr dankbar, dass ich hier so gut behandelt werde. Alle sind sehr nett zu mir. Sagen Sie bitte allen, dass ich sehr dankbar bin."

„Ja, natürlich. Nun, damit ich Ihnen helfen kann, müssen Sie mir auch erzählen, was Ihnen auf der Seele liegt. Warum haben Sie versucht, sich umzubringen?"

„Weil es so schwer zu ertragen ist … und jetzt möchte ich gerne abbrechen. Könnten Sie die Schwester rufen? Ich bitte Sie, meinen Wunsch zu respektieren. Ich möchte nicht mehr über die Angelegenheit reden. Bitte akzeptieren Sie das. Es sind hier wirklich alle sehr nett zu mir."

Der Bildschirm wird schwarz, die Aufnahme ist zu Ende. Einige Sekunden hört man noch den Ton, das Rücken von Stühlen und ein Räuspern. Dann ist es still.

***

Strauss hat die Videokassette aus dem Gerät genommen, sie in eine von Hand beschriftete Hülle geschoben und den großen Fernseher ausgeschaltet. Er setzt sich mir gegenüber und streckt mir seine mit Altersflecken gesprenkelte Hand hin. Was soll das werden? Wieso will er, dass ich seine Hand nehme? Ist das irgendein psychologischer Trick, um Vertrauen zu schaffen?

Ich nehme die Hand nicht und Strauss zieht sie zurück. Er weiß nicht wohin damit, fährt sich durchs Gesicht und kratzt sich am Kinn. Dann legt er beide Hände in den Schoß und lässt die Schultern hängen. Der Mann mit den vielen Doktortiteln wirkt auf einmal wie ein Schuljunge, der etwas angestellt hat, zum Direktor bestellt wurde und nun auf die Verkündung der Strafe wartet. Es ist lächerlich.

„Frau Pander, ich-", beginnt Strauss, bricht ab und überlegt. Die muntere Selbstsicherheit des alten Mannes hat Risse bekommen. Nach fünf Sekunden ein neuer Anlauf.

„Frau Pander. Ich danke Ihnen, dass Sie mir zugehört und mit mir diese Aufnahme angesehen haben. Natürlich hätten Sie allen Grund, einfach aufzustehen und Ihrer Wege zu gehen … aber ich bin sehr froh, dass Sie es nicht getan haben. Ich möchte Ihnen ein Angebot-"

„Brauchen Sie mich als so eine Art Laborratte?", unterbreche ich Strauss.

„Wie meinen Sie?"

„Bin ich Ihre Laborratte … das Versuchstier, das man einer belastenden Umgebung aussetzt, um zu sehen, wie es reagiert?"

„Nein, natürlich nicht!"

„Immerhin haben Sie mich in eine Wohnung gesteckt, in der schon eine Menge Leute seltsame Dinge gesehen haben und sich anschließend umbringen wollten."

Strauss wirkt erschrocken. Er nimmt die Hände vor die Brust, eine Geste der Beschwichtigung.

„Der Mann, der sich umbrachte, wohnte in der benachbarten Wohnung … und Herr Schlechter ist wieder psychisch stabil, er wird keinen weiteren Suizidversuch unternehmen. So weit ich weiß, hat niemand, der in Ihrer Wohnung lebte, jemals einen Selbstmordversuch unternommen."

„Auf dem Video wirkte Herr Schlechter nicht besonders stabil."

„Mittlerweile geht es ihm besser, er hat sich gefangen, er reflektiert seine Situation. Ich war vor zwei Tagen bei ihm, Sie können mir glauben. Allerdings will er immer noch nicht über das sprechen, was er „meine Geliebte" genannt hat."

„Okay ... aber wieso haben Sie ausgerechnet mich für Ihr Experiment ausgewählt? Sie und ich, wir kennen uns doch kaum."

„Experiment ist wirklich der falsche Ausdruck. Ich betrachte Sie keineswegs als Teil eines Experiments, Frau Pander, das müssen Sie mir bitte glauben. Wie dem auch sei ... als Sie bei uns auf Station gearbeitet haben, da habe ich durch eine Schwester mitbekommen ... zufällig mitbekommen, dass Sie eine Wohnung suchten. Und da habe ich das eingefädelt. Es war klar, dass Herr Schlechter nicht in die Wohnung zurück konnte, sie war also frei. Herr Egner, Ihr Vermieter, ist ein entfernter Bekannter von mir. Eigentlich wollte er die Wohnung nicht wieder vermieten, ich konnte ihn aber umstimmen. Nur hat er wohl vergessen, seine Sekretärin zu instruieren."

Strauss lächelt mich an, hält dabei den Kopf gesenkt.

„Gut ... aber warum gerade ich?"

„Nun ja, zum einen weil Sie eben auf Wohnungssuche waren. Zum anderen habe ich Sie als eine sehr reflektierte und aufgeweckte Person erlebt. Hinzu kommt, dass Sie eine Frau sind. Mir ist nicht bekannt, dass jemals einer Frau, die im vierten Stock dieses sogenannten Herbsthauses lebte, irgendetwas zustieß ... also etwas tatsächlich Bedrohliches. Zwei Wohnungen neben Ihnen wohnt ja seit Jahrzehnten eine ältere Dame. Auch sie hat wohl nichts erlebt, was sie zum Verlassen ihrer Wohnung genötigt hätte."

Ich merke, dass ich müde werde. Das ist alles zu viel. In was für einen Mist bin ich hier hineingeraten?

„Und was genau wollen Sie nun von mir?"

„Frau Pander, ich gebe Ihnen ja Recht, mein Verhalten war grundfalsch. Aber bitte machen Sie sich bewusst, was wir hier vor uns haben. Wir haben Anhaltspunkte für die Existenz eines Phänomens, das unsere Vorstellung der Wirklichkeit ernsthaft in Frage stellt, das uns möglicherweise völlig neue Perspektiven eröffnet. Was ich von Ihnen will? Ich möchte, dass Sie Ihr Leben im vierten Stock des Herbsthauses als eine Art Feldforschung betrachten, als Arbeit an einem wissenschaftlichen Projekt. Ich will, dass wir beide als Kollegen zusammenarbeiten, dass Sie Protokoll führen und mit mir über Ihre Erlebnisse sprechen. Ich möchte gerne mit Ihnen zusammen dieses Phänomen erkunden, von dem mir so viele Berichte vorliegen … und an dem schon mein Freund Schubert interessiert war."

Strauss schaut mich an, seine Schultern beben. Er ist aufgeregt, deutlich höre ich sein Atmen.

„Warum sind Sie nicht selbst dort eingezogen, wenn Sie dieses Herbsthaus so fasziniert?"

„Ach, weil ich ein alter, schwacher Mann bin … und weil ich voreingenommen bin, weil ich diese ganzen Berichte über paranormale Phänomene in vierten Stock des Hauses in- und auswendig kenne. Sie hingegen sind ohne irgendwelche Erwartungen in diese Wohnung gezogen und trotzdem ist Ihnen dieses schwarze Tier begegnet, dieses Wesen, von dem auch andere Bewohner unabhängig voneinander berichtet haben. Es war nicht ihre Erwartung, die Ihnen dieses Wesen beschert hat … da ist tatsächlich etwas. Wenn Menschen etwas unabhängig voneinander sehen, dann gibt es da etwas, dann kann man ein Phänomen nicht einfach als Einbildung abtun."

Strauss spricht schnell, wirkt wie mitgerissen von seinen eigenen Worten. Ich habe den Eindruck, dass es immer wärmer wird, in diesem kleinen, fensterlosen Raum. Steigt Strauss Körpertemperatur? Heizt sein von Begeisterung erfüllter Leib den Raum auf?

„Sehen Sie denn nicht, was wir hier vor uns haben? Wenn wir Beweise finden, wenn wir nachvollziehbare Beweise für die Existenz eines Phänomens finden, das unsere Wirklichkeitsauffassung aufbricht, dann betreten wir wissenschaftliches Neuland, dann sind wir wahre Pioniere. Mein Freund Schubert war ein hochintelligenter Mann, niemand, der Zeit und Energie in Hirngespinste investiert hätte. Lassen Sie uns gemeinsam dieses Phänomen erforschen! Lassen Sie uns wissenschaftliches Neuland betreten!"

Strauss macht eine Pause, wartet auf meine Antwort. Als keine kommt, da spricht er weiter.

„Frau Pander, ich möchte Sie gerne als wissenschaftliche Mitarbeiterin einstellen, ganz offiziell. Sie bekommen 1500 Euro monatlich von mir. Aber bitte bleiben Sie in dieser Wohnung, bitte bleiben Sie dort und seien Sie aufmerksam. Lassen Sie uns in Kontakt bleiben, auch ich werde weiter recherchieren, lassen Sie uns gemeinsam das Geheimnis dieses Hauses lüften. Wir haben hier eine Chance, die nicht viele haben, wir haben hier die Chance, eine Wirklichkeit kennen zu lernen, die unsere vertraute Wirklichkeit übersteigt."

Einen Moment lang schauen wir uns an. Strauss ist nervös, sein linker Mundwinkel zuckt und seine Hände arbeiten ineinander. Finger schieben sich in Lücken, verwickeln sich, sehen plötzlich aus wie ein pulsierender Haufen blasser, sich windender Maden. Ich bin verdammt müde, ich brauche eine Pause. Gleich werden sich die Fingermaden in dicke Fingerfliegen verwandeln, dann die Fliegen wieder in Maden. Fliegen-Maden … Fliegen-Maden … Fliegen-Maden-Finger. Strauss bemerkt meinen Blick und hält die Hände still.

„Ist Ihnen gut? Sie sehen blass aus."

„Ja, geht schon. Ist nur gerade etwas viel."

„Frau Pander, ich hätte das mit der Wohnung nicht eingefädelt, wenn jemals einer Frau dort etwas Gefährliches passiert wäre … das müssen Sie mir glauben. Außerdem ist dieses Phänomen, nach allem was ich weiß, ortsgebunden. Es wird Ihnen nicht folgen, sollten Sie das Herbsthaus verlassen, Sie werden an keinem anderen Ort diesem schwarzen Tier begegnen … diesem Tier, das Herr Schlechter als Affen bezeichnete. Sie können jederzeit gehen und alles hinter sich lassen. Aber bedenken Sie bitte, welche Chance Sie sich damit entgehen lassen."

„Sie wissen ja, dass ich nicht alleine in der Wohnung lebe."

„Ja, das weiß ich", antwortet Strauss.

„Falls also von diesem Haus … oder diesem Stockwerk eine Gefahr ausgeht, dann bringe ich meine Freundin in Gefahr, wenn ich weiter dort bleibe."

„Wie gesagt: Es ist nie einer Frau etwas dort passiert. Hat Ihre Freundin dieses schwarze Tier gesehen? Hatte sie Alpträume?"

„Nein ... so weit ich weiß nicht."

Strauss lehnt sich im Stuhl zurück und greift in seine Hosentasche. Er zieht ein verbeultes, speckig glänzendes Lederportemonnaie heraus.

„Wie ich schon sagte: Ich möchte Sie als wissenschaftliche Mitarbeiterin beschäftigen ... und ich weiß, dass man als Student manchmal in finanzieller Bedrängnis ist."

Mit diesen Worten zieht er mehrere große Scheine aus der Brieftasche. So viel Geld habe ich lange nicht gesehen.

„Dies ist Ihr erstes Gehalt, bitte nehmen Sie das Geld."

Ohne es wirklich zu wollen, greife ich nach den Scheinen, zehn Hunderter und ein Fünfhunderter. Sie fühlen sich neu an, dick und stabil, sie sehen auch neu aus. Bin ich gerade zum zweiten Mal in die Falle des kleinen alten Mannes getappt? Und sollte ich mir nicht zumindest ein bisschen schäbig vorkommen?

Noch über eine Stunde unterhalten wir uns, tief unten in dem kleinen, muffigen Fernsehzimmer. Strauss zeigt mir eine Bleistiftzeichnung, die Georg Schlechter in einer seiner therapeutischen Sitzungen anfertigte: Ein Flur und darin das Wesen, das auch ich sah, groß und dunkel und ganz am Ende des Korridors. Er bezeichnete es als Affen ... und ja, vielleicht ist dieses Ding tatsächlich eine Art Affe. So genau konnte ich das nicht erkennen. Und dann sind da noch die beiden anderen Erscheinungen: Die alte Frau, die sich über das Bett des schreienden Kindes beugte, und das, was Schlechter als „Meine Geliebte" bezeichnete. Oder ist diese Geliebte die alte Frau?

Mit was haben wir es zu tun? Mit einem Wesen, das in verschiedenen Formen erscheint? Oder mit mehreren Wesen? Ich weiß es nicht, Schubert wusste es nicht und Strauss weiß es auch nicht. Kann man denn überhaupt von einem „Wesen“ sprechen? Sollten wir (ich sage schon „wir“, ich betrachte uns schon als Team) nicht besser beim Begriff „Phänomen“ bleiben? Letztlich weiß ich doch nur, dass da etwas ist, das in verschiedenen Formen in Erscheinung tritt.

Puh, im Grunde weiß ich überhaupt nichts ... nur, dass ich gerade 1500 Euro eingesteckt habe, dass ich mich von einem cleveren alten Kerl in etwas habe hineinziehen lassen, von dem ich nicht weiß, wie es ausgehen wird. Immer wieder versichert mir Strauss, dass für mich und Paula keine ernsthafte Gefahr besteht ... aber woher will er das wissen?

Als wir unser Gespräch beendet haben, als wir uns schon verabschiedet haben und ich schon aus dem kleinen Zimmer hinaus bin, da höre ich, wie Strauss etwas vor sich hin murmelt. Ich drehe mich zu ihm um und er lächelt mich an.

„Entschuldigen Sie, ich habe gerade mit mir selbst gesprochen ... eines der Vorrechte wunderlicher älterer Männer. Wissen Sie, es ist ja komisch ... mein Freund Schubert wusste, dass er nicht mehr lange zu leben hatte, und da fing er an, sich für das Transzendente zu interessieren. Und bei mir ist es jetzt genauso.“

Ich verstehe nicht. Was meint er damit? Bevor ich ihn fragen kann, spricht Strauss weiter.

„Schubert hatte Krebs, die dunkle Königin aller Krankheiten ... nicht mehr behandelbar. Und jetzt bin ich dran … Bauchspeicheldrüse. Die lieben Kollegen geben mir noch vier Monate. Ist es nicht merkwürdig?“

Feldforschung

Ist es nicht merkwürdig? Strauss Frage geht mir im Kopf herum. Ja, es ist merkwürdig, so vieles ist merkwürdig. Mit einem Lächeln im Gesicht hat mir der Mann von seinem Todesurteil erzählt. Ausgerechnet Bauchspeicheldrüse, man merkt erst nichts und wenn man dann etwas merkt, dann ist es meist schon zu spät. Was hatte Schubert noch mal? Blutkrebs? Lunge? Nein … die Leber. Auch nicht schön.

Während ich durch die Klinikflure laufe, vorbei an COPD-Patienten, die zum Rauchen gehen, Besuchern mit dicken oder dünnen Blumensträußen, Schwestern, Pflegern und Ärzten, denke ich nach, denke ich durcheinander, denke ich mich um Kopf und Kragen. Nichts als großes Chaos in meinem kleinen Schädel.

Nur ganz kurz bin ich beim Herbsthaus, bei dem, was darin vor sich geht … zurück bei meiner nächtlichen Begegnung, zurück in meinem Traum und bei der Sache mit dem Kleid. Schon bin ich wieder bei Strauss. Ich wusste vorhin überhaupt nicht, was ich sagen sollte, ich stand da wie der letzte Idiot. Was soll man einem Menschen auch sagen, der einem lächelnd erzählt, dass er nur noch wenige Monate zu leben hat? Soll man „Mein herzliches Beileid“ sagen, oder „Oh, das tut mir aber leid“? Beinahe hätte ich ihm zum Abschied „Gute Besserung“ gewünscht, so verdutzt war ich. Schon sehe ich vor meinem inneren Auge mich selbst, wie ich dem todkranken Strauss auf die Schulter klopfe, ihm zuzwinkere und „Das wird schon wieder“ sage. Oh Mist, wie soll das erst werden, wenn ich selbst Patienten behandele? Werde ich Sachen sagen wie: „Sie haben noch drei Wochen zu leben, Sie müssen sich also keine Gedanken mehr um Ihre Altersvorsorge machen. Ja freut Sie das denn nicht?“. Oder: „Ihr Kind ist während der Operation verstorben, aber Sie haben ja noch eins“. Oder: „Wir müssen ihnen beide Beine abnehmen … aber keine Sorge, die wachsen viel schöner nach.“ Werde ich solchen Mist von mir geben?

Ich verlasse die Klinik, laufe Richtung Straßenbahn und kaufe mir unterwegs ein sehr hübsch belegtes Brötchen. Kurz vor der Haltestelle drehe ich ab, gehe etwa hundert Meter zu einem kleinen, von Einbahnstraßen umzingelten Spielplatz und setze mich auf eine der Metallbänke. Sieben Schritte vor mir spielen zwei Kinder im Sand, die Mutter tippt währenddessen auf ihrem Smartphone herum. Ab und an schaut sie vom Display auf und ruft ihren Kindern etwas zu, ihre Sprache kenne ich nicht.

Gerne würde ich darüber nachdenken, was ich jetzt tun soll. Aber das ist Blödsinn … es ist klar, was ich tun werde. Ich habe die 1500 Euro angenommen, ich fühle mich verpflichtet … einem sterbendem Mann verpflichtet. Ich werde zurückgehen, zurück in dieses fast leere, achteckige Haus, zurück zu dem, was auch immer darin ist und wahrscheinlich nur darauf wartet, dass ich wiederkomme. Es wird etwas passieren, da bin ich mir sicher. Und dann, wenn es passiert ist, werde ich Strauss alles berichten.

Plötzlich ein Gedanke, einer, an dem ich mich halten kann: Einer Frau ist in diesem Haus nie etwas passiert … einer Frau ist nie etwas passiert … nur den Männern, nur die Männer wollen sich umbringen. Aber kann ich mir da sicher sein? Hastig ziehe ich mein Handy aus der Tasche und rufe Paula an.

„Hallo Schatz, ich bin es. Bist du schon zu Hause?"

Sie wirkt erstaunt, ihre Worte kommen zögerlich.

„Nein … äh, natürlich nicht. Das weißt du doch. Was gibt es denn?"

„Ach, eigentlich nichts. Ich wollte nur deine Stimme hören und wissen, ob es dir gut geht."

„Ja, mir geht es gut. Alles okay bei mir. Warst du bei diesem Psychiater?"

„Ja, war ich."

Sie wartet, dass ich weiter rede. Aber ich kann ihr doch nicht einfach erzählen, dass Strauss mir 1500 Euro dafür gegeben hat, dass ich mich und sie in Gefahr bringe. Obwohl … nur Männer, nur Männer haben sich …

„Ja und, was hat der gesagt?"

„Das erzähl ich dir nachher. Das ist alles ein bisschen kompliziert."

„Hm … okay. Wirklich alles in Ordnung bei dir?"

„Ja, alles in Ordnung. Lass uns da nachher drüber reden."

„Ich hab dich lieb."

„Ja, ich dich auch. Bis später."

„Bis später, Süße."

Zehn Minuten nach meinem Anruf bei Paula habe ich die ersten neunzig Euro meines ersten Gehalts ausgegeben. Ich stehe in einer kleinen Boutique, in der Paula vor einigen Tagen etwas entdeckt hatte, es dann aber als zu teuer befand. Als mir die Verkäuferin das Teil in die große Papiertüte schiebt, da realisiere ich, dass dieser Kauf nichts weiter als ein Ausdruck meines schlechten Gewissens ist, meines schlechten Gewissens gegenüber Paula. Ich habe nicht das Recht, sie in solch eine Situation zu bringen. Was, wenn von diesem Haus, von diesem Stockwerk, tatsächlich eine reale Gefahr ausgeht? Ich packe die große Tüte und stürme aus dem Laden. Ich will vor ihr zu Hause sein. Ich komme mir so verdammt schäbig vor … und zugleich spüre ich so etwas wie Vorfreude. Alles geht durcheinander und langsam gewöhne ich mich daran.

***

Ich habe einfach gelogen, ich war selbst erstaunt darüber, wie leicht es mir fiel. Bin ich die geborene Lügnerin und wusste es nur nicht?

Ich habe Paula erzählt, dass meine Alpträume und Angstzustände nach Meinung von Dr. Strauss mit meinem Erlebnis im Schlaflabor zusammenhängen. Ich habe ihr gesagt, dass Strauss mir angeboten hat, mehrere therapeutische Sitzungen mit ihm zu machen … so kann ich rechtfertigen, dass ich ihn in den nächsten Wochen regelmäßig aufsuchen werde, um mit ihm über das Herbsthaus zu sprechen.

Als Paula mich in den Arm nimmt und mich auf die Stirn küsst, da komme ich mir vor wie das letzte Stück Dreck.

Natürlich habe ich überlegt, ihr einfach die Wahrheit zu sagen, ihr offen zu sagen, dass wir in einem beschissenen Spukhaus wohnen, in dem sich gerne auch mal Leute im Keller erhängen … aber keine Sorge Schatz, ich häng mich nicht auf, ich krieg nur nachts Besuch von Ungeheuern und habe tagsüber Angst, dass Hände aus der Wand kommen.

Ich habe wirklich überlegt, ihr alles zu erzählen. Aber was wäre das Resultat gewesen? Paula hätte nicht nur mich für bescheuert gehalten, sondern auch Strauss. Eine verrückte Studentin, die sich vom verrückten Professor für 1500 Euro monatlich als Geisterjägerin engagieren lässt – na klasse!

Es ist jetzt kurz nach acht und noch dringt durch den Lichtschacht in der Mitte des Hauses Helligkeit in die runden Flure. Mit dem Kontrollgang durchs Haus bin heute ich dran, also los. Ich schnappe mir Schlüsselbund, Taschenlampe und Protokollzettel, gebe Paula einen Kuss und gehe hinaus auf den Flur. Es ist völlig still.

Ich mache sechs Schritte und stehe vor der Wohnung, die zwischen unserer und der von Frau Diehl liegt … und die Strauss zufolge das Zentrum des Spuks ist. Hinter dieser Tür wohnte der Keller-Mann. Hier beugte sich die alte Frau über das schreiende Kind. Soll ich die Tür öffnen? Was, wenn das schwarze Tier hinter der Tür steht. Oder der Mann, den sie vom Heizungsrohr geholt haben … mit gebrochenem Genick, verdrehten Augen und heraushängender Zunge. Ich komme mir vor wie eine Achtjährige, deren Eltern sie alleine zu Hause gelassen haben, die heimlich einen Horrorfilm geschaut hat und jetzt hinter jeder Ecke Monster vermutet.

Plötzlich wird mir kalt … meine Schultern beben und ich lasse den Generalschlüssel sinken. Mein Mut hat mich verlassen, zusammen mit meiner Rationalität hat er sich in den hintersten Winkel meines Schädels verkrochen. Oder ist es meine Rationalität, die mir sagt, dass ich diese Wohnung nicht betreten werde? Verdammte Scheiße, ich weiß doch, dass hier etwas ist … und trotzdem versuche ich mir immer noch einzureden, dass ich mir alles nur einbilde. Nein verdammt, dieses Tier war real … nicht nur ich habe es gesehen. Und warum verdammt sollte es nicht hinter dieser Tür lauern?

Ich gehe weiter Richtung Treppenhaus, an dem blöden Aufzugschacht vorbei, ganz nach unten und hinaus ins Freie. Ich atme kühle Abendluft und höre entferntes Hundegebell.

Okay, die vielen Fenster sind in Ordnung, keines eingeworfen. Es liegt auch kein Müll rund um das Haus. Ich bin wieder an der Vorderseite und als ich die wenigen flachen Stufen zur Eingangstür hinaufsteige, da sehe ich aus dem Augenwinkel eine Bewegung.

„Hallo? Ist da wer?"

Keine Antwort. Aber ich bin mir sicher, dass ich etwas gesehen habe.

„Hallo. Keine Sorge, ich will nichts von Ihnen."

Ich steige die Stufen hinunter und gehe einige Meter um das Haus herum. Ein niedriges, halb zerfallenes Mäuerchen trennt ein Viereck ab, das war mal ein Biergarten. Schmutzige, rote Schirmständer stehen herum, die Dinger sind mir schon letztes Mal aufgefallen.

Ganz langsam, so wie man sich an ein scheues Tier heranschleicht, nähere ich mich dem Fenster zur Küche, es ist geschlossen. Aber ich bin mir sicher, dass jemand eingestiegen ist. Oder jemand wollte aussteigen, hat mich gesehen und ist schnell wieder zurück geschlüpft. Vorsichtig klopfe ich an die Scheibe … keine Reaktion. Noch ein Klopfen … wieder nichts.

Ich warte einige Sekunden, schließlich weiß ich nicht, was das für Leute sind, die sich hier eingenistet haben. Dann traue ich mich doch, lege die Hände auf das kühle Glas und drücke. Einen kleinen Spalt öffnet sich das Fenster, dann spüre ich Widerstand. Von dem Expanderseil kommt er nicht, das ist ausgehängt. Als ich mich nach vorne beuge und meine Stirn an die Scheibe lege, da sehe ich unten am Fensterrahmen fünf kleine blasse Finger. Jemand hält das Fenster zu.

„Hallo, ich möchte nur mit Ihnen sprechen. Ich habe nichts dagegen, dass Sie hier sind."

Die blassen Finger verschwinden vom Fensterrahmen, ihre Besitzerin steht vom Boden auf und öffnet das Fenster. Mir gegenüber steht ein junges Mädchen mit kurzen braunen Haaren, höchstens Achtzehn. Sie sieht ganz normal aus, überhaupt nicht … nun ja … obdachlos.

„Hi", sage ich.

„Hi."

Sie hat wache Augen in einem kleinen, runden Gesicht. Wahrscheinlich ist sie erst um die sechzehn.

„Wohnst du hier?"

Sie antwortet nicht. War ja auch eine blöde Frage. Okay, rede halt ich.

„Ich bin Lena … ich soll hier auf das Haus aufpassen. Ähm … und ich wollte nur sagen, dass es für mich völlig okay ist, wenn du hier unten wohnst

… also so lange du nicht irgendwas kaputt machst. Ich war vor ein paar Tagen bei euch drinnen und hab die Schlafsäcke gesehen."

„Und was jetzt?", fragt das Mädchen.

„Wer lebt noch hier unten … also außer dir?"

„Niemand."

„Und wieso liegen dann zwei Schlafsäcke hier rum?"

Sie schaut mich misstrauisch an, scheint zu überlegen.

„In den einen schlüpf ich rein und den anderen leg ich unter, das ist bequemer, das ist dann nicht so kalt von unten."

Sie erzählt Blödsinn.

„Ich habe aber Männerklamotten gesehen, als ich hier drin war. In der Spüle lagen Männerklamotten."

Wieder dieser bockige, misstrauische Gesichtsausdruck. So perfekt kriegen den nur Teenager hin. Keine Antwort, also wieder ich.

„Okay, ist ja auch egal. Von mir aus könnt ihr hier wohnen, solange ihr nicht in den Rest vom Haus einsteigt oder was kaputt macht. Tschüss!"

Als ich gerade über die bröckelige Mauer steigen will, da ruft sie mir hinterher.

„Hey! Rauchst du eine mit?"

Ich gehe zurück.

„Nee, ich rauche nicht. Kann ich trotzdem reinkommen?"

Drei Sekunden schaut sie mich nur an.

„Okay."

Ich steige durch das geöffnete Fenster in die Küche. In der Spüle liegt Kleidung und es riecht intensiv nach Waschmittel.

Sie behauptet, dass sie 19 ist und Kerstin heißt. Okay, dass sie Kerstin heißt, das könnte stimmen. Zwar sieht sie nicht so aus, wie ich mir eine Kerstin vorstelle … aber egal. Das mit den 19 nehme ich ihr aber nicht ab, so sieht sie einfach nicht aus. Als ich sie frage, ob sie von zu Hause abgehauen ist, da grinst sie mich an und wiederholt, dass sie 19 sei und jederzeit gehen könne, wohin auch immer sie wolle. Ich lasse es gut sein, frage nicht weiter nach.

Einige Minuten sitzen wir nur da, sie raucht ihre Zigarette und bläst den Qualm Richtung Fenster. Ich schaue mich in der Küche um, hier ist nichts, das Feuer fangen könnte, soll sie also rauchen.

„Das ist übrigens eine sehr clevere Konstruktion, also das mit dem Expanderseil am Fenster."

Sie lächelt mich an.

„Danke. Hat mein Freund gebaut."

„Dann wohnt er mit dir hier unten?"

„Ja."

„Und wo ist er jetzt?"

„Arbeiten."

Ich ziehe mein Handy aus der Hosentasche. Es ist kurz nach halb neun und ich muss bald weiter, sonst macht Paula sich Sorgen.

„Wo arbeitet dein Freund?"

„Bei ner großen Kanzlei, der ist Rechtsanwalt, Fachgebiet Steuerrecht."

Sie zieht an ihrer Zigarette und sieht dabei völlig ernst aus. Sie macht das wirklich gut.

„Ist das nicht langweilig, den ganzen Tag Steuerrecht?"

Sie schaut mich an. Überlegt sie gerade, ob ich ihr tatsächlich geglaubt habe? Hält sie mich für so bescheuert?

„Geht so ... was machst du eigentlich, also außer Häuser bewachen?"

„Ich bin Walfängerin", antworte ich, „Allerdings nur halbtags. Vormittags bin ich auf See, nachmittags bewache ich Häuser."

„Aha."

„Nicht lustig?"

„Geht so. Danke übrigens, dass du uns nicht verpfiffen hast. Wann hast du gemerkt, dass wir hier sind?"

„Gleich nachdem ich hier eingezogen bin. Ist schon ein paar Tage her."

Sie zieht an ihrer Zigarette und es sieht aus als rauche sie noch nicht sehr lange. Es ist die Art, wie sie das Ding hält, irgendwie unbeholfen. Ich überlege, was ich das Mädchen fragen will, aber mein Überlegen wird durch Schritte unterbrochen. Sie kommen von draußen. Kerstin – wenn sie denn so heißt – legt ihre Zigarette auf den Rand eines der Metallregale, steht langsam auf und läuft zum Fenster, hinter dem gerade ein kantiges Gesicht erschienen ist. Als mich der junge Mann sieht, zuckt er zurück ... dann steigt er doch ein.

„Hallo." Er streckt mir die Hand hin.

„Hallo, ich bin Lena. Ich passe auf das Haus auf."

Als ich seine Hand nehme, da merke ich, wie dürr er ist, deutlich treten auf seinem Unterarm die Adern hervor, sie sehen aus wie aufgelegt, wie ein Überzug. Manchmal sind Orangen oder Grapefruits in so ein Geflecht eingewickelt, das sie vor Beschädigungen schützen soll – daran muss ich denken, als ich diese Adern sehe.

„Hallo Lena, freut mich."

Der Mann ist älter als das Mädchen, vielleicht zehn Jahre … und er sieht deutlich kaputter aus, ausgemergelt, verbraucht. Gerade eben, als ich ihm gesagt habe, dass ich auf das Haus aufpasse, da hat er der Kleinen so einen Blick zugeworfen … wie ein Tier, das Gefahr wittert. Aber er hat nette, ein wenig traurige Augen, keine Augen, vor denen man Angst hat.

„Sie will uns nicht rausschmeißen", sagt das Mädchen zu dem dünnen Mann. „Setz dich mal hin."

Er setzt sich und nimmt sich noch im Hinsetzen die Zigarette, die das Mädchen auf dem Regalbrett vergessen hat. Dafür kriegt er einen Schlag auf den Oberarm.

„He! Das ist meine!"

Er beachtet sie nicht, steckt sich die Zigarette in den Mund.

„Wie lange seid ihr schon hier?", frage ich den Mann. Vielleicht ist er ja gesprächiger als seine Freundin.

„Fast zwei Monate."

„Und du bist die Erste, die was merkt", ergänzt das Mädchen. Einige Sekunden schweigen wir uns an, dann stelle ich die Frage, die ich gerade eben schon stellen wollte.

„Habt ihr mal etwas Komisches bemerkt, also hier im Haus?"

Der Mann hebt den Kopf.

„Was meinst du?"

„Na irgendwas Komisches … also dass ihr zum Beispiel was gesehen habt … etwas, das nicht sein kann zum Beispiel."

Die beiden schauen sich an. Halten sie mich jetzt für bekloppt? Es dauert eine halbe Minute, bis der Mann etwas sagt.

„Wenn du was sehen willst, was nicht sein kann, dann musst du nach oben in den vierten Stock. Da hast du vielleicht Glück."

Er drückt die Zigarette auf dem Fliesenboden aus und kassiert dafür einen bösen Blick von dem Mädchen. Er hebt den Stummel auf, weiß nicht wohin damit und steckt ihn schließlich in die Hosentasche. Dann wischt er die Asche mit der flachen Hand unter eines der Regale.

„Warst du mal da oben?", frage ich ihn.

„Nee, aber ich komm aus der Gegend hier. Ein Kumpel von mir hat mal da oben gewohnt, also mit seinen Eltern, als er noch klein war. Und der hat zweimal oder dreimal was gesehen ... irgendwelche Leute, die dann verschwunden sind. Bei uns Kindern war das hier das Gespensterhaus ... so haben wir das eben gesagt damals."

„Was hat der gesehen, dein Kumpel?"

Ich versuche, ganz gelassen zu klingen, aber sicher bemerkt er meine Aufregung. Ich konnte mich nie gut verstellen ... nur meine Freundin anlügen, das kann ich.

„Der hat immer ein anderes Kind gesehen ... also ein Kind in seinem Alter, ein kleines Mädchen in einem weißen Kleid und mit Verbänden ums Gesicht. Die ist nachts in sein Zimmer gekommen, einfach durch die Wand durch. Und wenn er das Licht angemacht hat, dann war die – pff – weg."

„Wie hat die genau ausgesehen?"

„Also der hat immer nur gesagt, dass die ein

weißes Kleid hatte und große Verbände im Gesicht … oder am Kopf. Das war es schon … das ist ja mittlerweile zwanzig Jahre her."

„Und hat dieses Mädchen irgendwas gesagt?"

Der dünne Mann schaut mich mit gesenktem Kopf an. Wird er misstrauisch? Fühlt er sich ausgefragt?

„Nein, hat sie nicht. Wieso interessiert dich das? Hast du was gesehen?"

„Vielleicht", sage ich und frage mich im selben Moment, wieso ich dem Typen keine klare Antwort geben will. Er sieht eigentlich ganz nett aus … nur eben heruntergekommen.

„Also ja?", fragt er.

„Ja."

„Kleines Mädchen mit Verbänden?"

„Nein, was anderes. In welcher Wohnung hat dein Schulfreund gewohnt?"

„Weiß ich nicht mehr. Aber wenn wir nach oben gehen, dann kann ich dir die Wohnung zeigen."

Er grinst mich an. Er weiß, dass ich nicht einfach mit ihm nach oben gehen werde, dass ich ihn nicht einfach ins Haus lassen kann.

„Wie lange lebt ihr schon hier unten?"

„Seit fast zwei Monaten", sagt das Mädchen. „Stört ja keinen, steht ja alles leer. Versprichst du uns, dass du nicht die Bullen rufst?"

„Ja", sage ich. „Solange ihr hier nichts kaputt macht, könnt ihr von mir aus noch zehn Jahre hier unten wohnen."

Das Mädchen lächelt den dünnen Mann an.

„In zehn Jahren haben wir ne Hütte in Kanada, irgendwo im Wald."

Ihr Typ schaut nach unten und sagt nichts.

„Wir wollen auswandern."

Sie sagt es ganz stolz und reckt das Kinn dabei. Der Mann sagt immer noch nichts, schaut nur nach unten. Ich hoffe inständig, dass ihr Wunsch in Erfüllung gehen wird, dass sie in zehn Jahren tatsächlich in Kanada leben wird ... und nicht auf den Straßen irgendeiner deutschen Großstadt oder in einer beschissenen Sozialwohnung.

„Ist doch so, Tobi ... oder? Wir hauen ab aus diesem bescheuerten Land und fangen woanders an. Ist doch so?"

Er lehnt sich rüber zu ihr, nimmt sie in den Arm und sagt ihr, dass es so ist. Was für eine tragische Scheiße: Das naive kleine Mädchen, der kaputte Mann und der Traum von Kanada. Während er ihr immer wieder sagt, dass es so ist, dass sie es zusammen bis nach Kanada schaffen werden, wächst in mir der Wunsch, einfach abzuhauen, diese Szene hinter mir zu lassen. Der Typ sieht nicht aus, als würde er es weiter als bis zum nächsten Supermarkt schaffen.

Fünf Minuten später verabschiede ich mich, ich muss hier weg. Außerdem will ich nicht, dass Paula sich Sorgen um mich macht. Langsam wird es dunkel und ich habe noch die ganzen Stockwerke vor mir. Am liebsten würde ich schummeln und einfach die Häkchen machen, meine rechte Hand spielt schon mit dem Kugelschreiber.

„Hi, unbeschadet zurück?“

„Nein … also ja. Aber ich muss noch mal los, dauert heute etwas länger. Ich habe unten die Leute getroffen, die in dem Restaurant wohnen, das dichtgemacht hat.“

„Und was sind das für Typen? Sind die harmlos?“

„Ja, sind harmlos. Ein Mann und eine junge Frau … wollen nach Kanada auswandern.“

„Interessant. Sind sie schon am packen?“

„Nee … ist irgendwie tragisch das mit Kanada. Aber lass uns da nachher drüber reden, ich geh mal los.“

„Soll ich mitkommen?“

„Nein, musst du nicht. Bis gleich.“

„Soll ich wirklich nicht mitkommen?“

„Nein, musst du echt nicht … mir geht es gut. Bis gleich!“

Schon bin ich wieder auf dem dunklen, runden Flur. Schon sitzt mir wieder die verdammte Angst im Nacken. Durch die geschlossene Wohnungstür höre ich den Fernseher, meine Paula ist nur wenige Meter von mit entfernt … noch könnte ich die Tür öffnen, wieder hinein gehen und in Ruhe meine Häkchen machen. Es kostet mich Überwindung, es nicht zu tun, nicht zu schummeln.

Okay, jetzt stehe ich wieder, wieder einmal, vor dieser Tür, vor der verdammten Tür, hinter der doch höchstwahrscheinlich nur eine leere Wohnung ist … oder das Mädchen mit den Verbänden, oder das große schwarze Tier, oder der Mann, der sich erhängt hat, oder – Überraschung! – alle zusammen. Meine Phantasie rast, zaubert, stößt meinen Verstand vor sich her, zerrt mit blutbeschmierter Hand schreiende Kaninchen aus bunt bemalten Zylindern. Ich höre mein Herz klopfen und gehe weiter, vorbei am Fernsehlärm, der aus Frau Diehls Wohnung schwappt und weiter bis in den wunderbar geraden Flur, der vorbei an meinem großmäuligen Feind, dem Aufzug, dem unter keinen Umständen zu trauen ist, zum Treppenhaus führt.

Abwärts, hinunter in den ersten Stock. Meine Schritte hören sich furchtbar laut an und ich bilde mir ein, dass irgendetwas diesen von mir verursachten Lärm dazu nutzt, sich an mich heranzuschleichen. Vielleicht macht es ja immer dann einen Schritt, wenn auch ich einen Schritt mache. Verdammt Lena! Reiß dich zusammen! Der allergrößte Teil dieses großen Hauses ist völlig harmlos, nur der verdammte vierte Stock ist nicht normal, nur dort passieren diese Dinge. Andererseits … was sollte die paranormalen Bewohner des vierten Stockes daran hindern, einfach mal hinunterzugehen. Vielleicht folgen sie mir ja, vielleicht ziehe ich eine ganze Geister-Polonaise hinter mir her. Am Anfang das kleine Mädchen mit dem Verband, dann die alte Frau …und ganz zuletzt, über die Köpfe der anderen grinsend, das schwarze Tier. Oh! Fast habe ich den Mann mit der heraushängenden Zunge vergessen. Wenn ich mich jetzt umdrehe, dann sind sie direkt hinter mir. Warum sollten sie denn nicht hinter mir sein?

Stopp! Es reicht! Ich dreh hier noch durch. Ich muss Ordnung in meinen Kopf bringen. Erstens: Es gibt keine Berichte über unerklärliche Phänomene in anderen Stockwerken. Zweitens: Ich darf nicht so naiv sein, an Gespenster zu glauben. Ich weiß nur, dass in diesem Haus verschiedene Menschen (und ich bin einer dieser Menschen) irgendwelche Gestalten gesehen haben. Ich weiß absolut nichts über die Gründe für diese Erscheinungen. Und drittens: Dieser Mann mit der heraushängenden Zunge ist nichts weiter als ein saublödes, komplett lächerliches Horrorklischee, das sich irgendwie in meinem Kopf verhakt hat. Niemand hat hier jemals einen Mann mit blauem Gesicht und heraushängender Zunge gesehen! Nur weil sich einer im Keller erhängt hat, heißt das nicht, dass er jetzt hier unterwegs ist.

Ich drehe mich um und hinter mir ist weder meine Geister-Polonaise noch sonst irgendwas, nur das leere Treppenhaus. Lauter als nötig stapfe ich die Stufen hinunter, schon bin ich im ersten Stock. Taschenlampe an, Zettel raus, Arbeitsmodus. Nacheinander gehe ich alle Stockwerke durch, fülle die Kästchen mit Häkchen. Ich komme an der Tür mit den Brandzungen und an der Wohnung mit den Insekten vorbei, ebenso am plüschigen Maul des Aufzuges. Alles in Ordnung, alles wie es sein soll, alle Türen verschlossen, alles unbeschädigt, keine Spuren irgendwelcher Eindringlinge. Sogar der Aufzug hält still, lacht nicht einmal.

Das letzte Häkchen ist gemacht, jetzt zurück in den vierten Stock, zurück in die Wohnung und zurück zu Paula … und auch zurück zu was auch immer dort vielleicht ist. Wieder bleibe ich vor der Tür stehen, die zwischen unserer und der von Frau Diehl liegt … und wieder traue ich mich nicht hinein. Das Tier mit den hundert kalten Beinen krabbelt mir über den Rücken und hinab bis in die Beine, ein plötzliches, krampfartiges Zucken geht durch meinen Körper und ich beeile mich, zu Paula zu kommen. Zum Glück treffe ich gleich das Schlüsselloch.

„Alles okay mit dir?“

Ich habe die Tür zu hastig aufgemacht, mich viel zu schnell in die Wohnung geschoben. Paula schaut mich über ihren Laptop hinweg an.

„Ja, alles okay. Ist nur ein bisschen unheimlich da draußen. Nächstes Mal gehe ich früher.“

„Hast du wieder was gesehen?“

„Nein, hab ich nicht.“

„Du kannst mir das ruhig sagen, ich halte dich nicht für verrückt.“

Ich gehe zu ihr hin, nehme ihren Kopf in beide Hände und küsse sie auf die Stirn, die Stelle fühlt sich kühl an.

„Ich habe wirklich nichts gesehen … diesmal keine Monster.“

Paula dreht den Kopf zu mir und lächelt mich an. Von hier oben sieht sie ein bisschen albern aus, ein bisschen wie eine Comicfigur.

„Ich hab dich lieb.“

„Ich dich auch“, antworte ich.

„Gehen wir ins Bett?“

„So früh?“

„Wer sagt denn, dass wir schlafen müssen?“

Paula steht auf und jetzt ist sie wieder oben, fast einen Kopf über mir. Sie streicht mir durchs Haar, küsst mich auf den Mund und zieht mich zu unserem Wohnzimmerbett. Während wir es machen, da habe ich Angst, dass uns irgendjemand oder irgendetwas dabei beobachtet. Ich ertappe mich dabei, dass ich in die Ecken spähe, Ausschau halte nach dem schwarzen Tier … und dann, es hat ganz plötzlich die Oberhand gewonnen, nach dem Mädchen mit dem weißen Kleid und dem Verband um den Kopf. Was wäre, wenn dieses Mädchen plötzlich neben unserem Bett stünde? Würde ich schreien? Würde ich aufspringen und aus der Wohnung laufen? Oder würde ich einfach beobachten, was als nächstes passiert? …

Oh verdammt, was immer Paula da auch macht, sie macht es gut. Ich schließe die Augen, keine Schreckgespenster sollen uns jetzt stören. Ich will nichts sehen und nichts hören, nur spüren.

Eine halbe Stunde später. Wir liegen nebeneinander, halten Händchen und sind zufrieden mit uns und dem Rest der Welt, der in diesem Moment gar nicht so groß ist. Manchmal komme ich mir nach dem Sex so vor, als fliege ich in meinem Bett durch einen gewaltigen, völlig leeren Raum. Während um mich … okay, um uns … während um uns nur nackte Leere ist, haben wir unsere Kissen und Decken, sind warm und weich eingepackt, geborgen, sicher und-

„Weißt du was?“, unterbricht Paula meine Bett-im-leeren-Raum-Phantasie.

„Was denn?“, frage ich.

„Also unheimlich ist dieses Haus ja schon.“ Paula gähnt und reibt sich die Augen. „Ich hab vorhin im Schlafzimmer die toten Fliegen weggesaugt und da hab ich gedacht, ich seh was. Wie so eine Bewegung aus dem Augenwinkel.“

„Was hast du gesehen?“

„Keine Ahnung, so wie eine Bewegung eben. Aber

als ich den Kopf drehe … nichts."

„Aber du bist dir sicher, dass du was gesehen hast?"

„Nee … Quatsch, da war ja nichts. Ich hab nur kurz gedacht, dass ich was gesehen habe. Wahrscheinlich, weil du mir so was erzählt hast. Aber lass uns über was anderes reden … und nimm mich mal in den Arm."

Ich lege meinen Arm um Paula und meinen Kopf an ihre Schulter. Jetzt sehe ich nur noch ihre Haut, nichts mehr sonst. Es dauert nur wenige Minuten, dann höre ich sie leise schnarchen. Als sie mir gerade erzählt hat, dass sie glaubte, etwas gesehen zu haben, da war sie schon nicht mehr ganz da. Ich bin mir sicher: Hellwach hätte sie mir das nicht erzählt, hellwach hätte sie Angst gehabt, meinen Irrsinn zu füttern.

Ich stehe auf und gehe ins Bad. Während ich mir die Zähne putze, lasse ich die Tür offen stehen. Ich ziehe sogar den Duschvorhang auf. Aber es passiert nichts, still und friedlich liegt das Herbsthaus. Von Gespenstern unbelästigt gehe ich ins Bett, liege wach und höre Paula dabei zu, wie sie langsam ein- und ausatmet. Wir haben überhaupt nicht mehr über den Mann und das Mädchen gesprochen, die vier Etagen tiefer zwischen Metallregalen schlafen.

***

Kurz nach sieben bin ich wach. Regen prasselt gegen das Fenster und nur wenig Licht dringt in die Wohnung. Ganz vorsichtig, ich will Paula nicht wecken, schäle ich mich aus der Weichheit und

Wärme des Bettes, stelle meine nackten Füße auf den kühlen Boden und sehe mich im Zimmer um. Auf der geschlossenen Schlafzimmertür krabbelt eine dicke Fliege und ich frage mich, ob Fliegen den Staubsauger überleben können. Paula meinte zwar, sie hätte im Schlafzimmer nur die toten Fliegen aufgesaugt, aber ich kenne sie. Sie saugt auch die Lebenden weg, sie fuchtelt mit dem Rohr in der Luft herum und erwischt die Viecher im Flug.

Im Bad mache ich das, was ich jeden Morgen mache. Den Duschvorhang lasse ich zu, während ich mir die Zähne putze. Was bin ich doch für ein tapferes Mädchen! Ein Hoch auf Lena!

Während ich den Frühstückstisch decke, fällt mir ein, dass in meinem Portemonnaie fast 1500 Euro stecken. Ich sollte das Geld auf mein Konto einzahlen … oder es Strauss zurückgeben und schleunigst zusammen mit Paula hier ausziehen. Erst mal Frühstück, erst mal in den Tag reinkommen.

„Du hast gestern gar nicht mehr von diesen Typen erzählt, die unten wohnen", sagt Paula mit vollem Mund. „Wie sind die so?"

„Die sind harmlos. Ein Mann und eine junge Frau, sie sagt dass sie 19 ist, sieht aber jünger aus. Er hat ein bisschen was von einem Junkie, irgendwie dünn und schmuddelig, sie sieht eigentlich ganz normal aus."

„Denkst du, die ist minderjährig?"

„Keine Ahnung, vielleicht ist sie ja tatsächlich 19. Ich kann das nie so gut einschätzen."

Paula legt ihr Brötchen weg.

„Wenn die minderjährig ist und von zu Hause abgehauen ist, dann müssen wir die Polizei rufen."

„Ich konnte ja schlecht ihren Ausweis kontrollieren. Außerdem habe ich versprochen, dass ich sie in Ruhe lasse."

Paula legt den Kopf schräg und zieht die Augenbrauen nach oben.

„Was?"

„Scheiße Lena, wir machen uns strafbar, wenn wir nicht die Polizei rufen. Vielleicht ist die erst vierzehn und der Typ, mit dem die da unten wohnt, führt sie gerade in die bunte Welt der Psychostimulanzien ein."

„Seit wann benutzt du Wörter wie „Psychostimulanzien"?"

„Jetzt sei mal ernsthaft, Lena. Wenn die minderjährig ist und nach der gesucht wird, dann müssen wir uns bei der Polizei melden. Nicht, dass die irgendwann da unten mit einer Überdosis krepiert."

Na Kacke, schon sind wie mittendrin in der schönsten Diskussion. Gerade dachte ich noch, wir wären am Frühstücken.

„Die sah nicht aus, als ob die was nehmen würde. Nur er sah ein bisschen kaputt aus … aber auch nicht so, als ob er voll auf Droge wäre. Und ich habe denen gesagt, dass sie dort unten wohnen können. Was wäre denn das bitte für eine Nummer, wenn ich jetzt die Polizei rufe … das können wir doch nicht machen. Und wenn die von zu Hause abgehauen ist, dann wird es schon irgendwelche Gründe dafür geben."

Paula nimmt ihr Brötchen und beißt ein großes Stück ab. Als sie gekaut und geschluckt hat, spricht sie weiter.

„Ich will, dass du noch einmal nach unten gehst

und dir von dem Mädchen den Ausweis zeigen lässt … ich kann auch gerne mitkommen."

„Ach komm Paula, jetzt mach mal halblang."

„Ich habe keine Lust auf Ärger mit den Bullen."

„Ich auch nicht, aber-"

„Und ich will auch nicht, dass es irgendwann da unten stinkt und dann liegt einer von denen schon seit Tagen mit einer Spritze im Arm und Schaum vor dem Mund in der Küche."

Darauf kriegt sie keine Antwort, sowieso habe ich keine Lust mehr auf diese blöde Diskussion. Lieber versuche ich, mit der Kante meines halben Brötchens einen heruntergerutschten Batzen Marmelade vom Tellerrand aufzuheben. Ich erwische ihn, aber er rutscht wieder ab. Okay Batzen, dann eben nicht.

„Wir können jetzt gleich nach unten gehen und das Mädchen nach seinem Ausweis fragen."

Paula lässt einfach nicht locker.

„Die sind wahrscheinlich überhaupt nicht da."

„Gehst du mit oder soll ich alleine gehen?"

„Du willst doch wohl nicht jetzt da runter rennen?"

„Doch, will ich. Und jetzt heb gefälligst deinen kleinen Arsch und komm mit."

Fünfzehn Minuten später sind wir wieder oben. Paula hat das wirklich gut gemacht, das muss ich ihr lassen. Sie hat sich vorgestellt, sie hat dem Typen und dem Mädchen erklärt, dass wir ihnen keinen Ärger machen wollen, dass wir aber auch selbst keinen Ärger haben möchten. Und nach einigem Hin und Her hat die Kleine ihren Ausweis vorgezeigt. Sie ist tatsächlich volljährig, vor knapp zwei Wochen 18 geworden. Ich habe sie gefragt, wieso sie mich angelogen hat, wieso sie mir erzählt hat, dass sie 19 ist. Sie wusste selbst nicht, warum. Vielleicht gewöhnt man sich ans Lügen, wenn man unter solchen Umständen lebt.

„War doch gar keine große Sache, oder?"

„Nein, war es nicht", gebe ich Paula Recht. Mit nutellaverschmiertem Mund grinst sie mich an und ich muss lachen, sie sieht einfach zu süß aus. Eine halbe Stunde später ist sie aus dem Haus, ich bin alleine … und schon klingelt das Telefon.

„Hallo Frau Pander. Bitte entschuldigen Sie, dass ich so früh störe."

Es ist Strauss. Er hört sich irgendwie merkwürdig an, irgendwie anders als sonst.

„Kein Problem. Ich bin schon auf den Beinen."

„Gut … ähm, ich rufe an, weil mir ein paar Dinge ähm auf der Seele liegen. Zum einen hoffe ich, dass dieses Geld, das ich Ihnen gegeben habe, dass dieses Geld unserer Beziehung nicht in welcher Form auch immer geschadet hat. Ich dachte nur, Sie könnten als Studentin dieses Geld gut gebrauchen und … ähm … nun ja, ich werde bald überhaupt kein Geld mehr brauchen. Wie man so sagt: Das letzte Hemd hat keine Taschen."

Strauss macht eine Pause und ich weiß nicht, was ich ihm drauf antworten soll. Dafür aber weiß ich, wie sich Strauss anhört. Er hört sich betrunken an.

„Wissen Sie, wenn man alt ist und das Leben, das man gelebt hat, nicht allzu beschissen war, dann denken alle, dass man bereit ist, den Tod zu akzeptieren. Aber um ehrlich zu sein, ich bin überhaupt nicht bereit dazu. Ich hasse es, sterben zu müssen, eine absolut brutale Sauerei ist das, am liebsten würde ich mich weigern. Und wie dem auch sei … bisher glaubte ich auch nicht, dass danach noch etwas kommt … und das war wirklich schrecklich für mich. Können sie sich Ihre eigene Nichtexistenz vorstellen, Frau Pander?“

„Ich habe mir da noch nicht so viele-“

„Bitte entschuldigen Sie mein Geschwätz“, unterbricht mich Strauss. Er spricht laut und schwerfällig. Mir kommt der Gedanke, dass er vielleicht unter Schmerzmitteln steht. Oder ist es doch Alkohol?

„Bitte verzeihen Sie einem alten Mann, der nicht schlafen konnte und zu viel getrunken hat. Es ist nur dieser Horror, dieser Horror vor dem absoluten Nichts … und es ist ja nicht einmal das Nichts. Um vom Nichts zu sprechen, muss es ja jemanden geben, der davon sprechen kann. Und wenn da jemand ist, dann ist da ja nicht das Nichts. Man bekommt das alles einfach nicht zu fassen, da stößt man mit seinem erbärmlichen Menschenverstand an eine Grenze und … oh Gott, ich will nicht sterben, ich will nicht einfach verschwinden.“

Strauss macht eine Pause und am liebsten würde ich auflegen. Ich schäme mich für diesen kranken alten Mann, fühle mich unangenehm berührt von seinem Lallen und von der Verzweiflung, die seine Stimme beherrscht. Dr. Strauss war immer (und trotz seiner Tricksereien) eine Autoritätsperson für mich, ein Muster an Intelligenz und Gelassenheit, der Prototyp des manchmal zerstreuten, nichtsdestoweniger aber hochintelligenten Professors. Und jetzt ruft er vormittags besoffen bei mir an und erzählt mir irgendwas über das Nichts und darüber, dass er nicht sterben will.

„Frau Pander, sind Sie noch da? Sind Sie noch in der Leitung?"

Er klingt gehetzt, regelrecht verzweifelt. Genauso gut könnte er fragen: Ist da draußen jemand? Kann mir jemand helfen?

„Frau Pander, hören Sie mich denn noch?"

„Ja, ich bin noch da."

„Ich habe so furchtbare Angst davor, nicht mehr zu sein. Ich kann diesem Monstrum namens Tod nicht gelassen entgegen sehen, ich kann es einfach nicht. Aber vielleicht gibt es ja doch so etwas wie ein Jenseits ... etwas, das über diese Welt hinausgeht. Und vielleicht haben wir bei dem, was in Ihrem Haus vor sich geht, einen Hinweis auf dieses Jenseits. Und ja, es würde mich unwahrscheinlich beruhigen ... es würde mir so gut tun, wenn ich wüsste, dass es ein Weiterexistieren über den Tod hinaus gibt ... in welcher Form auch immer. Wäre es denn nicht schrecklich, wenn alles zu Ende wäre? Dann hätte doch alles keinen Sinn. Verstehen Sie? Alles wäre völlig sinnlos ... jede einzelne Tat, jeder Gedanke."

„Herr Strauss, vielleicht sollten Sie sich besser hinlegen und sich ausruhen. Ich rufe Sie auf jeden Fall an, wenn ich etwas Neues weiß."

„Versprechen Sie mir das?"

„Ja, ich verspreche es, aber bitte legen Sie sich hin. Und bitte rufen Sie mich nie wieder in solch einem Zustand an."

Schweigen. Ich höre nur seine Atemgeräusche. Als Strauss wieder spricht, da hört er sich plötzlich sehr nüchtern an.

„Ich bitte um Verzeihung. Brauchen Sie vielleicht noch Geld?"

„Nein, bitte ... bitte ruhen Sie sich aus. Ich brauche kein Geld."

„Sind Sie sicher?"

„Ja, wirklich nicht. Auf Wiederhören, Herr Strauss."

„Auf Wiederhören."

Strauss legt auf und ich weiß nicht, wie ich mich fühlen soll. Nie und nimmer hätte ich gedacht, dass es dem Mann so dreckig geht ... dass er vormittags schon Alkohol trinkt. Okay, er hat nur noch wenige Monate zu leben und natürlich ist das beschissen ... aber noch vor Kurzem, als ich mit ihm in diesem Fernsehraum war, da wirkte er so gefasst, so gelassen.

Ich realisiere, dass ich mich für Strauss schäme, dass mich seine alkoholgetränkte Verzweiflung unangenehm berührt. Vor Jahren erzählte mir eine Freundin, dass sie ihren Vater dabei erwischt hatte, wie er mit offener Hose auf dem Wohnzimmerteppich vor dem Fernseher kniete und zu einem Sadomaso-Porno onanierte. Sie ging wortlos aus dem Zimmer und ihr Vater zog sich wortlos die Hose hoch. Keiner der beiden sprach über die Angelegenheit, sie machten einfach weiter, als wäre nichts geschehen. Wahrscheinlich werden Strauss und ich es auch so machen ... einfach so tun, als hätte dieser Anruf nie stattgefunden.

Das Telefon klingelt. Oh Kacke, Strauss noch mal. Was will er denn jetzt noch?

„Hallo Frau Pander, danke dass Sie das Gespräch angenommen haben. Ich wollte Sie fragen, ob Sie sich schon einmal mit der älteren Dame unterhalten haben, die zwei Wohnungen weiter wohnt?"

Ich sage Strauss, dass ich mit Frau Diehl schon mehrmals gesprochen habe. Hatte ich ihm das nicht schon erzählt?

„Könnten Sie bitte in den nächsten Tagen diese Frau noch einmal besuchen? Könnten Sie bitte in Erfahrung bringen, ob sie schon einmal eine der Begegnungen hatte, von denen uns Berichte vorliegen?"

Ich verspreche ihm, zu Frau Diehl zu gehen und verabschiede mich. Ein drittes Gespräch werde ich nicht annehmen. Hätte ich ihm das mit dem Mädchen im weißen Kleid erzählen sollen? Nein, nicht in seinem Zustand. Was für eine Scheiße.

***

Sie braucht fast eine Minute bis zur Tür. So langsam war sie doch überhaupt nicht? Habe ich die alte Frau gerade vom Klo geholt?

„Ich bin gleich da", kommt es aus der Wohnung. Und dann noch einmal, diesmal etwas näher:

„Einen Moment, ich bin unterwegs."

Als die Tür aufgeht, da weiche ich einige Zentimeter zurück. Mir kommt ein heftiger Gestank entgegen, eine Mischung aus Kot, Krankheit und Verwesung.

In der Tür steht Frau Diehl, sie trägt einen zerknitterten Bademantel und fragt mich, was ich denn von ihr wolle. Als ich an ihr herabsehe, da weiß ich, woher der Gestank kommt. Ein dicker Verband umschließt ihren rechten Fuß. Er sieht feucht aus, schmutzig und klebrig, vollgesogen mit Wundflüssigkeit, Blut, Schweiß, Eiter … was auch immer. Vorne ragen blau angelaufen die Zehen heraus. Kein Wunder, dass die alte Frau so lange bis zur Tür gebraucht hat, jeder einzelne Schritt muss die reinste Folter sein.

„Ich fragte, was Sie von mir wollen. Würden Sie mir bitte antworten!"

Immer noch starre ich auf dieses verdreckte Mischmasch aus Pflastern, Mull und Schmutz.

„Frau Diehl, das muss schleunigst behandelt werden."

Sie schaut mich misstrauisch an.

„Ach so, Sie sind ja Ärztin."

„Ja", lüge ich. Eigentlich ist es nur eine halbe Lüge, immerhin studiere ich Medizin. Das hatte ich ihr damals auch erzählt, bei unserem ersten Treffen.

„Na gut. Dann kommen Sie eben herein."

Frau Diehl humpelt stöhnend zu ihrem verstellbaren Fernsehsessel. Fünf Minuten später habe ich den Verband entfernt und darunter ist tatsächlich so etwas wie ein Fuß … und darauf eine großflächige, völlig vereiterte Brandwunde. Ein Teil des Gewebes ist abgestorben, der Gestank ist fürchterlich.

„Wie ist denn das passiert?"

„In der Küche … kochendes Wasser."

„Haben Sie das selbst verbunden?"

Sie schaut mich nur starr an, antwortet nicht. Ich weiß, dass sie es selbst gemacht hat. Niemand mit nur ein klein wenig medizinischem Wissen oder Pflegeerfahrung würde so einen schlechten Verband machen.

„Zu Ihnen kommt doch der Pflegedienst. Wieso haben Sie denen das nicht gezeigt?“

Wieder schaut sie mich nur stumm an. Hoffentlich wirft sie mich nicht gleich raus.

„Haben Sie irgendwo die Nummer von denen?“

Sie scheint zu überlegen, etwa zehn Sekunden vergehen, dann antwortet sie doch.

„Am Telefon.“

Ich lege ihren Fuß auf einem sauberen Handtuch ab und gehe in den Flur, finde die Nummer und rufe an. Ich erfahre, dass Frau Diehl den Pflegedienst seit drei Tagen nicht mehr in die Wohnung gelassen hat. Was zum Teufel soll das? Will sie an Blutvergiftung krepieren? „Wir können ja nicht die Tür eintreten“, sagt die Frau am anderen Ende der Leitung.

„Könnten Sie bitte gleich vorbeikommen? Die Wunde muss unbedingt versorgt werden. Eigentlich müsste die Frau Diehl direkt ins Krankenhaus.“

„Wir schicken jemanden vorbei. Danke, dass Sie angerufen haben.“

Ich gehe zurück ins Wohnzimmer und mache ein Fenster auf. Die Augen der alten Frau folgen jeder meiner Bewegungen.

„Es müsste bald jemand kommen, der sich um Ihren Fuß kümmert. Haben Sie starke Schmerzen?“

„Sie können sich doch um meinen Fuß kümmern“, antwortet Frau Diehl. „Sie sind doch Ärztin.“

„Aber ich kenne mich nicht mit Brandwunden aus“, rede ich mich heraus. Wieder weht mich der Geruch ihrer vereiterten Wunde an und ich versuche, ein wenig von der alten Frau wegzurücken. Sie bemerkt es, schaut abwechselnd auf ihren Fuß und mir in die Augen. Dann grinst sie mich an.

„Nicht gerade wie Rosenwasser, oder?“

„Nein, nicht direkt“, antworte ich.

Frau Diehl drückt einen Knopf an ihrem electric Fernsehsessel und bringt sich in eine fast liegende Position. Ihr verfaulender Fuß hebt sich vom Handtuch, ist jetzt noch näher bei mir. Macht sie das absichtlich? Ich versuche, unauffällig durch den Mund zu atmen, es bringt nichts ... nach einigen Minuten stehe ich auf.

„Darf ich mal Ihr Bad benutzen?“

„Ja, natürlich.“ Immer noch klingt Frau Diehl gereizt. Mit Sicherheit hat sie elende Schmerzen.

Im Badezimmer wasche ich mir Gesicht und Hände, setzte mich dann auf den Badewannenrand und atme tief durch. Puh, hoffentlich kommt gleich jemand, der sich um die alte Frau kümmert.

Als ich so dasitze und das Blumenmuster auf den Fliesen studiere, da kommt mir eine Idee. Schon einmal habe ich mich gefragt, warum Frau Diehl ihr Bett im Wohnzimmer stehen hat.

Vorsichtig öffne ich die Badezimmertür, katzenartig schleiche ich hinaus auf den Flur. Frau Diehl liegt etwa sieben Meter von mir entfernt in ihrem Fernsehsessel und schaut Richtung Decke, sie kann mich nicht sehen. Ganz langsam bewege ich mich auf die Tür zu, hinter der das Schlafzimmer liegen müsste. Ich drücke die Klinke ... abgeschlossen. Warum ist dieses Zimmer abgeschlossen?

Ein schneller Blick zu Frau Diehl, durch die offene Wohnzimmertür sehe ich zwei Füße, die über den Fernsehsessel ragen, den guten und den schlechten Fuß. Ich bücke mich, stütze mich am Türrahmen ab, und schiebe mein Auge Richtung Schlüsselloch. Eine weiße Wand und beigefarbenes Linoleum. Sonst nichts. Der Raum scheint leer zu sein, keine Möbel, keine Bilder an den Wänden.

Ganz plötzlich, ich bin zu erschrocken um zurückzuweichen, schiebt sich von der anderen Seite etwas vor das Schlüsselloch … auf einmal nur noch Dunkelheit … und in dieser fast vollständigen Dunkelheit eine Bewegung. Was war das? Das Blinzeln eines Augenlids?. Oh Gott, da schaut mich etwas an, da schaut mich von der anderen Seite aus etwas an … ich bin mir ganz sicher!

Ich stoße mich vom Türrahmen ab, stolpere in den Flur zurück, sehe mich um, schaue zu Frau Diehl … und hole mir den zweiten fetten Schrecken. Die alte Frau sitzt aufrecht in ihrem Sessel und starrt mich an. Dann schreit sie.

„VERLASSEN SIE AUF DER STELLE MEINE WOHNUNG!"

„Frau Diehl-", beginne ich. Aber sie kräht mir dazwischen.

„ICH WILL, DASS SIE MEINE WOHNUNG VERLASSEN!"

Ich hebe die Hände … als könnte ich mir so ihr Geschrei vom Leib halten. Die alte Frau stemmt sich aus dem Sessel. Als sie ihren verletzten Fuß auf den Boden setzt, da stöhnt sie laut auf.

„Frau Diehl, bitte bleiben Sie sitzen … bitte stehen Sie nicht auf."

Sie hört nicht auf mich. Sie versucht es weiter, klammert sich an den Wohnzimmertisch und zieht ihren mageren Körper Stück für Stück hoch. Ich müsste zu ihr gehen und dafür sorgen, dass sie sitzen bleibt. Aber ich tue etwas anderes, ich beuge mich wieder hinunter zu dem Schlüsselloch. Mit einer Armlänge Abstand schaue ich hindurch und sehe Licht. Was immer da auch war, es ist weg.

„HÖREN SIE MIT DEM SCHNÜFFELN AUF!"

Jetzt ist sie auf den Beinen, humpelt auf mich zu, kommt immer näher. Ich staune über mich selbst, als ich die obere Schublade – „WAS MACHEN SIE DA?" – der kleinen Flurkommode aufziehe. Drei Packungen Taschentücher, Notizzettel, ein uraltes, völlig zerfleddertes Telefonbuch und – Treffer! – mehrere Schlüssel, von denen nur einer so aussieht, als könne er in das große Schlüsselloch passen. Frau Diehls magerer Körper ist nur noch drei Meter von mir entfernt, als ich den Schlüssel ins Schloss stecke. Er passt, ich drehe ihn herum und stoße die Tür auf. Genau wie vermutet, das Zimmer ist völlig leer. Nur tote Fliegen. Waren die gerade eben schon da?

„HER MIT DEM SCHLÜSSEL!"

Krallenartig schließen sich die knochigen Finger um meinen Oberarm. Ich hätte nicht gedacht, dass dieser alte Leib so viel Kraft hat. Mit der anderen Hand nimmt mir Frau Diehl den Schlüssel ab. Während ich noch versuche, eine halbwegs brauchbare Entschuldigung zu formulieren, zerrt sie mich Richtung Wohnungstür. Ich wehre mich nicht, lasse es zu, dass sie ihre krummen Fingernägel in mein Fleisch gräbt.

„Schämen sollten Sie sich!"

Mit diesen mehr enttäuscht als wütend klingenden Worten schließt sie die Tür. Und ja, ich schäme mich. Was zum Teufel ist nur in mich gefahren? Was habe ich mir dabei gedacht? Mein Herz pocht und auf meinem Arm erkenne ich die halbmondförmigen

Abdrücke ihrer Nägel.
Ich gehe einige Meter von der Tür weg und warte auf dem Flur bis der Pflegedienst kommt. Zehn Minuten später höre ich Stahlseile über Rollen laufen, dann das Quietschen der Aufzugtür. Ein junger Mann mit weißer Hose und einem großen schwarzen Koffer. Er sieht mich und sagt hallo.

„Hallo … ähm, bitte seien Sie vorsichtig, wenn Sie zur Frau Diehl gehen. Es könnte sein, dass sie aggressiv reagiert."

Der Mann mit dem Verbandskoffer grinst mich an.

„Das wäre ja wirklich mal was Neues."

„Und bitte benutzen Sie nicht den Aufzug, der ist nicht sicher. Ich habe das schon einer Kollegin von Ihnen gesagt."

Er verspricht mir, künftig die Treppe zu nehmen, klopft an die Tür von Frau Diehl und ich ziehe mich noch ein wenig weiter zurück. Zehn Sekunden, zwanzig Sekunden, dreißig Sekunden … dann geht tatsächlich die Wohnungstür auf. Erst als der Krankenpfleger mit seinem rabenschwarzen Koffer in der Wohnung verschwunden ist, verschwinde auch ich. Nichts wie raus hier, ich brauche frische Luft.

Fünf Minuten später stehe ich auf dem regennassen Parkplatz des Herbsthauses und denke über die Scheiße nach, die ich gerade gebaut habe. Mit Frau Diehl habe ich es mir verdorben, dafür kann ich nun davon ausgehen, dass auch sie Begegnungen mit dem Übernatürlichen hatte. Das Schlafzimmer, dieser völlig leere Raum, grenzt direkt an die Wohnung, die das Zentrum des Ganzen zu sein scheint. Was ist Frau Diehl in diesem

Schlafzimmer passiert, das sie mit ihrem Bett ins Wohnzimmer hat flüchten lassen? Und was verdammt war auf der anderen Seite des Schlüssellochs? Was hat mich da angesehen? Oder war das nur meine scheiß Einbildung? Es ist doch heller Tag.

***

Drei Tage und drei Nächte sind vergangen. Keine besonderen Vorkommnisse, keine Begegnungen mit dem Übernatürlichen. Immer noch schlafen wir im Wohnzimmer, genau wie Frau Diehl, die entgegen meiner Erwartung nicht ins Krankenhaus gebracht wurde. Ihr Fuß sah schlimm aus und roch noch schlimmer, aber sie versuchen wohl, die Sache ambulant in den Griff zu bekommen.

Ab und zu mault Paula herum, überhaupt wirkt sie die letzten Tage gereizt. Im Grunde aber respektiert sie meine Weigerung, ins Schlafzimmer zurückzuziehen. Was soll sie auch tun? Mich an den Haaren in dieses verfluchte Zimmer schleifen?

Vorgestern habe ich Frau Diehl einen Entschuldigungsbrief unter der Tür durchgeschoben, ich traute mich nicht, bei ihr zu klopfen. Noch am selben Tag lag der Brief zerknüllt auf dem Flur, ich habe ihn aufgehoben, in kleine Stücke gerissen und weggeworfen … nicht, dass Paula ihn findet. Ohnehin ist es momentan schwierig zwischen uns, sie muss nicht noch erfahren, dass ich Ärger mit unserer 92-jährigen Nachbarin habe.

Gestern habe ich angefangen, ein handschriftliches Forschungstagebuch zu führen. Ich habe alles eingetragen, was ich über das Herbsthaus und über die paranormalen Phänomene weiß, die hier ihren Ort haben. Was ich sicher weiß, das schreibe ich schwarz. Was ich nur vermute, das trage ich rot ein. Mein Forschungstagebuch – eigentlich nur ein karierter A4-Block mit abgestoßenen Ecken, einer von denen, die aus meiner Schulzeit übrig sind – steckt in dem Lederrucksack, mit dem ich auch zur Uni gehe. Ich nehme den Block nur heraus, wenn ich etwas eintragen will.

Keine besonderen Vorkommnisse, keine besonderen Vorkommnisse … oder etwa doch? Ich weiß es nicht. Ich habe nichts gesehen, kein schwarzes Tier und auch kein kleines Mädchen mit verbundenem Kopf. Ich habe auch nichts gehört, keine Schritte und keine Klopfgeräusche. Auch Alpträume hatte ich seit einigen Nächten nicht. Und doch habe ich immer wieder diese kleinen Momente der Irritation, diese kleinen, hinterhältigen „Hier stimmt etwas nicht"-Momente. Stand dieser Stuhl nicht gerade eben noch einige Zentimeter näher beim Tisch? War die Tür zum Badezimmer nicht gerade eben noch geschlossen? Wieso ist mir plötzlich so kalt? War das nur der Luftzug, der den Duschvorhang bewegt hat? Ich vermute … nein, ich bin mir sicher! Ich bin mir hundert Prozent sicher, dass sich etwas in unserer Nähe aufhält, dass wir beobachtet werden. Manchmal fühle ich es sehr deutlich, dann wieder ist es ganz weit weg, schon fast nicht mehr da … und dann kommt es plötzlich wieder und mir bricht der kalte Schweiß aus. Paula merkt von alldem nichts, vielleicht lässt sie sich auch nur nichts anmerken. Ich traue mich nicht, sie zu fragen … und zugleich würde ich so gerne offen mit ihr reden. Ich habe solche Angst, mich langsam aber sicher in einem Gewirr aus Lügen und Halbwahrheiten zu verheddern, aus dem ich nicht mehr alleine herausfinde. Vielleicht sollte ich wirklich reinen Tisch machen. Aber was, wenn sie mich dann wieder für verrückt hält? Und was, wenn sie sich dann eine weniger verrückte Freundin sucht?

Ich grüble zu viel. Ich sitze da, starre auf eine der noch leeren Seiten meines Forschungstagebuchs und grüble mir Knoten ins Hirn. Schluss damit! Was sind die Optionen? Okay, ich könnte meinen Hintern vom Stuhl heben und den Rundgang durchs Haus machen. Ich könnte auch einen weiteren Versuch starten, Frieden mit Frau Diehl zu schließen. Ich könnte auch (und müsste auch mal) Strauss anrufen. Seit seinem ebenso verzweifelten wie besoffenen Vormittagsanruf haben wir nicht gesprochen. Ich könnte auch … hui Lena, was ist denn mit dir los? Heute Morgen einen Helden gefrühstückt? … die leere Wohnung erkunden, von der alles auszugehen scheint. Es ist heller Tag, was soll schon passieren? Andererseits … als mich durchs Schlüsselloch dieses Ding angeschaut hat (hat es mich denn angeschaut?), da war es auch hell. Vielleicht spielen Hell und Dunkel gar keine Rolle, vielleicht …

Während ich noch versuche, meine Gedanken unter Kontrolle zu bringen, bin ich schon auf dem Weg zur Wohnungstür. Hat sich gerade der Staubsauger bewegt? Ruhig, einfach weiter … wie hieß noch dieser große Hund, der Angst vor dem Staubsauger hatte. Ach ja, Lumpi, Lumpi die Dogge … gehörte einer Klassenkameradin. Ein riesiges, ständig sabberndes Vieh, das wie von der Tarantel gebissen aus dem Zimmer rannte, wenn man den Staubsauger einschaltete. Was für ein Feigling! Sechzig Kilogramm schwer, groß wie ein Pony und Angst vor dem Staubsauger. Moment mal … heißt es nicht „Wie von der Tarantel gestochen?" Stechen oder beißen Taranteln? Und sind Taranteln eigentlich Vogelspinnen … oder gibt es da einen Unterschied? Gibt es auch – hihihi – Vögelspinnen, Spinnen die den ganzen Tag nur …

Während ich meine Angst mit unsinnigen Gedanken zukleistere, öffne ich die Wohnungstür, gehe ich hinaus auf den runden Flur und hinüber zu der Tür, hinter der was-auch-immer lauert. Man muss sich nur gekonnt ablenken, dann geht das schon. Ich stecke (ganz vorsichtig) den Generalschlüssel ins Schloss, drehe (ganz behutsam) herum und drücke (ganz gleichmäßig) die Tür auf. Das einzige, was mir entgegen kommt ist abgestandene Luft … kein schwarzes Tier, kein Erhängter, kein Mädchen mit Verbänden. Vielleicht haben sie sich ja in den Zimmern versteckt.

Ich betrete den Flur, es riecht säuerlich-muffig, Staub und Erbrochenes. Anscheinend riechen Wohnungen so, die jahrelang leer stehen.

Schon auf den ersten Metern erkenne ich, dass diese Wohnung anderes geschnitten ist als unsere, eher ähnelt sie der Wohnung von Frau Diehl. Ein etwa anderthalb Meter breiter Flur, von dem rechts und links Zimmer abgehen, läuft auf eine breite Tür mit Glaseinsatz zu. Dahinter muss das große Wohnzimmer mit dem Balkon sein. Auf einmal ergreift mich eine sachte, ganz geschmeidige Panik, sie zerrt nicht an mir, sie schiebt nur ein bisschen. Ich will raus aus diesem Flur, weg von den geschlossenen Türen und hinein ins Licht. Sechs große Schritte und ich bin bei der Glastür, quietschend geht sie auf, dahinter das helle, große Wohnzimmer.

Okay Lena, bleib ruhig. Keiner Frau ist je etwas zugestoßen! Ich ziehe die Balkontür auf, frische Luft muss herein. Dann stelle ich mich in die Mitte des großen Zimmers und sehe mich um. Die Wohnung wirkt verbraucht ... alt und schmuddelig. Es ist nicht so, dass sie stark verdreckt wäre, es klebt kein Schmutz an den Wänden und auf dem Linoleum-Boden, keine dunklen Flecken, keine Schlieren an den Wänden oder gar Beschädigungen. Und trotzdem wirkt die Wohnung schmutzig ... auf eine sonderbare, irritierende Art. Wände und Boden sehen aus, als hätte man einen ganzen Kübel Dreck ganz fein auf ihnen verteilt ... als hätte man den Schmutz in der Luft zerstäubt, so dass er sich ganz gleichmäßig auf allem niederlassen konnte.

Ich gehe einige Schritte, erkunde den Raum. Es sind keine Möbel mehr da, überhaupt keine Gegenstände. In einer Ecke des Zimmers liegen alte Kabel, keine Ahnung, wozu die mal gut waren. Die Tapeten, die aussehen, als könnten sie sich jeden Moment von den Wänden schälen, haben ein gelbes Rautenmuster auf weißem Grund. Als ich näher herangehe und das Muster betrachte, da merke ich, dass die Tapeten stinken. Von ihnen geht ein muffiger, bitterer Geruch aus. Vielleicht liegt das am alten Kleister, vielleicht sind tierische Inhaltsstoffe im Kleister, die nun vor sich hin verwesen. Ich strecke meinen Arm aus und drücke auf eine der großen

Blasen, die sich unter den Tapetenbahnen gebildet haben … es knistert leise … es knistert auch noch, als ich meinen Finger schon wieder zurückgezogen habe.

Auf einmal springt mich die unsinnige Angst an, dass sich diese Tapetenbahn abschälen, auf mich fallen und mich einwickeln wird. Ich ärgere mich über mich selbst, mache aber vier Schritte zurück und bin wieder in der Mitte des Raumes. Was für ein Mist, jetzt habe ich also schon Angst vor Tapeten. Am liebsten würde ich laut lachen, aber ich traue mich nicht. Es ist totenstill in diesem großen, seit Jahren unbewohnten Zimmer, nicht einmal den Fernseher von Frau Diehl hört man … obwohl die alte Dame doch gleich nebenan wohnt.

Okay, jetzt kommt der schwierigste Teil meiner kleinen Wohnungserkundung. Hier im Wohnzimmer ist nichts, nichts Auffälliges, nur Schmutz und Verfall. Also zurück in den Flur und die Türen öffnen, in jedes Zimmer zumindest einen Blick werfen … auch in die ohne Fenster. Ich hätte die Taschenlampe mitnehmen sollen.

Als ich die Tür zu einem Raum öffne, der wahrscheinlich einmal ein Schlafzimmer oder ein Kinderzimmer war, da weiß ich nicht, ob ich flüchten oder laut lachen soll. In dem leeren Raum steht einsam ein alter Schaukelstuhl, ausgerechnet ein Schaukelstuhl. Jeden Moment – ich bin mir da ganz sicher – jeden Moment wird sich das Ding quietschend in Bewegung setzen. Und dann werden ganz langsam die Umrisse des Wesens sichtbar, das in diesem Stuhl sitzt und nur darauf gewartet hat, dass ich mich zu ihm hinein traue. Wie das Kaninchen auf die Schlange starre ich auf das alte, staubige Möbelstück … jeden Moment wird der Stuhl anfangen, zu schaukeln. Jeden Moment muss es losgehen.

Aber nein, es passiert nicht, das wäre zu billig. Moment! War da nicht eine Bewegung? Nein, nichts … diesmal nicht. Ich kratze meinen Mut zusammen, gehe zu dem alten Stuhl, packe ihn an einer der Armlehnen und lege ihn auf die Seite, er ist leichter als er aussieht. Ruhig und friedlich bleibt der von klebrigem Staub bedeckte Stuhl liegen. Nichts anderes ist in diesem Zimmer. Ich werfe einen letzten Blick auf den umgekippten Stuhl und schließe die Tür. Auch die Klinke fühlt sich klebrig an.

Diesem Zimmer gegenüber befindet sich ein etwas kleinerer Raum, auch dieses fast völlig leer. An eine der Wände gelehnt stehen mehrere Sperrholzplatten mit Bohrlöchern, die früher zu einer Einbauküche gehörten … sehen ziemlich versifft aus. Ich gehe einmal durch den Raum, einmal an jeder Wand entlang. Auch hier wirken die Tapeten, als würden sie gleich von den Wänden fallen. Aus welchem Jahrzehnt stammen die? Womöglich sind die älter als ich und Paula zusammen, vielleicht sind die schon was wert, vielleicht könnte man die vorsichtig abziehen, aufrollen und bei eBay verkaufen. Wenn sie nur nicht so nach Verwesung stinken würden.

Jetzt sind nur noch zwei Räume übrig, die beiden Räume, die nahe zur Mitte des Hauses liegen, beide fensterlos. Meine Hand liegt schon auf einer der Türklinken (vom Wohnzimmer aus gesehen die linke), als mich mein Mut verlässt. Ich höre mein Herz klopfen, nehme die Hand vom Metall und trete einen Schritt zurück. Okay, alles der Reihe nach. Erst die Wohnungstür etwas weiter auf … einfach damit ich flüchten kann, sollte dort etwas in der Dunkelheit sein … einfach damit ich in meiner Panik nicht gegen die Tür renne. Und dann … ja, was dann? Nichts weiter, ich werde es doch wohl fertigbringen, diese blöde Tür aufzumachen. Nie ist einer Frau etwas passiert … nie einer Frau … nie einer Frau!

Tief durchatmen, Hand auf die Klinke und … hinunterdrücken. Ein schmaler, nur etwa zwei Quadratmeter großer Abstellraum gähnt mich an. Leere Holzregale an den Wänden, sonst nichts. Nichts steht mir gegenüber, niemand schaut mich an. Ich mache einen Schritt hinein in den Raum, halte aber mit einer Hand die Tür offen. Wenn ich jetzt in diese Abstellkammer gehe, wenn dann hinter mir plötzlich die Tür zuschlägt und ich im Dunkel stehe, dann bin ich im Arsch, dann verliere ich die Nerven und schrei hier rum. Und wenn etwas mit mir in dieser Kammer ist, ein großes, dunkles Etwas, dann … oh Gott, meine Phantasie läuft Amok, nichts wie raus hier!

Okay Lena, jetzt noch eine Tür, eine letzte Tür und dann habe ich es geschafft, dann habe ich mir jeden gottverdammten Raum in dieser stinkenden Wohnung angesehen. Hier muss das Badezimmer sein …

… Und ja, da ist es, weiße Kacheln und schwarze Fugen. Alles ist noch da: Die Badewanne, zwei runde Waschbecken, Kloschüssel, ein Erste Hilfe-Schrank, sogar der Duschvorhang, die Klobürste und eines dieser roten Gummidinger, mit dem man verstopfte Abflüsse frei bekommt. Das Bad sieht aus, als könne man es sofort benutzen, nur die Handtücher und das

Klopapier fehlen.
Ich drücke auf den Lichtschalter und tatsächlich tut sich etwas. Die beiden Lampen über dem großen Badezimmerspiegel gehen an … und gleich wieder aus. Ich höre ein Zischen und eine Sekunde später riecht es verbrannt. Oh Mist! Nicht dass hier irgendwelche Leitungen durchschmoren, nicht dass ich das verdammte Haus abfackle. Entschuldigen Sie, Frau Diehl, würden Sie bitte mit raus kommen, das Haus brennt. Sie können keine Treppen steigen? Na gut, dann klettern Sie mir mal auf den Rücken. Festhalten bitte!

Schnell drücke ich noch einmal den Lichtschalter, bringe ihn wieder in Licht-aus-Position. Dann warte ich eine Minute, bis ich keinen Brandgeruch mehr wahrnehme. Okay, war wohl nichts Größeres. Ich drücke die Badezimmertür zu und verlasse die Wohnung.

Als ich abschließe, da kommt mir die Idee, doch noch einmal hineinzugehen und einen Blick in das Zimmer mit dem einsamen Schaukelstuhl zu werfen. Ob das Ding noch brav auf der Seite liegt?

Nach kurzem Überlegen lasse ich es bleiben, das reicht für heute. Außerdem muss ich noch einen Anruf machen. Als ich wieder zurück in unserer Wohnung bin, da muss ich mir eingestehen, dass ich gerade richtig beschissen Angst hatte … trotz Tageslicht.

***

Das Freizeichen. Einmal, zweimal, dreimal … ich warte immer bis fünf, erst dann lege ich auf …

viermal, fünfmal, sech- Jemand nimmt ab, Ton Nummer sechs hat es nicht komplett bis zu mir geschafft.

„Ja, hier Strauss."

Eine Frau ist daran. Seine Frau?

„Hallo Frau Strauss, hier Lena Pander. Ist Ihr Mann gerade da?"

Die Frau am anderen Ende der Leitung muss lachen.

„Sie meinen bestimmt meinen Vater."

„Ja ähm … Ihren Vater. Entschuldigen Sie."

„Kein Grund, sich zu entschuldigen. Warten Sie einen Moment, ich bring ihm das Telefon ans Bett."

Ich höre ihre Schritte, dann eine Tür … Zeit zum Nachdenken. Wieso liegt Strauss um diese Zeit noch im Bett? Geht es so rapide abwärts mit ihm? Liegt da nur noch ein hohläugiges, vom Krebs zerfressenes Gerippe?

Geflüsterte Worte, dann ein Knistern und Knarzen, das Telefon wechselt von einer Person zur anderen. Strauss räuspert sich, bevor er spricht.

„Hallo Frau Pander, ich habe schon gewartet, dass Sie mal anrufen. Wie geht es Ihnen?"

Falls ich gerade mit einem Gerippe spreche, dann mit einem, das sich erstaunlich frisch anhört.

„Ganz gut so weit. Ich hoffe, Ihnen geht es auch gut … also den Umständen entsprechend."

„Ja, den Umständen entsprechend … das trifft es. Haben Sie Neuigkeiten für mich?"

Ich erzähle Strauss, was ich weiß. Ich erzähle ihm von dem Mädchen mit den Verbänden und davon, dass das Herbsthaus bei den Kindern der Gegend früher als Spukhaus bekannt war. Ich erzähle ihm auch von dem leeren Schlafzimmer Frau Diehls, von meinem Blick durchs Schlüsselloch und davon, dass mich von der anderen Seite aus etwas angeschaut hat.

„Sind Sie sicher, dass Sie etwas angesehen hat?“

„Nein, nicht hundert Prozent. Aber auf jeden Fall wurde es plötzlich dunkel und … nun ja, ich hab mir eben eingebildet, dass ich eine Bewegung wie von einem Augenlid gesehen habe, also wie so ein Blinzeln.“

„Und das Zimmer war völlig leer?“

„Ja, absolut. Und dieses Zimmer grenzt eben direkt an die Wohnung, die das Zentrum des Ganzen zu sein scheint, genau wie unser Schlafzimmer.“

„Waren Sie mittlerweile mal in dieser Wohnung? Sie haben doch den Generalschlüssel.“

„Ja, das war ich … gerade eben erst.“

Ich erzähle Strauss von meiner ängstlichen kleinen Wohnungserkundung, beschreibe ihm die fast leeren Räume und finde sogar Worte für die seltsame Verkommenheit, die diese Wohnung ausstrahlt. Das klebrige Gefühl, als ich den Schaukelstuhl berührte, die sich wellenden Tapeten, von denen man glaubt, dass sie jeden Moment von den Wänden fallen, der muffige, leicht bittere Geruch … Strauss scheint enttäuscht darüber zu sein, dass mir in der Wohnung nichts passiert ist, dass ich keine Begegnung mit Was-auch-immer hatte.

„Und sie haben wirklich nichts gesehen? Oder irgendwie wahrgenommen … also gehört oder gespürt?“

„Nein, absolut nichts.“

„Gibt es in der Wohnung noch Schränke, in denen

etwas sein könnte. Vielleicht einen Wandschrank?"

„Nein ... also es gibt so einen Abstellraum. Aber der war völlig leer. Möbel stehen überhaupt nicht mehr herum, nur dieser Schaukelstuhl und die Reste einer Küche."

Strauss macht eine Pause. Was überlegt er?

„Gehört zu der Wohnung nicht auch ein Keller?"

„Ja ... vermutlich schon."

„Würden Sie sich bitte den Keller anschauen? Vielleicht finden wir dort irgendwelche Hinweise."

In mir sträubt sich alles. In den Keller bin ich bisher nur einmal zum Waschen gegangen, sogar das war unheimlich. Ich habe absolut keine Lust, mich durch irgendwelche verstaubten Kellerabteile zu wühlen. Irgendwo dort unten war ja auch dieses Kleid, dieses Kleid aus meinem Traum, das dann plötzlich real war ... mit dem mich Paula fast zu Tode erschreckt hat.

„Frau Pander, sind Sie noch da? Könnten Sie sich diesen Keller anschauen?"

Ich möchte nein sagen, sage aber ja. Was bitte soll da unten sein außer altem Schrott? Vielleicht ja dieser Kerl, der sich am Heizungsrohr erhängt hat? Hallo junge Frau, schön dass Sie mich hier unten mal besuchen, dann muss ich nicht zu Ihnen nach oben kommen ...

„Könnten Sie das heute noch machen?"

„Was machen?" Strauss hat mich aus meinen Gedanken gerissen.

„In den Keller gehen. Vielleicht finden Sie dort unten etwas, irgendwelche Hinweise."

„Was meinen Sie mit „Hinweise"?"

Strauss überlegt. Im Hintergrund Kindergeschrei.

Ist seine Verwandtschaft da, um sich von ihm zu verabschieden? Ach Quatsch, dafür hört er sich noch zu kräftig an.

„Frau Pander, ich weiß doch selbst nicht. Ich bitte Sie einfach, sich umzusehen, die Augen offen zu halten. Vielleicht finden Sie ja dort unten etwas Interessantes."

„Und wenn dort unten irgendetwas mich interessant findet?"

Strauss atmet tief durch. Es klingt fast genervt.

„Wie gesagt: Es ist nie einer Frau etwas passiert. Und mir liegen auch keine Berichte vor, dass jemals jemand tätlich angegangen oder gar verletzt wurde. Wir wissen, dass Menschen im Herbsthaus verschiedene Wesen gesehen haben ... und sogar mit diesen Wesen in Kontakt getreten sind. Aber es gibt absolut keine Anhaltspunkte dafür, dass von diesen Wesen eine konkrete, physische Gefahr ausgeht. Ich habe Sie immer für einen Forschergeist gehalten, Frau Pander."

Was soll ich darauf sagen? Dass mir mein Forschergeist längst in die Hose und unten raus gerutscht ist? Als die Worte dann kommen, da bin ich selbst erstaunt über meinen Mut.

„Okay Herr Strauss, ich werde mir den Keller anschauen. Sind Sie im Laufe des Tages erreichbar?"

„Ja, bin ich. Vielen Dank Frau Pander. Lassen Sie mich noch kurz erzählen, was ich in der Zwischenzeit herausgefunden habe. Wie gesagt: Der erste Bericht über paranormale Phänomene, der mir vorliegt, stammt aus dem Jahr 1986, das war dieser Mann, der nächtens von der großen, tierähnlichen Gestalt angesprochen wurde, der wohl auch Sie begegnet sind. Herr Schlechter hat dieses Wesen im Gespräch mit mir ja als Affen bezeichnet … aber egal, jedenfalls wusste ich bisher nichts über die Zeit vor 1986, mittlerweile bin ich aber schlauer. 84 und 85 lebte eine vierköpfige Gastarbeiter-Familie in der Wohnung, die das Zentrum der Phänomene zu sein scheint, das weiß ich von einem älteren Herrn, der in den Siebzigern und Achtzigern Hausmeister des Herbsthauses war. Diese italienischstämmige Familie ist ausgezogen, weil der jüngste Sohn unter Alpträumen und wohl auch unter Panikattacken litt. Und wissen Sie was, ich habe mit diesem Mann telefoniert, also mit dem jüngsten Sohn, der ehemalige Hausmeister wusste noch den Namen. Ist das nicht großartig?"

„Ja, ähm-"

Strauss spricht einfach weiter.

„Und dieser Mann hat mir erzählt, dass er und sein Bruder die Wohnung damals in sichere und unsichere Bereiche aufgeteilt hatten … es gab also Zimmer, in denen man sich aufhalten konnte, und Zimmer, die den Kindern gefährlich erschienen. Das Kinderzimmer war unglücklicherweise das gefährlichste Zimmer, das große Wohnzimmer hingegen relativ harmlos. Der Mann hat mir erzählt, dass er und sein Bruder nie zum Spielen ins Kinderzimmer gegangen sind, immer nur ins Wohnzimmer. Und wenn die Eltern nicht darauf bestanden hätten, dann hätten die Jungen in diesem Zimmer auch nicht geschlafen."

„Und haben diese Kinder etwas gesehen?"

„Nein, da war nur dieses diffuse Gefühl der Bedrohung und des Beobachtet-Werdens, das auch mehrere andere Bewohner beschrieben haben. Auch in den Alpträumen, die der Mann damals hatte, kamen keine Wesen vor. Das waren Angstträume, wie sie Kinder häufig haben. Man kann das Gleichgewicht nicht halten und stürzt in die Tiefe … oder man ist eingesperrt und merkt, dass man nicht alleine ist, solche Dinge eben. Was aber wichtig ist: Die Kinder waren sich ganz sicher, dass die Angstgefühle und auch die Alpträume mit der Wohnung zusammenhängen. Die haben sogar in einem Bett geschlafen, obwohl jeder sein eigenes hatte. Und schließlich brachten sie ihre Eltern dazu, mit ihnen die Wohnung zu verlassen."

„Ich verstehe nicht ganz, wie uns das hilft. Dass verschiedene Menschen es nicht lange in dieser Wohnung aushielten, das wissen wir doch schon."

„Nun ja, es könnte sein, dass Ihre Nachbarwohnung nicht nur das Zentrum der paranormalen Phänomene ist, vielleicht gibt es ja eine Art Zentrum des Zentrums … eben dieses Kinderzimmer, das für die beiden Jungs der unsicherste Raum war. Vielleicht könnten Sie sich dieses Zimmer noch einmal genauer ansehen … und vielleicht auch ein paar Stunden darin verbringen."

Ich verspreche Strauss, noch einmal in das Zimmer zu gehen und mich dort umzuschauen. Es müsste der Raum sein, in dem dieser Schaukelstuhl steht … nein, liegt. Aber zuerst in den verdammten Keller. Zum Glück hat Strauss mich nicht gebeten, in dem ehemaligen Kinderzimmer zu übernachten.

„Einen Moment, Frau Pander. Ich habe noch herausgefunden, dass vor dieser Familie eine alleinstehende Frau in der Wohnung lebte, und zwar mehrere Jahrzehnte. Sie ist in den vierziger oder fünfziger Jahren dort eingezogen und hat bis Anfang der Achtziger in der Wohnung gelebt. Offensichtlich ist in diesem Zeitraum nichts passiert, was sie hat vergraulen können."

„Oder diese Frau hat selbst mit diesen Phänomenen zu tun", wende ich ein. „Sie haben mir doch erzählt, dass jemand eine alte Frau gesehen hat, die sich über ein Kinderbett gebeugt hat."

„Ja, das stimmt. Allerdings weiß ich leider nicht, in welchem Alter diese Dame war, als sie Anfang der Achtziger ausgezogen ist."

„Ach so, die ist ausgezogen."

„Genau, sie ist also nicht in der Wohnung gestorben … falls Sie sich das gerade gefragt haben. Wir müssen versuchen, uns von unseren Alltagsvorstellungen zu distanzieren. Es wäre zu einfach, anzunehmen, dass Leute irgendwo sterben und dann an diesem Ort umgehen. Außerdem war die alte Frau an dem Kinderbett ja nur eine von ganz verschiedenen Erscheinungen. Was ist mit dem kleinen Mädchen? Oder diesem großen Tier, das Sie und andere beschrieben haben? Oder mit dem Wesen, das Herr Schlechter im Gespräch als seine Geliebte bezeichnet hat? Vorerst haben wir keine Erklärungen für das, was in diesem Haus vor sich geht. Wir können aber zumindest annehmen, dass dieses Phänomen an einen bestimmten Ort gebunden ist … vielleicht geht es ja sogar von einem bestimmten Zimmer aus."

Ich verspreche Strauss ein weiteres Mal, mir das Zimmer genauer anzusehen. Als wir uns schon verabschiedet haben, fällt mir noch etwas ein.

„Herr Strauss … sind Sie noch da?"

„Ja, ich bin noch in der Leitung."

„Sie meinten doch, dass bis 2005 jemand in der Wohnung lebte, oder?"

„Ja … ähm … sogar bis 2007, wenn ich mich recht entsinne."

„Also ich war ja vorhin in der Wohnung und die sieht aus, als wäre sie seit Jahrzehnten nicht mehr bewohnt, also richtig alt und zerfallen, sogar die Tapeten kommen schon von den Wänden. Und ähm … also ich wollte eben nur sagen, dass die Wohnung so wirkt, als hätte da seit Ewigkeiten niemand mehr was gemacht. Ich kann mir überhaupt nicht vorstellen, dass da noch vor sechs Jahren jemand gelebt hat … obwohl ja noch Sachen herumstehen. Es riecht auch muffig und irgendwie sauer."

„Hm … haben Sie Ungeziefer gesehen? Irgendwelche Tiere?"

„Nein, das nicht. Aber bei uns im Schlafzimmer liegen oft tote Fliegen herum. Und ähm … ja, also in dem Schlafzimmer bei Frau Diehl, da waren auch ein paar tote Fliegen. Hat das was zu bedeuten?"

„Wahrscheinlich nicht. Man findet nur in der Literatur des Öfteren Beschreibungen von Spukphänomenen, die mit dem Auftreten von Ungeziefer einhergehen … und generell mit Verfall und Unrat. Diese Verbindung findet sich schon in sehr alten Quellen, was aber natürlich nichts heißen muss. Vielleicht liegt diese Verbindung einfach nur nahe. Der Spuk folgt dem Tod genau wie das Ungeziefer. Wie dem auch sei, wir können die toten Fliegen ja mal im Hinterkopf behalten."

Strauss macht eine Pause und mir fällt nichts mehr

ein. Tote Fliegen im Hinterkopf, eine unappetitliche Vorstellung.

„Würden Sie mich bitte anrufen, nachdem Sie im Keller waren?"

„Ja natürlich. Dann bis später."

„Vielen Dank Frau Pander. Bis später."

Ich lege auf und schaue mich im Zimmer um. Woher soll ich überhaupt wissen, welcher Keller zu welcher Wohnung gehört? Sind die beschriftet? Wie aus dem Nichts kommt mir ein Gedanke: Wenn hier irgendetwas ist, eine Art Präsenz, dann hat dieses Etwas vielleicht auch mein Gespräch mit Dr. Strauss mitgehört. Vielleicht saß es ja die ganze Zeit neben mir. Ein Schauer läuft mir über die Haut, lässt mich zittern. Ich mache den Fernseher an, einfach damit es hier nicht so verdammt still ist. Der Keller muss warten … obwohl, wahrscheinlich ist es da unten sicherer als hier oben in der Wohnung. Runter will ich trotzdem nicht, schon als Kind hatte ich Angst davor, alleine in den Keller zu gehen. Das hat immer mein älterer Bruder übernommen. Sollte ich ihn anrufen und fragen, ob er kommt?

***

Aber ich bin kein kleines Kind mehr, ich bin erwachsen. Ich studiere Medizin und werde in wenigen Jahren Leben retten. Außerdem war ich gerade in der verdammten Geisterwohnung, was soll mich da ein blöder Keller erschrecken.

Auf einmal eine meiner inneren Stimmen, klein Lena spricht: Aber da unten ist wahrscheinlich kein Strom mehr, also auch kein Licht. Und denk an den

Mann, der sich an dem Heizungsrohr aufgehängt hat. Was, wenn der dort unten herumschleicht ... mit heraushängender Zunge und Glotzaugen? Und wer weiß schon, ob nicht die Taschenlampe einen versteckten Defekt hat, einen furchtbar fiesen Defekt, der nur dann auftritt, wann man das Ding wirklich ganz ganz dringend braucht. Vielleicht geht die plötzlich aus und dann findest du nicht zurück zur Kellertür. Dann irrst du da unten herum und dann, dann stößt du plötzlich mit dem toten Mann zusammen, der sich an ...

Schluss! Aus! Meine scheiß Phantasie ist mal wieder auf dem Alleinherrschertrip. Den Mut, den ich gerade noch hatte, hat sie schon in die Verbannung geschickt. Und jetzt ist sie kreischend und mit sämtlichen Armen fuchtelnd hinter meinem Verstand her. Der kleine Kerl braucht dringend Hilfe. Okay, was weiß ich? Es gibt keine Spukberichte, in denen der Keller eine Rolle spielt. Gut, einer hat sich da unten erhängt ... aber das heißt nichts, der wollte wahrscheinlich nur ungestört sein bei seinem Selbstmord. Außerdem ist der Keller der Ort, der innerhalb des Hauses am weitesten von der Wohnung entfernt ist, von der mich jetzt gerade nur eine Wand und eine Tür trennen. Wo könnte ich also sicherer sein?

Ich stemme mich vom Sofa hoch, schnappe mir Schlüsselbund und Taschenlampe – wenn das Ding den Geist aufgibt, dann hab ich immer noch mein Handy – und verlasse die Wohnung. Sollte ich nicht besser warten, bis Paula wieder da ist?

Ich laufe am Maul des Aufzugs vorbei – na alter Freund, auch mal wieder hier? – und öffne die Tür zum Treppenhaus. Runter, runter, runter, erster Stock, Erdgeschoss, Keller. Vorbei am Aufzugsschacht – hinter dem Gitter nur Schwärze, das samtgefütterte Maul ist mir netterweise nicht nach unten gefolgt – gehe ich zu der großen, feuerfesten Metalltür, hinter der die Kellerabteile liegen. Links ist die Tür zum Waschraum, in dem über einer einsamen Waschmaschine bunte Plastikschnüre gespannt sind, daneben eine nur etwa fünfzig Zentimeter breite Tür ohne Schloss und Klinke – keine Ahnung, wie man die öffnet und was dahinter ist.

Okay, die Taschenlampe funktioniert. Ich drehe den Schlüssel im Schloss, ziehe die große Tür auf und taste nach dem Lichtschalter. Wie vermutet, es bleibt dunkel. Dann war also auch Paula mit der Taschenlampe hier unten, als sie dieses Kleid gefunden hat. Die hat nicht nur Wäsche gewaschen und sich dann aus Langeweile die Kellerabteile angeschaut, die ist extra hier runter, weil sie stöbern wollte. Im Waschraum funktioniert das Licht, da braucht man keine Taschenlampe.

Ich klemme die schwere Tür fest und leuchte in den Kellerraum. Vor mir ein Gewirr aus Gängen und Verschlägen, nacktes, faseriges Holz. An der Decke verlaufen Metallrohre, der Betonboden ist uneben, übersät von Rissen und dunklen Schlieren. Ich gehe einige Schritte und komme an eine Abzweigung, rechts und links von mir nur weitere Holzverschläge, einige noch mit Vorhängeschlössern gesichert.

Ich leuchte in eines der Abteile und sehe eine verdreckte Kochplatte, daneben Kartons mit irgendwelchen alten Zeitschriften. Im nächsten

Abteil steht ein Sofa mit zerrissenem Bezug neben mehreren Rollen schwarzer Folie, an denen Erde klebt. Und nebenan – ich muss grinsen, als ich ihn sehe – steht exakt der Fernseher, den meine Eltern hatten, als ich noch ganz klein war. Ein beigefarbener Kasten mit runden, silbernen Knöpfen an der Vorderseite. Man musste zum Gerät laufen und diese Knöpfe drücken, wenn man umschalten wollte, eine Fernbedienung gab es nicht. Ich erinnere mich sogar an das Geräusch, das diese Knöpfe machten: Ein helles und erstaunlich lautes Klicken. Einen Moment überlege ich, in das düstere Abteil zu gehen und einen der runden Knöpfe zu drücken. Aber ich lasse es und gehe weiter.

Etwa zehn Minuten später bin ich durch … und habe keine Ahnung, welches Abteil zu welcher Wohnung gehört. Zwar sind die Holzverschläge mit kleinen, runden Metallplaketten versehen, auf denen Nummern eingestanzt sind, aber woher soll ich wissen, welche Nummer zu welcher Wohnung gehört? Geht das von oben nach unten und pro Stockwerk im Uhrzeigersinn? Ich habe keine Ahnung.

In fast der Hälfte der Abteile stehen noch Sachen. Manche Leute sind ausgezogen und haben einfach alles da gelassen, was sie nicht mehr gebrauchen konnten … hat wohl keiner mehr kontrolliert. Bestimmt sind in all dem Gerümpel noch ein paar Schätze verborgen … man müsste nur mal richtig suchen.

Aber nicht jetzt. Ich verlasse den Keller, gehe hoch ins Erdgeschoss und an den Briefkästen vorbei ins Freie.

Dort setze ich mich auf eine der Stufen, lege die Taschenlampe weg und grinse in mich hinein. Hätte nicht gedacht, dass ich so cool bleibe, dort unten in der Dunkelheit. Okay, natürlich weiß ich nicht, wie ich reagiert hätte, wäre mir etwas begegnet … das große schwarze Tier oder – Gott bewahre! – das kleine Mädchen mit den Verbänden um den Kopf.

Aber mir ist nichts begegnet und ich habe es hinter mir … zumindest fürs erste. Ich muss herausfinden, welche Keller zu welchen Wohnungen gehören … und dann den zweiten Abstieg wagen.

Als ich so dasitze und über den Parkplatz schaue, da kommt mir eine Idee. Wie hieß doch gleich dieser Hausmeister, mit dem ich das erste Mal hier war? Broder … Bruder … Bre-. Ich scrolle durch mein Telefonbuch … ach ja, Brandt, der überaus witzige Herr Brandt. Kaum lasse ich es klingeln, nimmt er schon ab. Seinen Tonfall kenne ich noch.

„Hallo, hier Brandt. Mit wem hab ich dat Vergnügen?"

„Hallo, hier Lena Pander. Ich bin die, die im-"

„Ach Frau Pander", unterbricht mich der Hausmeister und Kampfraucher, „schön von Ihnen zu hören. Wie geht es Ihnen und Ihrer Liebsten?"

Okay … anscheinend hat er doch mitbekommen, wie Paula mir auf dem Parkplatz an den Hintern gefasst hat. Oder er hat es sich irgendwie zusammengereimt.

„Ähm … ganz gut. Ihnen hoffentlich auch."

„Ja-ja, alles bestens, sollte nur mal mit dem Quarzen aufhören. Was kann ich denn für Sie tun? Ist was kaputt am Haus?"

„Nein, alles in Ordnung. Ich wollte nur fragen, ob

Sie mir vielleicht erklären können, wie die Kellerabteile durchnummeriert sind … also wie man erkennt, zu welcher Wohnung welcher Keller gehört."

„Schauen Sie mal an den Briefkästen."

„An den Briefkästen?"

„Ja, also an dem Briefkasten, wo ihr Name steht, da ist auch eine Nummer. Und das ist dann die Nummer von Ihrem Keller."

„Ach so … okay. Da hätte ich eigentlich selbst drauf kommen können."

Brandt macht eine Pause. Überlegt er? Oder zündet er sich gerade eine Zigarette an?

„Aber wieso interessiert Sie das? Ist doch egal, in welchen Keller Sie ihren Kram stellen, wohnt ja sowieso keiner mehr in dem Haus. Sie haben freie Wahl."

„Ja, schon … also mich hat das nur interessiert. Ich war vorhin da unten und hab mich gefragt, wie das geordnet ist. Das sind ja sehr viele Abteile da unten."

Herrje Lena, fiel dir keine noch blödere Antwort ein? Wieder macht Brandt ein paar Sekunden Pause, bevor er spricht.

„Ja ähm … so viele Abteile wie Wohnungen eben. Kann ich Ihnen sonst noch was helfen, Frau Pander?"

„Nein danke, Sie haben mir schon geholfen … oder ähm, vielleicht doch noch was …" Gerade ist mir etwas eingefallen. „Sie haben doch gesagt, dass Sie mit einem Bekannten zusammen unsere Wohnung leergeräumt haben. Der hat doch so ein Geschäft für gebrauchte Sachen."

„Ja, stimmt … wollen Sie wissen, wo das ist?"

„Nein, ich dachte nur, Ihr Bekannter wäre

vielleicht auch an den ganzen Sachen interessiert, die noch in den Kellerabteilen stehen. Da ist wirklich einiges noch unten, also Möbel und Fernseher und Kleidung … alles Mögliche. Also wenn der da ausräumen möchte …"

„Nee, ich glaub nicht … das wär dem wahrscheinlich zu viel Aufwand. Außerdem müsste man das mit dem Egner absprechen und ich weiß nicht, ob dem das so recht ist. Nicht, dass da nach all den Jahren noch einer kommt und seine Sachen haben will. Nee … also ich glaub eher nicht."

„Das war nur so eine Idee. Ich habe eben die ganzen Sachen gesehen und dann an Sie und Ihren Bekannten gedacht."

„Ja danke, aber ich glaub das wär echt zu viel Aufwand … und die Sachen sind ja auch muffig, das kauft ja keiner mehr."

„Klar, ich meinte ja nur-"

„Nee-nee, das kauft keiner mehr, das alte Zeugs. Das ist wirklich nett von Ihnen, dass Sie da mitdenken, aber das kauft echt keiner mehr."

Ist ja schon gut. Brandt klingt fast, als hätte ich ihm ein unmoralisches Angebot gemacht. Ich habe ja verstanden, dass kein Interesse an dem Müll besteht.

„Okay Herr Brandt, das war es eigentlich schon."

„Schön Frau Pander, dann wünsch ich Ihnen ne gute Zeit. Viele Grüße an Ihre Liebste!"

„Ja ähm … auch viele Grüße an Ihre ähm … an Ihre Frau."

„Danke, werde ich ausrichten. Tschüssikowski."

„Ja, tschüss Herr Brandt."

Gut, das war nichts. Ich hatte gehofft, Brandt und sein Kumpan würden mit einem großen dreckigen

Lieferwagen kommen und die Kellerabteile ausräumen. Während sich die beiden durch alte Möbel, veraltete Elektronik, gammelige Bücher und aus der Mode gekommene Mode wühlen, erforsche ich das Abteil, das zu der Spukwohnung gehört. Aber daraus wird nichts … egal, den Versuch war es wert. Ich stecke mein Handy weg, hebe meinen Hintern von der kühlen, harten Stufe und gehe zu den Briefkästen.

Brandt hat Recht, an jedem Kasten ist eine kleine, eingravierte Nummer. Frau Diehl hat die 25, wir haben die 23. Briefkasten Nummer 24 müsste also zu der Wohnung gehören, die zwischen unserer und der von Frau Diehl liegt. Soll ich noch einmal hinuntergehen und mir Keller 24 anschauen? Etwas in mir zieht mich, etwas anderes hält mich zurück. Angst und Neugierde neutralisieren sich, weder gehe ich hinunter in den Keller, noch wieder hinauf in unsere Wohnung. Stattdessen laufe ich vor den Briefkästen auf und ab und betrachte den durchaus charmanten Zerfall, der dieses Haus gezeichnet hat und weiter zeichnet. Man müsste hier richtig Geld hineinstecken und alles renovieren … oder das verdammte Ding einfach niederreißen, abbrennen, dem Erdboden gleichmachen. Verschwindet ein ortsgebundener Spuk – so hat Strauss das genannt, was hier vor sich geht – mit dem Ort, an den er gebunden ist? Oder sucht er sich einen neuen Ort?

Plötzlich ein Scheppern … Metall auf Metall. Dann völlige Stille. Das kam gerade aus der Küche, in der das Mädchen zusammen mit dem dünnen Typen haust. Schon bin ich mit ausgestrecktem Generalschlüssel unterwegs zu der mit alten Zeitungen verklebten Doppeltür. Ich schließe auf – wieder hakt das Schloss – und betrete den ehemaligen Speisesaal, dann gehe ich zur Küchentür. Ich klopfe an, erhalte aber keine Antwort. Noch einmal klopfe ich ... wieder nichts. Aber wenn es gerade gescheppert hat, dann muss jemand da sein. Oder sind hier unten Ratten?

Okay, angeklopft habe ich ... da kann ich auch reingehen. Ich drücke die Schwingtür auf und vor mir liegt ein leerer Raum, niemand hier, auch keine Ratten, die mit Küchenutensilien hantieren. Wie hieß gleich dieser Zeichentrickfilm, in dem eine Ratte als Koch arbeitet?

„Hallo, ist jemand da?", frage ich ... und weiß, dass die Frage unsinnig ist, man kann sich hier nirgendwo verstecken, Kerstin – sie heißt tatsächlich Kerstin, das stand in ihrem Ausweis – wird nicht plötzlich aus dem Spülbecken auftauchen oder aus dem Backofen kriechen. Aber wer zum Teufel hat gerade diesen Lärm verursacht?

Ich mache drei Schritte zum Fenster und als ich sie sehe, da wird mir wieder etwas weiter ums Herz. Kerstin und ihr dürrer Lover. Wie hieß der Typ noch gleich? Hat der mir das überhaupt gesagt? Die beiden gehen Hand in Hand vom Haus weg, er in leicht gebückter Haltung, sie aufrecht wie ein Kind, das stolz eine gute Note nach Hause trägt. Die beiden sind gerade erst hier ausgestiegen.

Als ich dem Pärchen nachsehe, da kommt mir eine Idee. Vielleicht könnten die mich in den Keller begleiten ... vielleicht wenn ich denen anbiete, dass Sie sich dort unten was holen können, irgendwelche Kissen oder Decken oder was zum Anziehen. Ich darf es nur nicht so klingen lassen, als hätte ich Schiss, alleine nach unten zu gehen. Ach Scheiße! Wieso habe ich eigentlich solche Angst vor diesem Keller? Oben im vierten Stock ist es viel wahrscheinlicher, dass mir etwas passiert. Wahrscheinlich ist es die Dunkelheit … diese beschissene Dunkelheit. Normalerweise haben Keller doch zumindest diese niedrigen Fenster, die direkt über dem Erdboden liegen. Aber hier: Nichts.

Aber es ist nicht nur wegen des fehlenden Tageslichts. Es ist auch – ich kann es einfach nicht leugnen – die Angst vor dem Typen, der sich dort unten erhängt hat. Der tote Scheißkerl hat sich mir ins Hirn gesetzt. Und dabei ist das Bild, das ich von ihm habe, mit heraushängender Zunge und Glubschaugen, nichts weiter als ein Produkt meiner Phantasie, den hat doch nie jemand gesehen, den gibt es doch überhaupt nicht. Na danke!

Ich verlasse das aufgegebene Restaurant und schließe die Tür ab. Strauss wird damit leben (oder sterben?) müssen, dass ich erst morgen Abteil 24 durchsuchen werde. Er hörte sich vorhin doch recht frisch an, keineswegs dem Tod nahe. Aber wieso lag er dann im Bett? Während ich mir so meine Gedanken mache, höre ich schon das Freizeichen. Diesmal habe ich Strauss direkt dran.

„Hallo, Frau Pander."

„Hallo, Herr Strauss. Ich war gerade unten im Keller, leider gibt es kein Licht dort unten. Ich weiß aber, welches Abteil zu der Wohnung gehört und werde mir das morgen genauer anschauen."

„Haben Sie keine Taschenlampe?"

„Doch-doch, also ähm … ich habe heute leider

nicht mehr die Zeit um-"

„Frau Pander", unterbricht mich der alte Mann. „Sie können ruhig Angst haben, das ist nur zu verständlich. Sie sollten sich nur nicht von Ihrer Angst in Ihrem Handeln bestimmen lassen."

„Ja ähm … natürlich nicht. Also wie gesagt: Ich werde mir das morgen hundertprozentig ganz genau anschauen. Bitte geben Sie mir einen Tag Zeit."

„Würden Sie dann heute noch einmal in die Wohnung gehen?"

Nein, eigentlich nicht. Am liebsten würde ich auflegen … aber da fallen mir die verdammten 1500 Euro ein. Und gleich darauf die Tatsache, dass ich mit einem Mann spreche, der nicht mehr lange zu leben hat und der Hoffnungen in mich setzt.

„Ja, das mache ich. Ich rufe Sie dann wieder an."

„Danke Frau Pander. Dann bis später."

„Ähm einen Moment noch. Ich wollte Sie noch einmal fragen, wie es Ihnen geht. Ihre Tochter meinte vorhin, dass Sie noch im Bett liegen."

Strauss muss lachen. Es ist kein besonders kräftiges Lachen … aber immerhin lacht er.

„Machen Sie sich keine Gedanken, ein paar Monate halte ich bestimmt noch durch."

Auf einmal spricht er flüsternd, geheimnistuerisch: „Wissen Sie, ich versuche gerade die Vorteile zu genießen, die sich aus meiner Lage ergeben: Spät aufstehen, sich bedienen lassen, die Alltagspflichten vernachlässigen. Wir Psychologen nennen das den sekundären Krankheitsgewinn."

„Aha", sage ich.

„Aber noch habe ich zu viele Hummeln im Hintern. Die sterben nur sehr langsam ab, diese

Hummeln. Ich schaffe es einfach nicht, im Bett zu bleiben und nichts zu tun. Es treibt mich hinaus zu meinen Büchern."

Wieder lacht Strauss ... wieder ist sein Lachen nicht besonders kräftig. Auf einmal kommt mir seine Fröhlichkeit aufgesetzt vor. Auf einmal tut er mir furchtbar leid, dieser Mann.

„Herr Strauss, ich forsche jetzt mal weiter und melde mich dann wieder."

„Sind Sie auch selbst ein bisschen neugierig? Sie haben gerade zum ersten Mal das Wort „Forschen" benutzt."

„Ja, ich bin neugierig. Bis nachher."

„Bis nachher, Frau Pander. Vielen Dank! Es freut mich sehr, dass Sie Gefallen an unserer Sache finden!"

Ich lege auf und gehe die Treppen hoch, hinauf in den vierten Stock.

Das Mädchen und die Hände

Es ist etwas passiert, heute Nacht um drei. Der gestrige Tag verlief noch ohne Zwischenfälle. Ich verbrachte eine Stunde in der vom Zerfall gezeichneten Wohnung, die zwischen unserer und der von Frau Diehl liegt. Dann rief ich Strauss an, ohne dass ich ihm etwas Neues zu berichten hatte. Nach meinem Gespräch mit dem krebskranken Professor und einem späten Mittagessen fuhr ich zur Uni. Hätte ich mir auch sparen können, ich war so in Gedanken, dass ich fast nichts mitbekam.

Danach das Übliche: Abendessen, Fernsehen, Paulas Gereiztheit. Keine Ahnung, warum sie die letzten Tage so schlecht drauf ist. Kurz nach elf gingen wir ins Bett.

Schon den ganzen Vormittag denke ich über die Sache nach, bin mir aber immer noch nicht sicher, ob ich geträumt habe oder wach war. Vielleicht war ich auch irgendwo dazwischen, irgendwo zwischen Traum und Realität. Viele Menschen kennen diese Zustände, manche liegen minutenlang wach, ohne sich bewegen zu können, bei anderen vermischen sich Trauminhalte mit Sinneseindrücken.

Wie gesagt: Um elf gehe ich zusammen mit Paula ins Bett, wir tauschen noch ein paar halbherzige Zärtlichkeiten aus, dann sagt sie, dass sie müde ist und schlafen will. Ich liege einige Zeit wach, höre Paulas Atmen und das Rauschen des Windes in den Bäumen. Es muss gegen zwölf Uhr sein, als ich einschlafe. Drei Stunden später bin ich wieder wach. Vielleicht schlafe ich auch noch und träume nur, wach zu sein. Ich weiß es nicht.

Das erste, was ich sehe, sind sich bewegende Muster an der Zimmerdecke. Es sieht aus, als ob das Mondlicht durch ein Fenster scheint, an dem Regen hinunter rinnt. Der Mond scheint auch, allerdings regnet es nicht … ich schließe die Augen. Als ich sie wieder öffne, da sind die sich windenden Muster verschwunden, im kaltblauen Licht hängt über mir die Zimmerdecke, eine glatte, völlig monotone Fläche, auf der sich überhaupt nichts bewegt.

Plötzlich atmet Paula neben mir laut aus. Es klingt, als hätte jemand ein Ventil geöffnet, um Druck abzulassen. Ich stütze mich mit dem Unterarm ab und drehe mich zu ihr. Paula liegt auf dem Bauch, hat die Arme unter ihrem Kissen und den Kopf von mir weggedreht, ich kann ihr Gesicht nicht sehen, nur den Hinterkopf und ein kleines, blasses Ohr. Seltsamerweise habe ich das starke Gefühl, dass es genau in diesem Moment unheimlich wichtig wäre, ihr Gesicht zu sehen. Warum, das weiß ich nicht.

Trotz dieses starken Gefühls lege ich mich wieder auf den Rücken und schließe die Augen. Ich werde ganz ruhig, bin schon fast wieder drüben in Hypnos Reich, als mich plötzlich eine überwältigende, regelrecht gewalttätige Nervosität ergreift. Mit klopfendem Herzen richte ich mich im Bett auf und starre in das Halbdunkel des großen Raumes, der eigentlich unser Wohnzimmer sein sollte.

Nein, es ist nicht das schwarze Tier, das da steht und mich anglotzt. Das Wesen, das sich nur wenige Meter von mir entfernt aus der Dunkelheit schält, ist viel viel kleiner, schmale Schultern und dünne Beine. Es erscheint nahe der Wohnungstür und schaut in meine Richtung. Eines seiner Augen ist von dem großen Verband bedeckt, der seinen Kopf umschlingt. Zusammengehalten wird der Verband von matt glänzenden, brutal aussehenden Metallklammern.

Ich schaue das kleine Mädchen an und das kleine Mädchen schaut mich an. Sie ist höchstens sechs oder sieben. Auf einmal überfällt mich eine schwere, kaum fassbare Traurigkeit … es ist, als würden Schmerz und Verzweiflung dieses schmalen Wesens auf mich übergehen, mich niederdrücken. Mein Leib ist wie aus Blei und nur mit Mühe kann ich meinen Oberkörper aufrecht halten. Ohne dass ich es will sinkt mein Unterkiefer herab. So muss man sich fühlen, wenn man nicht mehr genug Kraft hat … wenn es zu Ende mit einem geht. Vielleicht kennt Strauss dieses Gefühl … vielleicht wird er es erst noch kennen lernen. Das ist keine einfache Müdigkeit, das ist das Schwinden allen Lebens.

Während ich kämpfen muss, um aufrecht sitzen zu bleiben, macht das kleine Mädchen einige Schritte in meine Richtung. Sie kommt zu mir, zu mir ans Bett. Während sie ihre kleinen Kinderschritte macht, streckt sie mir einen dürren Arm entgegen, die Hand hat sie zur Faust geballt. Das kleine Mädchen hält etwas umschlossen … sie bringt es mir ans Bett, sie will mir etwas geben.

Auf einmal – ich bin zu schwach und zu traurig, um mich zu fürchten – erscheinen hinter dem Mädchen zwei Hände, zwei Erwachsenenhände. Sie schweben einfach in der Luft, ohne Arme, ohne Leib.

Aber sie sind nicht wie abgeschnitten, nicht in ihrer Form begrenzt. Es sieht aus, als würden sie aus der Luft herauswachsen.

Diese beiden Hände legen sich auf die Schultern des Mädchens und ziehen meine nächtliche Besucherin zurück Richtung Wohnungstür, weg vom Bett, weg von mir. Auf halbem Weg lässt das Mädchen den Arm sinken.

Als das Kind in dem weißen Kleid wieder dort steht, wo ich es zuerst gesehen habe, da erscheinen hinter ihm zwei weitere Erwachsenenhände. Während das Paar, das zuerst da war, weiterhin das Mädchen an den Schultern festhält, zupft und drückt das zweite Paar am Verband des Kindes herum. Ganz offensichtlich empfindet das kleine Mädchen Schmerz, es windet sich, versucht dem Drücken und Zupfen zu entkommen. Doch der Griff an den Schultern ist zu fest, sie hat keine Chance.

Und dann beginnt das zweite Paar Hände damit, den Verband zu lösen. Lage um Lage wird abgetragen, gleich müsste freiliegen, was immer sich unter diesem Verband verbirgt. Es ist totenstill im Zimmer, sogar das Rauschen der Blätter hat aufgehört … sogar Paulas Atmen hat aufgehört.

Erschrocken über die unnatürliche Stille drehe ich mich zu Paula. Nein, sie liegt nicht mehr auf der Seite, sie sitzt aufrecht im Bett und schaut mich mit ihrem intakten Auge, dem linken Auge, an. Das rechte Auge hängt ihr aus dem Schädel wie eine Wurst, fast bis hinunter zum Mundwinkel, weiß und glänzend, ganz am Ende die schleimige, unförmige Pupille. Ich schreie, schreie und schreie. Was ist das? Was ist mit ihrem Auge? Wieso hängt ihr das so aus dem Kopf? Und dann packt mich plötzlich jemand von der anderen Seite, hält mich fest, sagt etwas zu mir, hält mich ganz fest umschlungen … und als ich ihre Stimme erkenne, da beruhige ich mich langsam, da wehre ich mich nicht mehr. Es ist Paula, Paula spricht leise auf mich ein. Und ihr Auge hängt überhaupt nicht raus, es ist dort, wo es sein muss, es ist rund und fest und nicht wie ein fetter weißer Wurm, der … oh Paula, Paula, Paula, das warst gerade nicht du, das war irgendetwas anderes. Das war ja überhaupt die falsche Seite vom Bett, du liegst doch immer links von mir. Bitte sag mir, dass nicht du das warst. Bitte sag mir, dass alles in Ordnung ist. Warum schaust du mich denn so böse an?

***

„Dann nimm halt irgendwelche scheiß Medikamente, wenn die Gespräche mit diesem Psychodoktor nichts bringen! Warst du überhaupt schon mal bei dem?"

Es ist kurz nach acht, wir sitzen beim Frühstück und Paula ist immer noch sauer auf mich. Noch nie habe ich jemanden ein Marmeladenbrot mit solch einer Aggressivität schmieren sehen, sie hat das Ding zerquetscht und zerrissen, nur noch Fetzen sind übrig.

Ich wäre heute Nacht schreiend auf sie losgegangen, sagt Paula. Ich hätte sie angegriffen, sagt Paula. Und ja, sie hat blutige Kratzer am Arm, die nur von mir stammen können. Auch auf der Matratze ist Blut.

„Ich habe dich gerade gefragt, ob du in der Zwischenzeit mal bei diesem Psychiater warst."

„Ich habe mit dem telefoniert", antworte ich.

„Scheiße Lena, ich habe dich echt gebeten, dass du dir Hilfe holst. Als nächstes stehst du nachts auf, holst dir ein Messer und stichst mich ab. Das kann doch einfach nicht wahr sein."

„Bitte Paula, ich habe das doch nicht absichtlich gemacht, ich habe das doch überhaupt nicht gemerkt. Ich habe einen echt heftigen Alptraum gehabt und dann hat mich was gepackt und da habe ich eben Angst gehabt und mich instinktiv gewehrt. Ich wusste doch nicht, dass du das warst. Und ich bin doch nicht auf dich losgegangen, ich hatte einfach nur Angst."

Sie nimmt einen Schluck Kaffee, setzt die Tasse ab und schüttelt den Kopf.

„So kann das nicht weitergehen, Lena. Du bist total anders als früher. Ich habe echt keine Lust mehr auf den Scheiß. Kann dir der Typ nicht was verschreiben?"

Sie schaut auf ihren blutig gekratzten Arm.

„Das brennt wie bescheuert. Jetzt krieg ich am besten noch ne Infektion. Du warst vielleicht drauf heute Nacht, ich habe dich noch nie so schreien hören. Ich dachte echt, du hast einen Anfall oder so. Das war noch heftiger als damals, als du gegen die Badewanne getreten hast."

Paula sieht mich mehrere Sekunden an. Ich weiß nicht, was ich sagen soll. Sie steht auf und geht Richtung Bad.

„Bin gleich wieder da. Ich mach da mal was drauf."

„Warte mal, lass mich das machen."

Im Bad wasche ich ihren Arm, tupfe ihn mit einem sauberen Tuch ab und verbinde ihn. Ist natürlich alles völlig übertrieben, das hier sind nur ein paar Kratzer, keine Fleischwunden. Aber Paula ist zufrieden mit dem, was ich da mache. Als ich fertig bin da lächelt sie mich an und bedankt sich bei mir.

„Gern geschehen … tut mir leid, dass ich dich so gekratzt habe."

„Was hast du eigentlich geträumt? Muss ja ziemlich heftig gewesen sein, dass du so ausgetickt bist."

Wir gehen zurück ins Wohnzimmer und ich erzähle Paula meinen Traum … von dem ich nicht ganz sicher bin, ob er wirklich nur ein Traum war. Das mit dem heraushängenden Auge lasse ich weg.

„Oh Mist, echt gruselig. Kleine Kinder sind sowieso gruselig."

„Findest du?"

„Ja, irgendwie schon. Tut mir leid, dass ich dich vorhin so angemacht habe."

„Schon okay. Wie fühlt sich dein Arm an?"

„Eigentlich ganz normal. Gehst du heute oder morgen mal zu dem Psychiater?"

„Ja, mach ich … versprochen."

Paula gibt mir einen Kuss und schlurft zu ihrem Laptop. Ich sehe ihr nach und spüre das schlechte Gewissen in mir aufsteigen. Ich will sie nicht belügen. Aber ich kann ihr auch nicht einfach sagen, dass der Psychiater, zu dem ich gehen werde, wie ich an Gespenster glaubt, dass er uns höchstpersönlich in diese Wohnung manövriert hat und nun darauf hofft, dass ich etwas herausfinde über diese

Gespenster … oder wie auch immer man das nennen soll. Ich schnappe mir mein Handy, gehe hinaus auf den Balkon, betrachte die Risse in der Betonplatte (sind die mehr geworden? Bricht das Ding demnächst runter?) und rufe Strauss an. Diesmal wird ihm das Telefon nicht ans Bett gebracht.

„Hallo, Frau Pander. Wie geht es Ihnen? Gibt es etwas Neues?"

„Ja, irgendwie schon. Ich hatte eine ziemlich heftige Nacht. Könnte ich später bei Ihnen vorbeikommen?"

„Ja, natürlich."

Wir verabreden uns für 18 Uhr. Strauss gibt mir seine Adresse und bittet mich ein weiteres Mal, mir den Keller anzusehen. Ja, Herr Strauss. Ja, versprochen. Dann alles weitere heute Abend … falls ich nicht auf Nimmerwiedersehen irgendwo in diesem scheiß Kellerlabyrinth verschwinde. Das letzte denke ich mir nur.

„Hast du mit dem Psychiater telefoniert?", fragt mich Paula, als ich die quietschende Balkontür hinter mir schließe. Ich sehe nur ihren halben Kopf, sie schaut über den Bildschirm ihres Laptops hinweg. Was sie doch für wunderschöne Augen hat.

„Ja, ich gehe heute Abend zu ihm."

„Danke, Schatz."

Paula wirft mir eine Kusshand zu, dann senkt sie den Blick und tippt weiter … erst langsam, dann immer schneller. Einige Sekunden schaue ich sie noch an, dann komme ich mir schäbig vor und schleiche mit gesenktem Kopf ins Badezimmer.

Paula ist seit einer Stunde aus dem Haus. Ich sitze am Küchentisch, beuge mich über eines meiner Anatomiebücher und versuche, meine Augen auf die Knochen und Sehnen, Muskelstränge und Organe zu zwingen. Ich muss endlich diese blöden lateinischen Namen auswendig können.

Aber was ist das? Etwa drei Meter von mir entfernt sitzt noch jemand. Ein großer, schwarzer Vogel mit schimmerndem Gefieder. Ist das eine Krähe? Oder schon ein Rabe? Und was ist eigentlich der Unterschied, außer dass Raben größer sind? Das schwarz glänzende Tier sitzt auf dem Balkongeländer, hält den Kopf schräg und … ja, es sieht mich an, ganz eindeutig. Mir kommt es vor wie ein Hund, der um Futter bettelt.

„Sorry Kumpel", murmele ich und beuge mich wieder über die bunten Zeichnungen. Als ich einige Minuten später aufsehe, ist der große Vogel immer noch da. Immer noch sitzt er auf dem Balkongeländer, hat den Kopf zur Seite geneigt und sieht in meine Richtung. Als ich nicht reagiere, da neigt er den Kopf zur anderen Seite. Ich muss lachen und bin gleichzeitig fasziniert von dem Tier. Ganz eindeutig reagiert der Vogel auf mein Verhalten, ganz eindeutig will er etwas von mir. Mittlerweile bin ich mir sicher, dass es sich um einen Raben handelt, Krähen sind kleiner. Als Teenager habe ich Krabat gelesen, vielleicht sitzt da ja ein Zauberlehrling auf meinem Balkongeländer.

Ich stehe auf und gehe zum Kühlschrank. Was kann ich meinem geduldigen Besucher anbieten? Was fressen Raben? Ich zupfe eine Weinbeere ab und nehme eine Scheibe Salami aus der Plastikpackung.

Als ich die Balkontür einen Spalt öffne, flattert der Rabe mit den Flügeln und läuft auf dem Balkongeländer etwa dreißig Zentimeter von mir weg.

„Ganz ruhig, ich tu dir nichts … tu du mir bitte auch nichts.“

Ich werfe Weinbeere und Salamischeibe auf den Balkon. Der Rabe streckt den Kopf vor und sieht aus, als würde er begutachten, was ich ihm da gebracht habe. Ganz vorsichtig schließe ich die Balkontür, setzte mich auf den Boden und warte auf das, was als nächstes passiert.

Fast eine Minute dauert es, bis der Rabe vom Geländer herunterspringt. Er stupst mit dem Schnabel die hellgrüne Beere an, sie rollt etwas zwanzig Zentimeter auf dem rissigen Beton, bleibt knapp vor dem Abgrund liegen. Dann schnappt sich der Rabe die Salami … und mit der herunterhängenden Wurstscheibe im Schnabel fliegt er davon. Okay, ich habe verstanden, nächstes Mal nur Salami. Hättest dich zumindest bedanken können, Kumpel.

Ich weiß nicht warum, aber die Begegnung mit diesem intelligenten Tier hat meinen Mut und meine Stimmung gehoben. Ich schnappe mir mein Handy und die Taschenlampe … und schon bin ich unterwegs Richtung Keller. Wohnungstür, Flur, anderer Flur, vorbei am Aufzug, Tür zum Treppenhaus, Treppe, Treppe, dritter Stock, Treppe, Treppe, zweiter Stock, Treppe, Treppe, erster Stock, Treppe, Treppe, Erdgeschoss, Treppe, Tre- … ich bleibe stehen und überlege. Will ich wirklich alleine da runter? Oder doch lieber schauen, ob das

Mädchen und der dünne Typ gerade da sind? Ich gehe die eineinhalb Treppen hinauf ins Erdgeschoss, gehe vorbei an dem Innenhof mit den kaputten Pflanzen und schließe die mit Zeitungen verklebte Tür auf, hinter der der Gastraum liegt.

„Hallo, ist jemand da?"

Keine Antwort.

„Ich bin es, Lena. Seid ihr da?"

Langsam öffnet sich die Schwingtür. Es ist Kerstin.

„Hi", sage ich.

„Hi."

Geräusche aus der Küche, ihr Typ ist auch da.

„Ähm … ich wollte euch fragen, ob ihr vielleicht irgendwas aus dem Keller braucht. Da liegt noch alles Mögliche herum. Vielleicht wollt ihr euch Matratzen holen … oder nen Fernseher. Das Zeug da unten braucht ja keiner mehr."

Kerstin wirkt eher misstrauisch als erfreut.

„Eigentlich haben wir hier ja alles."

„Klar, ähm … ich dachte nur, vielleicht wollt ihr es euch ein bisschen gemütlicher machen … oder ihr findet was, das ihr verkaufen könnt."

Der dünne Typ erscheint in der Tür. Er sieht krank aus, blass und hohläugig.

„Hi."

„Hi."

„Wir könnten vielleicht ein Radio brauchen."

Er sagt es eher zu seiner Kleinen als zu mit. Aber ich antworte ihm, das ist meine Chance.

„Gibt es bestimmt da unten. Also wie gesagt … ihr könnt mitkommen und euch umsehen."

„Jetzt gleich?", fragt mich das Mädchen, dem ich immer noch nicht zu hundert Prozent abnehme, dass sie volljährig ist. Vielleicht ist der Ausweis eine gut gemachte Fälschung.

„Ja, jetzt gleich. Ich war gerade schon auf dem Weg nach unten."

Nur ein paar Minuten später stehen wir zu dritt vor der großen, mattgrau lackierten Metalltür, hinter der die Kellerabteile liegen. Mein Plan hat funktioniert, ich muss nicht allein in die Dunkelheit … und vor allen Dingen nicht alleine in Keller Nummer 24. Vor ein paar Tagen noch habe ich den beiden erzählt, dass sie nicht ins Haus dürfen, und jetzt lasse ich sie selbst rein.

„Okay, da sind wir."

Ich schalte die armdicke Taschenlampe an.

„Ist da kein Licht drin?", fragt mich das Mädchen.

„Nein, hier ist kein Strom … nur drüben im Waschraum und hier im Flur."

„Wieso soll da kein Strom sein?", fragt mich der Typ, dessen Namen ich immer noch nicht weiß.

„Keine Ahnung, ist eben abgestellt."

Ich drehe den Schlüssel im Schloss und ziehe die große Metalltür auf. Hinter mir Schritte, hauen die jetzt ab? Ich klemme die Tür fest und drehe mich um. Das Mädchen ist noch da, der Typ nicht. Auf einmal seine Stimme:

„Gleich ist wieder Strom."

Ich sehe ihn nicht. Er steht hinter der Ecke, irgendwo vorne beim Aufzugschacht. Was zum Teufel treibt der da? Plötzlich ein Klacken, wie von einem Schalter, der einrastet.

„Jetzt versuch mal, das Licht anzumachen."

Ich drücke den Schalter und gelbes, schmutzig-dumpfes Licht füllt den großen, in hölzerne Abteile geteilten Raum. Oh Gott, was bin ich bescheuert. Ich hätte gestern nur die blöde Sicherung reinmachen müssen … stattdessen stolpere ich im Dunklen herum und fürchte mich vor toten Männern. Bravo Lena, ganz große Klasse. Du hast den grauen Sicherungskasten gesehen und bist einfach daran vorbeigelatscht. Zum Glück verzichten der Typ und seine Kleine auf irgendwelche Kommentare, sie grinsen nur ein bisschen. Zusammen gehen wir hinein.

Abteil 24 liegt im hinteren Teil des Kellers und ist eines der größten. Die kleinen Abteile haben um die drei Quadratmeter, die größten etwa zehn, die mittleren irgendwas dazwischen. Ich stehe vor dem Holzgitter und leuchte mit der Taschenlampe in das Abteil. Kein blau angelaufener Selbstmörder, auch kein schwarzes Tier … nur Gerümpel: Möbel, Kartons, alte Decken, schwarze, staubige Plastiksäcke … weiter hinten – das Abteil ist bestimmt sechs Meter lang – erkenne ich einen großen, alt aussehenden Schrank mit allerlei Geschnörkel. So einen Ähnlichen hatte früher mein Opa im Schlafzimmer stehen. Ich und mein Bruder haben uns immer in diesem Schrank versteckt, er hat dann den Schrank geöffnet und so getan, als würde er sich furchtbar vor uns erschrecken. Als wir älter wurden, da langweilte uns dieses Spiel. Opa hätte wohl noch weitergemacht.

Ich schalte die Taschenlampe aus und schaue mir das Vorhängeschloss an, das Abteil 24 vor Leuten wie mir schützen soll. Es ist klein und sieht nicht besonders stabil aus, vielleicht kann ich das irgendwie abbrechen … oder den Bügel herausreißen. Das

Ding sieht wirklich nach Spielzeug aus, das muss doch irgendwie …

Während ich an dem scharfkantigen Schloss zerre, höre ich es scheppern, meine beiden Begleiter sind in einem der anderen Abteile zu Gange. Ich zerre weiter, aber nichts tut sich, das kleine Miststück hält trotzig stand und mir tun die Hände weh. Eher reiß ich die ganze Tür raus, als dass dieses blöde Schloss nachgibt. Ich gebe auf und lasse das Ding los. Schloss gegen Lena: 1 zu 0 … vorerst!

„Soll ich dir helfen?"

Ich habe ihn gar nicht kommen gehört. Plötzlich steht er neben mir, der Typ aus der Küche, der Typ, der es mit Sicherheit nicht bis nach Kanada schaffen wird. In dem gelben Licht der verdreckten Glühbirnen sieht er noch verbrauchter aus.

„Ja, gerne. Sag mal, wie heißt du eigentlich?"

Er fingert an dem Schloss herum, betrachtet es von allen Seiten.

„Du kannst Tobi zu mir sagen."

Okay, Tobi und Kerstin also. Der Typ, zu dem ich Tobi sagen kann, lässt das Schloss los.

„Willst du da rein?"

„Ja."

„Dann geh mal n Stück zur Seite."

Ich hatte ja erwartet, dass er das Schloss irgendwie knackt … mit einer Sicherheitsnadel oder so. Aber Tobi hat andere Methoden. Er tritt hart gegen das Schloss … einmal, zweimal, dreimal. Beim vierten Tritt bricht das Schloss samt Metallbeschlag von der Holztür, das verbogene Ding landet hell scheppernd auf dem fleckigen Betonboden. Dafür also sind die dunkelroten Springerstiefel gut, die er trägt. Ich hätte nicht gedacht, dass in diesem abgemagerten Körper so viel Kraft steckt.

„Ich geh dann mal wieder zu meiner Liebsten."

„Okay, danke ... habt ihr schon was gefunden?"

„Wir schauen noch."

Er schlurft den Gang hinunter und ich stehe vor dem offenen Abteil, muss nur noch hineingehen. Ich wünschte, die beiden wären näher bei mir ... aber sie wühlen irgendwo am anderen Ende des großen Kellers. Auf was hatten sie es noch abgesehen? Auf ein Radio?

Ich hebe die Taschenlampe vom Boden auf und schalte sie an. Die verstaubten Glühbirnen, die hier unten in viel zu großem Abstand von der Decke baumeln, geben kaum Licht. Ist es gerade dunkler geworden? Hat eine der Birnen gerade den Geist aufgegeben?

Okay Lena, jetzt steht nicht so blöd hier rum. Geh rein und schau dir den alten Kram an. Was haben wir hier Schönes? Links von mir steht ein Kleiderständer, an dem alte Klamotten hängen. Plötzlich wird mir bewusst, dass dieses gelbe Kleid, dieser Fetzen, der erst in meinem Traum und dann an Paula war, dass dieses Kleid von hier stammen muss, aus diesem Holzverschlag. Aber wie ist sie da dran gekommen, ohne das Vorhängeschloss zu knacken? Wie hat sie das gemacht? Ich mache einen Schritt auf den Kleiderständer zu und leuchte mit der Taschenlampe. Ja, da ist es. Gelb mit Rüschen, weißer Kragen mit blauen Knöpfen ... eine höchst seltsame Kombination, ausgeschlossen, dass es in diesem Haus zwei von der Sorte gibt.

Plötzlich weiß ich, wie Paula es gemacht hat ... es

ist ganz banal. Der Kleiderständer steht dicht an den rohen Brettern, die das Abteil bilden … und zwischen den Brettern ist etwa zehn Zentimeter Platz, so dass man hindurch fassen und einen Fetzen Stoff herausziehen kann … man könnte sogar ein Kleid mitsamt Kleiderbügel durch den Spalt holen. Also alles ganz einfach, alles nachvollziehbar.

Okay, was ist noch hier? Ich drehe mich von den alten Kleidern weg (wieso sind die überhaupt noch hier? Wem haben die gehört?)und öffne einen der schwarzen Plastiksäcke … Bettzeug, schweißfleckige Decken und klumpige Kissen, nichts Interessantes. Im nächsten Sack ist diverser Kleinkram: Eine kleine Nachttischlampe, eine Tastatur, der mehrere Tasten fehlen, Küchenutensilien, eine zusammengerollte Fußmatte, die nach Schimmel stinkt … Ich schiebe einen Stuhl zur Seite und gehe etwas tiefer hinein in das Abteil. Es wird eng, von rechts bedrängen mich gestapelte und ineinander gesunkene Pappkartons, von links eine Kommode aus fast schwarzem Holz, auf der ein schmales Regal steht. Auf dem untersten Regalbrett ein altes Bügeleisen und eine Packung Staubsaugerbeutel, fehlt nur der Staubsauger. Darüber mehrere Brettspiele, die ich noch aus meiner Kindheit kenne. Und vom obersten Brett aus – kurz beschleunigt sich mein Herzschlag als ich sie sehe – starren mich fünf Puppen an. Alle tragen altmodische, blaue und rote (aber keine gelben) Rüschenkleider, einer fehlt der Arm. Einer anderen fehlt– sie ist die einzige, die nicht starrt – der Kopf. Da, wo er sein sollte, ist nur eine Öffnung, die ein bisschen aussieht wie eine Vagina … sogar die Farbe stimmt.

Ich lasse die Puppen hinter mir und hoffe, dass ihre Blicke mir nicht folgen, dass sie nicht ihre kleinen Plastikköpfe drehen. Einige Sekunden später habe ich mich bis zu dem großen Holzschrank durchgeschlängelt, den ich vorhin schon gesehen habe, das Ding sieht wirklich aus wie der, den mein Opa hatte … er riecht auch ein bisschen so. Wie haben sie dieses Ungetüm überhaupt hier hinein bekommen?

Okay, mal sehen ob der Schrank abgeschlossen ist. Ich ziehe an einem der Messinggriffe, die Dinger sehen aus wie runde Schildkrötenpanzer … oder wie platt gedrückte Fußbälle. Wieso geht die Tür nicht auf? Irgendwie ist dieser Schrank verzogen, irgendwie klemmt die Angelegenheit. Gut, noch einmal mit richtig Kraft. Ein Ruck, ein knarzendes Geräusch, und schon gähnt mich das dunkle Maul des tiefen Schranks an. Leer, nur auf dem Boden ein paar alte Decken und zusammengefaltete Bettlaken. Ein wenig enttäuscht schließe ich die Tür. Es ist kalt hier unten, meine Hände zittern.

Hinter dem großen Schrank scheint nichts mehr zu kommen, nur noch die Kellerwand. Ich schaue trotzdem nach, stolpere über einen kleinen aber erstaunlich stabilen Karton und schiebe mich in die Nische zwischen Schrank und Kellerwand. Was ist das denn? An einem rostigen Metallhaken, den irgendjemand vor vielen Jahren in die Wand getrieben hat, hängt ein großer, ausgebeulter Stoffsack mit einem Reißverschluss. Als ich gegen den Stoff drücke, da fühlt sich der Sack ganz weich an. Was ist da drin? Teure Pelzmäntel? Langsam ziehe ich den Reißverschluss auf, irgendwas drückt von innen gegen den Stoff. Ich bücke mich und ziehe den

Reißverschluss ganz auf. Er hakt ein bisschen, mit einer Hand halte ich den Stoff straff, mit der anderen probiere ich am Reißverschluss herum. Okay, jetzt geht es, Stück für Stück, Zahn für Zahn.

Als ich nach oben sehe, da ist es über mir: das große schwarze Tier. Es war in dem Sack, es hat von innen gegen den Stoff gedrückt. Und jetzt kommt es mir entgegen, ganz langsam, grauenhaft langsam. Ich sehe seine Zähne und seine Augen und dann, bevor ich zurückweichen kann, ist es auf mir.

Jetzt geht alles automatisch, jetzt habe ich keine Kontrolle mehr. Ich brülle aus Leibeskräften, ich kämpfe mit dem Tier und schreie um Hilfe. Sein Gesicht ist auf meinem Gesicht, ich spüre das Fell. Irgendwie schaffe ich es, das Tier von mir zu stoßen, und während ich nach hinten weg krabble, hinein in die Lücke zwischen der Kommode und den Pappkartons, höre ich die Schritte. Ich schreie um Hilfe, schreie mit aller Kraft, die ich noch habe. Der Kopf des schwarzen Tieres – oh ja, es ist eine Art Affe, jetzt erkenne ich es auch, Schlechter hatte Recht – grinst mich aus einem halben Meter Entfernung an, er grinst ... aber er bewegt sich nicht. Ist das Vieh tot? Stellt es sich tot? Jetzt bin ich fast beim Ausgang, es kommt mir nicht nach, es liegt einfach da und grinst und ... da werde ich von hinten unter den Armen gepackt und nach oben gezogen. Ganz kurz nur wehre ich mich, dann lasse ich es geschehen.

„Scheiße, was ist denn mit dir los?"

Die Stimme des Typen, der das Schloss weggetreten hat.

„Ist was passiert? Ist alles okay?"

Nein, nichts ist okay. Aber ich stehe aufrecht, bin

wieder auf den Beinen. Ich drücke Tobias zur Seite und mache, dass ich aus dem Abteil komme. Antworten kann ich ihm nicht, noch nicht. Da hinten ist das verdammte Vieh, hinter dem Schrank liegt es grinsend auf dem Boden, und gleich wird es aus der Lücke gekrochen kommen, zwischen den Pappkartons und der Kommode hindurch, Kopf und Augen und Zähne voraus. Hallo Lena, hast du mich vermisst? Wieso läufst du denn davon? Du kennst mich doch!

Ich muss hier weg, ich muss raus aus diesem beschissen kalten Keller. Ich muss ihnen sagen, dass wir hier weg müssen, ich-

„Jetzt beruhig dich mal. Was ist denn da?"

Der Typ macht einen großen Fehler. Er geht nach hinten, hinein in das Abteil … direkt auf das schwarze Tier zu. Plötzlich der Schein der Taschenlampe, ich habe sie fallen lassen und er hat sie gefunden. Und dann, zähe Sekunden später, seine Stimme. Ganz eindeutig ist es seine Stimme:

„Boah, nicht schlecht. Kerstin! Komm mal her … schau dir das mal an."

***

„Das Ding stinkt."

Kerstin rümpft ihre sehr kleine Nase und dreht den Kopf weg.

„Klar stinkt es", antwortet ihr Typ. „Das lag ja auch Jahre da unten. Du würdest auch stinken, wenn du Jahre da unten liegst."

Kerstin macht „mhm" und dann sage ich etwas.

„Das war in so einem Wäschesack. Das lag nicht

da rum, das hing an der Wand in einem Wäschesack … dort hab ich das gefunden."

Wir sind im Erdgeschoss. Kerstin und Tobias haben einen kleinen Fernseher mit nach oben genommen, außerdem eine Kleiderstange mit Kleiderbügeln, ein paar Decken … und eben das hier. Tobias ist ganz begeistert, Kerstin weniger. Und ich habe keine Ahnung, was ich von dem Ding halten soll.

„Das ist total gut gearbeitet, das Gesicht ist irgendwie aus Leder oder so … das ist echt total gut gemacht."

Tobias kniet über dem schwarzen Tier – oder was immer es auch ist – und zupft am Fell herum. Dann dreht er den Kopf des ekelhaften Dings zur Seite.

„Da ist sogar ein Ohr unter dem Fell, das ist echt gute Arbeit, ein richtiges Ohr aus Leder. Ich glaub, ich zieh das mal an."

„Nein, bitte nicht", antworte ich ihm. „Bitte nicht anziehen." Meine Stimme kommt leise und gepresst. Erstaunt schaut er mich an, mit seinen tief im Schädel sitzenden Augen.

„Schon okay … kein Problem."

„Da hätte ich mich auch erschreckt, wenn das plötzlich an der Wand hängt", schaltet sich Kerstin ein. „Du bist um den Schrank rum und da hing das Ding?"

„Nein, das war in einem Sack", antworte ich. „Der Sack hängt an der Wand, ich mach den Reißverschluss auf und da fällt das beschissene Ding genau auf mich drauf. Deshalb hab ich auch so Panik gekriegt."

Kerstin kratzt sich am Kopf und starrt dieses Ding

an, das ihr Lover gerade die Treppe hoch geschleppt hat. Wieder Tobias:

„Das ist bestimmt alt, das ist bestimmt was wert. Vielleicht ist damit mal jemand im Zirkus aufgetreten. Oder im Zoo … vielleicht haben die da jemand rein gesteckt und die Leute haben geglaubt, das ist ein echter Affe. Vielleicht haben die mit so was früher auch Filme gedreht."

Er kratzt sich am Kopf und ich frage mich, ob die beiden Läuse haben. Sie kratzt sich auch dauernd. Dann zupft Tobias weiter an dem Fell herum.

„Tarzan oder so … so alte Schwarzweißfilme mit Affen. Da haben die bestimmt Filme mit gedreht. Oder nach dem Krieg im Zoo, als die keine richtigen Affen mehr hatten … die hatten die doch alle aufgegessen."

Langsam aber sicher geht mir der Typ auf die Nerven. Es ist überhaupt nicht sein blödes Gequatsche, mich stört, dass er es dauernd anfasst. Er soll verdammt noch mal die Finger von dem Kostüm lassen!

„Da könnte man jemanden total mit erschrecken."

Jetzt reicht es.

„KÖNNTEST DU MAL AUFHÖREN AN DEM SCHEISS DING RUMZUFINGERN?"

Er schaut zu mir hoch.

„Mach mal halblang. Immerhin hab ich das Teil nach oben geschleppt. Das ist übrigens gar nicht so leicht, das wiegt bestimmt zehn Kilogramm."

Er steht auf und wischt sich die Hände an der Hose ab. Ich schaue hinunter zu dem Affen, zu dem schwarzen Tier. Ein Kostüm, ein altes, stinkendes Kostüm … und ich krieg fast nen Herzinfarkt. Das

Ding liegt da und rührt sich nicht, gammelt auf dem Steinboden der Lobby vor sich hin, eingerahmt von altem Krempel, dem Fernseher mit der verbogenen Antenne, den muffigen Decken … Und doch ist dieses stinkende Etwas das Tier, das ich gesehen habe, das nachts in meinem Zimmer war. Hier liegt es und rührt sich nicht. Am liebsten würde ich ihm ins Gesicht treten, diesem verdammten Stück Dreck. Aber ich reiße mich zusammen.

„Sorry, Tobias … das war ein ziemlicher Schreck. Könntest du mir helfen, das Ding ins Auto zu bringen?"

Er zögert, dann antwortet er doch.

„Ja … klar. Was willst du denn damit?"

„Ich muss das jemandem zeigen."

„Okay … wie auch immer."

Tobias faltet das Affenkostüm zusammen und trägt es mir bis ans Auto. Er will es auf die Rückbank legen aber ich bestehe auf den Kofferraum.

„Wie du meinst."

Klappe zu, Affe tot. So sagt mein Vater manchmal, wenn er „Fertig, Aus, Basta!" meint. Das dünne Blech des Kofferraumdeckels schließt sich scheppernd über dem großen, schwarzen Tier … über Stoff und Fell und Leder, gefaltet weniger als einen halben Quadratmeter groß.

Ich schließe den Wagen ab, gehe zusammen mit Kerstin und Tobias zurück ins Haus, schließe hinter ihnen – ich komme mir vor wie ein Zoowärter – die Tür zum Restaurant ab, schließe sie wieder vom Rest des Hauses aus, will wieder nach oben gehen … und bleibe auf dem Treppenabsatz zwischen der dritten und vierten Etage wie festgeschraubt stehen. Ein diffuses Gefühl der Bedrohung schnürt mir die Brust zu, ein kaltes, schwammiges Unbehagen erfüllt meinen Körper. Und dann, als ich da stehe, mich am Geländer festhalte und nicht weiter kann, da wird aus der diffusen Bedrohung ganz langsam eine Angst, die sich in Worte fassen lässt. Es ist, als würde aus schwerem Nebel ein Gesicht auftauchen … erst erkennt man nur, dass es ein Gesicht ist, dann erkennt man einige der Besonderheiten, in denen sich die vielen Millionen Gesichter voneinander unterscheiden, eine große Nase, ein fliehendes Kinn, die Höhe des Haaransatzes … und dann, dann fügen sich diese Besonderheiten zusammen und schon ordnet man dem Gesicht einen Namen zu.

Es dauert mehrere Minuten, bis sich in meinem Kopf alles zusammengefügt hat, bis ich mir ganz sicher bin: Was immer auch da oben ist, da oben im vierten Stock, dieses Etwas weiß ganz genau, was ich getan habe. Es weiß, dass ich dieses … nein, dass ich SEIN Kostüm gefunden habe, es weiß, dass wir es aus dem Keller geholt und ins Auto gepackt haben. Und auf irgendeine Weise wird es mich für meinen Diebstahl bestrafen. Vielleicht weiß es schon wie, vielleicht überlegt es auch noch. Bestrafen aber wird es mich, da bin ich mir sicher.

Ich drehe um, gehe nach unten und verlasse das Haus. Vom Parkplatz aus rufe ich Strauss an.

„Hallo Frau Pander."

„Hallo Herr Strauss. Könnte ich etwas früher zu Ihnen kommen? Ich muss Ihnen etwas zeigen."

„Ähm … ja gerne. Um was handelt es sich denn?"

„Das schauen Sie sich am besten selbst an. Ich werde nicht schlau aus der Sache."

„Jetzt spannen sie mich nicht so auf die Folter. Was haben Sie für mich?"

„Ich habe das große schwarze Tier … den Affen."

Pause. Dann wieder Strauss:

„Ist alles in Ordnung mit Ihnen?"

„Ja, keine Sorge … bis gleich."

Mit dem Affenkostüm im Kofferraum biege ich vom Parkplatz. Ich bin heilfroh, dass ich Tobias davon abhalten konnte, das Ding auf die Rückbank zu legen. Ich hätte solche Angst, dass es sich plötzlich aufrichtet, mich von hinten anglotzt und „Hallo Lena, wohin bringst du mich?" sagt. Auch so schaue ich dauernd in den Rückspiegel. Aber nein, da ist nichts, nur die leere Bank … und gleich dahinter das schwarze Tier, zusammengefaltet und eingesperrt im Kofferraum.

Ich mache das Fahrerfenster auf, so fühle ich mich näher dran an der Welt, nicht so alleine mit dem Ding. So ist Lärm und Stadtgestank und … noch ein Blick in den Rückspiegel. Nein, da ist nichts, natürlich nicht. Ich schalte das Radio ein.

***

Mir öffnet eine Frau um die vierzig, plus-minus fünf Jahre.

„Hallo Frau Pander, kommen Sie rein! Mein Vater ist in seinem Arbeitszimmer. Möchten Sie etwas trinken?"

Ich erkenne ihre Stimme, wir haben telefoniert. Sie war mir sofort sympathisch.

„Nein danke … haben Sie vielleicht einen Wäschekorb? Oder vielleicht eine große Tasche?"

Sie hebt eine Augenbraue, es wirkt eher belustigt als irritiert.

„Ja … bestimmt. Bringen Sie Wäsche mit?“

„So ähnlich. Ich habe etwas im Kofferraum, das ich Ihrem Vater zeigen muss. Wie geht es ihm überhaupt?“

„Den Umständen entsprechend ganz gut … Unkraut vergeht nicht.“

Sie versucht es, sie versucht wirklich, munter zu klingen. Aber man merkt ihr die Anstrengung an, und ich sehe, dass sie Tränen in den Augen hat. Schnell spricht sie weiter. Noch während sie spricht, dreht sie sich von mir weg und wischt sich mit dem Handrücken durchs Gesicht.

„Ich werde mal schauen, ob ich etwas für Sie finde. Bin gleich wieder da!“

Wenige Minuten später öffne ich den kleinen Kofferraum meines kleinen Autos. Strauss Tochter steht neben mir … und auf dem Boden ein rosafarbener Wäschekorb aus Plastik. Ja, es ist noch da. Das Ding hat sich nicht selbstständig gemacht, ist nicht abgehauen. Uns kommt dieser muffige, leicht säuerliche Geruch entgegen, er ähnelt dem Geruch, der die Wohnung beherrscht, die das Zentrum des Ganzen ist.

Zusammen zerren wir das erstaunlich schwere Affenkostüm aus dem Kofferraum. Ich muss fast lachen, als ich das schwarze Tier, diesen Schrecken der Nacht, in dem rosa Wäschekorb sehe. Der Kopf mit den weißen Fangzähnen und den glänzenden Glasaugen liegt oben auf, neben dem Kopf eine der großen dunkelgrauen Hände. Fehlt nur noch, dass wir dem Ding die Nägel rot lackieren. So du scheiß

Vieh, jetzt bin ich mal dran! Wage es ja nicht, auch nur einen deiner hässlichen dicken Finger zu bewegen! Sonst gieße ich Benzin über dich und verbrenne dich mitsamt Wäschekorb!

Während ich das denke, weiß ich doch, dass dieses Mischmasch aus Stoff, Fell, Leder und … sind das echte Zähne?, dass dieses Gebilde, das ich und Strauss Tochter – jede an einem Henkel – da gerade ins Haus tragen, nicht das schwarze Tier ist. Das schwarze Tier kommt in der Nacht … und wenn es will, dann spricht es auch. Was wir da schleppen, ist nur ein gammeliges Kostüm, das genau so aussieht wie das schwarze Tier und … ach Scheiße, ich werde nicht schlau aus der Sache. Erst einmal mit Strauss reden. Vielleicht fällt ihm ja was ein.

Als ich ihn sehe, da erschrecke ich. Strauss hat mindestens zehn Kilo abgenommen. Als er mich anlächelt und mir die Hand entgegenstreckt, da muss ich an das Grinsen eines Totenkopfs denken. Dieser Mann vergeht, seine Lippen haben sich zurückgezogen … sogar seine Ohren scheinen dünner geworden zu sein, und im Gesicht sitzt die spitze Nase der Sterbenden. Aber der Händedruck ist kräftig.

„Hallo Frau Pander."

„Hallo Herr Strauss."

Ich hoffe, dass wir uns noch viele Male auf diese Weise begrüßen werden. Alle Wut, die ich für diesen Mann empfand, ist verschwunden. Strauss bückt sich hinunter zu dem Wäschekorb und streicht über das schwarze Fell. Die Berührung wirkt fast zärtlich … als würde er ein verstorbenes Haustier streicheln.

„Was würden Sie sagen, Frau Pander, haben wir es

hier mit einem Gorilla oder eher mit einem Schimpansen zu tun?“

„Eher mit einem Gorilla“, antworte ich.

„Oder etwas dazwischen“, sagt Strauss Tochter.

„Ja … ein Gorilla oder etwas dazwischen. Wirklich sehr gute Arbeit.“ Strauss befühlt das Gesicht des Tieres, betastet die Zähne, die Augen. „Hier hat jemand etwas verstanden von seinem Handwerk.“ Er schüttelt den Kopf. „Wirklich sehr gute Arbeit.“

Einige Minuten später. Strauss Tochter hat sich verabschiedet, das Affenkostüm liegt ausgebreitet auf dem Boden des Arbeitszimmers und verbreitet sein Aroma. Doktor Strauss und ich sitzen uns in zwei Lehnstühlen gegenüber, der alte Gelehrte und seine junge Handlangerin. Gerade hat er mich gefragt, ob ich mir sicher bin, dass das, was da nur zwei Meter von uns entfernt liegt, das Wesen ist, das ich nachts gesehen habe. Ja, ich bin mir sicher … und zugleich bin ich mir sicher, dass es das nicht ist. Ich erkläre Strauss, dass dieses Wesen, das nachts vor unserem Bett stand, eben einerseits genauso aussah, wie dieses Kostüm … andererseits aber nicht so, als würde es ein Kostüm tragen.

„Ich verstehe nicht ganz, was Sie meinen.“

Okay, noch ein Versuch.

„Wenn Sie jetzt dieses Kostüm anziehen würden, dann würden Sie aussehen, wie das schwarze Tier. Aber gleichzeitig würde man sehen, dass da jemand ein Kostüm trägt. Aber das schwarze Tier sah eben nicht so aus, wie jemand, der ein Kostüm trägt. Es sah einfach aus wie … also wie ein Lebewesen, nicht wie jemand, der sich verkleidet hat.“

„Aber kann man das so genau auseinanderhalten?", fragt mich Strauss.

„Das war jedenfalls mein Eindruck. Ich kann das leider nicht besser erklären."

„Warten Sie mal ... ähm, ich werde meine Tochter bitten, das Kostüm anzuziehen."

Sofort regt sich Widerstand in mir, ein kühles, ganz diffuses Unbehagen. Ich sage nichts ... aber Strauss bemerkt meinen Gesichtsausdruck.

„Oder haben Sie etwas dagegen?"

„Nein, nichts Konkretes ... ich habe nur ein schlechtes Gefühl bei der Sache."

Schweigen. Dann wieder Strauss.

„Ich bin mir sicher, dass die Phänomene, mit denen wir uns befassen, ortsgebunden sind. Ich denke nicht, dass etwas Unvorhergesehenes passieren wird, sobald meine Tochter das Kostüm anzieht."

„Nein, das glaube ich ja auch nicht. Ich habe eben nur ein schlechtes Gefühl dabei. Aber okay, wenn sie mitmacht ..."

Strauss ruft seine Tochter und nach anfänglicher Irritation erklärt sie sich bereit, in das alte Kostüm zu schlüpfen. Vielleicht ist das einer der Vorteile der Krankheit: Einem todkranken Mann schlägt man keine Wünsche mehr ab. Sie beschwert sich nicht einmal über den Gestank, nur alte Klamotten zieht sie sich vorher an, darauf besteht sie. Dann steigt sie in Jogginghose und T-Shirt in den Affen. Während ich mit dem Metallreißverschluss auf der Rückseite des Kostüms kämpfe, bewegt Strauss Tochter die Finger ... und mit ihnen die Finger des Affen. Als ich es sehe, da schüttelt es mich. Schnell ziehe ich den Reißverschluss zu und trete einen Meter zurück, stelle mich neben Strauss. Sie dreht sich um und vor mir steht das schwarze Tier.

„Was sagen Sie, Frau Pander?"

Erst einmal nichts. Ich sage überhaupt nichts. Ich schaue mir nur das Ding an. Und plötzlich fällt ein großer Klumpen Anspannung von mir ab. Nein, das ist es nicht. Das hier ist jemand in einem Kostüm. Das Ding, das vor unserem Bett stand, war viel … nun ja, viel echter. Ich erkläre es Strauss, zumindest versuche ich es.

„Ich glaube, ich weiß, was Sie meinen." Und dann zu seiner Tochter: „Würdest du bitte ein paar Schritte gehen und dann ein paar Worte sagen?"

Sie geht ein paar Schritte und sieht aus wie jemand in einem Kostüm. Sie spricht ein paar Worte und hört sich an wie jemand in einem Kostüm. Nein, das ist es nicht. Was mich da nachts besucht hat, das sah nicht aus wie jemand in einem Kostüm, das war viel realer. Strauss schaut mich an. Er wartet auf meinen Kommentar.

„Also wie gesagt: Hier sieht man, dass jemand ein Kostüm trägt. Aber damals hatte ich eben nicht den Eindruck, dass da jemand kostümiert vor mir steht … auch wenn das ziemlich dunkel war."

„Aber von der Größe und vom Aussehen-"

„Ja natürlich", unterbreche ich ihn. „Die Größe und das Aussehen stimmen schon, das stimmt alles. Aber mein Eindruck war eben ein ganz anderer … Ihre Tochter müsste irgendwie mit dem Kostüm verschmelzen, mit dem Ding zusammenwachsen, dann vielleicht … puh, ich kann das nicht in Worte fassen. Aber die Größe und das Aussehen stimmen. Haben Sie eine Ahnung, wie alt das sein kann?"

Strauss geht näher ran und schaut dem Wesen … das ja nur seine Tochter in einem Kostüm ist … direkt ins Gesicht. Das Ding ist größer als er.

„Viele Jahrzehnte, vielleicht sogar Anfang des letzten Jahrhunderts … schwer zu sagen."

„Kann ich jetzt raus", kommt dumpf die Stimme der Tochter.

„Einen Moment noch."

Angestrengt betrachtet Strauss das schwarze, bösartige Gesicht, die Affenmaske.

„Das ist echtes Leder, auch die Zähne sehen echt aus. Kannst du durch die Glasaugen etwas sehen?"

„Es geht", antwortet seine Tochter. „Alles etwas dunkler, aber es geht. Kann ich das Ding jetzt ausziehen, ich bekomme fast keine Luft mehr … außerdem wird es heiß hier drin."

„Ja, natürlich."

Ich helfe ihr, sich aus dem schweren, innen gepolsterten Kostüm zu schälen. Mit rotem Gesicht und zerzausten Haaren steigt sie aus dem zerknüllten Fellhaufen. Strauss Tochter geht duschen und wir breiten das Kostüm wieder auf dem Boden aus.

„Das ist jedenfalls sehr gute Arbeit", sagt Strauss. „Und es war sicherlich sehr kostspielig, so etwas anfertigen zu lassen. Ich vermute, dass vor vielen Jahren jemand in diesem Kostüm aufgetreten ist … dass mit diesem Kostüm jemand seinen Lebensunterhalt verdient hat."

„Vielleicht war das auch eine Filmrequisite."

„Das kann natürlich sein … ich denke allerdings eher an Varieté. Es gab gerade zu Beginn des letzten Jahrhunderts Künstler, die als Affen aufgetreten sind und verschiedene Kunststücke aufgeführt haben. So weit ich weiß erlangten einige sogar eine gewisse Prominenz. Haben Sie dort unten, also in diesem Kellerabteil, andere Bühnenrequisiten gesehen?"

„Nein … also nicht direkt. Da war noch Kleidung unten, verschiedene alte Frauenkleider. Allerdings habe ich mir das nicht so ganz genau angeschaut, ich weiß also nicht, ob das Bühnenbekleidung war."

„War das alles Frauenkleidung?"

„Ja … also so weit ich das gesehen habe."

„Und finden Sie nicht auch, dass dieses Kostüm meiner Tochter recht gut gepasst hat?"

„Ja, durchaus."

„Könnten wir dann nicht annehmen, dass dieses Kostüm einer Frau gehört hat, dass es vielleicht sogar für eine Frau angefertigt wurde?"

Ja, natürlich könnten wir das. Ich wüsste nur gerne, worauf er hinaus will. Bevor ich etwas sagen kann, spricht Strauss weiter.

„Ich habe Ihnen doch erzählt, dass nach dem Zweiten Weltkrieg eine Frau in der Wohnung lebte, zu der der Keller gehört. Diese Frau lebte mehrere Jahrzehnte dort, bis in die Achtziger hinein."

„Ja, das weiß ich. Aber danach lebten ja noch andere Leute in der Wohnung … von denen könnte ja auch jemand dieses Kostüm-"

Strauss unterbricht mich. Er spricht schnell, wirkt aufgeregt.

„Aber der erste Bericht von einem großen, aufrecht stehenden Tier stammt aus dem Jahr 1986, vielleicht erinnern Sie sich. Und wenn nun das Auftauchen dieses Tiers und dieses zerzauste Kostüm da irgendwie zusammenhängen, dann können wir annehmen, dass das Kostüm 1986 schon da war. Und bis in die

80er Jahre hinein lebte eben diese Frau in der Wohnung, deren Namen ich bisher leider nicht herausfinden konnte. Wir haben eine Spur, Frau Pander!"

Strauss klatscht in die Hände und ballt die Fäuste. Fehlt nur noch, dass er auf der Stelle springt und „Entzückend! Entzückend!" ruft. Ich merke, wie sich ein breites Grinsen auf meinem Gesicht breit macht. Und dann fällt mir etwas ein.

„Herr Strauss, Sie meinten doch gerade, dass mit solchen Kostümen Leute in Varietés aufgetreten sind. Mir ist gerade eingefallen, dass die Frau Diehl mir erzählt hat, dass sie früher zusammen mit ihrer Schwester irgendwelche Auftritte hatte ... oder mit ihrer Mutter, da bin ich mir nicht sicher. Die haben gesungen und getanzt und ... jetzt weiß ich wieder. Die haben sich „Die Diehl-Zwillinge" genannt, also war es die Schwester. Ich hab sogar ein Foto von denen gesehen, allerdings ohne irgendwelche Kostüme."

„Aber Sie waren ja nicht im Keller von der Frau Diehl, Sie haben ja-"

„Moment bitte", unterbreche ich Strauss. „Die Frau Diehl hat auch gemeint, dass sie mit ihrer Mutter und ihrer Schwester in die Wohnung gezogen ist, irgendwann nach dem Krieg. Die haben also alle drei in dem Haus gewohnt. Und wer weiß, vielleicht war das ja eine Artistenfamilie. Vielleicht hat die Frau Diehl zusammen mit ihrer Schwester gesungen und getanzt und die Mutter oder der Vater sind in diesem Kostüm aufgetreten. Sie meinten ja auch, dass das sehr alt sein kann, vielleicht aus den 20er Jahren, das würde doch zeitlich hinkommen."

„Von einem Vater hat die Frau Diehl aber nichts erzählt, oder?"

„Nein, nur von ihrer Mutter und der Schwester. Aber wenn es Kinder gibt, muss ja auch irgendwo ein Vater sein."

Strauss geht zu seinem Lehnstuhl, lässt sich stöhnend hinein sinken. Anscheinend hat ihn seine Begeisterung Kraft gekostet.

„Ich werde schnell müde, bitte nehmen Sie doch auch wieder Platz."

Ich setze mich ihm gegenüber.

„Möchten Sie etwas trinken, Frau Pander? Nein? Gut, ähm … zu dem Vater noch einmal: Viele Männer sind ja im Krieg gefallen, deshalb war es in den 40ern und 50ern durchaus keine Seltenheit, dass Mütter alleine mit ihren Kindern gelebt haben. Die mussten sich dann eben durchschlagen … auf welche Weise auch immer. Ihr letzter Besuch bei Frau Diehl verlief ja nicht gerade ideal, wenn ich mich recht erinnere."

„Das ist noch untertrieben. Die hätte mich am liebsten gevierteilt."

„Könnten Sie trotzdem versuchen, mit der alten Dame wieder Kontakt aufzunehmen? Vielleicht ist sie der Schlüssel zum Verständnis dessen, was in diesem Haus schon seit Jahrzehnten vor sich geht."

Ich verspreche Strauss, es zu versuchen. Ich habe bloß keine Ahnung wie. Mir kommen die blödesten Ideen. Ich könnte mich ja als jemand vom Pflegedienst verkleiden, vielleicht hat sie so schlechte Augen, dass sie mich nicht erkennt: Hallo Frau Diehl, wie geht es Ihrem Fuß? Ach, schon besser? Na dann mal heraus mit der Sprache, was hat es mit diesem

Kostüm auf sich? … Eigentlich müsste ich mich nicht einmal verkleiden, ich habe ja den Generalschlüssel. Ich könnte einfach in die Wohnung spazieren und die alte Dame zur Rede stellen. Scheiße, was ist denn mit mir los? Pocht da gerade meine kriminelle Ader?

„Frau Pander, ich bin mir sicher, dass Ihre Nachbarin dieses Kostüm erstens kennt, und dass sie zweitens ganz genau weiß, wer es getragen hat. Vielleicht ist sogar sie selbst in diesem Kostüm aufgetreten."

Ja, das kann ja alles sein. Trotzdem weiß ich nicht, wie ich mit ihr Kontakt aufnehmen soll. Soll ich ihr nen Kuchen vor die Tür stellen? Was mag Frau Diehl? Himbeer-Sellerie oder doch eher Kohlrabi-Kirsch? Kohlrabi-Himbeere hatten wir ja schon.

Ich verspreche Strauss zum zweiten Mal, es zu versuchen. Anschließend sitzen wir, ich und der Professor mit dem Krebs, uns noch über eine Stunde gegenüber, gehalten von gepolstertem Leder, umgeben von Regalen voller Bücher, abstrakter Kunst und afrikanischen Masken. Zwei Meter von uns entfernt das Affenkostüm, eine der Lederhände sieht aus, als weise sie in meine Richtung.

Ich erzähle Strauss, was ich seit unserem letzten Telefonat erlebt habe. Ich berichte ihm von meiner nächtlichen Begegnung mit dem Kind … und natürlich von den Händen, die plötzlich erschienen sind und damit begonnen haben, diese Verbände zu lösen. Ich erzähle von meinen Problemen mit Paula, die mich als mehr oder weniger verrückt betrachtet, und von dem großen schwarzen Vogel, der mich besucht hat, um sich eine Scheibe Salami spendieren zu lassen. Auch berichte ich ihm von Tobias und

Kerstin und bitte ihn, die beiden unserem Vermieter gegenüber nicht zu erwähnen.

„Keine Sorge, Herr Egner und ich sind sowieso nur entfernte Bekannte."

Strauss stellt nur wenige Fragen, lässt mich erzählen, hakt nur hin und wieder nach. Nach fast einer Stunde habe ich den Eindruck, dass Strauss die Luft ausgeht. Er sinkt in sich zusammen, wird fast aufgesogen von dem großen Lehnstuhl. Vorhin hat er einige Male die Augen geschlossen, immer nur kurz, immer nur so, dass es ganz knapp noch als verlängertes Blinzeln durchgehen konnte. Es wird Zeit, dass ich gehe.

„Ich befürchte, mir fällt nichts mehr ein."

Es stimmt, mir fällt wirklich nichts mehr ein. Strauss lächelt mich an und richtet sich in seinem Stuhl auf.

„Danke Frau Pander, vielen Dank. Bitte halten Sie mich auf dem Laufenden."

„Natürlich. Ich werde versuchen, schnellstmöglich mit Frau Diehl zu sprechen. Und dann ruf ich Sie an. Ähm, was würden Sie sagen, was sollen wir mit dem Kostüm machen?"

Schweigen. Strauss schaut auf den Boden und kratzt sich am Kinn.

„Am besten, Sie nehmen es wieder mit. Bringen Sie es dorthin, wo Sie es gefunden haben."

„Okay", sage ich. Aber mir ist unwohl bei dem Gedanken, das Ding wieder in den Keller zu schleppen. Strauss hebt den Kopf und lächelt mich an.

„Und diesen wunderschönen Wäschekorb dürfen Sie behalten."

Er stemmt sich aus dem Sessel und reicht mir die Hand. Sein Händedruck ist warm und fest, noch sind ein paar Kilo Leben in dem Mann, noch hat der Krebs ihn nicht völlig ausgehöhlt.

„Ich helfe Ihnen tragen, so viel Kraft habe ich noch."

Als wir vor meinem Auto stehen, da fällt mir noch etwas ein.

„Haben Sie eigentlich noch Kontakt zu Herrn Schlechter?"

„Leider nein, er will mit mir nicht mehr sprechen. Wahrscheinlich habe ich ihn zu sehr bedrängt, mir von seinen Erlebnissen im Herbsthaus zu erzählen. Sie wissen ja, dass ich manchmal etwas penetrant sein kann."

„Aber geht es ihm gut?"

„Er hat meines Wissens keine weiteren Selbstmordversuche unternommen, falls Sie darauf hinaus möchten. Nun wollen wir einmal sehen, ob dieser alte Affe bei Ihnen in den Kofferraum passt."

Blöderweise passt der Wäschekorb mit dem Kostüm nicht in den Kofferraum, die Klappe geht nicht zu. Also muss das Ding auf die Rückbank. Während ich zur medizinischen Bibliothek fahre, schaue ich ein paar Mal in den Rückspiegel ... nichts bewegt sich, das Ding liegt in seinem Körbchen und stinkt.

Fotos

Eine Nacht ohne Besuch und ein ruhiger, sonniger Morgen. Kaffee und Nutellabrot, Orangensaft mit hundert Prozent Fruchtgehalt, halbhart gekochte Eier und kleine Löffel, an denen Eidotter klebt. Die Tischplatte ist voller Krümel, es tut ein bisschen weh, wenn man die Ellenbogen drauf abstützt.

„Und, gut geschlafen?", fragt mich Paula.

„Wie ein Stein", antworte ich und betrachte den Abdruck, den meine Zähne im Brötchen hinterlassen haben. Ob man anhand solch eines Abdrucks einen Menschen identifizieren könnte? Paula stellt ihre Tasse ab.

„Wie wars bei diesem Psychiater?"

„Ganz gut."

Eigentlich sollte sie jetzt ihre Tasse wieder nehmen. Aber Paula schaut mich nur an, das war ein bisschen zu wenig.

„Und was weiter?"

„Na ja, wir haben uns ungefähr eine Stunde unterhalten … also darüber, wie es mir geht und über den Stress, den ich so habe. Er hat mir erzählt, dass dieser Typ, der sich umbringen wollte, dass es dem wieder gut geht. Der ist jetzt irgendwie im betreuten Wohnen oder so."

„Na hoffentlich passen die gut auf den auf."

Paula nimmt einen Schluck Kaffee.

„Bestimmt. Jedenfalls ist es für mich gut zu wissen, dass der Mann am Leben ist. Das ist schon heftig, wenn man mitbekommt, dass sich einer ein Messer in den Bauch rammt."

„Ja, das glaub ich. Geht es dir einigermaßen?"

„Ja, geht. War nur alles ein bisschen viel die letzten Wochen."

Paula lehnt sich über den Tisch und streichelt meine Wange.

„Ich hab dich lieb."

„Ich dich auch."

Wir lächeln uns an, ich streichle ihren Handrücken und denke ein bisschen an Sex.

„Können wir wieder zurück ins Schlafzimmer?", fragt Paula.

Kein Lächeln mehr, keine Gedanken an Sex. Mir ist, als hätte sie mich mit Dreck beworfen. Musste das jetzt sein? Ich höre mich ein okay murmeln, ein leises, resigniertes okay.

„Wirklich?"

„Ja, okay ... wird schon gehen."

Ich habe meine Hand einige Zentimeter zurückgezogen. Paula holt sie sich und hält sie fest. Ich will nicht zurück ins Schlafzimmer, dort ist es nicht sicher ... ich habe das einfach im Gefühl. Okay, auch hier im Wohnzimmer ... Scheiße! Auch hier ist mir ja was passiert ... dieses kleine Mädchen mit den Verbänden und dann die Hände und dieses irre Zerrbild von Paula mit dem ekelhaft heraushängenden Auge ... aber das war nur ein Traum ... oder etwas zwischen Traum und Wirklichkeit ... aber eben doch nicht so real wie das Tier, das da zwischen Schrank und Wand stand. Wahrscheinlich wartet das Tier nur darauf, dass ich zurück komme, dass ich mich in seine Nähe traue.

„Danke Schatz. Weißt du, mich nervt das hier total … mit der Matratze auf dem Boden. Ich meine, jetzt haben wir so ne große Wohnung und nutzen sie nicht. Außerdem bin ich ja bei dir … du musst doch keine Angst haben."

Am liebsten würde ich ihr sagen, dass es völlig egal ist, ob sie nachts bei mir ist. Am liebsten würde ich ihr sagen, dass es hier eben nicht um eine kindische, unbegründete Angst geht … es geht darum, dass da etwas IST – etwas, von dem ich nicht weiß, was es tun wird und wozu es imstande ist. Als ich Paula antworte, da ist es mir, als spräche jemand anders, als höre ich einer völlig Fremden beim Sprechen zu.

„Klar, das ist ja auch blöd. Saugst du vorher noch im Schlafzimmer die Fliegen weg?"

„Ja, mach ich."

Wir frühstücken weiter, essen unser Zeug. Wir streiten nicht, aber die Stimmung ist komplett im Arsch … zumindest meine Stimmung. Ich schaue zum Fenster raus, Paula schaut in die Wohnung, in diese unsere scheiß Wohnung im scheiß Herbsthaus. Mein Brötchen schmeckt mir nicht mehr, auch nicht der lauwarme Kaffee.

„Ich mach mal die Runde."

Paula dreht den Kopf zu mir. Merkt sie überhaupt, wie kacke es mir gerade geht?

„Jetzt schon?"

„Dann hab ich es hinter mir."

„Aber hilfst du mir nachher mit der Matratze?"

„Klar, hab ich doch gesagt … bin in einer halben Stunde wieder da."

Raus hier. Stift, Protokoll, Generalschlüssel, Taschenlampe … und dann raus hier. Nicht nur raus aus der Wohnung, auch raus aus dem Flur, raus aus dem vierten Stock (Hallo Aufzug, alter Freund! Immer noch da?) und raus aus diesem Haus.

Okay, alle Fenster heil, auch die blauen Plastikfolien an den Fensterlöchern, hinter denen es gebrannt hat. Es liegt kein Müll herum, es gibt keine neuen Graffiti und es stapfen auch keine Dinosaurier über den Parkplatz. Ich mache meine Häkchen und gehe zurück in die Eingangshalle. Ganz kurz nur lege ich mein Ohr an die große Glastür, hinter der Kerstin und ihr Typ wohnen. Nichts zu hören … obwohl sie doch jetzt Radio und Fernseher haben. Vielleicht sind die ja gerade unterwegs. Von was leben die überhaupt? Schnorren sie in der Fußgängerzone irgendwelche Leute an? Hallo, haben Sie vielleicht nen Euro? Wir wollen nach Kanada.

Um den verkommenen Innenhof herum gehe ich Richtung Treppenhaus … und dann hinunter in den Keller. Ich schließe die Tür auf, hinter der die Abteile liegen, diese aus splittrigen Holzlatten zusammengenagelten Käfige für Sachen, die keiner mehr haben will. Ich gehe nicht hinein in den tiefen Raum, ich schalte nur das Licht an und schaue nach, ob der Wäschekorb mit dem Kostüm noch dort steht, wo ich ihn gestern hingestellt habe. Ja, da ist er … gleich neben der Tür. Ein Klumpen Fell im rosa Körbchen, eine große schwarze Hand liegt obenauf. Sind das echte Fingernägel?

Ohne darüber nachzudenken stupse ich mit der Fußspitze den Korb an … so wie man ein totes Tier anstupst, bei dem man sich nicht sicher ist, ob es auch wirklich tot ist. Dann mache ich das Licht aus, schließe die Tür ab und gehe am Sicherungskasten vorbei zur Treppe.

Jetzt die Stockwerke, von unten nach oben. Eins, zwei, drei, fünf und sechs, dann zurück ins vierte. Alles in Ordnung, nichts Auffälliges. Kurz überlege ich, die ausgebrannte Wohnung zu erkunden, lasse es dann aber bleiben. Nicht dass ich Angst vor dieser Wohnung hätte … ich weiß bloß nicht, was solch eine Erkundung bringen soll, außer dass ich dann auch mal eine ausgebrannte Wohnung gesehen hätte.

Während ich durch die runden Flure wandere und meine Kreuze mache, verbessert sich langsam meine Stimmung. Vielleicht tut mir die Bewegung gut, vielleicht musste ich auch einfach mal raus. Es ist ja absolut verständlich, dass Paula zurück ins Schlafzimmer will. Wieso sollte ich ihr das übel nehmen? Schließlich bin ich diejenige, die ihre Freundin verarscht, die ihr verschweigt, was hier eigentlich vor sich geht … aus einer völlig bescheuerten Angst heraus, als verrückt zu gelten. Soll ich reinen Tisch machen? „Hör mal zu Paula, hier spukt es, hier ist ein kleines Mädchen mit Verbänden unterwegs, außerdem ein aufrecht gehender Affe, eine alte Frau und vielleicht, aber nur vielleicht, steckt auch der Aufzug mit drin. Ich kann dir noch nicht genau sagen, wie genau das alles zusammenhängt, aber ich arbeite dran. Weißt du, dieser Psychiater, bei dem ich gestern war, der ist nämlich schon etwas länger davon überzeugt, dass es hier spukt und der hat mir 1500 Euro dafür gegeben, dass ich was herausfinde, bevor er den Löffel abgibt. Der Mann hat nämlich Krebs und möchte sich partout nicht mit seinem bevorstehenden Tod anfreunden."

Fast muss ich lachen, als ich mir Paulas verdutztes Gesicht vorstelle. Mit tellergroßen Augen würde sie mich anschauen und mich fragen, ob ich sie verarschen will. Dann würde sie sich an ihren Laptop setzen und die Nummer der nächsten Psychiatrie heraussuchen.

Ich bin zurück im vierten Stock. Paula geht gegen elf, dann werde ich versuchen, mit Frau Diehl zu sprechen. Vielleicht fällt mir bis dahin auch ein, wie ich es anstellen soll, dass sie mich überhaupt in die Wohnung lässt. Als ich unsere Tür aufschließe, da macht sich Paula bereits an der Matratze zu schaffen.

„Warte, ich helf dir."

Gemeinsam schleifen wir das große Ding ins Schlafzimmer und wuchten es aufs Bettgestell. Oben drauf Kissen und Decken und voilà, die nächste verdammte Nacht kann kommen.

„Puh, ganz schön schwer das Ding." Paula wischt sich mit der Hand über die Stirn. Sie schwitzt nicht, die Geste soll nur ihre Worte stützen.

„Ja, als ob da Blei drin wäre."

Wir gehen zurück ins Wohnzimmer, Paula setzt sich hinter ihren Laptop, ich lasse mich auf die Couch fallen.

„Sieht doch gleich viel größer aus, oder?"

„Ja, macht echt einen Unterschied", antworte ich.

„Vorhin, als du unterwegs warst, da hab ich was Komisches gesehen. Da war so ein großer, schwarzer Vogel bei uns auf dem Balkon … ein Rabe oder so was in der Art."

„Und, hast du ihm was gegeben?"

„Nö, hätte ich sollen?"

„Der war gestern schon mal hier und hat gebettelt, Raben sind ja total intelligent. Der hat den Kopf so schräg gelegt und gewartet, dass ich ihm was gebe."

Paula grinst mich an.

„Und wie ich dich kenne, hast du ihm was gegeben."

„Klar, eine Traube und eine Scheibe Salami. Er wollte aber nur die Salami."

„Ach so, deshalb liegt ne Traube auf dem Balkon … hab mich schon gewundert. Jedenfalls gut, dass du nicht da warst. Wenn du dem immer was gibst, dann kommt der demnächst dreimal täglich."

Ich strecke mich auf der Couch aus und lege die Beine noch.

„Macht doch nichts, dann haben wir ein Haustier. Vielleicht können wir dem irgendwelche Tricks beibringen"

„Was denn für Tricks?"

„Keine Ahnung, alles Mögliche."

Paula schaut mich über den Laptop hinweg an und zieht eine ihrer überaus hübsch geschwungenen Augenbrauen hoch.

„Vielleicht macht er ja für uns die Rundgänge durchs Haus. Wir müssten ihm nur beibringen, den Stift zu halten und Kreuze zu malen."

Sie senkt den Kopf, tippt ihre Mail-Adresse und ihr Passwort ein. Ich erkenne es am Tastenanschlag. Ihr Passwort besteht aus sieben Ziffern: klack-klack-klack-klack-klack-klack-klack-klack … der letzte Klack von der Enter-Taste.

„Nee, im Ernst. Raben kann man wirklich Kunststücke beibringen. Die fangen sogar zu sprechen an."

Paula starrt auf den Bildschirm, liest ihre Mails.

„So viel Kohle haben wir auch nicht, dass wir nen fetten Vogel durchfüttern … außerdem sind Raben ekelhaft."

***

Elf Uhr Vormittags, Paula ist weg. Ich bin noch da und mache mir so meine Gedanken. Wie soll ich es anstellen, mit Frau Diehl in Kontakt zu kommen? Vielleicht hätte ich eine Schachtel Pralinen besorgen sollen … eine Schachtel für die Schachtel, am besten mit Broccoli-Geschmack. Schluss jetzt! Ab hier bitte ernsthaft, Lena. Das Beste wird es wohl sein, wenn ich einfach bei ihr klopfe und mich entschuldige. Vielleicht bittet sie mich ja herein. Oder ich sage ihr ins Gesicht, dass ich mit ihr über das sprechen will, was in diesem Haus vor sich geht. Wenn sie dann so tut, als wisse sie von nichts, dann frage ich sie, wieso sie sich nicht ins Schlafzimmer traut …

Nein, das ist Mist. Dann knallt sie mir wahrscheinlich die Tür vor der Nase zu. Das Beste wird sein, ich entschuldige mich bei ihr … und leite dann ganz geschmeidig zu dem über, was mich eigentlich interessiert.

Während ich gedanklich die Möglichkeiten der Wiederannäherung durchspiele, bin ich schon unterwegs zu Frau Diehls Tür. Sehe ich ordentlich aus? Ja, alles gut, alles wie es sein soll. Vor mir die Tür mit dem in Metall gefassten Spion, diesem gläsernen Glubschauge. Der Pflegedienst, der morgens immer zu Frau Diehl kommt, ist schon weg, die habe ich vorhin gehört.

Ich räuspere mich, mache mich gerade und klopfe dreimal an …

Nichts … einundzwanzig, zweiundzwanzig, dreiundzwanzig … immer noch nichts.

Ich klopfe härter.

Nichts … immer noch ni- … obwohl, ist da was? Sind das Schritte? Ja, das sind Schritte, langsame Schritte … sie nähern sich der Tür. Dann verdunkelt sich der Spion und sofort denke ich an das Schlüsselloch.

Stille … dann wieder Schritte, sie entfernen sich von der Tür.

„Frau Diehl, hallo Frau Diehl! Hören Sie mich? Ich wollte mich bei Ihnen entschuldigen."

Keine Reaktion. War ich laut genug? Hat sie mich gehört? Ich klopfe noch einmal … dann noch einmal. Wieder Schritte, dann die Stimme von Frau Diehl.

„Machen Sie, dass Sie wegkommen!"

„Frau Diehl, ich wollte mich bei Ihnen entschuldigen. Es tut mir leid, dass ich bei Ihnen in dieses Zimmer rein bin. Bitte machen Sie doch auf, dann können wir uns über ein paar Sachen unterhalten."

Keine Antwort, nur Schritte, die sich entfernen. Klasse Lena, toll hinbekommen. Wenn ich weiter an die Tür klopfe, dann ruft sie am Ende noch die Polizei und sagt denen, dass ich sie belästige. Plötzlich wieder Frau Diehls Stimme:

„Gegen Sie weg, sonst rufe ich die Polizei!"

Fast muss ich lachen. Als hätte ich es mit meinen Gedanken heraufbeschworen. Okay, ich gehe … aber ich gehe nicht zurück in die Wohnung, ich steige die Treppen hinunter in den Keller. Mir ist eine Idee gekommen, von der ich nicht weiß, ob sie eine saublöde oder eine ganz ausgezeichnete ist.

Fünf Minuten später bin ich wieder im vierten Stock, neben mir im Wäschekorb das Affenkostüm. Es war noch dort, wo ich es gelassen habe, es hat sich während meiner Abwesenheit nicht mit Leben gefüllt.

Dreimal klopfe ich an die Tür …

Nichts, keine Schritte, kein Drohen mit der Polizei. Ich gehe mit dem Mund ganz nahe an den Türspalt.

„FRAU DIEHL, SIE MÜSSEN MIR NICH AUFMACHEN. ABER BITTE KOMMEN SIE AN DIE TÜR UND SCHAUEN SIE DURCH DEN SPION. ICH MUSS IHNEN ETWAS ZEIGEN."

Zehn Sekunden vergehen, zwanzig Sekunden, dreißig Sekunden. Dann leise Schritte.

„FRAU DIEHL. BITTE SEHEN SIE KURZ DURCH DEN SPION, ICH MUSS IHNEN ETWAS ZEIGEN."

Die Schritte kommen näher, eigentlich sind sie eher ein Schlurfen. Ich trete von der Tür zurück und zerre das schwere Affenkostüm aus dem Wäschekorb. Mit einer Hand packe ich das stinkende Ding am Kopf, mit der anderen im Genick. Dann halte ich den Affenkopf vor den Spion. Oh Gott, was mache ich da … nicht dass die alte Frau einen Herzinfarkt bekommt, wenn sie das Ding sieht. Aber es ist zu spät. Das in stumpfes Metall gefasste Glubschauge verdunkelt sich, dann höre ich einen unterdrückten Schrei. Oh Mist! Soll ich nicht lieber den Generalschlüssel holen? Nicht, dass sie umgekippt ist … aber nein, das hätte ich gehört. Schon öffnet sich die Tür und ein von feinen Runzeln überzogenes Gesicht erscheint. Es sieht eher wütend aus als ängstlich.

„Geben Sie das sofort her!“

Die Tür geht ein Stück weiter auf.

„Was fällt ihnen ein, geben Sie das auf der Stelle her!“

Frau Diehls Stimme schwankt wie ein Floß auf hoher See, in ihr mischen sich Angst, Unglaube und mühsam unterdrückter Hass. Immer noch halte ich ihr den Affen entgegen.

„GIB DAS VERDAMMTE DING HER!“

Ich trete einen Schritt zurück, Frau Diehl tritt einen Schritt vor. Mit einer Hand hält sie sich am Türrahmen, die andere grapscht nach dem Kostüm.

„Bitte beruhigen Sie sich, Frau Diehl. Gehört das Ihnen?“

Die alte Dame zittert vor Wut, ihre Augen rollen im Schädel. Hoffentlich geht sie nicht gleich auf mich los.

„Bitte Frau Diehl, beantworten Sie meine Frage. Gehört das Ihnen?“

Die Antwort kommt gepresst, giftig. Frau Diehl würgt sie hoch und spuckt sie mir entgegen.

„Das gehört meiner Schwester.“

Ich wage eine weitere Frage, das ist meine Chance.

„Ist ihre Schwester in diesem Kostüm aufgetreten?“

Immer noch schaut mich die alte Frau hasserfüllt an. Zumindest hat das Zittern aufgehört, vielleicht beruhigt sie sich langsam. Plötzlich eine kurze, ruckartige Bewegung ihres Kopfes, die ich als Nicken interpretiere. Dann spricht sie wieder.

„Bringen Sie dieses Kostüm auf der Stelle dorthin zurück, wo Sie es gefunden haben!“

„Bitte Frau Diehl, beantworten Sie mir noch eine einzige Frage. Ich verspreche Ihnen, dass ich Sie dann sofort in Ruhe lasse und das Kostüm auf der Stelle dorthin zurückbringe, wo ich es gefunden habe. Bitte Frau Diehl, nur eine einzige Frage."

Keine Antwort. Sie krallt sich am Türrahmen fest und starrt mich an. Ich versuche es.

„Warum haben Sie Ihr Schlafzimmer verlassen? Warum sind Sie mit dem Bett ins Wohnzimmer gegangen?"

Plötzlich wirkt die 92-jährige auf mich eher verloren als aggressiv. Ich schäme mich für das, was ich hier tue ... aber es muss sein. Ich wiederhole meine Frage. Als Frau Diehl mir antwortet, da lasse ich die Arme sinken. Das alte Kostüm, das ich ihr eben noch wie eine Waffe vor die Nase gehalten habe, fällt in sich zusammen.

„Damit sie mich in Ruhe lässt."

Frau Diehl schaut auf den Boden, sie hat Tränen in den Augen. Wie ein verwundetes Tier zieht sie sich in ihre Wohnung zurück, schließt die Tür und hängt die Kette ein. Ich packe den Affen in den albernen, rosa Wäschekorb und mache mich auf den Weg in den Keller. Mein Herz klopft, als wolle es mir die Rippen brechen.

***

Es ist kurz nach drei. Ich merke, dass ich Kopfschmerzen bekomme und nehme vorsorglich eine halbe Aspirin-Tablette. Am liebsten würde ich noch einmal zu Frau Diehl gehen, mich bei ihr entschuldigen, die alte Frau in den Arm nehmen. Aber natürlich geht das nicht, ich bring sie noch um, wenn ich schon wieder an ihre Tür klopfe.

Das Affenkostüm habe ich in den Keller gebracht. Nein, ich habe es nicht wieder im rosa Körbchen neben die Tür gestellt. Ich habe es exakt dorthin zurückgebracht, wo ich es gefunden habe … beziehungsweise wo es auf mich drauf geplumpst ist. Ich habe das schwere Ding in den Kleidersack gesteckt – was übrigens sehr mühsam war in dem engen Kellerabteil – und den Sack an den Wandhaken hinter dem großen Kleiderschrank gewuchtet. Alles wie es war, das hässliche Ding kann dort unten hängen bleiben, bis ihm die Zähne ausfallen.

Ich trinke eine Tasse Kaffee (Kaffee und Aspirin, verträgt sich das überhaupt?) und überlege, was zu tun ist. Auf jeden Fall muss ich mich bei Strauss melden und ihm sagen, dass er mit seinen Vermutungen ziemlich richtig lag. Das Kostüm gehörte der Schwester Frau Diehls, sie ist damit aufgetreten. Leider ist der letzte Satz, den ich vorhin von Frau Diehl hörte, nicht ganz eindeutig. Meine Frage war: „Warum sind Sie mit dem Bett ins Wohnzimmer gegangen?“ Die Antwort der alten Frau: „Damit sie mich in Ruhe lässt.“

Wer ist „sie“? Die Schwester? Die Schwester als Affe? Die Schwester im Affenkostüm? Vielleicht die ältere Frau, von denen dieses Ehepaar mit dem Kind berichtet hat? Oder etwa das Mädchen mit den Verbänden? Oder steckt hinter all diesen Erscheinungen etwas völlig anderes?

Als ich das erste Mal bei Frau Diehl war, da hat sie mir erzählt, dass sie nach dem Krieg zusammen mit ihrer Mutter und ihrer Schwester in das Herbsthaus gezogen ist. Waren die alle drei in einer Wohnung … also in der Wohnung, in der jetzt Frau Diehl alleine lebt? Oder wohnte die Schwester in der Wohnung, von der alles ausgeht? Das hätte ich einfach herausbekommen müssen. Obwohl … wenn das Kostüm in dem Keller hängt, der zur Spukwohnung gehört, dann muss die Schwester auch in dieser Wohnung gelebt haben. Okay Lena, du weißt nicht alles aber schon eine ganze Menge. Pass jetzt bitte auf, dass du bei dem bleibst, was du tatsächlich weißt … reim dir nicht irgendwas zusammen.

Der Kaffee ist getrunken und ich wische mit nervösen Fingern auf dem verschmierten Display meines Smartphones herum, suche Strauss Nummer. Okay, da ist sie. Ich höre das Freizeichen, einmal, zweimal, dreimal, dann nimmt jemand ab. Die Stimme kommt mir in keinster Weise bekannt vor.

„Hallo, hier bei Strauss."

„Hallo. Hier ist Lena Pander. Könnte ich den Herrn Strauss sprechen?"

Schweigen. Im Hintergrund das laute Ticken einer Uhr.

„Wer sind Sie bitte?"

Hä? Was soll denn das jetzt?

„Ähm … ich bin eine … eine wissenschaftliche Mitarbeiterin von Herrn Strauss, wir arbeiten zusammen an einem Projekt und ich müsste ihm berichten, was ich Neues herausgefunden habe."

„Ach so … Sie sind von der Universität."

„Ja, gewissermaßen. Also nicht direkt von der Universität aber-"

„Dem Herrn Strauss geht es nicht gut", unterbricht mich die Unbekannte. „Er ist im Krankenhaus."

„Ach so … ist denn was passiert?“

„Also das weiß ich auch nicht so genau. Ich bin nur die Haushälterin und man hat mich gebeten, dass ich ans Telefon gehe, solange ich noch da bin. Ist es denn wichtig, was Sie Herrn Strauss zu sagen haben?“

„Ja … also ich denke, es wäre ihm sehr wichtig. Er hat mich ja sozusagen beauftragt damit.“

„Warten Sie einen Moment. Ich sag Ihnen gleich, wo er ist.“ Sie raschelt mit irgendwelchen Papieren. „Haben Sie was zu schreiben?“

Zehn Minuten später bin ich unterwegs ins Krankenhaus. Strauss Haushälterin hat mir die Station und die Zimmernummer gegeben … zum Glück nicht Intensivstation. Während ich mich in meinem kleinen Auto durch den Verkehr schlängele, schwanke ich zwischen Furcht und Hoffnung. Was, wenn er jetzt stirbt … wenn er stirbt, noch bevor ich bei ihm bin? Vielleicht ist er überhaupt nicht mehr ansprechbar. Und sofort die Gegenstimme: Ach Quatsch, so schnell stirbt man nicht. Gestern hat er noch geholfen, den Wäschekorb ins Auto zu laden. Wieso sollte er dann heute … und wieder die Furcht: Vielleicht ist er gestürzt … oder er hatte einen Schwächeanfall. Vielleicht hat er gestern seine letzten Energiereserven verbraucht, vielleicht hast du ihn gestern zu sehr …

Schluss jetzt! Ich werde erst Bescheid wissen, wenn ich bei ihm bin. Autoradio an und Fenster auf … und gib mal n bisschen Gas, Lena!

„Ich bin vom Klo gefallen."

Strauss lacht, seine Tochter nicht.

„Das hätte ich mir auch nicht vorgestellt, dass ich mal vom Klo falle. Ich will aufstehen, da versagen die Beine und ich kippe einfach zur Seite weg."

Die Tochter lacht immer noch nicht. Ich versuche, wenigstens zu schmunzeln.

Strauss sieht schlecht aus, schlechter als gestern. Mir scheint, als werde er mit jedem Tag weniger … und wahrscheinlich ist es auch so. Sein Gesicht verändert sich, immer mehr kommt der Knochen durch.

„Zumindest konnte ich noch spülen, bevor man mich gefunden hat." Strauss lacht. „Aber jetzt mal Themenwechsel. Frau Pander, es ist schön, dass Sie mich besuchen. Was haben Sie mir zu berichten?"

Strauss Tochter – ihren Namen habe ich vergessen – hebt sich vom Stuhl, geht zu ihrem Vater und gibt ihm einen Kuss auf die Stirn.

„Ich lasse euch mal alleine. Ich muss mal nachsehen, was die Kinder anstellen." Bevor sie das Zimmer verlässt, wirft sie mir einen Blick zu, den ich nicht einordnen kann. Weiß sie, was ich und ihr Vater treiben? Weiß sie von dem Herbsthaus? Weiß sie von dem Geld, das er mir gegeben hat?

„Raus mit der Sprache! Was haben Sie für mich?"

„Ich war bei Frau Diehl, ich habe ihr das Kostüm gezeigt."

Strauss richtet sich im Bett auf.

„Wie hat sie reagiert?"

„Ängstlich … dann wütend. Sie wollte erst das Kostüm haben, dann wollte sie, dass ich es zurück in den Keller bringe. Jedenfalls hat dieses Kostüm ihrer verstorbenen Schwester gehört … und anscheinend ist Frau Diehl vor ihrer verstorbenen Schwester ins Wohnzimmer geflüchtet. Das hat sie zwar nicht genauso gesagt, es ist aber am plausibelsten."

Strauss sagt nichts, lächelt nur in sich hinein. Ich habe ihn in seinen Annahmen nur bestätigt, das hat sich der Mann alles schon gedacht.

„Vor ihrer verstorbenen Schwester geflüchtet", wiederholt Strauss meine Worte.

„Ja … also zumindest scheint es so. Sie hat gesagt, dass sie im Wohnzimmer von ihr in Ruhe gelassen wird … im Gegensatz zum Schlafzimmer."

Auf einmal beginnt der magere Körper des Mannes, der da vor mir im Krankenbett liegt, zu zittern. Strauss atmet schnell ein und aus, er lacht … oder weint er? Seine Schultern zucken, die Brust bebt. Er weint … und er lacht. Beides gleichzeitig.

„Herr Strauss, alles in Ordnung?"

Nur langsam beruhigt er sich.

„Ja, Frau Pander. Alles in Ordnung." Eine tiefe Zufriedenheit liegt in seiner Stimme. „Machen Sie mal die Schublade da drüben auf … und geben Sie mir mein Scheckbuch."

Ich gebe ihm das Buch. Strauss stellt mir einen Scheck über 3000 Euro aus.

„Jetzt nehmen Sie schon, ich war auch mal Student. Kaufen Sie sich und Ihrer Freundin etwas Interessantes."

Und als ich zögere:

„Stecken Sie endlich dieses Stück Papier ein. Ich bezahle Sie im Voraus … wer weiß, in welchem Zustand ich in zwei Wochen bin. Vielleicht kann ich dann nicht einmal mehr diesen Stift hier halten."

Noch rund eine halbe Stunde bin ich bei Strauss. Wir unterhalten uns über das Herbsthaus, über die Schwester von Frau Diehl, über die Anfertigung von Tierkostümen und über das verdammte Sterben. Strauss muss nicht besoffen sein, um ganz offen zuzugeben, dass er furchtbare Angst vor dem Tod hat … oder wie er es formuliert: Vor der Nicht-Existenz, vor der Auslöschung. Strauss will nicht nicht sein, die Aussicht auf eine wie auch immer geartete Weiterexistenz tröstet ihn. Wenn die Schwester von Frau Diehl noch da ist, so scheint Strauss zu meinen, dann wird auch er nicht völlig verschwinden.

Als Strauss Tochter wieder ins Zimmer kommt, da ist alles gesagt. Wir verabschieden uns, ich verlasse das Krankenhaus und gehe mit meinem Scheck zur nächsten Sparkasse. Noch nie hatte ich so viel Geld auf dem Konto. In Gedanken rechne ich mir aus, wie viele Monate ich von diesem Geld leben könnte, ohne zu arbeiten.

***

Zwei Tage und zwei Nächte sind vergangen – ohne irgendwelche Zwischenfälle. Ich war zweimal drüben in der leeren Wohnung und einmal unten im Keller. Nichts Neues, keine neuen Erkenntnisse, keine Erscheinungen. Trotzdem habe ich Angst, sie steckt mir in den Knochen und pappt mir auf der Haut, jeder Schatten vermag mich zu erschrecken. Heute Morgen, gleich nach dem Aufstehen, meinte ich für den Bruchteil einer Sekunde, eine sich zusammenkauernde Gestalt oben auf dem Küchenschrank zu sehen. Aber das war nur ein Schatten, ein dunkler, unbewegter Fleck … da war nichts. Jeden Tag rufe ich Strauss an, auch wenn ich ihm eigentlich nichts zu erzählen habe.

Gestern hatten Paula und ich einen wirklich heftigen Streit. Ich dachte, sie geht gleich auf mich los. Diese beschissene Sache lief folgendermaßen ab:

Kurz vor zwölf sitzen wir am Küchentisch und schnippeln Gemüse. Da höre ich ein Geräusch aus Richtung des Balkons, drehe den Kopf und sehe den großen, schwarzen Vogel.

„Pssst … schau mal", sage ich zu Paula. Sie schaut nur ganz kurz auf und schnippelt weiter. Demonstratives Desinteresse.

Der Rabe sitzt auf dem Geländer und schaut mich an. Wieder legt er den Kopf schief, ganz eindeutig will er etwas.

„Paula, schau doch … wie ein Hund, der bettelt."

„Lass mich mit dem Vieh in Ruhe", kommt es von der anderen Seite des Gemüsehaufens. Okay, dann eben nicht. Sowieso kommt der Rabe meinetwegen, im Gegensatz zu Paula hab ich ihm ja was gegeben. Der große schwarze Vogel macht ein paar Schritte auf dem Geländer, kommt näher heran zu mir, schaut direkt in meine Richtung. Also stehe ich auf und gehe zum Kühlschrank.

„Willst du dem Vieh etwa was geben?", fragt mich Paula.

„Klar, wieso denn nicht?"

Schon habe ich eine Scheibe Lyoner in der Hand. Paula stöhnt einen ihrer Lass-mich-in-Ruhe-Stöhner. Mit kleinen Schritten gehe ich zur Balkontüre, ich öffne sie und spüre die feuchte Kühle.

„Pssst … Paula, schau mal.“

Keine Antwort.

Ganz langsam gehe ich in die Knie und strecke dem Raben die Wurstscheibe hin. Wollen doch mal sehen, ob er mir die aus der Hand nimmt. Einige Sekunden beobachtet er mich nur, dann flattert er vom Geländer, landet ganz am anderen Ende des Balkons. Na? Traust du dich, großer Vogel? Darf ich dir einen Namen geben, wenn du mir aus der Hand frisst? Vielleicht Krabat?

Ganz langsam, mit angelegten Flügeln und gestrecktem Hals, kommt der Rabe auf mich zu. Gott, hat der einen großen Schnabel, könnte mir glatt zwei Finger abbeißen. Als er noch etwa dreißig Zentimeter von mir entfernt ist, da bleibt er stehen und schaut erst nach links und dann nach rechts. Fast muss ich lachen, das sieht aus, als wolle er eine Straße überqueren.

Plötzlich macht der Rabe einen Hopser und zupft mir die Wurstscheibe aus der Hand. Rückwärts watschelt er mit seiner Beute davon, lässt sie runter hängen … und dann, ich kann immer noch nicht begreifen, wie sie das tun konnte, dann kommt etwas geflogen, direkt auf den Raben zu. Es ist eines unserer Küchenbretter, das Brett, auf dem Paula gerade die Zwiebeln geschnitten hat. Es trifft den Raben mit der Kante am Hals und wirft ihn um. Krächzen und Flügelschlagen, das Tier ist in Panik, schlittert über den Balkon, lässt die Wurstscheibe los, versucht sich zu retten, schafft es schreiend und flatternd auf das Geländer hinauf, lässt sich vom Geländer fallen … und ist weg. Ich drehe mich zu Paula um, sie steht hinter mir und grinst. Ich kann es einfach nicht fassen … ich kann es erst nicht fassen und dann schreie ich los. Als ob plötzlich eine Sicherung durchknallt.

„BIST DU DENN VÖLLIG BESCHEUERT?“

„Ich hab dir gesagt, dass ich das Vieh hier nicht haben will.“ Paulas Stimme hört sich unwahrscheinlich kalt an. Am liebsten würde ich auf sie losgehen.

„DU KANNST DOCH NICHT EINFACH DAS SCHEISS BRETT NACH DEM VOGEL WERFEN.“

Paula schaut mich von oben herab an, immer noch dieses widerliche Grinsen in der Fresse.

„Hör auf hier herumzubrüllen.“

Nein, ich höre nicht auf. Ich kann einfach nicht fassen, was sie getan hat.

„WAS ZUM TEUFEL IST LOS MIT DIR? DU HÄTTEST DEN UMBRINGEN KÖNNEN.“

„Hör auf zu brüllen, Lena. Ich warne dich. Ich hab dir gesagt, dass du dem nichts zu fressen geben sollst.“

Ich stehe auf, recke mich ihr entgegen. Aber sie ist immer noch fast einen Kopf größer als ich.

„Am liebsten würde ich dir eine reinhauen.“ Die Worte kommen aus mir raus, ohne dass ich es will. Es ist die Art, wie sie mich ansieht, dieser scheiß arrogante Ausdruck.

„Versuchs doch“, antwortet Paula.

„Manchmal bis du so ein verdammtes Miststück. Ich hätte nie gedacht, dass du so was machst.“

Paula dreht sich um und lässt mich stehen. Ihre letzten Worte im Weggehen: „Mach nicht so einen Zwergenaufstand wegen einem blöden Vogel.“

Dann verschwindet sie im Schlafzimmer und schließt die Tür hinter sich. Ich gehe auf den Balkon, hebe mit zittrigen Fingern die Wurstscheibe auf und werfe sie hinunter. Sie landet auf dem Asphalt des Parkplatzes, ein kleiner fleischrosa Punkt auf grauer Fläche. Vielleicht ist der Rabe ja nicht verletzt, vielleicht findet er sie dort unten. Wenn ich ein Mann wäre und achtzig Kilo wiegen würde, dann würde ich ins Schlafzimmer gehen und der blöden Kuh eins … sofort schäme ich mich für diesen Gedanken. Gott, was für ein Mist! Erst einmal ruhig werden, erst mal Luft schnappen. Ich verlasse die Wohnung und gehe hinunter auf den Parkplatz. Ein und aus, ein und aus, ein und … was bildet die sich ein, diese beschissene … aus, ein und aus, ein und aus. Die Wurst liegt noch da, wo sie aufgeschlagen ist. Von dem Raben keine Spur. Ich stehe auf dem Parkplatz und hoffe, dass mein schwarzer Vogel nicht in irgendeinem Gebüsch verreckt.

Das war gestern. Heute ist heute und wir haben in den letzten 24 Stunden kaum mehr als drei Sätze geredet. Die letzte Nacht habe ich im Wohnzimmer auf der Couch verbracht. Ist mir ganz recht, ich hasse dieses Schlafzimmer … außerdem konnte ich hier das Licht anlassen. Während des Frühstücks haben wir uns angeschwiegen und Blickkontakt vermieden. Dann hat jede ihren Kram erledigt und jetzt gerade zieht sich Paula Jacke und Schuhe an.

„Tschüss."

„Ja … tschüss."

Mehr ist verabschiedungstechnisch nicht drin, mehr will ich auch nicht. Das hier ist kein Streit, den man später unter Sex und Lachen begräbt. Nie hätte ich gedacht, dass sie so brutal sein kann.

Als Paula zur Tür raus ist, da gehe ich zum Küchentisch, setze mich auf einen der alten Stühle und schaue hinaus auf den Balkon, schaue hinaus auf das scheiß Wetter, das einfach nicht besser wird. Nichts, nur Metall und rissiger Beton. Kein schwarzer Vogel, der bettelnd den Kopf schief hält. Nach dem, was er hier erlebt hat, wird er nicht mehr kommen, ganz sicher nicht. Paula hat ihn vertrieben … sie hat ihn mir weggenommen. Ich hoffe nur, sie hat ihn nicht umgebracht, ihm irgendwas im Hals zerquetscht oder ihm die Wirbel zertrümmert.

Eigentlich müsste ich heute an die Uni, sowieso habe ich die letzten Tage viel zu viel geschwänzt. Wenn ich so weitermache, dann krieg ich noch richtig dicken Ärger.

Stöhnend stehe ich auf, ziehe mir eine Jeans an und bringe mich im Badezimmer in einen halbwegs vorzeigbaren Zustand … okay, das muss reichen. Sollte ich in einen Schönheitswettbewerb geraten, dann mach ich mich eben unauffällig vom Acker. Schlüssel, Portemonnaie, Rucksack, Handy, Lipgloss … und raus hier.

Als ich meine Hand auf die kalte Türklinke lege, da höre ich etwas. Es kommt von draußen, vom Flur. Ist der Pflegedienst bei Frau Diehl? In exakt demselben Moment, in dem ich die Wohnungstür öffne, höre ich eine andere Tür ins Schloss fallen. Die sind spät dran heute.

Fast wäre ich draufgetreten. Ich war so auf die Geräusche konzentriert, dass ich dieses grüne Viereck, das da vor mir auf dem Boden liegt, überhaupt nicht gesehen habe. Was ist das? Ein Buch? Ich hebe es auf und gehe mit dem in grünen Stoff gebundenen Büchlein zurück in die Wohnung, lege den Rucksack ab und setze mich an den Küchentisch. Okay, mal sehen … das kann eigentlich nur von Frau Diehl sein. Aber wieso legt sie mir das vor die Tür? Was bezweckt sie damit?

Ich merke, dass meine Hand zittert, als ich die erste Seite aufschlage. Schnell balle ich die Hand zur Faust, bringe meine kleinen Zitterfinger unter Kontrolle. Auf der ersten Seite des Büchleins eine handschriftliche Widmung, hellblaue Tinte auf vergilbtem, fleckigem Papier:

„Für meine Ella, in Liebe M."

Wer ist Ella? Heißt Frau Diehl mit Vornamen Ella? Und wer ist „M"?

Ich blättere weiter, das Papier ist dick und fühlt sich rau an. Was ich hier vor mir habe ist ein Album voller alter Schwarzweißfotos. Auf den ersten Seiten nichts als Kinderbilder. Zwei gesunde, pausbäckige Kleinkinder, der Kleidung nach zu urteilen Mädchen, eine der beiden offensichtlich etwas älter als die andere. Ich blättere weiter und mit jeder Seite vergehen ein paar Monate. Jetzt steht die Ältere schon auf eigenen Beinen … dann auch die Jüngere. Die Große hat ein Steckenpferd bekommen … die Kleine eine Puppe mit einem Turban … und auf dem nächsten Bild, da tragen die Kinder Puffhosen und sind schwarz geschminkt, „Die kleinen Mohrenkönige" steht in geschwungener Schreibschrift unter dem zerknitterten Foto. Ich blättere weiter und schon trägt eines der Kinder stolz seinen Schulranzen … nur ein paar Seiten weiter auch das andere, sogar noch ein wenig stolzer. Ich sehe die Mädchen beim Eisessen, gemeinsam auf einem dicken Pony sitzend, weiß geschminkt und mit Harlekinshüten auf den Köpfen. Längst habe ich begriffen, dass ich mir gerade Bilder von Frau Diehl und ihrer Schwester ansehe. Frau Diehl ist das jüngere Mädchen, ihre Schwester ein Jahr älter als sie … zwei muntere, unschuldige Kinder, die augenscheinlich eine behütete und unbeschwerte Kindheit erleben, fast könnte man neidisch werden.

Ich rechne nach. Wenn Frau Diehl jetzt 92 ist, dann sind diese Fotos in den zwanziger Jahren entstanden, zwischen den beiden Kriegen. Einige der Bilder haben am Rand diese kleinen, regelmäßigen Wellen. Ich kenne das Muster von den Familienfotos, die meine Uroma über dem Wohnzimmersofa hängen hatte, die hatten fast alle diesen Rand.

Auf einmal fehlen zwei Seiten. Sieht aus, als wären sie herausgerissen worden, man kann noch die gezackten Reste erkennen. Dann die nächste intakte Seite … und darauf ein Bild, das mich erschaudern lässt.

Ich schiebe das Fotoalbum weg, atme tief durch und sehe mich im taghellen Zimmer um. Als ich mir sicher bin, alleine zu sein, ziehe ich das aufgeschlagene Buch heran und beuge mich über das kleine, vergilbte Schwarzweißfoto. Wieder die beiden Mädchen, die kleinere der beiden schaut frech in die Kamera. Die Größere jedoch sitzt so, dass die rechte Seite ihres Gesichts im Schatten liegt. Wer auch immer dieses Bild gemacht hat, er wollte es so, er wollte, dass man nur die Hälfte des Kindergesichts sieht, nicht einmal Umrisse lassen sich in diesem Dunkel erkennen.

Was mich aber hat erschaudern lassen, das ist der Gesichtsausdruck des kleinen Mädchens. Alle Lebensfreude, alle Unbeschwertheit scheint aus diesem Gesicht verschwunden zu sein, ernst und auf kindliche Art bösartig schaut Frau Diehls Schwester in die Kamera. Was ist zwischen diesem und dem letzten Foto mit ihr passiert? Was ist mit ihrem Gesicht? Natürlich muss ich an das kleine Mädchen mit den Verbänden denken. War sie das? War das die Schwester der alten Frau, die mir dieses Büchlein hingelegt hat? Angestrengt suche ich nach Ähnlichkeiten … komm schon, Lena, konzentriere dich! In meinem Traum – oder was auch immer das war – habe ich das Gesicht des Mädchens ja nicht richtig gesehen, das war ja völlig eingewickelt, nur ein Auge, ein Stück der Nase und der Mund war noch frei. Ich kann mir also nicht sicher sein, dass …

Plötzlich eine andere Stimme, stark und laut und ein wenig ärgerlich: Ach komm schon Lena! Jetzt hör mal auf mit deinem Ich-kann-mir-nicht-sicher-sein! Du weißt ganz genau, dass sie es war. Sie hat dich zuerst in ihrem Affenkostüm besucht und dann als kleines Mädchen, kurz nach dem, was auch immer sie (Die Hände!) mit ihr gemacht haben. Natürlich war sie es! Moment … was steht da unter dem Bild? Die Schreibschrift ist fast völlig verblasst, kaum mehr sichtbar. Ich beuge mich über das muffig riechende Papier und mein Entziffern ist eher ein Raten: Ein ha- … Ein halbes J- … Jahr … Ein halbes Jahr ha- … nein, das ist ein n … Ein halbes Jahr na … nach … Ein halbes Jahr nach dem Unfall. Okay, ein Unfall also. Das Mädchen hatte einen Unfall. Deshalb die Verbände … und danach war etwas mit ihrem Gesicht.

Ich blättere weiter und sehe den Kindern dabei zu, wie sie zu jungen Frauen heranwachsen. Die beiden machen das, was Mädchen aus gutem Hause in den zwanziger und dreißiger Jahren wohl so gemacht haben. Sie fahren Boot, sie posieren vor einem Cabrio, sie gehen baden und tragen dabei einteilige, nach heutigen Maßstäben lächerlich prüde Badeanzüge.

Auf einem der Bilder – ich muss fast lachen, als ich es sehe – posieren die beiden Mädchen als Köche. Sie haben Suppenkellen in den Händen, tragen übertrieben große Kochmützen und die kleinere der beiden – Frau Diehl – hat sich einen schwarzen Schnurrbart aufgemalt. Dies ist eines der wenigen Fotos, auf denen beide Mädchen glücklich wirken.

Eines haben alle Bilder gemein: Die Größere und Ältere hält den Kopf immer so, dass man nur ihre eine Gesichtshälfte sieht … die gute Seite.

Eigentlich müsste ich ja zur Uni, eigentlich müsste ich mich ja … ach was solls? Ich blättere weiter.

Wieder sind mehrere Seiten herausgerissen, wieder sind gezackte Reste geblieben. Und dann, dann ist es endlich so weit … dann treffe ich auf meinen alten Bekannten, das große schwarze Tier ist da. Es steht auf einer runden Bühne und deutet eine Verbeugung an. Die Schwester Frau Diehls in ihrem Affenkostüm … und ja, da ist auch Frau Diehl selbst, gleich auf dem nächsten Foto. Sie trägt ein knappes, eng tailliertes Kostümchen, das ganz offensichtlich an einen Zirkusdirektor erinnern soll, dazu hohe, glänzende Stiefel. Sie steht rechts neben dem schwarzen Affen und schaut mit übertrieben strengem Gesichtsausdruck zu ihm hoch. In der Linken hält sie eine Peitsche.

Langsam begreife ich, wie die Nummer funktioniert, die die beiden da aufführen.

Auf dem nächsten Foto hält Frau Diehl – eine erwachsene und verdammt attraktive Frau, keine Jugendliche mehr – einen Reifen in die Luft. Sie will, dass der Affe durch den Reifen springt, doch der weigert sich. Mit verschränkten Armen steht er zwei Meter von ihr entfernt und wendet den Kopf ab. Die nächsten drei Fotos zeigen Frau Diehl, wie sie am Bühnenrand steht und (beleidigt?) eine Zigarette raucht. Hinter ihrem Rücken macht der Affe Faxen, zeigt ihr eine lange Nase, imitiert ihre Körperhaltung und macht ihr Rauchen nach.

Das war also die Nummer der beiden … oder zumindest ein Teil davon. Affe und Mensch, Tier und Dompteur, nur dass das Tier nicht will, was der Dompteur will.

Das war das letzte Foto. Darunter steht etwas, ein kurzer Text. Aber die Tintenstriche sind so verblasst, dass ich sie beim besten Willen nicht entziffern kann. Ich klappe das Büchlein zu, sehe aus dem Fenster und denke nach. Ein Unfall also. Aber was genau ist diesem Mädchen passiert? Ich weiß nicht, was größer ist, mein Mitleid mit ihr … oder meine Angst vor ihr.

Vielleicht geht es jetzt dem Ende zu. Schritt für Schritt klärt sich alles auf. Ich bin zu Strauss gefahren, habe mich an sein Krankenbett gesetzt und mit ihm das Fotoalbum angeschaut. Auch wenn der Körper dieses Mannes langsam verschwindet, sein Geist ist wach und seine Stimme kräftig. Selbst die Laune des Sterbenden – ich hätte nicht gedacht, dass es so schnell geht, dass er so schnell weniger wird – ist erstaunlich gut. Vielleicht schafft Strauss es nun endlich, an seine so heiß ersehnte Weiterexistenz nach dem Tod zu glauben, wo doch auch die Schwester von Frau Diehl – in welcher Form auch immer – weiterexistiert … nicht nur weiter-existiert, sogar aktiv ist, die Lebenden heimsucht. Strauss und ich sind uns einig, dass immer sie es ist. Sie ist das kleine Mädchen mit den Verbänden, sie ist das schwarze Tier, sie ist die alte Frau, die sich über das Kind gebeugt hat. Und sie ist auch das Wesen, von dem Herr Schlechter sprach. Wie sagte er doch gleich in diesem Video: „Es bringt mich um, dass ich ihm nicht wieder begegnen werde. Aber ich weiß auch, dass dieses Wesen mein Untergang sein wird, falls ich zu ihm zurückkehre." Dieser Satz ist mir in Erinnerung geblieben, auch Strauss weiß ihn noch auswendig.

„Aber was wir immer noch nicht wissen, Frau Pander: Warum ist diese tote Person noch in dieser Wohnung? Und was will sie von den Leuten, mit denen sie in Kontakt tritt?"

Strauss greift sich ans Kinn, zieht die Haut straff. Ob er sich der Tatsache bewusst ist, dass sein Kopf immer mehr wie ein Totenschädel aussieht?

„Vielleicht ist ihr nur langweilig", antworte ich. Ein blöder, halbherziger Witz. Aber Strauss schaut mich nur ernst an.

„Ja, vielleicht. Vielleicht ist sie alleine und sucht die Nähe zu den Menschen. Ihnen ist sie ja zuerst als Affe erschienen, oder?"

„Ja ... erst als Affe und später dann als kleines Mädchen. Allerdings weiß ich nicht, ob das mit dem Mädchen nicht doch ein Traum war."

„Wie dem auch sei, lassen Sie uns einfach mal spekulieren. Jetzt stellen Sie sich einen Menschen vor, der als Kind verunstaltet wurde und sich seines Aussehens schämt. Und dann legt er sich eine zweite Haut zu, die seine Hässlichkeit verdeckt ... das Affenkostüm. In dem Kostüm fühlt sich dieser Mensch sicher, so traut er sich, auf andere zuzugehen, in dieser Gestalt bekommt er sogar Applaus. Vielleicht taucht die Frau nur deshalb in dem Kostüm auf, weil sie sich ihrer wahren Gestalt ihr Leben lang geschämt hat und weil sie sich als Affe sicher fühlt. Auch anderen ist ja zuerst diese Affengestalt erschienen."

„Auf den Fotos ist sie aber auch ohne Kostüm", wende ich ein. „Und viele Fotos sind ja draußen entstanden, sie hat sich also nicht zu Hause versteckt."

Strauss nimmt den Bildband von dem kleinen Tisch, der neben seinem Bett steht. Ich sehe, dass sein Unterarm mit Hämatomen übersät ist.

„Ja, das stimmt. Aber sie hat immer darauf geachtet, dass auf den Fotos nur ihre eine Gesichtshälfte zu sehen ist. Und schauen Sie sich mal ihre Frisur als Jugendliche an. Ich glaube, sie konnte die Haare so legen, dass ihr Gesicht zumindest teilweise verdeckt war."

Strauss blättert in dem Album, hält es mir dann aufgeschlagen entgegen. Okay, das mit der Frisur kann stimmen, das sieht wirklich so aus.

„Mir kam dieser Affe jedenfalls nicht ängstlich vor, als er bei mir im Schlafzimmer stand … eher hm … bösartig, bedrohlich."

Sofort kommt Strauss Antwort.

„Das schließt sich doch nicht aus, Frau Pander! Angst und Bösartigkeit schließen sich nicht aus! Vielleicht ist sie bösartig, vielleicht nur verbittert. Auch ihre Schwester ist ja vor ihr geflohen, die hat ja ihretwegen das Schlafzimmer verlassen."

„Aber was will sie?", frage ich Strauss.

„Vielleicht will sie einfach nicht verschwinden." Er schüttelt den Kopf. „Vielleicht will sie einfach weiterexistieren, weiter bei den Lebenden bleiben."

Wir schauen uns an, ich und der Todgeweihte. Ich weiß nicht, was ich sagen soll. Nach einigen Sekunden fällt mir etwas ein.

„Wieso ist sie überhaupt noch da? Bestimmt wollen viele nicht verschwinden … aber wieso ist ausgerechnet sie noch da?"

Schweigen. Strauss klappt das grüne Büchlein zu und legt es zurück auf den Tisch neben seinem Krankenbett.

„Vielleicht sind ja alle anderen auch noch da … nur dass man von diesen Toten nichts mitbekommt. Vielleicht sind wir zu jeder Sekunde unseres Lebens von den Verstorbenen umgeben."

Wieder weiß ich nicht, was ich ihm antworten soll. Strauss bemerkt meine Ratlosigkeit, lächelt mich an.

„Sie haben doch erwähnt, dass diese Wohnung, von der alles auszugehen scheint, auf eine seltsame Art verkommen wirkt. Könnten Sie vielleicht ein paar Fotos in der Wohnung machen, ich würde mir diese Verkommenheit gerne ansehen."

„Ja ... natürlich."

„Und würden Sie bitte noch ein wenig Zeit in dieser Wohnung verbringen? Würden Sie das tun? Vielleicht eine Stunde oder zwei."

Ich nicke.

„Danke, Frau Pander ... jetzt kommt wieder die Müdigkeit. Wissen Sie, es ist komisch. Ich bin nicht müder als früher, sie kommt nur viel überraschender, die Müdigkeit."

„Ich weiß nicht ganz, was Sie meinen."

Strauss lächelt mich an.

„Ist auch egal. Ich werde jetzt ein wenig die Augen schließen und meine Kräfte zusammenkratzen."

Okay, Kräfte zusammenkratzen. Ich stemme mich aus dem großen Lehnstuhl, den Strauss Tochter neben das Bett geschoben hat. Wir sind im Arbeitszimmer, umgeben von tausend Büchern, abstrakter Kunst und afrikanischen Masken. Will er unbedingt in seinem Arbeitszimmer sterben? Ich mache einen Schritt zum Bett und drücke die dürre, fleckige Hand, die mir Strauss entgegenstreckt. Sie ist warm und der Händedruck ist kräftig. Das Blut fließt noch, Sehnen, Gelenke, Muskeln und Knochen, alles noch da.

„Ich melde mich dann morgen wieder."

Strauss schließt die Augen und ich verlasse das Zimmer. Eine der Masken hängt schief.

Ich hatte erwartet, dass sie mir die Tür öffnet. Ich dachte, sie wäre … wie blöd sich das auch anhört … auf meiner Seite. Aber Frau Diehl reagiert nicht auf mein Klopfen. Sie weiß genau, wann der Pflegedienst kommt und wann ich es bin. Anderen Besuch bekommt sie nicht.

Okay, dann eben nicht. Dann lege ich ihr das Fotoalbum eben vor die Tür.

Zurück in der Wohnung mache ich ein paar Briefe auf (nichts von Bedeutung), schaue meine Mails nach (dito) und koche (halbwegs genießbaren) Kaffee. Am liebsten würde ich mich aufs Sofa legen, einfach die Augen schließen und von diesem kaputten Ort hier verschwinden. Mir fällt eine Textzeile ein, die in vor ein paar Tagen aus einem Song rausgehört habe:

One day my life will be a chocolate shake and late night t.v.

Der Song lief auf einem dieser Uni-Sender, die man übers Internet hören kann. Leider hab ich mir nicht den Titel gemerkt.

Wahrscheinlich brauche ich einfach Urlaub, ein paar Tage raus hier, irgendwo hin, wo es schön ist und wo ich nachts keine Angst habe. Ich fühle mich so furchtbar müde, mir ist, als wäre die Schwäche des alten Mannes, den ich gerade besucht habe, auf mich übergesprungen, als hätte sie sich in mir eingenistet.

Okay, eine halbe Stunde. Es ist heller Tag, immer wieder bricht die Sonne durch die Wolken. Ich ziehe mir meine Jogginghose an und lege mich auf das Wohnzimmersofa. Zwei Meter über mir krabbeln zwei schwarze Fliegen ihre Kreise, Bögen und Linien an die Decke. Ab ins Schlafzimmer mit euch! Geht sterben! Sonst hole ich den Staubsauger und … ach, egal. Ich stelle den Wecker meines Smartphones und mache die Augen zu … eine halbe Stunde nur, nur kurz ausruhen.

Es wird keine halbe Stunde. Nach nicht einmal zehn Minuten schrecke ich mit klopfendem Herzen vom Sofa hoch. Meine Beine zittern, mein Nacken ist verkrampft, in meinem Schädel breitet sich dumpfer, drückender Schmerz aus. Was ist mit mir los? Ich schnappe nach Luft, sauge gewaltsam den Sauerstoff ein. Aber mir ist, als würde in meiner Lunge nur zäher heißer Schleim ankommen. So muss sich ein Ertrinkender fühlen … oder ein Fisch, den man mit Haken im Maul an Land gezerrt hat und den man dort verrecken lässt. Keine Panik, Lena! Bleib ruhig! Versuch, tief und gleichmäßig zu atmen … ein und aus … ein und aus … ein und aus … ein und … aus … jetzt ist es besser, jetzt geht es wieder. War das gerade ein Atemaussetzer? Hab ich jetzt SAS? Oder war sie das? Habe ich ihre Nähe gespürt und Panik gekriegt? Ist sie neben mir gestanden und hat mir die Nase zugehalten? Nein, sie kommt nachts … sie kommt nachts, wenn man schläft. Aber geschlafen habe ich ja, wieso also sollte sie nicht auch … war das gerade eine Bewegung? Ist da was draußen auf dem Balkon? Ist der Rabe wieder da? Ich stehe vom Sofa auf und gehe nachsehen. Nein, nichts … nur meine scheiß Einbildung. Immer noch drehen die beiden Fliegen an der Decke ihre unvollkommenen Kreise.

Oh Scheiße! Wenn doch endlich Paula nach Hause kommen würde, die blöde Kuh müsste doch längst da sein. Obwohl ich immer noch sauer auf sie bin, wünsche ich mir doch ihre Nähe. Mal sehen, vielleicht schaffen wir es heute ja, über das zu reden, was gestern passiert ist. Jetzt erst einmal Aspirin und Wasser … und dann raus hier. Sowieso bin ich heute mit der Runde durchs Haus dran und vielleicht hilft mir die Bewegung, meine Nervosität loszuwerden … ach Mist, eigentlich will ich nur raus hier.

Als ich auf dem runden, mit abgestandener aber kalter Luft gefüllten Flur stehe, da geht es mir schon besser. Noch besser geht es mir im kühlen, kahlen Treppenhaus. Wäre doch die ganze Welt so kühl und klar. Und als ich draußen vor dem Haus stehe, vor mir der unebene Parkplatz und hinter mir das große Haus, da ist sogar der Kopfschmerz fast vollständig verschwunden. Nur noch ein dumpfes Drücken über meinem rechten Auge, eine letzte Bastion des ekelhaften Schmerzes, der gerade noch meinen gesamten Schädel beherrschte.

Ich merke, dass ich den Protokollzettel und den Stift vergessen habe. Was solls, die Kreuze kann ich später machen. Erst um das Haus herum, dann die einzelnen Stockwerke. Alles wie gehabt, alles schon Routine.

Ich mache langsam, will erst zurück in die Wohnung, wenn Paula da ist. Ich mache Umwege, gehe einige Wege zweimal, statte sogar den Insekten im sechsten Stock einen kurzen Besuch ab, schaue mir die Vogelspinnen und Käfer an und ekle mich ein bisschen vor diesen ausgetrockneten Dingern, die fast lebendig wirken, die aussehen, als würden sie jeden Moment mit den Fühlern tasten und mit den Beinen nach Halt suchen. Weit würden sie nicht kommen, die toten Tiere, ein gemeiner Kerl hat sie mit Nadeln durchbohrt …

Diese dunkelbraunen Flecken zu meinen Füßen müssten Blut von Paula sein, hier saß sie, als sie sich am Glas geschnitten hat. Ich hab ihren Finger verbunden und danach hatten wir verdammt leckeren Sex. Ich verlasse die Wohnung und wähle die Nummer meiner … nun ja, Liebsten.

„Hi Lena.“ Sie klingt genervt.

„Hallo Paula, ich wollte nur fragen, wann du nach Hause kommst.“

„Ich brauch noch ne Stunde. Kochst du uns was?“

„Ja, kann ich machen.“

„Okay, dann bis nachher.“

„Bis nachher … sollen wir uns dann …“

Paula hat schon aufgelegt. Ein paar Sekunden halte ich mir noch das Handy ans Ohr, dann laufe ich weiter, weiter durchs Haus. Ich laufe durch die Stockwerke und versuche, mich nicht zu sehr über sie zu ärgern.

Als ich an der Wohnung ankomme, hinter der vor Jahren jemand verbrannt ist, da öffne ich ohne groß darüber nachzudenken die Tür. Nein, da steht kein verkohlter Mann auf dem dunklen Flur, nur ein bitterer und unglaublich muffiger Geruch kommt mir entgegen. Schnell schließe ich die Tür … wer weiß schon, was da alles an Schimmelsporen herumschwirrt. Ich verlasse den dritten Stock und gehe zurück in den vierten … den ersten und den zweiten Stock lasse ich heute aus.

Gerade ist mir das Versprechen eingefallen, das ich Strauss gegeben habe. Ich will es hinter mich bringen, solange es noch hell ist … muss nur noch meine alte Digitalkamera finden. Obwohl … eigentlich kann ich auch das Handy nehmen.

Hallo Aufzug, altes Scheißding. Immer noch da? Ich gehe an dem roten, samtigen Maul vorbei, gehe am Feuerlöscher vorbei (Na, sprichst du immer noch nicht mit mir?) und betrete den runden Flur. Links von mir die Wohnung von Frau Diehl, dann die ihrer Schwester, und dann unsere. Ich weiß nicht warum, aber ich gehe rechts herum, umrunde den Schacht des Innenhofes, gehe vorbei an unserer Wohnung und bleibe vor der Tür stehen, hinter der die Schäbigkeit liegt, die mich Herr Strauss zu fotografieren bat.

Als ich mit dem Generalschlüssel die Tür öffne, da fällt mir auf, dass das grüne Fotoalbum weg ist, Frau Diehl hat es also wieder an sich genommen. Wer weiß, vielleicht finde ich es auch in der Wohnung, die ich gerade im Begriff bin zu betreten. Wundern würde es mich nicht, nur erschrecken.

Ich öffne die Tür und mir kommt der vertraute säuerliche Geruch entgegen … allerdings längst nicht so brutal wie aus der ausgebrannten Wohnung. Ich betrete den langen Flur und öffne die Tür zum Wohnzimmer. Jetzt habe ich eine gerade Linie, eine offene Strecke von den Fenstern bis zum Etagenflur … einen … nun ja, einen Fluchtweg. Aber wozu brauche ich einen Fluchtweg? Selbst wenn ich eine Erscheinung haben sollte, was soll denn passieren? Wahrscheinlich könnte ich durch das große schwarze Tier, das ja letztlich nur ein entstelltes Mädchen in einem Affenkostüm ist, hindurchgehen wie durch Luft. Okay, vielleicht wäre es furchtbar kalte Luft … aber ich glaube kaum, dass ich gegen dieses Vieh stoßen würde, dass ich sein Fell auf meiner Haut spüren würde, dass es mich packen und festhalten könnte. Ich glaube kaum, dass es mir … Ach Lena, hör auf zu glauben, du weißt es einfach nicht, du weißt nicht, wozu es … wozu sie imstande ist!

Vier Schritte und ich öffne die Tür zu dem Zimmer mit dem Schaukelstuhl. Hier war – ich bin mir ganz sicher – das Kinderzimmer, der Raum, den die Kinder als unsicher betrachteten, in dem sie nicht schlafen wollten. Hier ist das Zentrum des Spuks, hier ist sie zu Hause.

Und hier bin jetzt auch ich. Kannst du mich sehen? Freust du dich über meinen Besuch? Hast du vielleicht Angst vor mir? Beneidest du mich dafür, dass ich nicht tot bin, dafür, dass in meinen Adern warmes Blut fließt und ich gehen kann, wohin ich will, während du in diesem alten, stinkenden, nach und nach zerfallenden Haus feststeckst?

Der alte Stuhl liegt auf der Seite, er liegt exakt so, wie ich ihn vor einigen Tagen hingelegt habe. Ich mache zwei Fotos, stelle den Stuhl auf und setze mich ganz vorsichtig in das hölzerne Gerippe. Als ich ein klein wenig schaukle, da gibt das blöde Ding ein Geräusch von sich, das sich anhört wie in langgezogenes, heiserer Stöhnen. Sofort stelle ich die Füße auf den Boden, sofort halte ich still. Nicht dass der alte Stuhl – wieso verdammt steht der überhaupt noch hier drin? – unter mir zusammenbricht.

Ich lasse ein paar Minuten vergehen, gewöhne mich an den muffigen Geruch … aber jetzt stört mich diese klebrige, zähe Stille. Es ist schier unglaublich, wie ruhig es hier ist. Vom Flur aus hört man Frau Diehls Fernseher, warum nicht auch hier? Stehst du hinter mir, totes Mädchen? Stehst du hinter dem Stuhl und schaust mich an?

Ich schlucke Speichel, spanne meine Muskeln, hebe mich aus dem Schaukelstuhl und öffne das Fenster … einfach damit die Geräusche der Welt herein können. Ich will Vogelgezwitscher und Blätterrauschen, ich will das Geräusch, das große Lastwagen machen, wenn sie beschleunigen.

Als ich den Fenstergriff loslasse, da fällt mir etwas auf. Rechts neben dem Fenster ist ein langer Riss in der alten Tapete, der einige Zentimeter aufklafft. Und in diesem Riss ist etwas, irgendein … ich kann nicht erkennen, was es ist, etwas Faseriges, Knotiges. Mit dem Zeigefinger mache ich den Riss größer (Stehst du hinter mir? Schaust du mir zu?), die Tapete fühlt sich gleichzeitig schmierig und vertrocknet an … als läge ein hauchdünner Film auf dem Papier, als hätte man die Bahnen in eine ölige, fettige Brühe getaucht und dann trocknen lassen.

Gut, das reicht. Mit Daumen und Zeigefinger greife ich in den vergrößerten Riss und kriege etwas zu fassen, ziehe es heraus und … oh Scheiße! Angewidert lasse ich den verfilzten Klumpen los, er segelt zu Boden und bleibt direkt vor meinen Fußspitzen liegen. Das ist Haar, verfilztes, von einer weißlichgrauen Masse verklebtes Haar. Ist das von einem Menschen? Ist das … ist das ihr Haar?

Noch einmal stecke ich Daumen und Zeigefinger in den Riss, ich will sehen, ob da noch mehr ist, erwische aber nichts. Also bücke ich mich zu dem verklebten Büschel, hebe es auf und betrachte es. Eindeutig menschliches Haar, ein plattes Gebilde aus menschlichem Haar. Irgendjemand hat es an die Wand geklebt und dann darüber tapeziert, der Kleister hält die etwa dreißig Haare zusammen. Die meisten sind grau, einige dunkelbraun, andere irgendwo dazwischen. Sie kommen mir sehr dünn vor. Das Ding riecht wie die ganze Wohnung: muffig-säuerlich … oder ist das dein Geruch? Riechst du so? Und wird der Geruch umso stärker, je näher du mir kommst?

Ich strecke den Kopf zum Fenster raus – nein, ich werde mich nicht zum Zimmer umdrehen – und ziehe kalte Luft ein. Soll ich das Gebilde mitnehmen? Soll ich es Strauß zeigen und ihn nach seiner Meinung dazu fragen? Als ich so dastehe und hin und her überlege, höre ich den Aufzug … eindeutig der Aufzug. Ich hab denen vom Pflegedienst doch gesagt, dass sie das Ding nicht … aber eigentlich ist es noch zu früh, die kommen doch immer erst … vielleicht wegen des kaputten Fußes, vielleicht muss der … ach Mist, ich werde nachsehen.

Kurz überlege ich, das platte Haarbüschel einzustecken … dann nehmen meine Gedanken eine Abzweigung und ich bin kurz davor, das ekelhafte Ding aus dem Fenster zu werfen. Mal sehen, ob es auf dem Parkplatz landet. Vielleicht schafft es der Klumpen auch bis zum ungemähten, von Unkraut durchsetzten Rasen – die Chancen müssen so 70 : 30 für den Parkplatz stehen. Wieder das mahlende Geräusch des Aufzugs, alte Stahlseile auf alten Rollen. Jetzt fährt die Kabine nach oben. Ich stopfe das Haargebilde in den Tapetenschlitz, wische mir die Hände an meiner Jeans ab, drehe meine Körpervorderseite dem leeren Raum zu (Hallo Schaukelstuhl!) und verlasse die Wohnung.

Nein, es ist keiner vom Pflegedienst. Der Aufzug kommt hoch und mit ihm Paulas Kopf, Paulas

Schultern, ihre Brust, ihr Bauch und der Rest von ihr. Wirklich sicher bin ich mir erst, als sich quietschend das Metallgitter öffnet.

„Hi Lena. Sag bloß, du stehst hier herum und wartest auf mich."

„Nein, ich hab gerade die Runde durchs Haus gemacht. Sag mal, wieso benutzt du wieder diesen Aufzug?"

„Weil es schneller geht."

„Ich hab dich doch gebeten, dass du die Treppen nimmst. Ich traue dem Ding nicht."

Sie grinst mich an. Sie steht im roten Maul dieses Dings, das seit Jahren nicht mehr gewartet wurde, und grinst mich an.

„Also bisher hat er mir nichts getan, dein Aufzug."

Verdammt, was soll das? Sucht sie Streit? Heiß kommt mir die Wut hoch. Jetzt bloß nicht laut werden.

„Das ist nicht mein Aufzug. Und der Brandt hat gesagt, dass wir den nicht benutzen sollen. Der wird nicht mehr gewartet, der kann jederzeit-"

„Jetzt stell dich nicht so an", unterbricht sie mich. „Sei nicht so ein verdammter Spießer."

Jetzt kann ich mich nicht mehr zurückhalten.

„DANN FAHR DOCH DEN GANZEN TAG MIT DEM SCHEISS AUFZUG, ICH HELF DIR JEDENFALLS NICHT, WENN DU STECKEN BLEIBST. VON MIR AUS KANNST DU DA DRIN VERFAULEN."

Paula schiebt mich grinsend zur Seite und läuft Richtung Wohnung.

„Hör auf mit dem Geschreie, Lena. Du machst dich unattraktiv."

Paula?

Wir sitzen vor dem Fernseher. Paula stopft Kartoffelchips in sich rein und geht mir damit unfassbar auf die Nerven. Werden diese Dinger extra so hergestellt, dass sie beim Zerbrechen möglichst viel Lärm machen? Lassen irgendwelche Food-Designer in irgendwelchen Kartoffelchipsfabriken die Korken knallen, wenn sie es geschafft haben, die Dinger noch ein bisschen lauter zu machen? Kriegen die Arschlöcher eine Gehaltserhöhung, wenn sie weitere 0,5 Dezibel rausgeholt haben?

Ich rutsche ans andere Ende des Sofas, weg von Paula, weg von ihrem Gekaue und Geknacke. Sie schaut rüber zu mir.

„Willst du auch n paar?"

„Nee … ich will nichts von dem Scheiß. Bist du bald fertig?"

„Mal sehen."

Sie frisst weiter diese Chips, im Fernsehen läuft eine saublöde Doku-Soap über Leute, die ins Ausland ziehen und dort nichts auf die Reihe kriegen. Paula stellt die Schüssel mit den Chips weg.

„Schläfst du hier oder im Schlafzimmer?"

„Weiß noch nicht."

„Bist du etwa immer noch sauer wegen diesem blöden Vogel?"

Sie streckt mir ihre Hand hin. Nein, noch nicht … noch will ich dich nicht anfassen.

„Ja, ich bin sauer wegen dem Vogel. Und ich bin sauer, weil du dich in letzter Zeit wie das größte Arschloch aufführst. Zumindest könntest du dich für das entschuldigen, was du getan hast."

Sie schaut mich an. Ihr Gesicht ist völlig unbewegt.

„Für was entschuldigen?"

„Na zum Beispiel dafür, dass du diesen Vogel fast umgebracht hast."

„Okay … soll ich mich bei dir oder bei dem Vogel entschuldigen?"

„Komm schon Paula, hör auf mit dem Mist. Du hättest das einfach nicht machen sollen … ich hätte nie gedacht, dass du so brutal sein kannst."

Plötzlich richtet sie sich auf. Ich muss mich beherrschen, um nicht vor ihr zurückzuweichen. Plötzlich hat sie etwas verdammt Aggressives an sich.

„Lena, jetzt hör mir mal zu. Täglich werden tausend Viecher abgeschlachtet, damit Leute wie du ihr Schnitzel auf den Teller kriegen. Und du machst so einen Aufstand wegen einem fetten Vogel, der jetzt wahrscheinlich quicklebendig irgendwo durch die Landschaft hüpft. Jetzt lass endlich mal gut sein!"

„Du könntest dich einfach entschuldigen."

Paula lässt sich in die Sofakissen fallen. Einige Sekunden schaut sie Richtung Fernseher, dann dreht sie sich zu mir.

„Entschuldige, dass ich das Ding geworfen habe. Reicht das?"

Nein, es reicht nicht. Aber auf mehr kann ich nicht hoffen. Ich nehme die Hand, die sie mir hinstreckt.

„Schläfst du heute Nacht bei mir?"

„Ja“, antworte ich. Dann nehmen wir uns in den Arm. Ich kann nicht sagen, dass es schön ist. Paula fühlt sich kalt an … als ob sie es gar nicht wollen würde. Aber zumindest ist diese Umarmung ein Anfang … und vielleicht wird ja wieder alles gut.

Kurz nach elf sind wir im Bett, kurz vor zwölf machen wir das Licht aus. Nein, kein Sex … nur zwei Bücher, für jede eins. Früher haben wir uns manchmal vorgelesen, es ist schon eine Weile her.

„Schlaf gut, mein Schatz.“

„Schlaf gut.“

Ein letzter Kuss, eine letzte Umarmung, dann rollt sich jedes Mädchen brav auf seiner Seite des Bettes zusammen.

Nach etwa zwanzig Minuten stehe ich auf, um mir eine Wärmflasche zu holen. Meine Füße fühlen sich an als wären sie in kühlschrankkaltes Hackfleisch gepackt.

Ich tappe mit klopfendem Herzen durch das dunkle Wohnzimmer, öffne die Badezimmertür und mache Licht. Während ich darauf warte, dass endlich heißes Wasser kommt, kriege ich Angst, dass sie hinter dem Duschvorhang lauert. Ganz plötzlich ist sie da, diese Angst, wird immer stärker, gerinnt zur Sicherheit. Aber als ich den Vorhang mit einem mutigen Ruck aufziehe, ist da nichts. Nur die von Kalkflecken überzogene Wanne und das Quietscheentchen, das mir Paula vor Jahren geschenkt hat. Unversehrt kehre ich mit meiner Wärmflasche ins Schlafzimmer zurück. Paula murmelt etwas Unverständliches, als ich zu ihr ins Bett krieche. Manchmal spricht sie im Schlaf, manchmal lacht sie sogar. Meistens aber sabbert sie nur ihr Kissen voll.

Dann muss ich wohl eingeschlafen sein, zumindest träume ich. Es ist ein beschissener Alptraum, ein hässlicher Bastard, Geburt meiner Phantasie, genährt von weit zurückliegenden Ereignissen und dem, was in den letzten Tagen passiert ist. Ich befinde mich in einer schmutzigen Fabrikhalle, vor mir eine große, mit Rostflecken bedeckte Metalltüre. Hinter dieser Tür sind Ungeheuer, entstellte und gefährliche Kreaturen. Ich stehe nicht alleine vor dieser Tür, mehrere Menschen sind bei mir. Ich rede auf diese Menschen ein, versuche sie zu überreden, mit mir durch diese Tür zu gehen. Aber sie hören mir nicht zu, sie sprechen über andere Sachen, ignorieren mich, machen scheußliche kleine Witze und lachen darüber.

Plötzlich sind all die Menschen verschwunden und nur noch Paula ist da, meine Paula. Sie sitzt auf dem Fabrikboden vor einem kleinen, blauen Feuer und hat etwas auf einen Stock gespießt. Es sieht aus wie ein völlig verkohltes Brathähnchen, ist aber der Rabe, den sie umgebracht hat. Sie hat den toten Raben gefunden und brät ihn sich jetzt zu einem schwarzen Klumpen.

Auf einmal versuche ich, Paula zu überreden, ich will, dass sie mit mir durch diese Tür geht. Und dann, ganz plötzlich dreht sich alles um. Jetzt sitze ich am Feuer, jetzt brate ich den Raben. Er hat schwarze Haut, deshalb sieht er so verkohlt aus … eigentlich aber ist er nicht richtig verkohlt. Die Federn sind schon fast alle verbrannt, den Kopf aber bewegt das Tier noch. Sogar der Schnabel geht noch auf und zu. Soll ich ihm etwas zu fressen geben? Will er noch etwas haben? Ein Stück Salami vielleicht?

Jetzt steht Paula vor mir und versucht, mich zu überreden, durch die Tür zu gehen. Nur dass die Tür jetzt ein Aufzug ist … ein großer, glänzender Aufzug mit gelben, matt leuchtenden Knöpfen. Nicht der Aufzug des Herbsthauses sondern ein viel modernerer Aufzug, einem Bankgebäude würdig, poliertes, glänzendes Metall.

Ich weigere mich, ich will nicht hinein. Doch Paula lacht mich aus und packt mich am Arm. Obwohl sie mich hinter sich her zerrt, obwohl sie mich sogar kurz über den Boden schleift, tut es nicht weh. Ich muss ganz dringend zurück zu dem Feuer, doch das Feuer und der Rabe sind verschwunden. Also gehe ich in den Aufzug, die Tür schließt sich und ich überlege, welchen der Knöpfe ich jetzt drücken muss. Vorhin waren es noch nicht so viele … wenn man sie nicht sorgfältig im Blick behält, dann vermehren sie sich wie Krebszellen.

Schnitt, Szenenwechsel. Jetzt bin ich in einem kleineren Aufzug und dieser Aufzug fährt. Es ist exakt der Aufzug, in den Paula mich gesteckt hat, nur ist er jetzt eben kleiner. Logik? Nein, keine Logik, nicht hier, nicht in dieser Welt. Plötzlich erkenne ich sie: Es sind die Stockwerke des Herbsthauses, an denen ich vorbeikomme. Und immer ist Paula da, auf jedem Stockwerk. Sie nimmt die Treppen, sie ist unheimlich schnell. Und dann wird mir bewusst, dass ich nicht alleine in dem Aufzug bin. Hinter mir ist etwas. Ich wage es nicht, mich umzudrehen. Was ich nicht sehe, das kann mir nichts tun. Was ich nicht sehe, das ist auch nicht gefährlich. Was ich nicht sehe, das ist vielleicht … aber nur vielleicht … überhaupt nicht … da.

Ein weiteres Stockwerk, wieder Paula. Sie ruft mir zu, dass ich keine Angst haben soll. Sie hört sich an wie ein beschissener Hundebesitzer, der „Er will nur spielen“ ruft, während sein Köter ein vor Furcht erstarrtes Kind anknurrt. Ich habe grauenhafte Angst, ich will mich nicht umdrehen. Und dann tue ich es doch und hinter mir steht es, schwarz wie die Nacht und einen Kopf größer als ich. Nein, das ist keine Frau in einem alten Affenkostüm, das ist ein Wesen eigener Art. Klar und deutlich, keinen Zweifel zulassend, begreife ich, dass dieses Wesen eben nicht ein verschüchtertes, entstelltes Mädchen ist, das sich in einem Kostüm versteckt. Es ist etwas völlig Andersartiges, etwas für mich Unbegreifliches … und es ist gefährlich und böse und intelligent.

Wieder Paulas Rufe. Ich soll keine Angst haben, soll mich nicht fürchten. Aber warum hilft sie mir denn nicht, warum holt sie mich denn nicht hier heraus? Das große schwarze Tier steht in der Ecke der kleinen Kabine, nur eine Armlänge von mir entfernt … und auf einmal wird mir bewusst, dass ich schreien muss, schreien, so laut ich nur kann, direkt in dieses hässliche Tiergesicht. Und ja, es klappt. Das große Tier zerrinnt, es sackt in sich zusammen, wird oben ganz dünn und unten immer fetter, verteilt sich auf dem Boden der Fahrstuhlkabine. Jeder Zentimeter seines ekelhaften Körpers bewegt sich, krabbelt durcheinander … es sind Millionen schwarze Fliegen, das Tier besteht aus Millionen schwarzer Fliegen, ganze Klumpen fallen ab, platschen auf den Boden und krabbeln auseinander. Unzählige kleine Beine und Saugrüssel und Körper und Flügel und weiter und schreien und weiter schreien und solange ich weiter schreie kann es nicht zurück zu seiner Form und kann es mir nichts antun und ich muss immer nur und dann kann es nicht und-

Ich bin wach, ich werde geschüttelt, etwas hat mich hart am Arm gepackt. Ich schaue mich um, orientiere mich, suche den Haken, an dem ich die Realität festmachen kann. Da ist der Schrank und die Bettdecke … und wer verdammt schüttelt mich da? Kann das nicht mal aufhören? Ich bin doch schon wieder fast …

„LENA, JETZT KOMM ENDLICH ZU DIR!"

Was ist los? Warum schreit sie so? Ich muss doch eigentlich schreien, damit das-

„WAS ZUM TEUFEL REDEST DU DA?"

„Ich weiß nicht … ich muss doch das Tier-"

Immer noch schüttelt sie mich. Kann sie das nicht mal lassen? Findet sie das nicht auch ein bisschen bescheuert?

„Also langsam hab ich echt die Schnauze voll", sagt Paula. Wieso sagt sie so etwas?

„Ja", antworte ich. „Ich doch auch. Also die ähm … die Schnauze …"

Sie schaut mich an. Ist sie böse auf mich? Langsam begreife ich, dass da nichts ist, nichts außer uns. Sollte ich trotzdem lieber wieder schreien? Sind hier Fliegen?

„Bist du jetzt endlich wieder ansprechbar?"

„Ja … ja doch. Ich war nur gerade … jetzt lass mich doch mal los."

Sie lässt mich nicht los. Sie lockert nur etwas den Griff.

„Du könntest dir mal die Fingernägel …"

„Scheiße Lena, du hast mir voll ins Ohr geschrien. Ich hab langsam echt die Schnauze voll von deinem Scheiß, ich mach das echt nicht mehr lange mit."

„Ja doch … tut mir leid, ich hab was geträumt. Jetzt lass mich doch mal los bitte. Ich kann doch nichts dafür, wenn ich Alpträume habe."

Sie lässt mich los, schüttelt den Kopf. Wieso macht sie denn kein Licht an? Sie könnte doch mal …

„Das geht nicht so weiter mit dir, das geht einfach nicht so weiter."

Ja doch, ist ja gut. Ich hab ja verstanden. Was verdammt will sie jetzt von mir? Ich lehne mich rüber und schalte meine Nachttischlampe an. Dann schaue ich mich im Zimmer um.

„Suchst du etwa wieder nach Gespenstern?", fragt mich Paula.

„Nein, ich dachte nur-"

„Lass mich in Ruhe mit deinem Scheiß", unterbricht sie mich. „Und wenn du mir noch einmal so ins Ohr brüllst, dann werf ich dich hier raus, dann schläfst du im Wohnzimmer. Ich dachte echt, ich krieg nen Hörschaden."

Sie murmelt noch irgendetwas, aber ich verstehe es nicht … ist wahrscheinlich besser so. Dann dreht sie sich auf die Seite und wickelt sich in ihre Decke ein. Ich mache das Licht aus, lege mich auf den Rücken und starre die Zimmerdecke an. Soll ich noch etwas zu ihr sagen? Am liebsten würde ich sie fragen, ob wir nicht in einer anderen Wohnung schlafen könnten … vielleicht in der mit den Insekten. Ich befürchte, ich habe gerade total dummes Zeug geredet.

Liegen und atmen … ich bin nicht allein. Sie ist sauer auf mich … aber zumindest ist sie bei mir. Morgen können wir über alles … liegen und atmen, ein und aus, ein und aus, immer langsamer. Sogar die Wärmflasche ist noch schön warm. Jetzt kommt der Schlaf, gleich hat er mich. Ganz behutsam deckt er mich zu und nimmt mich in seine vielen, vielen Arme. Die Welt löst sich auf, verschwimmt, wird ruhig und friedlich … und dann, dann bin ich unterwegs. Wohin soll es denn gehen, Mademoiselle Lena? Haben Sie einen bestimmten Wunsch? Ach, bringen Sie mich weg von hier, Herr Schlaf. Bringen Sie mich irgendwohin, wo alles normal und langweilig und viel viel weniger anstrengend ist. One day my life will … be a cho … colate cake … shake … and-

…

Ich schlafe einen unruhigen Schlaf, jede einzelne von Paulas Bewegungen zieht mich ein klein wenig zurück in die Welt, aus der ich doch so gerne, zumindest für ein paar Stunden, fliehen möchte. Ich bin so verdammt müde, gleichzeitig nervös und ängstlich. Ein kleines Mädchen in der Dunkelheit, das auf dem schmalen Grat zwischen Traum und Realität balanciert. Ja, ich bin noch hier in dieser Wohnung, aber die Wohnung ist groß und freundlich und es wachsen Blumen aus dem Fußboden. Über mir scheint die Sonne und Vögel zwitschern. Die Wohnung hat auch keine Wände mehr, nur noch ein paar einsam und nutzlos herumstehende Türen. Was wollen die denn noch hier? Man kann doch einfach um sie herum gehen. Ganz wunderbar duftet es nach Heu und nach Sommer und …

Paula steht auf und geht aufs Klo. Ihre Bewegungen, das Wackeln und Quietschen der großen Matratze, ziehen mich zurück in die Welt. Sofort vermisse ich die duftende Sommerwiese, die ich mir gerade zusammengeträumt habe.

Es ist kurz nach drei Uhr und Paula ist weg … nicht weit weg, aber weg. Ich liege einsam und allein im grieseligen Halbdunkel des Schlafzimmers und hoffe, dass sie gleich wiederkommt. Mir ist, als hörte ich ganz leise Musik, möglicherweise der Fernseher von Frau Diehl. Aber um diese Zeit? Die Musik hört sich an wie alte Jahrmarktsmusik … eigentlich ganz schön. Sie ist wirklich ganz leise, fast nicht wahrnehmbar. Ach Paula, komm schon zurück aus dem Badezimmer. Und gib mir doch einen dieser ganz leichten, fast nur gehauchten, Küsse auf die Stirn. Das machst du doch manchmal, wenn du denkst, dass ich schlafe. Ich mache einfach die Augen zu und warte, dass du kommst.

Als ich Schritte höre, da zucke ich zusammen. Aber es ist Paula, Paula Paula … Paula. Sie setzt sich auf den Rand des Bettes, ich stelle mich schlafend und … nein, sie küsst mich nicht auf die Stirn, sie streicht mir nur ganz langsam übers Haar. Immer noch ist mir, als hörte ich schiefe, sich in endlosen Schleifen drehende Jahrmarktsmusik. Paula hat verstanden, dass es keine Absicht war, dass ich sie nicht anschreien wollte. Ich kann doch nichts dafür, dass ich solche Alpträume habe. Noch einmal streicht sie mir über den Kopf, erst nur mit den Fingerspitzen, dann mit der ganzen Hand. Ich liege da und lächle, mein ganzer Körper kribbelt. Ich bin so froh, dass sie bei mir ist … wir schaffen das alles schon irgendwie, wir kriegen das schon irgendwie hin … wir müssen nur zusammenhalten.

Das Rascheln ihrer Decke, sie schlüpft zu mir ins Bett.

„Tut mir leid wegen vorhin“, flüstere ich in die Dunkelheit. Jetzt weiß sie, dass ich nicht schlafe. Dann schiebe ich meine rechte Hand zu ihr rüber, finde die Stelle zwischen den Schulterblättern und streiche über ihre glatte, kühle Haut. Ich lasse meine Finger ihren Rücken hinunter gleiten, spüre die Wirbel und die Rippen. Paula ist dünn, sie hat abgenommen. Auch für sie ist das alles sehr schwierig, sie ist wirklich sehr dünn, mir ist das überhaupt nicht aufgefallen.

„Du musst mehr essen“, flüstere ich in ihre Richtung. Es kommt keine Antwort.

Und dann höre ich die Klospülung.

„Paula?“

Ich reiße die Augen auf und sehe in ein Gesicht, das nicht Paulas Gesicht ist. Schwarzgraue Umrisse, zwei feucht glänzende Augen und darunter ein seltsam schiefer Mund. Ich nehme die Hand von dem dürren Körper und … jetzt erst begreife ich vollständig, was hier passiert. Aus dem Bad das Geräusch von fließendem Wasser, Händewaschen. Ich unterdrücke einen Schrei, stoße mich von der Matratze ab, flüchte auf meine Seite des Bettes, stoße mit dem Ellenbogen gegen die Nachttischlampe und werfe sie hinunter. Völlig erstarrt beobachte ich, wie das Wesen, das ich gerade gestreichelt habe, wie es ganz langsam aufsteht und zur Schlafzimmertür geht. Es ist nackt und mager und dann, nur zwei Sekunden, nachdem es verschwunden ist, kommt

Paula ins Schlafzimmer. Hat sie es nicht gesehen? Sie muss dem Ding doch begegnet sein! Ich sitze auf dem Bett, in einer Hand die Nachttischlampe, in der anderen ein Zipfel der Bettdecke, den ich mir wie ein magisches Schutzsymbol vor die Brust halte. Ich drücke den Lichtschalter und ja, es ist Paula. Niemand hinter ihr, niemand neben ihr, niemand, der ihr auf dem Rücken hockt, niemand sonst im Zimmer. Paula hält die Hand vors Gesicht und wendet den Kopf ab.

„Mensch Lena, mach das Licht aus! Was treibst du denn jetzt schon wieder?"

Ich lasse die Nachttischlampe fallen, springe aus dem Bett und will sie umarmen. Meine Beine sind ganz weich, als wären sie nur noch Fleisch und Haut. Halbnackt stolpere ich auf Paula zu, falle fast in sie hinein. Aber sie streckt die Arme aus und hält mich auf Distanz ... wie ein lästiges Ungeziefer, das einfach keine Ruhe geben will, das immer wieder angeschwirrt kommt, selbst wenn man nach ihm schlägt. Sieht sie denn nicht, dass ich Tränen in den Augen habe? Begreift sie denn nicht, dass ich sie jetzt brauche?

Und als sie mich nicht in den Arm nehmen will, als ich mir ganz sicher bin, dass sie mich nicht trösten wird, da drücke ich den Lichtschalter und fange an, meine Klamotten zusammen zu raffen.

„Paula, wir müssen raus hier. Bitte frag mich nicht warum, aber wir müssen schnellstmöglich raus hier."

Sie setzt sich auf den Rand des Bettes und schaut mir beim Anziehen zu. Einige Sekunden ist sie ganz still, dann brüllt sie los. Ich erschrecke nicht, ich habe damit gerechnet.

„KANNST DU MIR VERDAMMT NOCHMAL ERKLÄREN, WAS JETZT SCHON WIEDER LOS IST?“

„Paula, ich werde dir alles erklären. Aber bitte zieh dich an und kommt mit. Wir können nicht hier drin bleiben.“

Sie lässt sich rückwärts auf das Bett fallen, ich knöpfe meine Jeans zu. Paula stöhnt genervt auf, stützt sich mit den Ellenbogen ab und richtet den Oberkörper auf. In kühlem, spöttischem Ton, ich bin zu beschäftigt um mich zu ärgern:

„Also mal wieder eines deiner Gespenster gesehen, was?“

Ja, nein … ähm … wo sind denn meine Schuhe? Wo sind meine verdammten scheiß Schuhe? Mist, die sind draußen … bei der Wohnungstür. Wenn sie doch endlich anfangen würde, sich anzuziehen.

„Paula, bitte, vertrau mir doch bitte ein einziges Mal. Hier in der Wohnung ist was. Und ich hab nicht nur was gesehen, das Ding hat sich gerade zu mir ins Bett gelegt und ich habe das angefasst. Bitte vertrau mir ein einziges Mal und komm mit runter!“

Paula liegt auf dem Bett und schaut mich kalt an.

„Ich geh nirgendwo hin. Und jetzt beruhigst du dich besser.“

Nur noch die Schuhe fehlen mir. Und die Jacke.

„Bitte Paula, zieh dir was an. Tu es einfach mir zuliebe. Vielleicht bin ich verrückt, okay, das kann alles sein, vielleicht hab ich echt nicht mehr alle Tassen im Schrank. Aber komm jetzt verdammt noch mal mit runter. Tu es einfach mir zuliebe!“

Schweigen. Und dann:

„Vergiss es.“

Ich weiß nicht, was in diesem Moment in mich fährt. Ich stürze auf Paula zu, packe sie hart am Arm und versuche, sie vom Bett hochzuziehen. Ich bin fest entschlossen, sie notfalls an den Haaren aus der Wohnung zu zerren. Sie wehrt sich, schreit mich an.

„DREHST DU JETZT VÖLLIG DURCH?"

Ich schaffe es, sie vom Bett runter zu kriegen, sie kommt hoch. Aber Paula ist stärker als ich, schüttelt mich ab, packt meine Arme, drückt mich hart gegen die Wand und zischt mich an:

„Wenn du noch einmal so was machst, dann hau ich dir eine rein."

Ihr Gesicht ist nur wenige Zentimeter vor meinem, ich spüre die Wärme ihres Atems.

„Und jetzt verpiss dich. Hau ab, wenn du willst. Aber lass mich verdammt nochmal in Ruhe."

Sie lässt mich los und einige Sekunden stehen wir uns schwer atmend gegenüber. Ein letzter Versuch:

„Paula, komm mir zuliebe mit. Dann reden wir über alles. Ich bitte dich, mach es für unsere Beziehung."

Ein kaltes, fast lautloses Lachen. Sie schaut mich an und schüttelt den Kopf.

„Geh frische Luft schnappen, Lena. Vielleicht beruhigst du dich dann."

Wortlos schlüpfe ich in meine Schuhe. Ich schnappe mir Handy, Schlüssel und Geldbeutel, ziehe meine Jacke an und verlasse die Wohnung. Paula steht die ganze Zeit dabei, beobachtet mich. Wie kann sie bloß so kalt sein? Hinter mir wirft sie die Tür zu und ich höre, dass sie abschließt. Als ich am roten Maul des Aufzugs vorbeikomme, da möchte ich das Ding am liebsten anschreien:

„LACH NICHT SO BLÖD, DU VERFICKTES ARSCHLOCH! MACH DEIN SCHEISS MAUL ZU!“

Aber ich schreie nicht, das kleine Mädchen, das doch so gerne Ärztin werden will, hat zu viel Angst, um den Aufzug anzubrüllen. Mit klopfendem Herzen und Beinen aus Pudding gehe ich den Flur entlang. Ich laufe durchs Treppenhaus nach unten, durchquere die Eingangshalle, verlasse das Gebäude und schließe das Auto auf. Im Kofferraum liegt eine alte Decke, in die wickle ich mich ein. Dann schaue ich vom Fahrersitz aus hoch zu unserer Wohnung, das Licht im Wohnzimmer brennt noch.

Und dann, etwa eine Minute nachdem ich mich ins Auto gesetzt habe, tritt oben jemand ans Fenster. Ich erkenne nur Umrisse, eine verschwommene, magere Gestalt. Nur ganz kurz taucht sie am Fenster auf und mir ist als hätte mich eine gewaltige, eiskalte Hand gepackt. Scheiße! Scheiße! Scheiße! Mit zitterigen Fingern suche ich Paulas Nummer. Geh ran! Geh ran! Geh ran!

Ihre Stimme kommt dumpf und tonlos, müde und genervt. Die altbekannte „Ich hab die Schnauze voll“-Tonlage.

„Was willst du denn jetzt noch?“

Ich schnappe nach Luft. Ich muss zu Atem kommen. Plötzlich geht es, eines nach dem anderen kommen die Worte heraus. Es klingt ganz vernünftig, was ich da sage.

„Paula, da war gerade jemand oben am Fenster. Bitte sag mir, dass du das warst. Bist du gerade oben am Fenster gewesen?“

Keine Antwort.

„Bitte Paula, nur diese eine Frage. Warst du gerade oben am Fenster? Hast du gerade zu mir runter geschaut?“

Wieder keine Antwort. Gerade will ich meine Frage wiederholen, als Paula doch etwas sagt. Sie klingt unheimlich müde.

„Lass mich in Ruhe, Lena. Lass mich doch endlich in Ruhe.“

Ohne ein weiteres Wort legt sie auf. Ich versuche es wieder und wieder, aber sie geht nicht ran. Als ich erschöpft und verzweifelt aufgebe, da ist es exakt 03.41 Uhr. Was soll ich jetzt tun? Noch nie habe ich mich so alleine gefühlt. Am liebsten würde ich Strauss anrufen. Aber ein wenig Selbstbeherrschung habe ich noch. Und dieser traurige Rest hält mich davon ab, mitten in der Nacht einen Krebskranken aus seinem Sterbebett zu klingeln.

***

Vielleicht war es ein Fehler. Vielleicht hätte ich wieder zu ihr nach oben gehen sollen. Vielleicht hätte ich noch einmal versuchen sollen, mit ihr zu sprechen. Vielleicht hätte ich auch das verdammte Haus anzünden und mit meinem Wagen die Feuerwehrzufahrt blockieren sollen … keine Ahnung.

Aber ich lag nur eine halbe Stunde in meinem Auto, schaute immer wieder nach oben und hatte abwechselnd Mitleid mit mir selbst und beschissene Angst um Paula, letzteres gemischt mit einem Hass, wie er vielleicht nur in Liebesbeziehungen wachsen kann. Mit heißem Herzen hoffte ich, Paula möge die gleiche Erfahrung wie ich machen. Ich hoffte mit jeder Windung meines überreizten Hirns, dieses Wesen, dieses Ding, dieses tote Mädchen mit dem entstellten Gesicht, dieses Was-auch-immer möge aus der Dunkelheit des Zimmers zu ihr ins Bett kriechen. Ich hoffte wirklich, Paula käme halbnackt gelaufen, barfuß über den Asphalt, weinend in meine Arme. Oh Gott Lena, ich hab sie gesehen. Sie ist dort oben. Es tut mir so leid, dass ich dir nicht geglaubt habe.

Aber nichts dergleichen passierte. Oben war es dunkel und unten war es kalt. Ich fror in meinem kleinen Auto vor mich hin, konnte nicht schlafen und fand auch nicht die Kraft, wieder nach oben zu gehen. Das war nicht nur eine beschissene Erscheinung, durch die man hindurchgehen kann. Sie – die Schwester von Frau Diehl, wer denn sonst bitte? Was auch immer sie jetzt ist – sie hat mich berührt, sie hat mir über den Kopf gestreichelt. Und dann habe ich sie berührt, habe ihre Wirbel und die Rippenbögen gespürt. Das war körperlich, so körperlich wie dieses Lenkrad vor mir, wie die tausend Pflastersteine, aus denen der Parkplatz besteht … das war keine Halluzination und kein Traum, das war echt. Ich habe sie verdammt noch mal angefasst.

Und wenn sie echt sein kann, dann kann sie echte Sachen machen, die echte Auswirkungen haben. Sie kann Paula ein Messer in den Hals rammen. Sie kann ihr ein Kissen aufs Gesicht drücken. Sie kann die Treppen herunterkommen und über den Parkplatz … Meine Gedanken verheddern sich, werden zu einem schmierigen, dumpfen Knäuel, bleiben stecken, verkleben mir Seele und Hirn. Blöd und müde sitze ich in meinem Auto, fühle mich wie ein

Stück Gemüse, das man im Kühlschrank vergessen hat und das dort langsam vor sich hin schrumpelt. Ich bin so verdammt im Arsch, man könnte mir Zahnstocher unter die Fingernägel schieben und ich würde mich nicht wehren. Wirklich: wie ein Stück Gemüse, das man irgendwo vergessen hat …

Und dann … es ist fast halb fünf, da blicke ich ein letztes Mal nach oben – nur Dunkelheit, fette, schmierige Dunkelheit –, stelle die Sitzlehne gerade und starte den Motor. Ich fahre vom Parkplatz, fahre durch die völlig leeren Straßen, fahre die dreißig Kilometer bis zu meinen Eltern.

In meinem alten Kinderzimmer weine ich mich in den Schlaf. Am nächsten Morgen entdecken meine Eltern erst das kleine Auto in der Einfahrt, und dann auch mich, ihre dumme, ängstliche Tochter.

„Lena? Bist du das? Ist etwas passiert?"

***

Nein, nichts ist passiert. Zumindest nichts, was ich mit euch bereden will. Ich habe keine Kraft für Erklärungen, ich will euch keine Gespenstergeschichten erzählen … und ich kann eure besorgten Mienen nicht ertragen. Sorgen, Sorgen, Sorgen, meiner Familie täglich Brot, seit Generationen schon. Lasst es doch endlich gut sein. Nein, ja, nein, alles super mit mir und Paula. Ja, wirklich … alles bestens. Okay, ich muss dann mal los.

Nach einem schnellen Frühstück fahre ich zurück zum Herbsthaus. Ich habe mir ein bisschen Mut und ein bisschen Kraft zusammengekratzt. Ein kleines Häuflein nur, aber immerhin. Mal sehen, was sich daraus machen lässt, mal sehen, wozu das Häuflein reicht.

Als ich auf den Parkplatz biege, da ist erstaunlicherweise immer noch etwas übrig von meinem Mut, sogar ein wenig Zuversicht ist dazugekommen. Ich parke mein Auto neben dem nur wenig größeren Wagen des Pflegedienstes und nehme die Treppen zum Eingang. Alles ganz normal, alles wie immer. Rechts die Briefkästen in Reih und Glied, geradeaus der Innenhof mit den längst toten Pflanzen. Was hatte ich erwartet? Warum sollte denn nicht alles ganz normal sein?

Ich gehe bis zu der großen Glastür. Sind Kerstin und Tobias da? Vermutlich würde ich mich besser fühlen, wenn sie da wären. Meine Hand ist schon zur Faust geformt, aber dann klopfe ich doch nicht. Sie würden sowieso nicht reagieren, könnte ja sonst wer sein. Ich müsste aufschließen, hineingehen und nachsehen.

Okay, Lena, keine Ausflüchte mehr. Kein Herumgestreune im Erdgeschoss. Du musst hoch zu Paula und mit ihr sprechen. Ist sie überhaupt da? Hätte ich nicht vorher anrufen sollen? Vielleicht liegt sie tot im Bett, abgestochen oder erschlagen von …

Nein Nein Nein, sie hat nie jemandem etwas getan! Es haben sich nur Leute selbst etwas angetan! Und sofort die Gegenstimme: Aber sie war da, sie war wirklich da, du hast sie gefühlt, du hast sie angefasst und sie hat dich angefasst. Und wenn jemand jemanden anfassen kann, dann kann er auch alles andere.

Weiter Richtung Treppenhaus, vorbei am Aufzugschacht, vorbei an Zerfall und verblasstem

Glanz. Was musst du mal schön gewesen sein, du beschissener, stinkender Betonklotz! Wie konntest du dich nur so gehen lassen?

Ich öffne die schwere Tür und steige hinauf in den vierten Stock. Hallo Aufzug, rotes Maul! Und schon – ich habe das unbestimmte Gefühl, etwas nicht bedacht zu haben – stehe ich vor unserer Wohnungstür und halte den Atem an. Nichts zu hören, keine Geräusche … kein Radio, kein Wasserrauschen und kein Klappern ihrer Tastatur. Ich drehe den Schlüssel im Schloss und betrete unsere Wohnung.

Alles normal, alles wie immer. Die Tür zum Badezimmer steht offen, vor mir die großen Fenster und die Balkontür. Paula? Bist du hier? Können wir reden? Ich gehe durch die Zimmer, das Bett ist gemacht, in der Spüle steht Geschirr mit Frühstückskrümeln, ihr Computer ist ausgeschaltet. Warum ist sie so früh schon unterwegs? Plötzlich kommt mir der Gedanke, dass sie mich nicht mehr will, dass sie bei jemand anderem ist. Sie wird nicht ans Telefon gehen, wenn ich sie anrufe. Und dann, in ein paar Tagen, werde ich sie irgendwo sehen, händchenhaltend, frisch verliebt und bis oben hin voll mit neuem Glück. Es dauert etwa eine Minute, bis ich die Vorstellung erfolgreich zurückgedrängt habe, dieses Biest ist erstaunlich zäh.

Während ich mir ein Glas Orangensaft eingieße – Verdammt, ich fühle mich wie in einer fremden Wohnung – kommt mir die Idee, dass Paula vielleicht eine Nachricht hinterlassen hat. Dafür nimmt sie immer so kleine gelbe Klebezettel. Ich gehe, kalten Orangensaft trinkend, durch die Wohnung … nichts, kein Zettel … vielleicht … nein, auch hier nichts.

Also setze ich mich auf die Couch und rufe Paula an. Ihr Anruf kann zur Zeit nicht … bitte hinterlassen Sie … und so weiter.

„Hallo Paula, ich bin es. Bitte ruf mich zurück, wir müssen unbedingt reden. Ich hab dich lieb."

Es fällt mir schwer, die letzten vier Worte auszusprechen. Ja, ich habe sie lieb … ich liebe sie sogar. Aber zugleich ist da ein Abscheu, der sich nicht in Worte fassen lässt. Ich bin so verdammt enttäuscht von ihr, wie eine lästige Verrückte hat sie mich gestern behandelt, wie ein lautes, unberechenbares Ärgernis, das man sich vom Leib halten muss. Vielleicht sollte ich einfach anfangen zu packen. Vielleicht sollte ich unseren ganzen Kram in die Koffer und Reisetaschen stopfen und alles runter zum Auto bringen. Dann muss sie raus hier, dann bleibt ihr nichts anderes übrig. Wenn sie keine Zahnbürste mehr hat und keine Bettdecke und keine Klamotten und keinen Computer mehr … und wenn nichts mehr im Kühlschrank ist, dann muss sie raus hier. Bestimmt können wir ein paar Tage bei Freunden übernachten … oder bei meinen Eltern. Oder wir gehen ins Hotel, ich habe doch das Geld von Strauss. Weiche Betten und Frühstücksbuffet, jeden Tag neue Handtücher. Vielleicht sollte ich einfach …

Da sind Schritte, draußen im Gang. Ich richte mich auf dem Sofa auf und starre Richtung Wohnungstür. Metall auf Metall, der Schlüssel findet das Schloss, wird gedreht. Und dann geht die Tür auf.

„Hallo Lena. Wie gehts?"

Paula grinst mich an. Es ist ein lakonisches, abwartendes Grinsen, abgeschmeckt mit einer Prise

Vorwurf. Sie wirkt nicht erstaunt, mich hier zu sehen.

„Wie soll es mir schon gehen. Nicht so besonders."

„Aha."

Paula biegt ins Badezimmer ab. Sie wäscht sich die Hände, ich höre das Wasser rauschen. Nach einer halben Minute kommt sie wieder ins Wohnzimmer, holt sich einen der Küchenstühle und setzt sich zwei Meter vor mich.

„Warst du unterwegs?", frage ich.

„Ja", antwortet Paula, „… hab die Runde durchs Haus gemacht. Muss noch den Bogen ausfüllen."

Paula schaut rechts an mir vorbei, Richtung Fenster. Sie sieht müde aus.

„Wie geht es dir?", frage ich. Plötzlich richtet sie sich auf, spannt ihren Körper.

„Wie es mir geht? Die Frage ist doch wohl eher, wie es dir geht. Du bist letzte Nacht fast durchgedreht und hast mir erst ins Ohr gebrüllt und dann wieder was von Gespenstern erzählt."

„Ich mein ja nur … ich dachte …"

„Denk nicht so viel, Lena." Und nach einigen Sekunden: „Was willst du jetzt von mir?"

„Ich will nur, dass du mir zuhörst."

Sie lehnt sich im Stuhl zurück und verschränkt die Arme.

„Fängst du jetzt wieder mit deinen Geschichten an?"

„Bitte Paula, hör mir doch einfach mal zu. Ich hab dir doch von dem Psychiater erzählt, zu dem ich gehe. Also der hat dafür gesorgt, dass wir hier in diese Wohnung kommen. Und zwar wollte der herausfinden, ob es hier paranormale Phänomene gibt. Er bezahlt mich dafür, dass ich hier mit dir wohne und ihm berichte, was ich hier erlebe. Ich kann dir das Geld zeigen, das er mir gegeben hat. Ich kann dir am Computer meinen Kontostand zeigen, da … da sind …"

Paula ist aufgestanden. Sie geht zum Kühlschrank. In der Hoffnung, dass sie mir noch zuhört, rede ich weiter.

„… da sind über 4000 Euro drauf, das ist von dem. Und es gibt hier in diesem Haus wirklich etwas … also paranormale Phänomene. Und letzte Nacht hat das eine Dimension angenommen, dass ich denke, dass es besser ist, wenn wir hier verschwinden … also wenn wir diese Wohnung schnellstmöglich verlassen. Ich weiß nicht, ob es hier gefährlich für uns ist. Bisher hab ich immer nur Sachen gesehen und gehört, aber letzte Nacht, da hat mich etwas angefasst … das ist zu mir ins Bett gekommen und das war absolut real, ich hab das nicht geträumt."

Paula drückt die Kühlschranktür zu, sie hat nichts gefunden und vielleicht auch überhaupt nichts gesucht. Sie lehnt sich an die wacklige Küchentheke und schaut Richtung Decke.

„Paula, wenn du willst, dann kannst du mit diesem Psychiater sprechen, mit Herrn Strauss. Der wird dir meine Geschichte bestätigen. Ich ruf ihn jetzt gleich an und dann kannst du mit dem sprechen."

Ich ziehe mein Handy aus der Tasche, suche nach Strauss Nummer. Auf einmal Paula:

„Was sollen das bitte für paranormale Phänomene sein?"

„Das hängt mit der Schwester von Frau Diehl zusammen. Die ist hier in irgendeiner Form immer noch anwesend … die hat in der Wohnung nebenan gewohnt und … also die ist immer wieder Leuten hier erschienen in den vergangenen Jahrzehnten, ich bin da nicht die Einzige. Der Herr Strauss kann dir das bestätigen, der hat Nachforschungen angestellt. Bitte warte einen Moment."

„Die Schwester von Frau Diehl, von der alten Dame zwei Türen weiter?"

„Ja, genau. Kleinen Moment … warte bitte kurz."

Ich höre das Freizeichen, einmal, zweimal, dreimal. Dann eine Frauenstimme, die Tochter.

„Hier bei Strauss."

„Hallo, Lena Pander hier. Könnte ich mit Ihrem Vater sprechen. Es ist wirklich wichtig."

„Hallo Frau Pander. Er schläft gerade, es geht ihm nicht sehr gut. Möchten Sie vielleicht vorbeikommen?"

„Könnten Sie ihn vielleicht wecken? Es ist wirklich sehr wichtig für mich."

Schweigen. Dann wieder die Tochter, zögerlich, leise.

„Wie gesagt, er schläft gerade. Ich würde ihn nur sehr ungern wecken … und wahrscheinlich wäre er auch gar nicht bei sich."

„Bitte Frau Strauss, es wäre wirklich-"

„Frau Pander", unterbricht mich die Tochter, „es geht zu Ende mit ihm. Er könnte nicht einmal mehr das Telefon halten."

Mir ist, als würde ich unter Steinen und Sand begraben, die Luft geht mir aus. Ein Blick zu Paula, immer noch schaut sie Richtung Decke. Was soll ich jetzt tun? Als ich nichts sage, spricht Strauss Tochter:

„Sie können aber gerne vorbeikommen, Frau Pander. Mein Vater mag Sie sehr, er würde sich freuen, Sie noch einmal zu sehen."

„Warum geht das so schnell?", stammle ich. Ich sage es eher zu mir selbst als zu ihr.

„Manchmal geht es schneller und manchmal langsamer. Bei ihm war der Krebs schon weit fortgeschritten, als er entdeckt wurde."

„Ja … ich weiß. Aber trotzdem hätte ich nicht gedacht, dass das mit dem Krebs so-"

Ich vollende den Satz nicht, fühle mich jetzt ganz begraben. Ich verspreche Strauss Tochter, dem Sterbenden einen letzten Besuch abzustatten. Dann verabschieden wir uns. Wir sprechen ganz leise, wie in einer Kapelle, wie an einem gerade erst geschlossenen Grab. Ich lege das Telefon weg und atme tief durch. Am liebsten würde ich mich ins Auto setzen und einfach abhauen, einfach immer weiter fahren, irgendwo hin, wo ich noch nie gewesen bin … bis ich an irgendein Meer komme. Aber da sagt Paula etwas, ein einziges, ekelhaftes Wort nur:

„Und?"

Es ist nicht nur das Wort selbst, es ist die Betonung. Und es ist dieser kalte, abschätzige Blick. Sie hat doch mitgehört, sie hat doch kapiert, dass Strauss im Sterben liegt. Warum also dieses beschissene „Und"?

„WAS UND?"

Paula stößt sich von der Küchentheke ab, kommt auf mich zu.

„Schrei mich nicht an, Lena."

Sie kommt immer näher. Am liebsten würde ich ihr an die Gurgel gehen … und sie mir.

„Du hast doch mitgehört. Du hast doch gehört, dass der im Sterben liegt. Und dann fragst du so bescheuert. Der Mann hat Krebs im Endstadium."

„Aha, und wenn er nicht zufällig Krebs im Endstadium hätte, dann würde er mir jetzt erklären, dass hier drin irgendwelche Gespenster unterwegs sind und dass er dir viertausend Euro gegeben hat, damit du ihm eins einfängst. Habe ich das richtig verstanden?"

Ich antworte ihr nicht.

„Habe ich das richtig verstanden?"

„Paula, lass uns doch aufhören damit. Lass uns doch endlich wieder normal miteinander sprechen. Hier oben, in diesem Stockwerk, hier erleben seit Jahrzehnten Leute unerklärliche Sachen. Und ich hatte letzte Nacht ein wirklich heftiges Erlebnis, ich zittere jetzt noch, wenn ich daran denke. Bitte Paula, verlass mit mir diese Wohnung, bevor was passiert. Ich mach das doch nicht, um dich zu ärgern, ich habe einfach Angst um dich."

Ich stehe auf und gehe auf sie zu.

„Stopp Lena, fass mich nicht an. Hast du schon mal darüber nachgedacht, dass du selbst langsam durchdrehst und das irgendwie auf die Wohnung hier projizierst? Hast du schon mal daran gedacht?"

„Natürlich hab ich daran gedacht, ich hab an jeden Scheiß gedacht, den du dir vorstellen kannst! Aber ich bin ja nicht die Einzige, die hier Sachen erlebt hat. Der Typ, der sich umbringen wollte … der sich das Messer in den Bauch gerammt hat, der hat auch hier gewohnt."

„Der vom Schlaflabor oder wie?“

„Ja, genau der. Der hat hier in der Wohnung gelebt und dann ist dem irgendwas begegnet und das hat ihm so zugesetzt, dass er sich umbringen wollte. Strauss hat mit dem gesprochen, der-“

Paula unterbricht mich.

„Moment, Moment, Moment. Das wird mir gerade alles zu abgedreht. Und dieser Strauss hat jetzt Krebs ... ist das alles nicht ein bisschen sehr unwahrscheinlich?“

Ich kann es nicht fassen, gleich kommt mir die Kotze hoch. Mir explodiert eine Sicherung und ohne es zu wollen, brülle ich sie an.

„ES VERRECKEN JEDEN TAG TAUSEND LEUTE AM KREBS! DA IST ÜBERHAUPT NICHTS UNWAHRSCHEINLICH DRAN!“

Stille. Dann Paula:

„Du gehst jetzt besser.“

„Das ist auch meine Wohnung.“

„Lena, du gehst jetzt oder ich werf dich raus. Wir brauchen eine Auszeit.“

„Du kannst mich nicht einfach rausschmeißen. Der Mietvertrag läuft auf mich.“

„Der läuft auf uns beide. Geh jetzt raus hier. Ich pack dir deine Sachen zusammen, die kannst du in einer halben Stunde abholen. Wir brauchen dringend eine Pause.“

Sie macht einen Schritt auf mich zu. Sie meint es ernst. Wenn ich ein Mann wäre und achtzig Kilo wiegen würde, dann würde ich sie ...

„Paula, ich-“

„Raus hier, Lena. Du gehst jetzt freiwillig oder ich helfe nach. Du weißt nicht, wann es genug ist.“

„Scheiße Paula! Ich kann dir meinen Kontostand zeigen, da ist das Geld von Strauss drauf. Lass uns doch einfach in Ruhe reden, wir müssen das doch irgendwie hinkriegen."

Sie schüttelt den Kopf und macht noch einen Schritt. Was denkt die sich eigentlich? Das ist genauso meine Wohnung! Ich habe diese verdammte Wohnung überhaupt erst organisiert!

„Hau jetzt ab, Lena. Hau jetzt endlich ab. Ich brauch verdammt noch mal ne Pause von dir."

Ein letzter Versuch, ich mache einen Schritt auf sie zu, will ihr über die Wange streicheln. Aber sie packt meinen Arm.

„Hör auf! Lass es gut sein!" In Paulas Stimme schwingt so viel unterdrückte Wut, dass es mir kalt über den Rücken läuft. Widerstandslos lasse ich mich wegschieben. Ich stehe auf dem Flur und höre, wie von innen abgeschlossen wird. Den Schlüssel lässt Paula stecken.

Als ich durch die große Holztür trete, da kommt mir der Geruch des Todes entgegen. Höchstwahrscheinlich ist es nur Einbildung, was soll das überhaupt sein, der Geruch des Todes? Sicher riechen unterschiedliche Tode auch ganz unterschiedlich. Aber als mir Strauss Tochter öffnet und ich in den breiten Flur trete, da bin ich mir sicher, einen matten, süßlichen Duft wahrzunehmen … und dann denke ich: Das ist der Geruch des Todes, so riecht das Sterben. Und wenn man ihn sehen könnte, dann würde ich ihn hier irgendwo entdecken, den

Knochenmann mit seiner Sense. Aufrecht neben dem Bett, draußen vor dem Fenster ... auf dem Kleiderschrank kauernd, zum Sprung bereit.

Strauss liegt in seinem Krankenbett, das nun auch immer mehr nach Krankenbett aussieht. Der letzte Schein der Normalität – da liegt einfach nur ein Mann im Bett, der sich ein wenig von seinem anstrengenden Leben ausruht – ist gänzlich verschwunden. Neben Strauss, auf dem kleinen Tischlein, warten Tuben mit irgendwelchen Salben neben einer Flasche Händedesinfektion und halbleeren Medikamentenpackungen. Strauss hängt am Tropf, wahrscheinlich Schmerzmittel. Die Tochter zieht mir einen Stuhl heran und ich setze mich. Oh Gott, dieser Geruch ... Staub und Medizin, Krebsschweiß und Waschmittel.

„Hallo Herr Strauss."

Er dreht seinen Kopf, öffnet halb die Augen.

„Frau Pander ..."

Zumindest erkennt er mich noch. Ich weiß nicht, was ich tun soll. Soll ich seine Hand nehmen? Oder wäre das unangebracht? Strauss nimmt mir die Entscheidung ab, er hebt seine rechte Hand und bewegt sie langsam in meine Richtung. Ich greife zu und bin erstaunt darüber, wie warm sie sich anfühlt, wie lebendig. Ich weiß nicht, warum ich so stur auf das rosafarbene Plastik der Venenkanüle starre. Vielleicht traue ich mich bloß nicht, ihm in die Augen zu sehen.

Als wir uns die Hände gegeben haben, atmet Strauss einige Male ein und aus. Dann spricht er, leise zwar aber verständlich.

„Schön, dass Sie mich besuchen ... gibt es denn

etwas Neues?“

Ich beuge mich zu ihm (Krebsschweiß und Waschmittel!) und berichte ihm von der letzten Nacht, davon, dass sie zu mir ins Bett gekommen ist und dass ich aus der Wohnung geflohen bin. Dann auch von dem Traum mit dem Aufzug und von dem schwarzen Tier, das sich … das ich mit meinem Gebrüll in einen Klumpen schwarzer Fliegen verwandelt habe. Strauss hört mir mit geschlossenen Augen zu. Ab und zu nickt er, manchmal macht er „mhm“. Ich bin mir nicht sicher, ob er alles mitbekommt, was ich ihm erzähle. Vielleicht ist es ihm mittlerweile auch einfach egal.

Etwas wacher wirkt Strauss, als ich ihm von dem Haarklumpen berichte, den ich hinter der Tapete gefunden habe. Seine Pupillen bewegen sich hinter den Lidern, hinter zerknitterter, fast brauner Haut.

„Wahrscheinlich sind diese Haare von ihr … also die sahen schon älter aus. Wissen Sie vielleicht, was das zu bedeuten hat?“

Strauss atmet hörbar aus.

„Haare von ihr“, murmelt er. Ich warte einige Sekunden … aber es kommt nichts mehr.

„Ja … also wahrscheinlich. Die Schwester von Frau Diehl war ja keine junge Frau mehr, die hat ja bis in die Achtziger in der Wohnung gelebt … und einige der Haare waren schon grau.“

Ich warte auf eine Reaktion von ihm … nichts. Strauss Tochter ist hinter mir ins Zimmer getreten. Will sie, dass ich ihn in Ruhe lasse? Etwas muss ich noch sagen.

„Ich möchte jetzt möglichst schnell raus aus der Wohnung … nach dem, was letzte Nacht passiert ist.

Aber ich weiß nicht, wie ich meine Freundin dazu kriegen soll, dass Sie mitkommt. Vielleicht haben Sie ja eine Idee."

Der letzte Satz kommt mir albern vor, noch während ich ihn ausspreche. Von diesem Mann ist keine Hilfe mehr zu erwarten, sein Gehirn ist voller Schmerzmittel. Strauss Tochter macht ein paar Schritte auf mich zu. Okay, okay, ich lass ihn ja gleich in Ruhe. Leise stöhnt er auf, der dürre Mann, dann sagt er doch etwas. Wenn ich ihn richtig verstehe, dann sagt er, dass die Teppiche raus müssen, bevor die Schule anfängt. Strauss lächelt und ich wünsche ihm in Gedanken, dass er sich wohl fühlt, wo immer er auch gerade ist.

Der Abschied, ein letzter Blick zurück: Da liegt er in seinem Krankenbett, umgeben von abstrakter Kunst und Tausenden von Büchern. Hat sich dieses Leben gelohnt? Hat sich das Lesen all dieser Bücher gelohnt? Hat es sich für ihn gelohnt, Zeit und Energie in seine drei oder vier Doktortitel zu investieren? Ist er zufrieden? Stirbt er zufrieden? Glaubt er daran, dass er – in welcher Form auch immer – weiterexistieren wird? Oder segelt er einfach nur auf einem kunterbunten Meer aus Opiaten, aus dem ab und zu ein glitschiger Brocken Realität auftaucht, nur um gleich wieder auf den kilometerweit entfernten Grund zu sinken? Immerhin hat er mich erkannt. Und er hat mich gefragt, ob es etwas Neues gibt.

Als ich wieder in meinem Auto sitze, komme ich mir furchtbar alleine vor. Ich greife nach meinem Telefon und überlege, von wem ich noch Hilfe erwarten kann. Soll ich bei der Polizei anrufen und denen sagen, dass Paula mich geschlagen und aus der Wohnung geworfen hat? Nein, das kann ich nicht machen. Aber was denn sonst?

Mir fällt ein, dass ich vergessen habe, Strauss die Bilder zu zeigen, die ich mit meinem Handy in der Wohnung aufgenommen habe. Ich könnte zurück gehen und das nachholen … ach was, es würde nichts bringen. Strauss ist schon auf halbem Weg nach drüben … was auch immer dieses „Drüben“ ist. Außerdem muss er noch die Teppiche raus bringen, bevor es zur Schule geht.

Mein Gott, ich hätte nie gedacht, dass es so schnell geht.

***

Ein Tag und eine Nacht sind vergangen, die zweite Nacht in meinem alten Kinderzimmer. Wie angekündigt hat Paula meine Sachen in einen Koffer und in eine Reisetasche gepackt. Alles stand fertig vor der Wohnungstür, sie hatte von innen abgeschlossen und den Schlüssel stecken lassen. Fast eine halbe Stunde lang habe ich geklopft, geklingelt und nach ihr gerufen. Keine Reaktion. Ich habe versucht, ihren Schlüssel mit meinem Schlüssel aus dem Schloss zu drücken – ohne Erfolg. Und wenn ich sie anrufe, dann kommt nur die Durchsage, dass „Der Teilnehmer“ momentan nicht erreichbar ist.

Als alles Klopfen und Klingeln nichts brachte, da habe ich – ohne so recht zu wissen, was ich sie überhaupt fragen wollte – bei Frau Diehl geklopft. Die alte Frau schleppte sich zur Tür, schaute durch den Spion und ging nach einige Sekunden – hat sie überlegt, mich hineinzulassen? – wieder zurück zu ihrem quäkenden Fernseher. Ich dachte wirklich, sie wäre nicht mehr wütend auf mich … sie hat mir doch dieses Fotoalbum hingelegt, das war doch von ihr.

Beinahe hätte ich ja einfach ihre Tür aufgeschlossen … mein erster Hausfriedensbruch. Den Generalschlüssel habe ich mir geschnappt, als Paula mich hinausgeworfen hat. Sie hat ihn nicht bemerkt, meinen kleinen Diebstahl. So Frau Diehl, jetzt sagen Sie mal, was das für eine Scheiße mit Ihrer großen Schwester ist. Warum ist sie noch hier? Und was zum Teufel ist mit ihrem Gesicht los?

Ich könnte mich auch irgendwo hier einnisten, in der Wohnung mit den Insekten vielleicht. Ich könnte einfach hier bleiben und warten, bis Paula weg ist … und dann, dann könnte ich … hm, was eigentlich? Was könnte ich? Ich muss dafür sorgen, dass Paula mit mir mitkommt, dass sie dieses beschissene Haus verlässt. Aber wie?

Oh Gott, in was sind wir nur hineingeraten?

Gestern, direkt nach meinem Besuch bei Strauss, habe ich Egner angerufen. Der Scheißkerl fühlt sich nicht zuständig. Er interessiere sich nicht, so Egner, für die Streitigkeiten seiner Mieter, die müssten wir schon unter uns klären. Als ich ihn auf das ansprach, was im vierten Stock des Herbsthauses seit Jahrzehnten vor sich geht, da blockte er ab.

„Also davon weiß ich nichts, von irgendwelchen Spukgeschichten. Nee, also da müssen Sie wirklich mit jemand anders drüber sprechen."

„Aber der Herr Strauss hat doch extra mit Ihnen organisiert, dass ich in diese Wohnung komme. Also wegen der paranormalen Phänomenen."

„Nee, davon weiß ich nichts. Ich habe auch überhaupt nicht nachgefragt, warum der Strauss Sie unbedingt dort in der Wohnung haben wollte. Nee, also von so etwas weiß ich wirklich nichts."

Zumindest habe ich es geschafft, den Dreckskerl zu überreden, Paula ein Kündigungsschreiben zu schicken.

„Aber da ist natürlich Frist, ich kann die ja nicht einfach rausschmeißen. Und wie gesagt: Ihre Probleme, die müssen Sie schon selbst klären."

Auch mit Paulas Eltern habe ich gesprochen, sogar mit ihrer besten Freundin, auf die ich immer ein bisschen eifersüchtig war. Immer der gleiche Scheiß: Ihr müsst eure Probleme schon selbst klären, ich mische mich da nicht ein.

Paulas Mutter habe ich sogar erzählt, dass ich befürchte, ihre Tochter könnte sich etwas antun. Nein, das glaube sie nicht, sie habe gestern noch mit ihrer Tochter gesprochen und da habe sie einen ganz normalen …

Was für eine Scheiße! Ich fühle mich zum Kotzen hilflos. Jetzt stehe ich schon wieder in diesem beschissenen runden Flur. Gleich werde ich schon wieder bei ihr an die Tür klopfen und darauf hoffen, dass sie mich in die Wohnung lässt, dass sie mir zuhört, dass sie ihre Sachen packt und mitkommt, und dass … dass alles wieder gut wird. Ja verdammt, es soll gefälligst alles wieder gut sein!

„Wieso kannst du mich nicht einfach in Ruhe lassen?"

Die Stimme kommt von hinten. Ich habe Paula nicht kommen hören, so war ich in Gedanken. Es soll alles wieder gut werden … es soll alles wieder …

Bevor ich ihr antworten kann, geht Paula an mir vorbei Richtung Wohnung. Sie stellt ihre Tasche ab und schaut mich an. Sie sieht müde aus, müde und genervt.

„Warum lässt du mich nicht in Ruhe, Lena?"

„Weil mir so verdammt viel an dir liegt ... und weil ich nicht will, dass dir was passiert."

„Mir passiert nichts", antwortet Paula. „Geh jetzt. Ich ruf dich in ein paar Tagen mal an. Hau jetzt bitte ab." Die letzten vier Worte kommen sauber voneinander getrennt, jedes Wort ein kleiner Befehl ... jedes Wort eine kleine Drohung.

„Das ist auch meine-"

„VERPISS DICH ENDLICH!", brüllt Paula mich an. Sie rammt ihren Schlüssel ins Schloss. Ein Wunder, dass sie trifft.

„SEI NICHT SO SCHEISS PENETRANT!"

Ich stehe nur da und kann nicht begreifen, wie es so weit kommen konnte. Was habe ich denn getan? Ich bin doch diejenige, die Alpträume hat. Ich bin doch diejenige, der man helfen muss ... ich bin doch die mit den Problemen. Plötzlich eine andere Stimme, gerade als ich mich ein klein wenig wohl zu fühlen beginne in meinem klebrigen Selbstmitleid: Moment Lena, jetzt mal hübsch der Reihe nach. Du bist auch diejenige, die sich in Lügen verstrickt hat. Du bist diejenige, die ihre Freundin in diese beschissene Situation gebracht hat ... und wenn Paula etwas passieren sollte, dann bist du schuld. Du hast sie angelogen und sie auf den Mund geküsst, innerhalb einer einzigen dreckigen Minute. Du hast ...

Das bringt nichts, das bringt alles nichts. Paula verschwindet ohne ein weiteres Wort in der Wohnung und ich verlasse erschöpft das Herbsthaus, den Kopf voller Gewissensbisse, voller Angst und … ja, voller Hass. Am liebsten würde ich Paula an den Haaren aus der Wohnung zerren. Als ich auf dem Parkplatz stehe, da springt mich die Erinnerung daran an, was sie mit dem Raben gemacht hat. Wie heiße Magensäure steigt mir die Wut hoch. Heute Nacht soll Paula die furchtbarste Nacht ihres Lebens haben, dieses Ding soll zu ihr ins Bett kriechen, sie anfassen mit seinen kalten Händen … und dann soll Paula das entstellte Gesicht sehen, den schiefen Mund, das hängende Auge … an den Haaren … an ihren verdammten Haaren möchte ich sie aus dem Haus zerren. Haare, Haare, Haare. Hare Krishna Hare Hare … mir kommt eine Idee. Die Haare … was ist mit den Haaren? Was ist mit diesen scheiß Haaren, die ich hinter der Tapete gefunden habe? Was hat Strauss noch zu den Haaren gesagt? Nichts, nichts hat er gesagt. Er hat irgendwas von Teppichen und von der Schule gemurmelt, bevor er auf seinem Schmerzmittel-Ozean Richtung Horizont davon segelte. Strauss ist am Ende, mit sich selbst und seinem Sterben beschäftigt. Kalt und klar kommt die Erkenntnis: Dr. Dr. Strauss ist keine Hilfe mehr.

Ein Blick nach oben. Nein, da steht niemand. Nicht Paula und auch niemand sonst. Ich gehe zurück ins Haus und steige die Treppen in den vierten Stock hoch. Langsam, peinlich darauf bedacht, nicht gehört zu werden, schleiche ich mich zu der Tür, hinter der die Wohnung liegt, die das Zentrum des Spuks ist. Wie eine Trophäe betrachte ich den erbeuteten

Generalschlüssel, drehe ihn in der Hand, bevor ich ihn ins Schloss stecke. Jetzt geradeaus und dann links. Der Schaukelstuhl steht noch so, wie ich ihn stehen gelassen habe. Er steht da und bewegt sich keinen Millimeter. Schläfst du tagsüber, verdammtes Miststück? Gehst du nur nachts um? Nein, du bist kein armes, kleines Mädchen mit entstelltem Gesicht. Du bist gemein, du bist hinterhältig … ich fühle deine kalte Verkommenheit. Als du zu mir ins Bett gekommen bist, da wolltest du mir Angst machen. Lebst du von der Angst der Menschen? Frisst du Menschenangst?

Der Schaukelstuhl steht noch da, wie ich ihn habe stehen lassen, auch das Haarbüschel steckt dort, wo ich es gefunden habe. Ich ziehe es mit spitzen Fingern heraus, öffne das Fenster und lasse es – haha! – hinunter segeln. Einige Sekunden sieht es so aus, als würde es der Klumpen bis auf den Rasen schaffen, dann aber ändert er mit einem eleganten Schlenker die Richtung. So, du Miststück. Das waren deine scheiß Haare und jetzt sind sie weg. Was willst du dagegen tun? Runter gehen und sie suchen? Kurz sieht es so aus, als würde das platte Büschel auf der Motorhaube meines Autos landen, dann aber ändert es noch einmal die Richtung und berührt etwa zwei Meter vor meinem Wagen den Boden. Von hier oben ist das Gebilde nur noch zu erahnen, wüsste ich nicht, dass es da ist, würde ich es nicht bemerken.

Bevor ich die Wohnung verlasse, reiße ich die alte Tapete, unter der ich die Haare gefunden habe, noch ein wenig weiter auf. Nein, da ist nichts mehr. Nichts, das ich aus dem Fenster werfen könnte … nichts von ihr.

Eine weitere Nacht ist vergangen, die dritte Nacht im Haus meiner Eltern, in meinem alten, nur einen Meter breiten Fichtenholzbett. Als unsere Beziehung noch ganz frisch war, da versuchte Paula mich zu überreden, es mit ihr in diesem Bett zu machen. Aber ich wollte nicht, irgendwie hatte ich Schiss, meine Eltern würden später was bemerken … irgendeinen Geruch … oder Flecken auf der Bettwäsche. Apropos Wäsche: Warum hat eigentlich meine Mutter gestern das Bett frisch bezogen? Und warum hat sie diese alte Wäsche aus meiner Jugendzeit genommen, die mit den verblichenen Ponys drauf? Denkt sie, dass mich das aufmuntert? Denkt sie, ihr trauriges kleines Mädchen hat Ponys nötig?

Es ist neun Uhr morgens. Ich habe das Frühstück hinter mich gebracht und die Fragen meiner Eltern ins Leere laufen lassen. Sie haben eingesehen, dass ich nicht reden will. Ich will einfach nur los, etwas unternehmen, etwas versuchen, zurück zum Haus und zurück zu Paula.

Beinahe hätte ich es ja geschafft, gestern im Herbsthaus zu übernachten. Ich verbrachte den Tag zusammen mit meinen Kopfschmerzen an der Universität, gegen sechs kaufte ich mir endlich eine Packung Aspirin, und kurz vor acht war ich wieder im Herbsthaus. Ich sah nach, ob Kerstin und Tobias da sind, waren sie aber nicht. Dann stieg ich nach oben in den sechsten Stock und setzte mich in die Wohnung mit den Insekten hinter Glas, keine Ahnung, warum mich dieser Ort so anzieht, wahrscheinlich weil sich die Viecher noch nie bewegt haben … wahrscheinlich weil diese Wohnung auf ihre ganz eigene Art unheimlich ist, aber dennoch nichts Unheimliches in ihr passiert.

Völlig regungslos, fast wie eines dieser aufgespießten und ausgetrockneten Insekten, hockte ich in meine Autodecke gewickelt auf dem Boden, hielt meine Beine umfasst und hoffte auf Lärm. Ich stelle mir vor, gleich Paulas Hilfeschreie zu hören, durch zwei Stockwerke hindurch, durch Stahl, Beton, Holz und platt getrampelten Teppich. Ich stelle mir vor, nach unten zu rennen und sie in meine Arme zu schließen. Ist ja alles gut, mein Schatz, ist ja alles gut, wir müssen nur raus hier. Los, komm … komm einfach mit mir mit. Nur schnell raus hier, weg von ihr!

Aber Paula schrie nicht um Hilfe, niemand schrie. Ich saß auf meinem Arsch und mit der Kälte, die nach und nach meinen Körper eroberte, kam auch der pochende Kopfschmerz zurück. Kurz nach neun ging ich nach unten und setzte mich ins Auto. Dort fror ich weiter und gegen halb zehn fuhr ich dann zu meinen Eltern. Ich nahm eine weitere Kopfschmerztablette und ging ins Bett. Zum Glück konnte ich schlafen.

Jetzt bin ich wieder auf dem Weg zum Haus. Es sind nur dreißig Kilometer und doch werde ich fast eine Stunde brauchen – so viele Menschen, die alle irgendwo hin wollen. Der Lärm, das Gedränge, der übliche Straßenkampf, das Sich-hinein-drängen in Lücken, das dumpfe Wummern aus dem mattschwarzen Golf neben mir, das Quietschen der Lastwagenbremsen und die wagemutigen Zickzackkurse eiliger Radfahrer, all das beruhigt mich, Hier ist Leben, hier machen Menschen Menschensachen. Und ich bin mittendrin, mitten im Gedränge und

Gestank und Gelärme. Ich wünschte, dieser ganze Trubel würde sich plötzlich dazu entschließen, mein kleines, rotes Auto als Anführer zu akzeptieren. Ich wünschte, er würde mir folgen, sich zu einer hochhausgroßen Welle aus Leben vereinen und mich zum Herbsthaus begleiten. Ich wünschte, der Lärm und der Kampf, das Wollen und Müssen und Hoffen, der Ärger und die Freude, all das würde sich über das Herbsthaus ergießen, in das graue Ding eindringen, jeden leeren Flur und jedes verlassene Zimmer mit Geräuschen füllen … einfach diese verdammte Totenstille vertreiben, die über dem Gebäude liegt. Doch als ich den Parkplatz erreiche, da ist der Lärm der Stadt wie abgeschnitten, nur noch ein entferntes, dumpfes Rauschen dringt durch das geöffnete Wagenfenster … es ist schon mehr Einbildung als Wahrnehmung.

Exakt in dem Moment, in dem ich ein Bein auf den Parkplatz gestellt habe, klingelt mein Telefon. Ich zucke zusammen, das macht diese verdammte Stille hier. Dann greife ich in meine Jackentasche und ziehe das Ding heraus, die Nummer auf dem verschmierten Display kann ich nicht zuordnen, auch wenn sie mir vertraut vorkommt. Ich gehe ran.

„Ja, hallo?"

„Hallo Lena, hier Caroline. Ich weiß nicht, ob du dich an mich erinnerst."

„Äh … nein, ehrlich gesagt nicht."

„Wir waren mal zusammen im Kino, du und Paula und ich und noch ein paar Bekannte. Ich bin eine Kollegin von Paula, also ich mach mit ihr die Ausbildung. Ich hab deine Nummer von ihr."

„Ähm okay, jetzt weiß ich wieder."

(Das ist gelogen. Ich erinnere mich an keine Caroline.)

„Und zwar ruf ich an, weil ich dich fragen wollte, was mit Paula los ist. Sie hätte gestern eigentlich zur Arbeit kommen müssen, war aber nicht da. Und heute ist sie auch nicht gekommen. Der Chef ist ziemlich sauer, sie hat sich nicht krank gemeldet und geht auch nicht ans Telefon, ich habe es schon ein paar Mal bei ihr versucht."

Ich weiß nicht, was ich Caroline antworten soll. Mir fällt nichts ein. Ich muss diese Information erst irgendwo einordnen. Wieso geht Paula nicht zur Arbeit?

„Ihr seid doch noch zusammen, du und Paula … oder?"

„Ähm ja, sind wir. Also ich weiß auch nicht, warum sie sich nicht gemeldet hat."

„Könntest du ihr sagen, dass sie sich unbedingt melden muss. Der Chef ist echt total angepisst, der hat schon zehnmal bei ihr angerufen."

„Und sie geht überhaupt nicht ans Telefon?"

„Nein, ich habe es auch schon ein paar Mal versucht. Ist alles okay bei euch … also hat Paula irgendwas?"

„Nein, ich glaub nicht. Ich versuch mal, mit ihr zu reden."

„Danke Lena. Wirklich alles okay bei euch?"

Es dauert einige Sekunden, bis die Antwort aus mir raus kommt.

„Nein, ist es nicht. Aber das wäre jetzt zu kompliziert. Ich werde mal mit ihr sprechen. Tschüss Caroline, danke dass du angerufen hast."

„Tschüss Lena, ich dachte nur-“

Sie will noch etwas sagen, aber ich lege auf. Was hat das zu bedeuten? Geht es Paula nicht gut? Schon bin ich über den Parkplatz und beim Eingang. Als ich die schwere Tür aufdrücke, da fällt mir ein, dass ich das Auto nicht abgeschlossen habe. Egal, das Ding klaut keiner.

Ich gehe an den Briefkästen vorbei und bleibe an der Glastür stehen, hinter der das ehemalige Restaurant liegt. Sollte ich mich nicht beeilen, nach oben zu kommen? Vielleicht liegt Paula tot in der … ach Quatsch! Hör auf, dir was einzubilden, Lena! Sie war gestern schon nicht bei der Arbeit und gestern hast du sie gesehen, mit ihr gesprochen … dich von ihr rauswerfen lassen.

Ich lege mein Ohr an die kalte, von innen mit Zeitungspapier verklebte Scheibe und lausche. Stimmen, dann Musik, dann plötzlich Stille … wieder Stimmen, nur aufgeregter als vorher. Hört sich nach Fernseher an, sie schauen Fernsehen, sie zappen sich durch die Kanäle. Vielleicht sitzen sie Arm in Arm auf ihren Schlafsäcken, eingewickelt in die alten Decken, die sie im Keller gefunden haben. Vielleicht treiben sie es auch und lassen dazu den Fernseher laufen. Nein, das nicht … ich bin mir ganz sicher, dass sie einfach nur dasitzen und fernsehen. Auf einmal ein Mädchenlachen, so laut, dass es nicht aus dem Fernsehapparat kommen kann. Mich beruhigt, dass sie da sind. Ein bisschen bin ich auch eifersüchtig auf ihre Zweisamkeit, vor allem aber bin ich froh, dass sie im Haus sind. Umso mehr Menschen, umso besser.

Ich nehme mein ausgekühltes Ohr vom Glas und gehe Richtung Treppenhaus. Der Aufzug ist nicht da, wahrscheinlich ist das Ding in der vierten. Könnte man diesen Aufzug nicht einfach ausschalten, ihm den Strom abdrehen? Müsste es da nicht irgendwo einen Sicherungskasten geben? Schon bin ich im ersten, dann im zweiten … dritten und vierten Stock. Ich drücke die Tür auf und ja, da ist es, das rote, mit Samt ausgekleidete Maul. Hallo, alter Freund! Wieder auf Tour gewesen heute Nacht? Die verdammte Kabine sieht wirklich aus wie ein aufgerissener Mund, fehlt nur noch ein fetter Teppich als Zunge.

An der Wohnung von Frau Diehl vorbei – und vorbei an der Wohnung ihrer Schwester – gehe ich zu der Tür, hinter der ich Paula vermute. Einige Sekunden stehe ich in der Stille des Flurs und überlege, was ich ihr sagen soll. Dass mich ihre Arbeitskollegin angerufen hat und dass sie sich unbedingt bei der Arbeit melden muss? Ja, das wird es tun, damit wäre ein Anfang gemacht … und vielleicht entwickelt sich ja so etwas wie ein Gespräch. Es ist seltsam: Vor einigen Tagen haben wir uns noch auf den Mund geküsst, und jetzt geht das nicht mehr, jetzt stehe ich vor einer verschlossenen Tür und überlege, wie ich mit meiner Freundin – ja verdammt, das ist sie trotz allem! – ein Gespräch beginnen kann, das nicht in ein „Lass mich in Ruhe“ mündet.

Ich klopfe an …

Keine Reaktion, keine Geräusche aus der Wohnung.

„Paula?“

Nichts.

„Paula, bist du da?“

Drei Sekunden … vier Sekunden … fünf Sekunden …

„Paula, ich komm jetzt rein.“

Ich stecke den Schlüssel ins Schloss – meinen Schlüssel, nicht den Generalschlüssel – und tatsächlich, es klappt. Kein anderer Schlüssel, der von der anderen Seite das Schloss besetzt hält. Ist Paula weg? Ist sie doch noch zur Arbeit gefahren?

Als ich die Wohnungstür aufdrücke, da höre ich ein Poltern, ein helles und leises Poltern, eines der Geräusche, die ich aus meiner Kindheit kenne. Ich trete in die Wohnung und tatsächlich, da liegen verschiedenfarbige Bauklötze auf dem Boden. Ich kenne diese Klötze aus meiner Kindheit, sie haben abgerundete Ecken und wenn man mit dem Fingernagel zudrückt, dann hinterlässt man kleine Halbmonde in dem weichen Holz. Diese kleinen, bunt lackierten Holzstücke haben das Geräusch gemacht. Aber warum?

Ich brauche einige Sekunden, um zu begreifen: Paula hat hinter der Tür einen Turm, eine Pyramide, ein Was-auch-immer aus verschiedenfarbigen Bauklötzen aufgebaut. Dann hat sie die Tür gerade so weit geöffnet, dass sie hinausschlüpfen konnte, ohne ihre Konstruktion umzuwerfen. Und dann komme ich, mache die Tür etwas zu weit auf und werfe das Ding um. Wenn Paula wiederkommt, dann wird sie wissen, dass ich in der Wohnung war. Wieso stellt sie mir so eine Falle?

Ich kicke einen der Bauklötze weg und wähle Paulas Nummer … wieder nur diese saublöde

Ansage, dass der Teilnehmer nicht … Mensch Paula! Was habe ich dir getan? Wir sind seit Jahren zusammen, du kannst mich doch nicht einfach so abservieren! Ich lege auf und tippe eine SMS:

„Habe gerade deine blöden Bauklötze umgeworfen. Das ist auch meine Wohnung. Lass uns reden. Du musst dich bei der Arbeit melden!"

Und dann, nach kurzem Überlegen:

„Ich hab dich sehr lieb, bitte ruf mich an."

Ich habe die Nachricht verschickt, bin mir aber sicher, dass Paula sie nicht lesen wird. Sie wird meinen Namen sehen und die SMS ungelesen löschen. Ich könnte alles kurz und klein schlagen vor Wut, ich könnte ihren scheiß Laptop aus dem Fenster werfen! Sie kann mich doch nicht einfach aus ihrem Leben verbannen!

Zehn Minuten später habe ich weder etwas aus dem Fenster geworfen noch irgendetwas zerschlagen. Ich sitze einfach nur dumpf auf dem Wohnzimmersofa und warte darauf, dass Paula wiederkommt.

Dreißig Minuten sitze ich so, dreißig Minuten dauert es, bis mich wieder die Wut packt. Ich möchte die Wände hochgehen, ich möchte die Fenster einschlagen, ich möchte dieses verdammte Haus abfackeln. Was krabbeln eigentlich diese scheiß Fliegen da an der Decke rum? Müssten die nicht im Schlafzimmer sein, bei ihren ganz ausgetrockneten Kollegen? Ich springe vom Sofa auf und sehe mich nach etwas um, das ich werfen kann. Das Kissen? Nein, viel zu weich! Ich bräuchte eine fette, schwere Zeitschrift, so ein Modeheft auf Hochglanzpapier, vollgestopft mit Werbung. Damit könnte ich die verdammten Viecher plattmachen. Aber ich finde nur eine labberige Fernsehzeitschrift, schon als ich den Fetzen werfe, weiß ich, dass das nichts wird. Das dünne Papier patscht kraftlos an die Decke, die Fliegen fliegen weg und suchen sich ein anderes Plätzchen, wo sie im Kreis krabbeln, schnüffeln und ihren Kot verteilen können. Bravo Lena, nicht mal das schaffst du!

Zwei Stunden später, ich fühle mich weder dumpf noch wütend noch sonst was, verlasse ich die Wohnung. Paula ist nicht aufgetaucht und hat, wie erwartet, auch nicht auf meine Anrufe und Nachrichten reagiert. Als ich auf dem Flur stehe, da kommt mir der Gedanke, zurückzugehen und die Bauklötze wieder aufzustellen. Aber dass ich sie zufällig wieder so hinbekomme, wie Paula sie aufgestellt hat, das ist unmöglich. Außerdem, was sollte das bringen? Sie soll ruhig wissen, dass ich in ihrer Wohnung ... in unserer Wohnung war. Vielleicht sollte ich einfach zurück gehen, abschließen und von innen die Tür blockieren. Dann wäre Paula draußen ... und ich verdammt noch mal drin, dann hätten wir nur getauscht und ich könnte warten, dass dieses Ding wieder zu mir kommt und ... Scheiße!

Außerdem, so wie Paula drauf war, tritt die glatt die Tür ein, Kraft genug hat sie. Ein letzter Versuch, ich wähle ihre Nummer. Nein ... nichts, keine Reaktion.

Ich bin kurz davor, dass scheiß Telefon auf den Boden zu werfen, als ich aus dem Augenwinkel etwas wahrnehme, links von mir. Das war die Tür von Frau Diehl, die wurde von innen geöffnet und der Spalt hat ein klein wenig gelbes Licht in den vom Tageslicht nur spärlich erhellten Flur gelassen. Was ich wahr-genommen habe, war nur eine winzige Veränderung der Lichttemperatur. Ein leises, trockenes Klacken, die alte Frau hat ihre Tür wieder zugezogen. Ich gehe hin und klopfe.

„Frau Diehl?"

Keine Schritte. Sie muss noch an der Tür sein.

„Hallo, Frau Diehl?"

Nichts.

„Ich weiß, dass Sie da sind. Bitte machen Sie kurz auf, ich muss mit Ihnen über Ihre Schwester sprechen. Ich mache mir Sorgen um meine Freundin."

Auf einmal die Stimme der alten Frau. Sie ist ganz nah, zwischen uns nur das Holz der Tür und fünfzehn Zentimeter staubige Luft.

„Warum machen Sie sich Sorgen?"

Ich spüre meinen Herzschlag. Ich habe einen Zipfel zu fassen gekriegt und wenn ich ganz vorsichtig daran ziehe, dann reißt er vielleicht nicht ab, dann fördert er etwas Größeres ans Licht.

„Ich mache mir Sorgen, weil meine Freundin den Kontakt zu mir abgebrochen hat. Sie lässt mich nicht mehr in die Wohnung. Und Ihre Schwester, die ist vor einigen Nächten zu mir ins Bett gekrochen. Die hat mich angefasst und ich habe sie angefasst, das war, als ob man einen Menschen anfasst, das war völlig real."

Stille. Jetzt öffnet sich die Tür. Mir kommt muffige Luft entgegen, dann ein Gesicht voller Falten. Ich erinnere mich an den bestialischen Gestank, der bei meinem letzten Besuch diese Wohnung füllte. Dieser

Gestank ist verschwunden, der Zustand ihres Fußes hat sich gebessert.

„Sie müssen schnell ausziehen."

„Das möchte ich ja", antworte ich. „Aber ich muss meine Freundin irgendwie hier raus kriegen."

Der Spalt geht ein wenig weiter auf.

„Hat auch Ihre Lebensgefährtin Margarete gesehen?"

„Heißt Ihre Schwester Margarete?"

Ein ruckartiges Nicken.

Hitze steigt in mir auf, das Ding hat seinen Namen bekommen. „Für meine Ella, in Liebe M." Das stand auf der ersten Seite des Fotoalbums.

„Und Sie heißen Ella?"

„So hat mich nur meine Schwester genannt. Hat auch Ihre Freundin sie gesehen?"

„Nein ... also ich glaube nicht, dass Paula sie gesehen hat. Sie denkt eher, dass ich spinne, also weil ich ihr das erzählt habe. Aber meine Freundin wird immer aggressiver und immer abweisender. Ich weiß nicht, was ich tun soll."

„Sie müssen ganz schnell hier raus", wiederholt Frau Diehl.

„Ja, das weiß ich. Ist Ihre Schwester gefährlich? Kann Sie jemandem etwas tun? Ich habe sie ja angefasst ... das war, als ob man einen menschlichen Körper anfasst."

Frau Diehl schaut mich an. Ein schnelles, ruckartiges Nicken. Dann zum dritten Mal:

„Sie müssen hier ausziehen."

„Ja, natürlich ... bitte, eine letzte Frage noch. Was ist mit dem Gesicht Ihrer Schwester passiert?"

Frau Diehl schaut nach unten. Sie braucht einige Sekunden, bis sie mir antwortet.

„Als Kind ... sie ist mit dem Gesicht auf einen Eimer gefallen, auf den Rand eines Blecheimers, der auf dem Boden stand. Die Nerven im Gesicht wurden beschädigt und die Medizin war damals noch nicht sehr weit. Seien Sie vorsichtig, junge Frau. Meine Schwester Margarete hat sehr gelitten, sie ist voller Schmerz ... sie ist gemein geworden."

Langsam drückt Frau Diehl den Türspalt zu. Eine allerletzte Frage quetsche ich noch hindurch:

„Warum sind Sie denn nicht von hier weggegangen?"

Frau Diehls Antwort kommt dumpf durch das Holz der dicken alten Tür:

„Wo soll ich denn hin, ich habe ja sonst niemand auf der Welt."

***

Ich bin einmal ums Haus gegangen, ich war oben im sechsten Stock, habe mir ein weiteres Mal die getrockneten Insekten und Vogelspinnen angeschaut, dann habe ich unten an der Tür zum Restaurant gelauscht und die Stimmen von Kerstin und Tobias gehört. Es beruhigt mich, dass die beiden da sind. Noch viel mehr Leute sollten da sein, das ganze Haus sollte voller Menschen sein, die Menschensachen machen.

Von Paula keine Spur, oben in der Wohnung haben ihre Schuhe und ihre Jacke gefehlt und auch der verbogene Fahrradständer rechts vom Eingang ist leer. Vielleicht ist sie ja doch zur Arbeit gegangen, vielleicht streitet sie sich gerade mit ihrem idiotischen, rotgesichtigen Chef. Ich rufe Caroline an und frage sie, ob Paula aufgetaucht ist.

„Nein, hier ist sie nicht. Dann hast du sie auch nicht erreicht?"

„Nein, leider nicht", antworte ich. „Aber ich versuche es weiter."

„Du kannst ihr sagen, sie soll sich am besten schnell eine Krankschreibung besorgen … sonst gibt das richtig Ärger."

„Ja, mach ich. Tschüss."

Die nächsten Stunden verbringe ich auf dem Parkplatz, hungrig und frierend in meinem Auto, den Eingang des Herbsthauses im Blick. Wenn Paula wieder auftaucht, dann muss sie hier durch. Zwar gibt es hinter dem Haus noch einen schmalen Kellerzugang, den Generalschlüssel aber habe nur ich. Während ich den Eingang beobachte, drehe ich das blanke Stück Metall mit Daumen und Zeigefinger in meiner rechten Hand. Erst fühlt es sich sehr kalt an, langsam aber wird es warm. Erst sind meine Drehungen des Schlüssels ungleichmäßig und ruckartig, dann immer flüssiger.

…

Nichts ist passiert.

…

Immer noch nichts.

…

Um vier Uhr verlasse ich meinen Posten. Ich laufe nach oben in die Wohnung, mache mir etwas zu essen und gehe aufs Klo. Na, Margarete, wo steckst du? Magst du es, wenn die Menschen schlafen? Stehst du dann neben ihren Betten und schaust auf sie herab, schaust ihnen zu, wie sie sich hin und her wälzen, wie sie unter Alpträumen – unter deinen Alpträumen? – stöhnen und Unverständliches von sich geben? Was soll das, Margarete? Wieso bist du überhaupt noch hier? Vermisst du die Lebenden? Musstest du dich in den letzten Jahren immer weiter aus deinem Zimmer herauswagen, seit in deiner schäbigen Wohnung niemand mehr leben will? Vermisst du die Kinder, die von ihren Eltern gezwungen wurden, in deinem Zimmer zu schlafen und die sich ängstlich in ein Bett legten?

Ich verlasse unsere 65 Quadratmeter zerronnenen Glücks, nehme eine Tüte Rosinen, Wasser und meine Wärmflasche mit. Dann mache ich es mir wieder – so gut es eben geht – im Auto bequem … und warte, warte, warte. Kurz nach halb sieben kommt der Pflegedienst zu Frau Diehl. Ich lasse mich in den Sitz sinken, mache mich klein, möchte nicht gesehen werden. Nicht dass die junge Frau noch zu mir kommt und mich fragt, was ich da mache.

Kurz nach sieben verlässt die Frau mit dem Pferdeschwanz wieder das Haus, setzt sich in ihr Auto, tippt noch ein paar Minuten auf ihrem Handy und fährt dann, erstaunlich aggressiv, vom Parkplatz. Ich richte mich auf, stelle meine kalten Füße auf die Wärmflasche und beobachte weiter den Eingang.

…

…

…

Es geht mir nicht gut, ich habe Magenschmerzen. Vor meinem inneren Auge tanzen Bilder verschiedenfarbiger Magengeschwüre, Bilder, die ich in irgend-

welchen Medizinbüchern gesehen habe.
Kurz nach acht sind die Magenschmerzen weg. Dafür befällt mich eine schier unerträgliche Nervosität. Mein Herz rast, die Hände zittern, ich merke, dass mir trotz Kälte der Schweiß ausbricht. Plötzlich ekle ich mich vor der Wärmflasche, vor diesem Gummisack, der immer noch dumpfe, nach Weichmachern stinkende Wärme absondert. Dann, als ich mich gerade wieder mit der Wärmflasche angefreundet habe, ist es mir, als würde sich das Blech um mich herum zusammenziehen, als würde es immer enger hier drin. Ist überhaupt noch genügend Sauerstoff in dem Auto? Ich fühle meinen Puls … 112 und ungleichmäßig … oder bin ich einfach zu zittrig? … Oh Mist, ich muss sofort raus hier, mich bewegen, Luft kriegen. Was ist denn jetzt los? Was ist … und ganz plötzlich fügt sich der ganze Müll, der mir durch den Kopf rauscht, zu einer spitzen Gewissheit. Das diffuse, mulmige Gefühl, das ich schon seit Stunden habe, dieser plötzliche Eindruck von Enge, der Ekel, den ich empfinde und den ich nirgendwo einordnen kann, die Angst, die immer wieder hochkommt, mir aber nicht sagen will, wem oder was sie gilt … dieser düstere Klumpen aus Gefühl und Ahnung gerinnt zu der Gewissheit, dass ich nach oben muss, zurück in die Wohnung, dass dort oben etwas passiert, das nicht passieren sollte.

Ich schwinge mich aus dem Wagen, spüre die kalte Luft auf meinen Wangen. Ich laufe zum Eingang, schließe mit zitternden Händen auf. Und schon bin ich an den Briefkästen vorbei und im Treppenhaus. Nach oben, nach oben, nach oben … Tür. Düster und ruhig liegt der Flur vor mir. Immer noch habe ich dieses Gefühl ... nein, es ist kein Gefühl, es ist eine fette, schäbige Gewissheit, ich weiß ganz einfach, dass etwas nicht stimmt und dass ich in die Wohnung muss. Ich gehe vorbei am Aufzug, vorbei an dem – die sind gefüllt und kontrolliert! – Feuerlöscher und betrete den runden Flur mit den vielen Türen. Ruhig und friedlich, alles wie gehabt ... nur mein Herz schlägt wie verrückt und meine schmalen Schultern beben. Als ich den Schlüssel in unsere Wohnungstür stecken will, da geht er nicht rein. Von innen steckt schon ein Schlüssel.

„PAULA MACH AUF! ICH WEISS, DASS DU DA BIST! MACH DIE SCHEISS TÜR AUF!"

Keine Reaktion, ich brülle weiter. Ich brülle, bis mir der Hals wehtut. Ich brülle, bis sie an die Tür kommt.

Als ich Paulas Gesicht sehe, da erschrecke ich zutiefst. Sie sieht beschissen aus, blass und krank, zerzaustes Haar und glasige Augen. Diese Karikatur meiner Freundin öffnet die Tür nur einen Spalt, aber dieser Spalt reicht, um ihren Schweißgeruch wahrzunehmen. Sie stinkt tatsächlich nach altem Schweiß. Und dann, bevor ich sie fragen kann, was mit ihr los ist, sagt Paula einen Satz, der mich zusammenzucken und nach Luft schnappen lässt. Er trifft mich wie ein Tritt in die Leber.

„Lass uns doch endlich in Ruhe."

Was ich jetzt tue, das ist nur noch zu gewissem Grade absichtliches, bewusstes Handeln. Ich renne tatsächlich mit meinem schmalen Körper gegen die Tür an, die Paula ins Schloss gedrückt und von innen abgeschlossen hat. Ich renne wie in einem beschissenen Action-Film gegen diese verdammte Tür, nur dass diese Tür hier keine Film-Tür ist. Diese Tür hängt hier schon seit Jahrzehnten schwer und zufrieden in ihren Angeln, sie denkt nicht daran, nachzugeben. Eher zertrümmere ich mir an ihr die Schulter, als dass sie bricht.

Fünfmal muss ich gegen das Holz rennen, bis ich die Blödsinnigkeit meines Tuns einsehe. Dann versuche ich, mit meinem Schlüssel ihren Schlüssel aus dem Schloss zu drücken. Verdammter Mist, warum geht das nicht? Ich muss da rein! Ich muss sie da irgendwie raus holen. Vielleicht kann ich sie ja tatsächlich an ihren Haaren aus der Wohnung zerren. Menschen entwickeln in Ausnahmesituationen doch besondere Kräfte. Wie ging die Geschichte, die mir Strauss erzählt hat? Ach ja, ein Typ war unter einem Traktor eingeklemmt und ein anderer Typ hat den Traktor angehoben, so dass der erste Typ da raus konnte. Vielleicht könnte ich sie ja wirklich packen und … verdammt! Warum geht das nicht … warum krieg ich diesen blöden Schlüssel nicht da rein?

„PAULA! PAULA! MACH DIE VERDAMMTE TÜR AUF!“

Soll ich die Feuerwehr rufen und denen sagen, dass sie die Tür aufbrechen müssen? Ich könnte ja behaupten, dass Paula gedroht hat, sich das Leben zu nehmen. Dann müssen sie die Tür aufbrechen, dann sind sie gesetzlich – ja, gesetzlich! – dazu verpflichtet. Und was dann? Was, wenn Paula denen sagt, dass mit ihr alles okay ist?

Auf einmal werde ich ganz ruhig, Körper und Geist erschlaffen. Ich habe eingesehen, dass ich nicht hinein kommen werde. Aber trotzdem kann ich etwas tun. So, du verdammtes Stück Dreck, Margarete heißt du also … was ist jetzt? Bist du jetzt bei Paula? Bist du in meiner Wohnung bei meiner Freundin? Mal sehen, wie dir das gefällt!

Ich laufe am Aufzug vorbei und laufe die Treppen bis ganz nach unten, bis in den Keller. Tür auf, Licht an, und schon bin ich bei ihren … bei deinen! Sachen. Ich öffne das Kellerabteil, greife mir einige deiner altmodischen Kleider – das sind doch deine, oder? – und werfe sie auf den Boden. Dann quetsche ich mich an dem Regal mit den Puppen vorbei bis ins hintere Ende des Abteils, in die Lücke zwischen Schrank und Kellerwand.

Als ich das große, schwarze Gesicht mit den Reißzähnen sehe, da taumle ich zurück, mein Magen verkrampft sich. Paula muss hier unten gewesen sein, sie hat das Ding aus dem Wäschesack genommen und aufrecht an die Wand gehängt. Ich bin mir ganz sicher, dass ich das Kostüm wieder in den Wäschesack gepackt hatte. Ich hatte Frau Diehl versprochen, das Ding wieder dorthin zurückzubringen, wo ich es gefunden habe … und das habe ich ganz sicher auch gemacht!

Mit einem lauten Ratsch – habe ich dir wehgetan, du blöder, hässlicher Affe? – reiße ich das Kostüm von der Wand, packe es im Genick (warum fühlst du dich so hart an? Plötzlich Knochen im Leib?) und schleife es aus dem Kellerabteil. Mit der Linken raffe ich die Kleider zusammen, die ich auf den staubigen Boden geworfen habe, klemme sie mir unter den Arm und laufe Richtung Ausgang. Das sind deine Sachen, Miststück! Und jetzt pass mal auf, was ich damit mache!

Schon bin ich aus dem Haus, schon bin ich auf dem grauen Parkplatz. Ich lasse das schwere Kostüm auf den Boden klatschen, werfe die Kleider dazu und gehe zu meinem Wagen. Irgendwo im Auto muss ein Feuerzeug sein, irgendwo muss … ja, im Handschuhfach. Eines dieser durchsichtigen Dinger, wo man das Flüssiggas sieht. Jetzt werde ich den ganzen Dreck verbrennen, dein Kostüm, in dem du dich versteckt hast, deine blöden Kleider. Oh hallo, da ist ja auch dieser gelbe Fetzen, mit dem mich Paula fast zu Tode erschreckt hat … dieses Ding, von dem ich geträumt habe. Gleich wird der ganze Dreck in Flammen aufgehen …

… oder auch nicht. Über eine Minute schon halte ich die Flamme an den alten Stoff, doch er brennt nicht. Er stinkt und schmort, wird auch schwarz. Aber wo ist das große, alles verzehrende Feuer, das ich mir so wünsche?

Ich versuche es mit dem Affenkostüm. Das Fell verbrennt und gibt einen giftig-scharfen Geruch von sich. Das Leder aber hält stand, wird nur noch schwärzer. Ich schaffe es einfach nicht, dass dieser Haufen Feuer fängt, es brennt immer nur da, wo meine Flamme ist … und langsam geht das Gas zur Neige. Sind die ganzen Sachen feucht, weil sie so lange im Keller gelegen haben? Wieder brennen nur ein paar Affenhaare ab. Ich möchte das Ding verbrennen, nicht enthaaren!

Als kaum noch Gas in dem Feuerzeug schwappt, da ändere ich meinen Plan. Ich packe das stinkende Affenkostüm am Genick und stopfe es in den Kofferraum meines Wagens. Nicht, das du mir abhaust, während ich weg bin! Nicht, dass du in irgendein Gebüsch kriechst! Dann fahre ich zur nächsten Tankstelle, schnappe mir im Shop einen 5 Liter-Reservekanister, gehe zu einer der Säulen und fülle ihn mit Benzin. Die Kassiererin schaut irritiert, als ich ihr den vollen Kanister auf die Theke stelle, rechnet dann aber beides ab: Kanister und Benzin. 4,6 Liter. Warum steht da „5 Liter“ drauf, wenn nur 4,6 Liter hineingehen?

Während ich zurück zum Herbsthaus fahre, höre ich neben mir Benzin gegen Plastik schwappen. Gleich werde ich ein Freudenfeuer entfachen, gleich werde ich dein Kostüm verbrennen, deinen Schutz davor, dass man dein kaputtes Gesicht sieht. Als Kind mit dem Gesicht auf den Rand eines Metalleimers gefallen … dumme Sache das, wirklich scheußliche Angelegenheit. Trotzdem gibt dir das nicht das Recht, mir Paula wegzunehmen!

Im Scheinwerferlicht der Kleiderhaufen … alles wie zuvor. Ich schwinge mich schnell wie die Feuerwehr aus meinem Auto, zerre den angekokelten Affen aus dem Kofferraum, werfe ihn auf den Haufen, übergieße alles mit Brennstoff – nicht so viel, Lena! Nicht den ganzen Kanister! – zünde alles an und verbrenne mir die rechte Hand. Scheiße! Scheiße! Scheiße! Hätte nicht gedacht, dass die Flammen gleich so hoch schlagen. Aber egal, jetzt brennt das Zeug, jetzt habe ich mein Feuer. Schon ist das Affenkostüm nur noch ein schwarzes, schrumpfendes Etwas, gar nicht mehr richtig zu erkennen in den Flammen. Ich wünschte, das Ding würde schreien und sich winden, brennend über den Parkplatz kriechen. Aber das tut es nicht. Es verbrennt einfach, es ist nur ein Gebilde aus Stoff, Zähnen, Glas und Leder … das ist nicht sie. Sie ist – kalt wird mir die Unsinnigkeit dessen bewusst, was ich hier tue – sie ist oben im vierten Stock. Und es ist schon fast wieder dunkel. Bald wird sie aus ihrem Versteck kommen, aus ihrem Zimmer … oder ist sie schon da? Ist sie bei Paula? Hatte ich deshalb dieses komische Gefühl, weil sie schon da ist?

Ich stelle sicher, dass nichts in der Nähe ist, auf das die Flammen überschlagen können, und betrete das Herbsthaus. Wie oft bin ich schon diese Treppen hoch und runter gerannt. Paula wird mich nicht hereinlassen, deshalb gehe ich direkt zu der Wohnung, von der alles ausgeht. Bist du da? Stehst du im Flur … in deiner Affengestalt? Oder bist du gerade das kleine Mädchen mit den Verbänden um den Kopf?

Ich drehe den Schlüssel im Schloss und betrete einen langen, leeren Flur.

Blut

Nein, da ist keine Erscheinung, keine Silhouette im Halbdunkel. Kein schwarzes Tier, kein verletztes Mädchen und keine alte Frau. Niemand auf dem Flur und niemand in dem großen Zimmer mit den Fenstern zum Parkplatz. Mein Feuer brennt noch, ich kann es von hier oben sehen. Es ist schön, dieses Feuer. Ich sollte dieses ganze verdammte Haus abfackeln. Auf einmal kommt mir der Gedanke, dass sich Paula vielleicht etwas angetan hat … so wie der Typ, der sich am Heizungsrohr erhängt hat, so wie Schlechter mit seinem Messer.

Ich brauche einige Sekunden, um mich zu beruhigen, um mich in einen Zustand zu bringen, in dem ich denken und handeln kann. Dann gehe ich hinüber in das Zimmer mit dem Schaukelstuhl, in das unsichere Zimmer … in dem die Kinder nicht schlafen wollten. Ich stelle mich in die Mitte des halbdunklen Raumes, aktiviere die Taschenlampen-Funktion meines Handys und lege das Ding flach auf den Boden. Komm schon! Zeig dich! Oder ist es dir nicht dunkel genug? Ich bin mir sicher, dass von hier alles ausgeht. Ich bin mir sicher, dass du hier erscheinst und von hier aus umgehst.

ZEIG DICH ENDLICH!

Aber nichts passiert. Ist sie drüben bei Paula? Steht sie neben mir und ich sehe sie nicht? Ist sie überall? Ist sie in den Wänden und in den Fußböden, in dem alten Schaukelstuhl, in den Fensterrahmen und im

Samt des Fahrstuhles? Ist sie in unseren Köpfen und in unserer Kleidung, in jeder unserer Zellen, in meinen Fingernägeln und den Augenwimpern? Ich stehe da und erkenne meine beschissene Naivität. Das hier ist keine der Gespenstergeschichten, die wir uns als Kinder erzählt haben. Und dass ich verschiedene Gestalten gesehen habe, das heißt nichts. Ich weiß nicht, mit was ich es hier zu tun habe … im Grunde kann ich mir nicht einmal sicher sein, dass es wirklich Frau Diehls Schwester ist, die … vielleicht hat ja nur etwas anderes ihre Gestalt … und dann, dann fällt mir etwas ein. Was war das mit den Haaren? Welche Bedeutung hatte dieses Gewirr aus Haaren, das ich aus dem Fenster geworfen habe? Wieso hat sie – oder wer auch immer – diese Haare unter der Tapete versteckt?

Ich stürze zu der Stelle neben dem Fenster, greife mir einen Fetzen der losen Tapete und zerre daran. Ein Stück reißt ab, so groß wie zwei A4-Blätter. Nichts darunter, keine weiteren Haare … also weiter! Nicht aufgeben! Ich kralle meine Fingernägel in die weiche Oberfläche, reiße die Tapete von den Wänden. Und dann – Ja! Mein Gott, ja! –, dann ist da ein weiterer Haarklumpen, größer als meine Handfläche. Ich löse das Ding aus dem getrockneten Tapetenkleister, öffne das Fenster und werfe es hinaus. Weiter! Immer weiter! Ich reiße die Tapeten von den Wänden, finde mehr und mehr menschliches Haar, sechs, sieben Klumpen, werfe alles aus dem Fenster. Und dann, unter einer Tapetenbahn links neben der Zimmertür, stoße ich auf ein Stofftuch, das einen großen, dunkelbraunen Fleck hat. Das muss Blut sein, Blut wird mit der Zeit dunkelbraun. Ich ziehe den steif gewordenen Stoff von der Wand und werfe das Tuch aus dem Fenster, es fällt mehr, als dass es segelt. Jetzt komm schon, du Miststück! Was ich hier tue, das muss dich doch stören! Ich werfe dein Zeug aus dem Fenster, deine Haare, dein getrocknetes Blut! Werfe ich Stück für Stück dich aus dem Fenster?

Als ich nach zehn Minuten – wie wunderbar die alten Bahnen doch abgehen! – mit den Tapeten fertig bin, als ich weitere Haarbüschel und Tücher mit Blut aus dem Fenster geworfen habe, als nur noch braune Fetzen an den Wänden hängen, da packe ich den erstaunlich leichten Schaukelstuhl, wuchte ihn auf das Fensterbrett und stoße ihn hinaus in die kalte Leere. Als er unten auf den Knochensteinen aufschlägt, da stehe ich schon wieder mit dem Gesicht zum Zimmer – wo bist du? Zeig dich endlich! – und sehe mich nach einer neuen Betätigung um. Dieses Zimmer ist voll von ihr, ihre Haare und ihr Blut … was noch? Wo versteckt sie sich noch? Die Fußleisten! Was ist mit den großen, braunen Fußleisten? Ich bücke mich neben die Heizung und versuche, mit den Fingern in den Spalt zwischen Wand und Leiste zu kommen. Ja, es klappt. Ein Ruck und … ah Scheiße! Mein Fingernagel! Egal Egal Egal! Ich breche die Leiste von der Wand, rostige Nägel quietschen, als ich sie aus dem Putz ziehe. Sofort sehe ich, was dahinter ist: Fingernägel, abgeschnittene Reste von Fingernägeln. Mit beiden Händen raffe ich die menschlichen Überreste zusammen, es ist fast eine Handvoll. Dann stehe ich auf, werfe die gelben Fingernägel und die mit spitzem Metall gespickte Leiste aus dem Fenster, knie mich wieder hin und mache weiter. Es geht erstaunlich leicht, die Fußleisten von den Wänden zu reißen, diese Wohnung ist faulig … weich wie ein von Maden zerfressener Körper. Stück für Stück entferne ich das alte Holz und zum Vorschein kommen immer mehr Fingernägel – sie muss die über Jahrzehnte hinweg gesammelt haben! –, weitere mit Blut getränkte Tücher, zusammengeknülltes Haar und dann … das ist der Moment, in dem es mich schüttelt, in dem meine Hand zurückzuckt, sieben kleine, gelbliche Zähne. Sofort erkenne ich, dass es die Zähne eines Kindes sind, Milchzähne ohne richtige Wurzeln. In einer kleinen, ungleichmäßigen Reihe ruhten sie Jahrzehnte in dem Spalt zwischen Wand und Holz. Ich will sie nicht anfassen, ich will diese Dinger nicht-

Komm schon, Lena! Weiter! Immer weiter! Raff die Zähne zusammen und wirf sie aus dem Fenster. Runter damit zu dem anderen Müll! Komm schon!

Mit den Kinderzähnen in der Hand bin ich unterwegs zum offenen Fenster, als ich hinter mir eine Tür schlagen höre. In dieser verdammten Stille trifft mich das Geräusch wie ein Schlag in den Nacken. Mit bebenden Schultern drehe ich mich um. Da steht Paula.

***

Sie muss überhaupt nichts sagen, ich weiß ganz genau, was sie will. Ich soll damit aufhören, die Überbleibsel aus dem Fenster zu werfen. In meiner Faust spüre ich die spitzen Unterseiten der Milchzähne. Ich müsste nur den Arm ausstrecken und die Hand öffnen, das Fenster ist nahe genug.

„Hör auf, Lena."

Paula spricht ganz ruhig, ein kalter, klarer Befehl. Ich müsste nur den Arm ausstrecken und …

„Hör auf damit, Lena!"

Nein, ich werde nicht aufhören. Ich muss nur den Arm ausstrecken und …

„HÖR AUF!"

Noch nie habe ich sie so laut schreien hören. Ich mache einen Schritt von ihr weg und strecke gleichzeitig den Arm aus dem Fenster. Paula stürmt auf mich zu, aber da habe ich schon meine kleine Faust geöffnet. Die meisten der Kinderzähne fallen sofort in die Tiefe, zwei bleiben mit ihren Kanten an meiner feuchten Haut hängen. Bevor Paula bei mir ist, fallen auch sie.

Ich mache einen Schritt vom Fenster weg und nehme instinktiv die Arme vor den Körper. Aber Paula geht nicht gleich auf mich los, zuerst stürzt sie zum Fenster, streckt den Kopf heraus. Jetzt hat sie auch die rauchenden Reste der Kleider und des Affenkostüms gesehen. Paula schreit mich an.

„ICH HAB DIR GESAGT, DASS DU VON HIER ABHAUEN SOLLST! ICH HAB DIR TAUSENDMAL GESAGT, DASS DU DICH VERPISSEN SOLLST, DU BLÖDES STÜCK SCHEISSE!"

Ich schiebe mich Richtung Wand. Vielleicht kann ich an der Wand entlang und dann irgendwie zur Tür raus. Ich bin mir sicher, dass sie gleich auf mich losgehen wird.

„WIESO KOMMST DU IMMER WIEDER AN? WIESO KANNST DU ES NICHT GUT SEIN LASSEN?"

Mein Gott, ich habe sie noch nie so brüllen gehört. Sie ist nicht mehr sie selbst, das ist nicht mehr meine Paula. Ich schiebe mich an der Wand entlang, Stück für Stück Richtung Ausgang. Aber sie durchschaut meine Absicht, macht drei Schritte zur Seite und blockiert die Tür.

„Paula … bitte … lass uns reden."

Sie lehnt sich mit dem Rücken gegen die Zimmertür und grinst mich böse an. Sie stinkt nach Schweiß … und sie sieht krank aus.

„Halt dein Maul, Fotze."

Wir stehen uns gegenüber, nur drei Meter voneinander entfernt in dem verwüsteten Zimmer. Überall liegen die Fußleisten verstreut, Fetzen der Tapete hängen von den Wänden. Was hat sie da in der Hand?

„Du kannst einfach keine Ruhe geben, du dummes Stück Dreck."

„Paula, bitte lass uns reden. Wir sind ein Paar, wir sind seit Jahren zusammen. Weißt du noch, wie wir uns kennen gelernt haben? Ich hatte diese rote Jacke an und du hast gesagt, dass ich dir aufgefallen bin, weil du die Jacke so hässlich gefunden hast. Und später dann warst du sauer, weil ich die Jacke verschenkt habe und … ja, wir wollen doch zusammen noch nach Amerika fahren, uns ein Auto mieten und-"

„Verschon mich mit dem Scheiß", unterbricht mich Paula. Jetzt sehe ich, was sie da in der Hand hält. Es ist ihr Schlüsselbund. Sie packt ihn sich so in die Faust, dass zwischen ihren Fingern die Schlüssel raus stehen … drei metallene Stacheln. Ich höre mich brüllen:

„WILLST DU MICH JETZT ZUSAMMEN-SCHLAGEN ODER WAS?"

Sie betrachtet grinsend ihre Faust mit den Stacheln … und ich drücke meinen schmalen Rücken gegen die Wand. Vielleicht hat ja Frau Diehl den Lärm gehört, vielleicht ruft sie die Polizei. Vielleicht kann ich mich ja auch irgendwie durch die Wand hindurch in die Wohnung der alten Frau drücken, weg von dieser Verrückten. Meine Molekülstruktur müsste sich nur irgendwie … und wenn ich aus dem Fenster springe? Da unten sind Büsche, wenn ich auf so einem Busch lande, dann habe ich vielleicht eine Chance. Ich müsste nur genau zielen und …

„Den ersten holen die Wölfe, den zweiten holt der Bär, den dritten holt der Jäger, mit dem Schießgewehr."

Fast muss ich lachen, als ich das höre.

„Mein Gott Paula, komm doch zu dir! Das hat auch der Herr Schlechter gesagt, der Typ, der sich umbringen wollte. Das kommt von ihr, das ist irgendein Kinderreim von ihr und ihrer Schwester. Sie bringt Leute dazu, sich was anzutun … sie ist böse, du darfst ihr nicht zuhören, bitte hör ihr nicht zu. Erinnere dich doch an unsere guten Zeiten, an die ganzen Sachen, die wir schon zusammen gemacht haben. Ich bin es doch, Lena, deine Freundin."

Paula reckt das Kinn, macht sich gerade. Das böse Grinsen ist verschwunden, da ist überhaupt nichts mehr in diesem Gesicht. Und dann macht sie einen Schritt auf mich zu, packt mich mit der Linken hart an der Schulter und holt mit der Rechten aus. Instinktiv nehme ich die Hände vors Gesicht, schütze meine Augen, drehe gleichzeitig den Oberkörper weg. Und doch erwischt sie mich, ich spüre den brennenden Schmerz auf meinem Schädel, auf meiner Stirn, über meinem rechten Auge. Ganz erstaunt höre ich mich flüstern:

„Paula, was tust du denn? Das kannst du doch nicht machen."

Und dann läuft mir Blut ins Auge, mein Blick färbt sich erst rot und dann grau. Jetzt werden die Beine weich, wo sind die Knochen hin? Femur, Tibia … und Fibula … ich weiß nicht, wieso mir plötzlich die lateinischen Bezeichnungen einfallen. Femur … Oberschenkelknochen … längster Knochen des Menschen … Röhrenknochen … große Markhöhle. Mein Hirn hat den Anschluss verpasst … es weigert sich ganz einfach, das zu akzeptieren, was hier vor sich geht. Warmes Blut läuft mir in die Augen und ich gehe die Fachbezeichnungen irgendwelcher Knochen durch. Welcher war noch gleich der kleinste? Ach ja, Stapes … Steigbügel, eines der drei …

Bevor mir schwarz vor Augen wird, sehe ich noch Paulas erschrockenen Gesichtsausdruck. Was hast du getan, mein Schatz? Was hast du deiner kleinen Freundin getan? Arme Paula, was hast du nur … Ich gehe in die Knie und stütze mich mit den Händen auf dem staubigen, mit gesplittertem Holz übersäten Boden ab.

Dann kommt die Nacht, der Faden reißt. Das Nächste, was ich bewusst erlebe, ist das Weinen und Schreien von Frau Diehl. Immer noch sind wir in dem verwüsteten Zimmer, ich, Paula und jetzt auch die alte Frau. Ich richte mich auf und versuche, den Kopf nach oben zu bekommen. Und immer, wenn ich ihn ein bisschen heben kann, sehe ich Paula und die alte Frau. Sie stehen sich gegenüber, Paula zittert und Frau Diehl schreit sie an:

„Lass es endlich gut sein! Hör auf damit! Hör auf, Margarete, hör endlich auf! Lass sie doch in Ruhe!"

Das Schreien klingt verzweifelt, viel mehr flehend als wütend: „Hör auf damit, Margarete, hör doch bitte endlich auf damit!"

Jetzt kann ich den Kopf halten, dieses schwere, umständliche Ding, jetzt kippt er mir nicht mehr ständig nach vorne. Ich stemme mich hoch und meine Beine halten. Dann mache ich einen plumpen, halb gestolperten Schritt zur Seite und begreife, dass Frau Diehl nicht Paula anschreit. Sie schreit in das Zimmer hinein … aber da ist doch niemand, ich sehe überhaupt niemanden. Frau Diehl hebt flehend die Hände, ihr laufen die Tränen über das zerfurchte, gerötete Gesicht:

„Margarete, hör doch auf. Geh doch endlich! Ich komm ja auch bald, geh doch endlich weg!"

Wen sieht die alte Frau da? Ihre Schwester? Sieht sie eine der Gestalten, die ich auch gesehen habe? Oder hat sie ihre eigene Erscheinung? Ich drücke mich an der Wand entlang Richtung Tür, Paula steht in der Mitte des Zimmers und betrachtet ihre Faust – die Faust, mit der sie nach mir geschlagen hat. Meine verletzte Haut brennt, Blut klebt mir im Auge. Ich weiß, dass ich Wunden habe, dass mein Haar voller Blut ist … und das ist meine Chance, es muss schlimm aussehen, es soll schlimm aussehen, es soll aussehen, als wäre ich am verrecken.

Als ich bei der Tür bin – immer noch schreit Frau Diehl in die Leere des Raumes – da wendet Paula mir plötzlich das Gesicht zu. Keine Aggressivität liegt in ihren Blick, nur Ratlosigkeit. Sie schaut mich an, wie man etwas anschaut, von dem man nicht weiß, was es ist und was man damit anfangen soll. Ganz kurz nur treffen sich unsere Blicke, dann bin ich zur Tür hinaus.

***

Ich habe mein Handy vergessen. Es ist völlig idiotisch, den Bruchteil einer Sekunde denke ich tatsächlich darüber nach, zurückzugehen und mein Handy zu holen. Vielleicht steht Paula immer noch ganz regungslos da, vielleicht kann ich das Ding einfach vom Boden aufheben. Dieser völlig bescheuerte Gedanke schafft es sogar, meine Schritte zu verlangsamen.

Doch schon bin ich am Aufzug vorbei und reiße die Tür zum Treppenhaus auf. Ich halte mich mit der linken Hand am Geländer fest und nehme immer mehrere Stufen auf einmal. Das Blut, das mir ins Auge gelaufen ist, habe ich weggewischt und weggeblinzelt, auch geistig bin ich klar. Paulas Schlag mit dem Schlüsselbund hat mir nur die Haut aufgerissen. Keine Ahnung, woher dieses Blackout gerade kam.

Als ich das Erdgeschoss betrete, da erstarre ich. War das ein Geräusch von oben? Die Tür zum Treppenhaus? Ich halte die Luft an, und das obwohl mein Körper ganz dringend nach Sauerstoff verlangt. Sind das Schritte? Auf einmal bin ich mir sicher, dass Paula gerannt kommt, sie verfolgt mich … und sie ist schneller als ich, war sie immer schon. Aber noch habe ich einen guten Vorsprung, noch kann ich es bis zum Auto schaffen. Tür auf und raus hier, durch die Eingangshalle. War das gerade eine Tür hinter mir? Ist sie so schnell? Wird sie mich gleich an der Schulter packen und mir wieder ins Gesicht schlagen? Ich muss es bis zum Auto schaffen, aufschließen und … wo ist der verdammte Autoschlüssel? Er muss in meiner rechten Tasche sein, er muss … und auf einmal spüre ich den Generalschlüssel zwischen meinen Fingern, ich erkenne ihn an Größe und Form. Vorhin habe ich ihn ja in meiner Handfläche gedreht, immer im Kreis, das kann nur er sein!

Gut, Planänderung. Ich stürze mit dem Schlüssel in der Hand auf die große, mit alten Zeitungen verklebte Glastür zu. Ruhig jetzt, Lena! Ruhig jetzt! Schlüssel ins Schloss und umdrehen, alles kein Hexenwerk. Ganz ruhig jetzt! NIMM DICH ZUSAMMEN!

Ein Klacken und die Tür geht auf. Ich ziehe den Schlüssel ab, drücke von innen die Tür zu und schließe ab. Als ich kaltblütig den Schlüssel aus dem Schloss ziehe, da könnte ich platzen vor Stolz. Ich bin nicht das kleine, hysterisches Mädchen, das ich manchmal glaube zu sein. Das hysterische Mädchen hätte erst den Schlüssel fallen lassen, ihn dann im Schloss abgebrochen (alternativ: das Schloss überhaupt nicht getroffen) und wäre dann schreiend im Kreis gelaufen. Ich aber habe die verdammte fucking Kontrolle behalten. Bravo Lena! Gut gemacht! Als ich mich umdrehe, da mache ich eine interessante Beobachtung. Die Gesichter von Tobias und Kerstin kippen simultan vom Erstaunen in die Irritation. Es ist Kerstin, die zuerst etwas sagt:

„Oh … was ist denn mit dir passiert?“ Tobias glotzt nur vor sich hin und sieht dabei aus, als müsste er sich gleich übergeben. Zu gerne hätte ich einen Spiegel, zu gerne würde ich meine blutverschmierte Fresse sehen. „Pssst“, mache ich und halte mir den Zeigefinger an die Lippen.

Einige Sekunden stehen wir so da. Ich warte darauf, Paula zu hören. Ich warte, dass sie gegen die Tür hämmert oder – besser noch – das Glas einschlägt. Aber nichts passiert, es ist völlig still in dem großen, verfallenden Haus. Vielleicht habe ich mir diese Schritte nur eingebildet, vielleicht ist sie immer noch oben im vierten Stock … in diesem Zimmer. Oh Gott, hoffentlich geht es Frau Diehl gut! Hoffentlich tut Paula ihr nichts! Und hoffentlich geht es auch Paula gut, hoffentlich ist sie wieder bei sich … oh Scheiße! Hoffentlich tut sie sich nichts an! Hoffentlich springt sie nicht oben aus dem Fenster und dann finde ich sie ganz verdreht und aufgeplatzt auf dem Parkplatz, umgeben von den vertrockneten Überresten, die ich aus dem Fenster geworfen habe.

Ich zeige Richtung Küche, Kerstin versteht meine Geste, nimmt den blassen Tobias am Arm und zieht ihn in den gefliesten Raum mit den Schlafsäcken, den Stahlregalen und dem Fernseher. Es riecht nach Fett hier drin, sie haben sich was zu essen gemacht. Stille, nichts als Stille. Vielleicht ist sie wirklich noch oben. Wieder Kerstin, diesmal flüsternd:

„Was ist denn passiert? Das sieht ja schlimm aus.“

„Meine Freundin hat mich geschlagen“, antworte ich.

„Oh Scheiße“, flüstert Tobias.

„Paula?“, fragt Kerstin und ich wundere mich,

dass sie noch ihren Namen kennt.

„Ja, Paula. Ich muss jetzt ganz schnell zur Polizei. Wisst ihr, wo die nächste Polizei ist?"

Kerstin zieht ihr Handy aus der Tasche.

„Ich ruf die an … ich ruf die Bullen."

„Nein, bitte hört mir zu. Ich will, dass ihr mit mir zum Auto geht. Wir gehen hier zum Fenster raus und dann müssen wir nur über den Parkplatz. Ich weiß nicht, ob Paula da irgendwo ist. Dann steigt ihr mit mir ins Auto und wir fahren zur Polizei."

„Ich kann die echt anrufen", sagt Kerstin. „Ich kann auch nen Krankenwagen rufen. Du blutest total heftig."

„Das ist überhaupt nicht so viel, das sieh nur schlimm aus. Ich studiere Medizin, ich hab da Ahnung von. Bitte kommt mit mir bis ans Auto, ich hab Angst alleine. Das muss jetzt alles sehr schnell gehen."

Ich gehe zum Fenster und hänge das Expanderseil aus. Kerstin und Tobias rühren sich nicht. Sie wissen nicht, was sie von der Sache halten sollen. Bestimmt denken sie, dass ich nicht ganz klar bin.

„Bitte kommt mit … nur bis zum Auto. Dann seid ihr aus der Sache raus. Ich weiß hundert Prozent, was ich tue."

„Okay, sagt Tobias. Kerstin nickt.

Als wir zu dritt über den Parkplatz laufen, da sehe ich Paula. Sie steht auf den Treppen zum Eingang des Herbsthauses, sie ist doch nach unten gekommen. Paula schaut uns einfach nur nach, sagt nichts und tut nichts. Eine Seite von mir würde am liebsten zu ihr gehen, mit ihr sprechen, sie umarmen. Mein Gott, sie sieht so verloren aus, wie sie da alleine steht.

Aber eine andere, eine rationale, kühle und klare Seite, die läuft an den qualmenden Resten des Affenkostüms und den Trümmern des Schaukelstuhls vorbei zum Auto, die schließt auf, steigt ein und startet den Motor. Tobias schiebt seinen mageren Körper auf den Beifahrersitz, Kerstin klettert hinten rein. Ich habe die Beiden nicht darum gebeten, dass sie mitkommen. Sie steigen einfach ein.

„Kannst du fahren?", fragt mich Kerstin.

„Ja, keine Sorge", antworte ich. Mir fällt ein, dass auch Herr Brandt mich fragte, ob ich fahren kann … damals, nach meiner ersten Begegnung mit diesem verdammten Haus.

„Wisst ihr jetzt, wo die nächste Polizeiwache ist?"

„Ja … natürlich", antwortet Tobias. „Ich sag dir, wo du lang musst."

Als ich vom Parkplatz fahre, da steht Paula immer noch auf den Stufen zum Eingang. Es zerreißt mir das Herz, sie hier zurückzulassen. Bitte Paula, bleib hier unten stehen, geh nicht wieder zurück in dieses Haus. Bleib hier unten in der Kälte und warte.

***

„Der Ratscher am Haaransatz, der muss genäht werden, der Rest heilt von alleine, da wird Ihnen auch nichts bleiben."

Der kräftige Mann im blütenweißen Kittel lässt meine Haare los. Er hat gesehen, was er sehen muss.

„So was am Kopf sieht meistens schlimmer aus, als es ist." Der Arzt steht auf, geht zum Waschbecken und wäscht sich die unheimlich großen, von dicken Adern überzogenen Hände. Durch das Rauschen des

Wassers hindurch spricht er weiter. „Am Kopf ist alles gut durchblutet, das sieht dann immer gleich so aus, als hätte man eine riesige Wunde … obwohl das nur ein Ratscher ist."

„Ja, ich weiß."

„Sind Sie vom Fach?"

„Ja, ich studiere Medizin."

„Aha, Kollegin also. Dann werde ich mal versuchen, alles richtig zu machen."

Eine halbe Stunde später ist meine Wunde gesäubert, genäht und abgedeckt.

„Wie ist das überhaupt passiert?", fragt mich der Doktor mit der Türsteherfigur. „Haben Sie mit nem Bären gekämpft?"

Nein, nicht mit einem Bären. Eher mit einem Affen, mit einem großen, schwarzen Affen.

„Na gut, geht mich ja auch nichts an. Sie sollten übrigens vorerst darauf verzichten, die Haare zu waschen … muss ich Ihnen ja nicht sagen. Das Pflaster können Sie selbst wechseln. Vorsichtig abziehen, nicht abreißen."

Ich steh auf und verabschiede mich von dem Klotz im weißen Kittel. Er grinst mich an, während er mir die Hand schüttelt.

„Dann alles Gute noch für Ihr Studium. So unter uns Medizinern: Den Großteil von dem Kram, den Sie da lernen, den brauchen Sie nachher überhaupt nicht."

Er sagt es, lässt meine Hand los und schiebt mich sanft aber bestimmt Richtung Tür. Draußen wartet der Polizist, der mich hergebracht hat.

Am liebsten hätte ich ja gleich meine Aussage gemacht, ich hatte mir geistig schon alles parat gelegt. Aber als ich mit blutüberströmtem Gesicht – nachdem ich Tobias und Kerstin rausgelassen hatte, drückte ich noch ein bisschen an meiner Kopfwunde herum, des dramatischen Effektes wegen – auf der Wache ankam, da packten die mich direkt in einen Streifenwagen und fuhren mich ins Krankenhaus:

„Keine Diskussion, junge Frau. Nicht, dass Sie uns hier noch umkippen."

Zumindest verzichteten sie auf Blaulicht und Sirene.

Eine kurze, schweigsame Autofahrt und ein längeres Gespräch später: Einen halben Meter vor mir steht ein Glas Orangensaft und noch einen halben Meter weiter sitzt ein junger Polizist. Er ist höchstens Mitte zwanzig, bemüht sich aber, professionell zu wirken, professionell und abgebrüht. Er versucht es mit Polizeijargon und Fremdwörtern, die er ab und zu nicht ganz korrekt ausspricht. Gerade habe ich ihm meine Version der Geschichte erzählt.

„Gut, Frau Pander. Noch einmal um sicher zu gehen, dass wir das alles richtig haben. Ihre Lebensgefährtin hat Ihnen diese Verletzungen mit einem Schlüsselbund zugefügt … sie hat also … hm, wie schreib ich das am besten? … sie hat die Schlüssel also zwischen die Finger genommen und dann zugeschlagen?"

„Ja, genau. Deshalb diese Kratzverletzungen. Sie hat mich zum Glück nicht voll erwischt."

„Ja … und ähm, wann hat das bei Ihrer Freundin angefangen, also das mit den Halluzinationen und Wahnvorstellungen … beziehungsweise auch das mit dem aggressiven Verhalten Ihnen gegenüber?"

„Vor etwa zwei Wochen. Sie hat angefangen, sich einzubilden, dass es bei uns in der Wohnung spukt. Und sie hat nachts einige Male eben diese Erscheinungen gehabt … dass sie irgendwelche Tiere oder auch kleine Kinder in der Wohnung gesehen hat. Am Anfang dachte ich, sie hat nur Alpträume. Aber sie hat darauf bestanden, dass wir nicht alleine in der Wohnung sind … ich habe das nicht ernst genommen, ich habe das einfach nicht ernst genommen."

Obwohl ich nicht weine, schiebt mir der Polizist eine Packung Taschentücher über den Tisch. Ich nehme eines und tupfe mir die Augen.

„Danke."

„Und war das vorher schon einmal … also dass ihre Lebensgefährtin solche Wahnvorstellungen hatte?"

„Nein, also das hat wirklich angefangen, als wir dort in das Haus gezogen sind. Und ich dachte eben, vielleicht wird das besser, wenn wir wieder von dort wegziehen. Deshalb wollte ich sie ja überreden, die Wohnung zu verlassen … aber da wurde sie dann immer unberechenbarer. Ich kann einfach nicht fassen, dass sie das getan hat. Ich habe ihre psychischen Probleme total unterschätzt … ich habe das viel zu lange nicht ernst genommen."

Der junge Polizist schiebt seine Blätter zusammen und macht sich auf dem obersten Blatt irgendwelche Notizen. Ich kann nicht erkennen, was er da schreibt.

„Nun Frau Pander, wenn jemand so ausgeprägte Wahnvorstellungen hat, dann ist es mit Wegziehen nicht getan. Da ist dann schon eine psychiatrische Behandlung indiziert."

„Ja, natürlich … ich hab das total unterschätzt", sage ich. Während ich es sage, da denke ich: Du hast doch keine Ahnung, du Grünschnabel. Hör endlich auf, hier einen auf Experte zu machen, nur weil du in der Polizeischule ein paar Fremdwörter aufgeschnappt hast.

„Und diese ältere Frau, diese Frau Diehl … hat die gesehen, wie Sie von Ihrer Lebensgefährtin angegriffen wurden?"

„Nein, also wie gesagt, die kam erst dazu, als Paula mich schon geschlagen hatte. Wir haben da dünne Wände und die hat wohl gehört, dass da irgendwas los ist … dass wir uns streiten. Also ich hätte wirklich nie gedacht, dass Paula zu so etwas fähig ist."

Der junge Polizist kritzelt auf seinem Blatt. Dann legt er den Stift weg, beißt sich auf die Unterlippe und betrachtet sein Werk. Während er liest, drückt er mit der Zunge seinen Lippen nach außen.

„Sind Ihre Kollegen schon unterwegs zu ihr?", frage ich in seine Betrachtung hinein. „Wissen Sie, ich habe wirklich Angst, dass Paula sich was antut."

„Ja … also Sie haben ja ausgesagt, dass Ihre Lebensgefährtin mit Suizid gedroht hat, da fahren wir dann natürlich gleich hin. Und außerdem haben wir hier ja eine nicht unerhebliche Körperverletzung."

„Das ist mir egal", antworte ich, „Die Verletzung ist mir egal. Ich will nur, dass Sie Paula da raus holen. Ich habe wirklich Angst um sie, sie sollte in diesem Zustand nicht alleine sein."

„Keine Sorge, die Kollegen sind schon dort. Das ist ja nicht weit."

Der Polizist schiebt die Blätter zur Seite und lehnt sich im Stuhl zurück. Bevor er spricht, kratzt er sich am Kopf.

„Wirklich komisch, was sich Leute alles einbilden. Ich hatte mal ne Tante, die dachte, dass sie von ihrem verstorbenen Ehemann verfolgt wird, dass der nachts immer an ihrem Bett steht und von ihr verlangt, dass sie ihm was kocht."

Ich sage nichts dazu. Was bitte will er jetzt von mir hören? Ich trinke von meinem lauwarmen Orangensaft und merke, dass ganz langsam der Schmerz kommt. Die Naht beginnt zu spannen, ein bisschen juckt es auch.

„Was hatte Ihre Lebensgefährtin noch gesehen? Irgendwelche Tiere?"

„Sie hat einen großen, aufrecht stehenden Affen gesehen … so hat sie mir das erzählt. Der stand wohl auch nachts vor ihrem Bett. Als ich ihr nicht geglaubt habe, da ist sie wütend geworden. Und später hat sie dann noch ein Kind gesehen, auch vor unserem Bett."

Der Polizist zieht eine Augenbraue hoch.

„Wie kommt man denn auf einen Affen? Also wenn man sich irgendwelche verstorbenen Leute einbildet, das ist ja noch irgendwie nachvollziehbar. Aber warum bildet man sich ein, dass nachts ein Affe zu einem ans Bett kommt?"

Ich stelle vorsichtig, fast geräuschlos, das Glas Orangensaft ab. Am Rand klebt ein Fetzen Fruchtfleisch. Das Gelb des Fleisches ist ein klein wenig heller als das Gelb der Flüssigkeit.

„Kurz nachdem wir eingezogen sind, hat Paula sich die Kellerabteile angeschaut und da hing irgendwo ein altes Affenkostüm. Ich glaube, das war der Auslöser, das Ding hat irgendwie Eindruck auf sie gemacht und dann fing das mit den Halluzinationen an ... ich versteh das auch nicht so ganz. Ich hätte wirklich nie gedacht, dass ... hm."

Der Polizist macht ein betroffenes Gesicht und nickt – beides gleichzeitig.

„So was kann man als normaler Mensch wahrscheinlich nicht verstehen, also wie so was kommt. Da läuft dann irgendwas im Hirn falsch und dann kriegt man so Paranoia ... das kann man gar nicht richtig erklären."

Ich nicke und mache mhm. Mir geht der Mann auf die Nerven. Er ist nicht älter als ich und lässt hier den abgebrühten Bullen raushängen. Es ist nicht das, was er sagt, es ist der Tonfall, in dem er es sagt. Der Typ hat zu viele amerikanische Krimis gesehen.

„Könnten wir dann langsam Schluss machen? Ich bin total erschöpft ... das war alles viel zu viel."

„Ja, natürlich. Wo schlafen Sie die kommende Nacht?"

„Ich gehe erst einmal zu meinen Eltern. Dort können Sie mich auch telefonisch erreichen. Mein Handy habe ich leider fallen lassen, als mich meine Lebensgefährtin angegriffen hat."

„Ich kann die Kollegen anrufen, damit die das mitbringen. Vielleicht sind die ja noch vor Ort, wenn Sie mir nur sagen-"

„Nein, ist schon okay", unterbreche ich ihn. „Das ist jetzt nicht so wichtig, ich brauch jetzt einfach Schlaf. Könnte ich meine Eltern anrufen, damit die mich abholen? Ich will jetzt nicht selbst fahren."

„Ja, natürlich. Ich bringe Ihnen das Telefon. Ihr Auto können Sie bis morgen hier stehen lassen. Eigentlich ein Wunder, dass Sie es in ihrem Zustand ohne Unfall hierher geschafft haben."

Der junge Polizist steht von seinem Schreibtisch auf und ich starre das halbe Glas Orangensaft an. Ich schaue dem Fruchtfleisch dabei zu, wie es nach unten sinkt, sich auf dem Boden absetzt. Oben wird die Flüssigkeit durchscheinend, unten fett orange. Paula Paula Paula, geh einfach mit ihnen mit, verlass dieses verdammte Haus … bitte bitte mach keinen Scheiß, lass dich einfach mitnehmen, wehr dich nicht!

Wie ich so dasitze und den Orangensaft anstarre, da kommt mir auf wieder der Gedanke, dass Paula überhaupt nicht mehr am Leben ist. Vielleicht liegt sie mit verdrehten Gelenken und geplatztem Kopf unten auf dem Parkplatz, vielleicht ist sie hinunter in den Keller gegangen, hat sich ein schönes, stabiles Heizungsrohr gesucht und … Oh Gott! Lass es nicht passiert sein! Lieber Gott, ich habe nie an dich geglaubt … aber wenn die tote Schwester von Frau Diehl noch da ist, wieso solltest du dann nicht da sein? Bitte lieber Gott, lass es nicht passiert sein! Lass Paula nicht tot sein!

Obwohl er mich anwidert, trinke ich den restlichen Saft aus. Als ich das Glas absetze, da streckt mir auch schon der Polizist das Telefon hin. Mit Fingern, die mir plötzlich unheimlich blass und dünn vorkommen, wähle ich die Nummer meiner Eltern.

„Ja, hier Pander."

„Hallo Papa, tut mir leid, dass ich so spät noch anrufe. Kannst du mich von der Polizei abholen?"

Später

Es ist fast ein halbes Jahr her, dass ich das Herbsthaus verlassen habe. Mein Bruder hat zusammen mit zwei Freunden meine wenigen Sachen geholt und den Kram bei meinen Eltern in den Keller gestellt. Ich wohne wieder bei ihnen, in meinem alten Kinderzimmer. Im Regal stehen meine alten, völlig zerfledderten Pferde-Bücher und über dem Bett hängt ein eingerissenes Green Day-Poster. Keine Ahnung, warum ich mir das damals, ich war 14 oder 15, aufgehängt habe, ich habe nie viel Green Day gehört.

An dem Tag nach Paulas Attacke sprach ich mit noch einem anderen Polizisten, zwei Tage später dann mit einer jungen, nicht uniformierten Polizistin. Ich erzählte allen Dasselbe: Paula bekam Halluzinationen, fing an, nachts irgendwelche Tiere und Menschen zu sehen, und dann wurde sie immer aggressiver. Ich versuchte, sie aus der Wohnung herauszuholen, ich versuchte es wieder und wieder und schließlich eskalierte alles und es kam zu der Auseinandersetzung, nach der ich mit blutüberströmtem Gesicht und verklebten Haaren zur Polizei fuhr. Bei keinem der Gespräche vergaß ich zu erwähnen, dass Paula von Suizid gesprochen hatte. Ich hatte mir eine Geschichte zurechtgelegt und bei dieser Geschichte blieb ich. Ich musste sichergehen, dass Paula Hilfe bekam und dass man sie, das war überhaupt das Wichtigste, aus dem Haus holte.

Die beiden Polizisten, die am Tag der Attacke zum Haus fuhren, fanden Paula unten im Erdgeschoss … gesund und unverletzt, allerdings apathisch. Sie antwortete nicht auf Fragen, zeigte auf Verlangen aber ihren Ausweis und ging widerstandslos mit den Beamten mit. Als ich am Tag des Angriffs die Polizeiwache verließ, da muss Paula schon auf der Wache gewesen sein, gesehen habe ich sie nicht.

Natürlich fragte man mich, ob ich Anzeige erstatten wolle, doch ich lehnte ab. Folglich kam es zu keiner Verhandlung, allerdings wurde Paula gegen ihren Willen in eine psychiatrische Klinik eingewiesen, in der sie meines Wissens insgesamt vier Wochen verbrachte. Ich wollte sie besuchen, aber als ich in der Klinik anrief, da wurde ich zu ihrem behandelnden Therapeuten durchgestellt und der riet mir ab: „Tut mir leid, Frau Pander. Ich würde Sie bitten, zum jetzigen Zeitpunkt von Besuchen und auch von Telefonaten abzusehen … Nein, ich kann Ihnen nichts Genaueres sagen. Sie müssen verstehen, wir sind an die Schweigepflicht gebunden. Nur so viel: Ihrer Bekannten geht es den Umständen entsprechend gut, Sie müssen sich keine Sorgen machen."

Zwei Wochen nach Paulas Entlassung aus der Klinik – sie ist wieder zu ihren Eltern gezogen, genau wie ich – saß ich mit ihr in einem kleinen Café in der Innenstadt. Es waren furchtbare neunzig Minuten, wir fanden keine Verbindung zueinander. Ich hatte ihr das Top mitgebracht, das ich von Strauss Geld gekauft hatte, aber sie wollte es nicht haben. Wir redeten über alte Zeiten wie zwei ehemalige Schulfreunde, die sich seit Jahren nicht mehr gesehen haben, die sich auseinanderentwickelt haben und die sich eigentlich längst nichts mehr zu sagen haben.

Als ich versuchte, Paulas Hand zu berühren, da zog sie sie weg. Als ich mit ihr über das Geschehene reden wollte, da antwortete sie nicht, fing einfach ein anderes Thema an, fing sogar an, übers Wetter zu reden. Paula wollte nicht einmal zum Abschied von mir umarmt werden. Sie schob mich weg und gab mir die Hand. Sie behandelte mich wie eine entfernte Bekannte, auf deren Bekanntschaft sie ebenso gut verzichten könnte.

Es folgten zwei weitere Treffen, beide von mir initiiert und beide von oben bis unten beschissen. Wir saßen uns gegenüber wie zwei Fremde, immer wenn ich einen Schritt auf Paula zu machte, immer wenn ich die Distanz zwischen uns verringern wollte, dann trat sie zwei Schritte zurück. Ich glaube, Paula hat während unserer drei Treffen nicht ein einziges Mal gelacht … oder auch nur gelächelt.

Seit rund vier Monaten habe ich meine geliebte Paula nun nicht mehr gesehen, sie geht nicht ans Telefon, wenn ich sie anrufe. Es ist so verdammt schade, wir hatten noch so viel vor.

Apropos Telefon: Ich habe mir meines nicht zurückgeholt, es müsste noch im vierten Stock des Herbsthauses liegen, mit leerem Akku, das Display nach unten. Ich habe die Karte sperren lassen und mir ein neues Gerät gekauft. Kurz hatte ich ja überlegt, meinen Bruder zu bitten, das Telefon zu holen … aber irgendwie hatte ich Angst, ihn in die Wohnung zu schicken.

Einmal, ein einziges Mal nur, war ich selbst kurz davor, das Ding aus der leeren Wohnung zu holen …

ich war nämlich doch noch einmal beim Herbsthaus, zwei Monate ist das jetzt her. Ich parkte neben dem graubraunen Brandfleck – die verkohlten Reste des Affenkostüms hat irgendjemand weggeräumt, ebenso die Fußleisten –, stieg über das niedrige Mäuerchen, das vor Jahren einmal einen kleinen Biergarten einschloss, und spähte durch das schmutzige Fenster in die Küche.

Nichts, keine Schlafsäcke und auch keine Wäsche in der Spüle, sogar der kleine Fernseher, den sich Kerstin und Tobias aus dem Keller geholt hatten, war weg. Ich habe keine Ahnung, wo die beiden jetzt sind. Vielleicht haben sie es ja doch bis nach Kanada geschafft, vielleicht sitzen sie ja vor ihrer Waldhütte und braten riesengroße, selbst gefangenen Lachse. Ich wünsche es ihnen, weiß aber, dass es eigentlich nicht sein kann.

Als ich vom Parkplatz fuhr – ehrlich gesagt vermied ich es, zum vierten Stock hoch zu schauen. Ich hatte Angst, etwas oder jemanden am Fenster stehen zu sehen – da begegnete ich dem kleinen Wagen des Pflegedienstes. Frau Diehl wohnt also noch immer in diesem Haus, mittlerweile ganz alleine. Ich frage mich, ob sie mittlerweile wieder ihr Schlafzimmer benutzt, ob sie mittlerweile in Ruhe gelassen wird.

Strauss, der Mann, der mich mit einem miesen Trick in das Herbsthaus brachte, hielt erstaunlicherweise noch fünf Wochen durch. Ich telefonierte einige Male mit seiner Tochter. Als ich sie darauf ansprach, wie gefasst sie doch wirke, da antwortete sie mir: „Ach, wir hatten kein so inniges Verhältnis. Mein Vater hat sein Leben lang so viel gearbeitet, ich hatte eigentlich kaum etwas von ihm. Wenn er mit einem Projekt fertig war, dann hat er sich aufs nächste gestürzt."

Wenige Tage nach diesem Telefonat war Strauss tot. Seine Tochter fragte mich, ob ich zur Beerdigung kommen wolle. Ich ging hin, es regnete sehr stark an diesem Tag und es waren viele gutgekleidete, akademisch aussehende Leute da.

Strauss lag im offenen Sarg in der Kapelle und einen Moment überlegte ich, zu ihm zu gehen, ihm – Hallo Herr Strauss! – einen letzten Besuch abzustatten. Dann ließ ich es bleiben, schon bei meinem letzten Besuch sah er ja eigentlich nicht mehr aus wie er selbst, eher wie ein mit dünner Haut überzogenes, aus irgendwelchen Gründen zum Leben erwachtes Gerippe. Vielleicht ging ich auch nicht zu Strauss hin, weil ich – neben meiner Wut auf ihn – ab und zu so etwas wie schlechtes Gewissen empfinde. Manchmal denke ich, ich hätte ernsthafter nachforschen können, mehr Zeit in der Wohnung dieses verunstalteten Wesens verbringen können.

Wie dem auch sei, ich wünsche Herrn Dr. Dr. Strauss (wie viele Doktortitel waren es denn jetzt? Ich bin mir immer noch nicht sicher.) alles Gute. Ich hoffe wirklich, dass es ihm gut geht, wo immer er auch ist. Herr Strauss? Können sie mich hören? Lungern Sie irgendwo hier herum? Oder sind Sie zu Hause bei Ihren Büchern, zwischen diesen hunderttausend gebundenen Blätter, auf denen ihre Finger im Laufe der Jahrzehnte Schweiß, Fett und Hautpartikel hinterlassen haben?

Oder sind Sie vielleicht ganz woanders? Vielleicht ja im Krankenhaus? In Ihrem kleinen Büro, dessen

Tür immer offen stand? Hinter Ihrem Schreibtisch? Oder schlendern Sie unsichtbar über die Flure und beobachten das Verhalten der Patienten?

Ach ja, einen Menschen habe ich vergessen … mich selbst. Nun, es geht mir den Umständen entsprechend gut. Ich hatte einige Wochen nach meinem Auszug aus dem Herbsthaus Alpträume, wachte nachts auf und glaubte, jemand stehe vor meinem Bett. Aber da war niemand, kein großes, schwarzes Tier und auch kein Mädchen mit Verbänden. Wie sagte Strauss noch gleich: „Wir haben es hier mit einem ortsgebundenen Phänomen zu tun, es wird Ihnen nicht folgen, falls Sie das Herbsthaus verlassen."

Er hatte wohl Recht, der Herr Strauss, es ist mir nicht gefolgt. Manchmal denke ich, dass ich diesem Phänomen, dass ich … nun ja, ihr, dass ich ihr den Garaus gemacht habe. Vielleicht konnte Margarete ja wirklich nur so lange in der Wohnung bleiben, solange ihre Haare, ihr Blut, ihre Nägel und Zähne da waren. Vielleicht habe ich sie ja vertrieben (oder gar vernichtet?), als ich ihre Überreste aus dem Fenster geworfen habe. Ich weiß es nicht und werde es auch nicht erfahren.

Was steht nun an? Nun ja, das Leben eben. Ich studiere und habe mittlerweile aufgeholt, was ich während meiner Zeit im Herbsthaus verpasst habe. Außerdem will ich endlich aus meinem Kinderzimmer raus, bin also auf Wohnungssuche. Es soll eine kleine, übersichtliche Einzimmerwohnung in einem neuen Haus sein, eine Wohnung ohne Geschichte, ohne unheimliche Vormieter, ohne Haare hinter den Tapeten und ohne Milchzähne hinter der Fußleiste.

Ach ja, eines noch: Vor ein paar Tagen hat mir eine gute Freundin ein Buch von jemandem gezeigt, der sich mit paranormalen Phänomenen beschäftigt. Er hat mehrere Leute interviewt, die in einem bestimmten Bereich einer Universitätsbibliothek seltsame Erlebnisse hatten.

Jedenfalls habe ich mir dieses Buch gekauft und bin gerade am Lesen. Vielleicht melde ich mich bei dem Autor, ganz am Anfang des Buches steht eine Kontaktadresse. Vielleicht passt das, was er beschreibt, ja irgendwie zu dem, was ich vor rund einem halben Jahr erlebt ha- … erleben musste.

Oh Gott, wie ich Paula vermisse! Ich wünschte, wir wären nie in dieses Haus gezogen.

Eine Art Schlusswort

Hallo, hier wieder Oliver Susami, der Typ, der sich mit paranormalen Phänomenen beschäftigt. Lenas Geschichte ist nun zu Ende, aber wenn Sie möchten, dann können Sie noch einmal zurückblättern und sich von der jungen Frau verabschieden. Sie würde sich bestimmt freuen.

Wie Sie längst wissen hat sich Lena tatsächlich bei mir gemeldet. Sie hat mein Buch – S3, Spuk in der Bibliothek, erschienen im Oktober 2012 – gelesen, Parallelen zu ihren eigenen Erlebnissen entdeckt und mich angeschrieben. Es folgten lange Telefonate, persönliche Treffen, und dann entstand nach und nach das Buch, mit dem Sie sich gerade (aber nicht mehr lange) beschäftigen.

Als mein Buch – es ist viel größer geworden, als ich erwartet hatte – fertig war, da gab ich es Lena zu lesen. Glücklicherweise hatte sie nicht viel daran auszusetzen, wir machten zusammen ein paar Korrekturen, klärten ein paar Unklarheiten und sortierten die Namen, die ich im Eifer des Schreibens durcheinander gebracht hatte.

Die ursprüngliche Fassung dieses Buches war übrigens ein klein wenig länger, als das, was Sie gelesen haben. Nach den Korrektur-Telefonaten mit Lena kürzte ich mehrere Abschnitte, die für die eigentliche Erzählung nicht allzu wichtig sind. Ein kleines, rein fiktives Zwischenkapitel – mein schriftstellerisches Freiheitsstreben war mit mir durchgegangen – kickte ich sogar komplett aus dem Buch. Ich halte diesen Abschnitt zwar nach wie vor für gelungen, Lena aber bezeichnete ihn als „Fremdkörper" innerhalb der Geschichte. Okay … sie hatte wohl Recht damit.

Was Sie, liebe Leserin und lieber Leser, nun in Händen halten, ist zwar keine ganz exakte Dokumentation von Lenas Erlebnissen im Herbsthaus, es ist aber eine Geschichte, die sich sorgfältig an das mir Erzählte hält, die nichts Wesentliches weglässt und nichts enthält, was lediglich Produkt meiner Phantasie wäre.

Während ich an meinem alten ThinkPad sitze und die schon leicht speckigen Tasten drücke, denke ich darüber nach, ob ich Sie als Leser mit den Gedanken belästigen soll, die ich mir zu Lenas Geschichte gemacht habe. Ich könnte mich ja in wild ausufernden, mit wichtig klingenden Fremdwörtern geschmückten Spekulationen über die Gründe der mir erzählten Phänomene ergehen. Ich könnte Ihnen schlau klingenden Hypothesen oder gar Erklärungen auftischen, mit meinem (durchaus lückenhaften, aber das wissen Sie ja nicht) Wissen prahlen und mit treffenden Worten die Unebenheiten, Kanten und Brüche in Lenas Geschichte glatt schmirgeln. Aber das werde ich nicht tun. Es geht hier nicht um meine Spekulationen, es geht um das, was mir berichtete wurde.

Eine Ausnahme möchte ich mir allerdings zugestehen. Ich bin ja promovierter Soziologe und kenne ein paar Leute aus benachbarten Fächern, mit denen ich mich über Lenas Erlebnisse unterhalten konnte. Ein Bekannter, der momentan in Ethnologie (früher eher „Völkerkunde“ genannt) promoviert, erklärte mir beim abendlichen Bierchen, dass in ganz verschiedenen kulturellen Traditionen Techniken existieren, die das Ziel haben, das menschliche Dasein über den Tod hinaus zu verlängern. Das Verstecken von Bestandteilen des menschlichen Körpers (Blut, Haare, Zähne, Speichel, Haut, abgeschnittene Fingernägel) an einem bestimmten Ort erinnere ihn an magische Techniken, wie sie im südamerikanischen und insbesondere haitianischen Voodoo praktiziert werden. Auch existierten im südosteuropäischen Raum diverse magische Verfahren mit dem Ziel, einen Toten mithilfe von Bestandteilen seines Körpers zu beschwören und an einen bestimmten Ort zu binden.

Natürlich musste ich daran denken, dass Frau Diehl und ihre Schwester Margarete nach dem Zweiten Weltkrieg in Varietés auftraten. Möglicherweise kamen die beiden jungen Frauen (oder zumindest Margarete) durch Schausteller und Künstler aus dem südosteuropäischen oder amerikanischen Raum mit magischen Praktiken in Berührung, die sie dann selbst ausübten. Aber wie gesagt, das ist nur Spekulation und spekulieren möchte ich eigentlich nicht.

Stattdessen wende ich mich ein letztes Mal an Lena: Vielen Dank, dass du mir deine Geschichte erzählt hast! Vielen Dank dafür, dass ich für einige Monate in deine Haut schlüpfen durfte! Es hat mir viel Spaß gemacht, dieses Buch zu schreiben.

En- …

Moment, eines noch. Dann ist aber wirklich Schluss und Sie, verehrte Leser, können sich Dingen widmen, die wichtiger als dieses Buch sind.

Bei unserem letzten Telefonat gestand mir Lena, dass sie seit ihren Erlebnissen im Herbsthaus fast immer mit Licht schläft. Sie hat sich ein kleines Nachtlicht gekauft und sogar ausgerechnet, um wie viel die schwache nächtliche Beleuchtung ihre monatliche Stromrechnung erhöht. Es sind weniger als 70 Cent.

Falls Sie, verehrte Leser, also auch zu denen gehören, die sich manchmal nicht ganz sicher sind, was da in der Dunkelheit lauert … es ist gar nicht so teuer, nachts etwas zu sehen.

Ende

Weitere Bücher von Oliver Susami:

S3

Eine Annäherung an das Unheimliche

Anfang Februar 2008 erzählte mir eine Mitstudentin, ihr sei im Untergeschoss der Universitätsbibliothek, im Buchbereich S3, etwas Unheimliches passiert. Schon zuvor hatte ich von unerklärlichen Ereignissen in diesem Bereich gehört. Ich entschloss mich, eine Art „Untersuchung" zu S3 zu machen. Ich wollte herausfinden, was es mit diesem Bereich auf sich hat.

Zwischen Februar und April 2008 führte ich mehrere Interviews mit Studenten und Mitarbeitern der Bibliothek, sammelte Berichte unheimlicher, unerklärlicher Erlebnisse. Auch verbrachte ich selbst viele Abende alleine auf S3. Es herrscht eine unheimliche Atmosphäre da unten. Es ist dunkler als in anderen Bereichen der Bibliothek, mir kommt es auch kälter vor. Und gerade abends ist es sehr ruhig, stundenlang keine Geräusche. Als gebe es keine anderen Menschen mehr, als wäre man allein auf der Welt.

Mitte April 2008 begann ich von S3 zu träumen. Unter dem Eindruck eines Albtraumes entschloss ich mich, keine Interviews mehr zu führen und keine Zeit mehr auf S3 zu verbringen. Ich wollte Abstand gewinnen. Doch die Sache ließ mich nicht los. Mittlerweile war ich mir sicher, dass dort unten etwas vor sich geht, etwas Übernatürliches. Es kann einfach nicht sein, dass alle, mit denen ich sprach, mich angelogen haben, dass sich alle nur Geschichten ausgedacht haben. Ich musste wissen, was es mit S3 auf sich hat.

Ende April 2008 verbrachte ich drei Nächte im Untergeschoss der Bibliothek. Seit der dritten Nacht betrete ich S3 nicht mehr.

Leserkommentare:

„Subtile Wissenschaftsspukgeschichte"

„Schaurig schön"

„Ein realitätsnaher Hybrid-Roman"

„Der Gruselfaktor ist enorm"

„Für Geisterjäger und Anhänger des Paranormalen"

„Endlich mal was anderes"

„Ein wirklich gut gemachtes, spannendes Buch."

Die Knochenfrau

„Sie ist immer noch da“ Diese fünf Worte führen Lukas zurück an den Ort seiner Kindheit und Jugend, zurück nach Rothenbach. Eigentlich wollte Lukas nie mehr dorthin zurück, unter keinen Umständen.

Doch Lukas gibt einer kranken Frau ein Versprechen … und es sind noch Rechnungen offen. Dieses Ding hat damals Lukas kleinen Bruder Daniel angegriffen, ebenso seinen besten Freund Peter. Ist er immer noch in der Psychiatrie? Hat Peter jemals wieder gesprochen?

Lukas kehrt nach Rothenbach zurück, hinein in den tiefsten Schwarzwald. Es beginnt eine Suche, die zunächst aussichtslos erscheint … und es passieren Dinge, die nicht passieren dürften.

Leserkommentare:

„Fesselnder Grusel-Thriller mit Realitätsbezug“

„Nicht eine einzige Zeile Langeweile“

„Gut ausgearbeitet und glaubwürdig“

„Absolut spannend“

„Super Schreibstil und tolles Buch“

„Konnte es kaum aus der Hand legen“

„Freue mich schon auf das nächste Werk des Autors“

„Die Knochenfrau“ und „S3“ sind als E-Book und als Taschenbuch bei Amazon erhältlich.

6627459R00277

Printed in Germany
by Amazon Distribution
GmbH, Leipzig